清白之年

费拉曼图　著

北京燕山出版社
BEIJING YANSHAN PRESS

图书在版编目（CIP）数据

清白之年 / 费拉曼图著 . -- 北京：北京燕山出版社，2021.9（2021.10重印）
ISBN 978-7-5402-6126-9

Ⅰ . ①清… Ⅱ . ①费… Ⅲ . ①长篇小说—中国—当代 Ⅳ . ① I247.5

中国版本图书馆CIP数据核字（2021）第 139976 号

清白之年

作　　者：费拉曼图
出 品 人：一　航
选题策划：航一文化
出版统筹：康天毅
责任编辑：金贝伦
特约编辑：王晓荣
装帧设计：林晓青
出版发行：北京燕山出版社有限公司
地　　址：北京市丰台区东铁匠营苇子坑138号
邮政编码：100079
发行电话：（010）65240430
印　　刷：湖南天闻新华印务有限公司
开　　本：880×1230　1/32
印　　张：12.5
字　　数：384 千字
版　　次：2021 年 9 月第 1 版
印　　次：2021 年 10 月第 2 次印刷
书　　号：ISBN 978-7-5402-6126-9
定　　价：48.00 元

目 录
CONTENTS

楔子

2008 年，北京。

徐明海开着他那辆白色牧马人，在前门这熙来攘往的地界已经兜了三圈儿了。眼瞅着路边来了辆切诺基，他立刻向右打轮，打了两把方向盘就将车头车屁股可丁可卯地撑了进去。

"走。"徐明海发出指令，然后带着郑小军溜达着往西大街的正阳市场走去。

这些日子，天气好得出奇。"奥运蓝"像只大手把四九城的上空捂得严严实实，天晴得简直要冒出烟来，阳光明晃晃地落在人们夏日裸露的皮肤上，感觉像是往上狂撒辣椒面。

"我说哥啊，"郑小军手搭凉棚，迈着小碎步边走边喘，"你就不能先把我撂门口再去找车位吗？我这细皮嫩肉的，哪儿经得起这么晒啊？"

徐明海懒得搭理他，只顾大步往前走，然后在路口一左转，就到了目的地。

如今这里早没了当年人头攒动的盛况，三层的"肯德基家乡鸡"缩减到只有一层。但那个精神抖擞笑容可掬的白头发老头儿还在，每天瞅着南来北往的人，不言不语一守就是二十年。

徐明海在心里默默地跟老爷子打了个招呼。推门进去后，室内冷飕飕的凉气如同不要钱一样，激得他一哆嗦。

现在已经过了饭点，偌大的餐厅里人不算多。徐明海走到柜台点了两份套餐，随后而来的郑小军不知道什么叫见外，加了一堆小食。

付过钱，徐明海端着东西往一个临窗的位子走去。郑小军跟着他，嘴里还在絮叨着什么。徐明海把盘子放在桌上，自顾自地坐在椅子上，冲着对方抬了抬下巴："你先落座，把气儿喘匀喽再说话。"

郑小军一屁股坐下，一面狂咬汉堡，一面大口灌冰可乐。过了半天才腾出嘴来抱怨："以后再也不蹭你车了，差点儿把我活活饿死在半路。"

"不是你哭着喊着说馋肯德基了吗？"徐明海慢慢抿着杯子里的圣代，"别白吃包子嫌面黑啊。"

"可这满大街都是肯德基，咱干吗非从西直门跑到前门来啊？"郑小军给徐明海扣帽子，"你这分明是虐待儿童！"

"我吃饱了撑的拿好吃好喝的虐待你？"徐明海没好气道，"再说了，有您这岁数的儿童吗？"

"请正面回答我的问题！"郑小军手持原味鸡，狠狠地咬了一口。

"凭什么告儿你啊？"徐明海俊朗的脸上波澜不惊。

郑小军看着对面这位欲盖弥彰的样子，开口说："不告诉我我也知道！你肯定过去老跟'那谁'来这儿吃饭！"

徐明海轻哼一声："臭小子还挺会联想。我们那时候哪有你们现在这帮孩子的条件？"

"哎，'那时候'是什么时候？"郑小军开始瞎打听。

徐明海下意识地摩挲着左手虎口处齿痕状的刺青，心里算了算年份，难得有耐心给 90 后讲古："差不多……是十八年前吧。这儿正经是国内，也是北京第一家肯德基，后来才有的王府井那边的麦当劳。"

"这么有纪念意义啊？"郑小军扭着脖子前后左右看了一圈，咋舌道，"那这十八年前的炸鸡、土豆泥跟现在一个味儿吗？"

徐明海不知道如何跟他眼里的半大孩子解释什么叫"物是人非"。他直了直身子环视餐厅，视线不由自主地被远处一个正在狼吞虎咽的黑人大个子抓了过去。

八成是来参加奥运会的篮球运动员，徐明海心想。

"哥？"

"比现在的好吃，"徐明海收回目光催促道，"麻利的，吃完了送你回去，省得你妈韶刀你。"

"你像我这么大的时候，你妈也老韶刀你吧？咱俩可真是同病相怜。"郑小军说完，又央求道，"哥，你再给我讲讲你们小时候的事儿呗，我觉得特有意思。"

"你当听不要钱的评书呢？"徐明海皱眉道，"走不走？"

"嘁，成天就知道丧我，连个笑模样都不给，白瞎了这么帅的脸……"

郑小军瘪着嘴嘀咕着，臊眉耷眼地吃完了最后一口东西后赶紧站了起来。然后他趁着徐明海把托盘放到垃圾柜上的时候，掏出最新款的索爱X1给自己在这京城第一家肯德基店里来了个自拍。

他俩前脚才走，后脚那个黑人大个子就拿纸巾擦了擦嘴起身走了。随着铁塔似的身躯倏地消失，一个独自坐在他身后的人便全须全尾地露了出来。

他双臂抱肘，正侧着头透过落地窗看着外面的前门楼子。这人清隽的脸上没什么表情，一双窄韭菜叶似的双眼皮像是雕刻出来的，眼神充满了含烟带雨的温存。

过了好久，他终于喝完杯子里兑了过多糖和奶的咖啡，然后站起来从餐厅走到外面熙熙攘攘的大街上。

此刻，空中传来倏疾倏徐的声音，秋实下意识地就抬头去寻找这久违了的鸽哨声。滚烫的阳光一时让人有些眩晕，他眯缝着眼，透过大小不一的光晕，依稀看到一个奋力蹬车的少年正披荆斩棘地穿街过巷。

洗得近乎透明的白色跨栏背心挂在他身上，露出一耸一耸的背部肌肉，蕴含着年轻的力量和美感。而坐在这辆漆黑锃亮的二八大杠后座的，正是10多岁的秋实。

这个画面就像酸性定影液中的底片一样，渐渐变得清晰起来。

骑车人就这么一路飒沓如流星地到了院门口，然后双手猛地一捏闸，单腿撑地，扭过头来。只见他又薄又小的嘴唇往两边一翘，棱角分明的脸上就立刻浮出一个酒窝来。

"果子，到家了。"

秋实不下车，故意拖延进院时间。

"小祖宗，"徐明海无奈，"您当是赏小的脸，赶紧下了轿咱回宫用膳去。我都要饿死了！"

　　秋实站在故乡的街头，想起徐明海喊自己"小祖宗"时的语调和神态，顿时觉得胸前像中了一梭子子弹，打得他四肢颤抖，内心五味杂陈。

1　陈芝麻烂谷子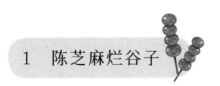

1987 年，腊月初八。

绿皮火车"呜呜"地吐着浓烟嘎悠（摇晃）了整整一天一夜，终于把周莺莺和秋实从大雪弥漫的黑龙江密山送到北京。

周莺莺说那叫"回"，可秋实觉得那叫"去"——去一个完全陌生的地方。当妈的从儿子的眼神里读出了浓重的不安，于是再三保证，说北京很好很现代。

为了把这个"好"进一步具象化，周莺莺故意用活泼的语气描述起高楼大厦、脆甜冻牙的冰糖葫芦、带着酥痂的豆馅炸糕，以及一种可以在地下随意穿梭的叫"地铁"的东西。

这些带有象征意义的东西揉搓在一起，让秋实逐渐产生了一种对北京的美好想象。

天刚擦黑的时候，母子俩随着拥挤的人流从北京站里走出来，紧接着他们便上了一辆支棱着两个"犄角"的蓝白色电车。秋实来不及细打量一下"很好很现代"的北京就窝在妈妈身边睡着了，直到迷迷糊糊地听见周莺莺说快到站了。

秋实揉了揉眼睛，扭头看向窗外。被电线割得乱七八糟的天空、由自行车组成的汹涌人潮，以及不远处一个莹白高耸的巨塔是他对北京的第一印象。

他们在一条东西向的小胡同口下车。秋实骨节伶仃的小手被周莺莺攥着，两人踩着土路上的残雪往里走。

现在正是家家户户做晚饭的时候，空气中弥漫着白面馒头刚出锅时那种特有的香气，屋顶的白色炊烟萦绕在光秃秃的树枝上，一切都显得安稳祥和。

最后，周莺莺在一处灰墙灰瓦的院子前停下脚步。面前的这扇院门乍一看挺气派，可惜颜色乌漆墨黑，形体松松垮垮，有股英雄暮年的味道。

木头大门推开后是个狭窄的过道，再往里走就是院子。

这地方不算宽敞，家家门口都摆着整整齐齐的大白菜，油毡棚下堆着蜂窝煤，几辆半新不旧的自行车散布各处。再加上中间的位置被一棵老粗老高的树占了去，就更显局促了。树下有个水泥池子，里面竖着根被层层厚布裹起来的水管。

这时，一阵"嗡嗡嘤嘤"的声音突然由远至近传来，特别动听。秋实下意识地抬头去找，便捕捉到了空中飞过的鸽群。

周莺莺见儿子专心追着鸽子看，便松开他的手，率先走到西南角的一间屋子前。

这间屋外墙上挂着长长的几辫蒜，窗户上贴着窗花，烟囱冒着烟。明显是有人住的样子，这使周莺莺手里的钥匙一下子失去了作用。她伸手敲门，不想却把界壁儿（隔壁）的人唤了出来。

"阿姨，您找谁？"说话的是个男孩儿，模样看上去挺机灵。

周莺莺纳闷儿："小朋友，你知道谁住这儿吗？"

"知道，徐明海住这儿。"

"他人呢？"

"这儿！"男孩儿扬起下巴挺挺胸膛，脸上露出个酒窝，"我自己一屋！"

还没等他显摆完，西屋厚棉布帘子一掀，紧接着露出了个烫花脑袋。她们四目相对，两人都是一惊。"烫花脑袋"随即冷下脸，没好气地问："你回来干吗？"

一别经年，再见到旧时友人的周莺莺心里感慨万千，全然没在意对方夹枪带棍的语气。

"艳东姐，我返城手续办下来了……"

大人们在说的事情在徐明海听来没劲透了。他此刻全部的注意力，早已被那个小号的不速之客吸引。

徐明海三两步蹦跳着跑到秋实身边，然后仗着身高优势居高临下地看着这个小孩儿。只见他里里外外被围脖儿、帽子裹得严丝合缝，只露出一张干净瓷白的小脸儿。

徐明海无法通过这双细致漂亮的眼睛分辨出对方的性别，便态度嚣张地挑眉问："哎，你谁啊？男的女的？"

秋实一点儿都不想和生人说话，拔腿便往亲妈身边跑。徐明海手疾眼快，老鹰捉小鸡似的一把擒住了对方的胳膊。

这院子里没有跟徐明海一边大的孩子。东屋张大爷家的老疙瘩上职高，平时住校，就算回来也基本不拿徐明海当人看。而这条小胡同里其他孩子又太小，徐明海基本不拿他们当人看。

现在是寒假，李艳东又不让儿子出去满世界瞎跑。害得徐明海天天在家沤得都长白毛了，现在好不容易来了个"人"，说什么也不能放他走。

两人拉扯间，徐明海便断定了对方的性别，女的根本不可能有这么大的劲儿。他挺兴奋，觉得总算有点儿事儿干了。偏这时，两人耳边传来一阵断断续续、委婉悲怆的唱词：

"千岁爷进寒宫学生不往，怕的是辜负了十载寒窗、九载遨游、八月科场、七篇文章，落得个兵部侍郎，只恐无有下场……"

一个影子从院子东侧的屋子里闪出来。秋实循声看去，发现是个身材消瘦的老人。他在窗台上拿了个火红的柿子，然后突然扭过头来冲他们一笑。

"别看他眼睛！"徐明海忙把爪子放在秋实冰凉的眸子上，然后拿嘴贴着他耳边说，"关九爷是个半疯儿。我妈说，谁看疯子眼睛也得疯！"

秋实被这话吓了一跳，稍一闪神就被对方顺势拉到了一旁的窗户根下。

"你几岁啊？"徐明海百折不挠地打听。

秋实依旧把嘴巴闭得死死的，像是个随时准备就义的抗战小英雄。

徐明海开始钓鱼："哎哟，看你这小样儿，顶了天儿也就 6 岁吧？"

"我过了年初二就 8 岁了！"秋实没防备，张嘴就咬了钩儿。

"我都 10 岁了！"年纪上的明显优势让徐明海得意扬扬，他说，"叫哥！"

秋实才不叫，两只黑白分明的眼睛只粘在自己妈身上。

见对方没有服软的意思，徐明海只好转移话题："你跑我地盘来干吗？哎，我问你话呢！"他欠了巴叽地伸手去捅小孩鼓鼓嫩嫩的脸蛋儿。

秋实一把扒拉开徐明海的手："我要回家！"

"家？"徐明海一脸狐疑，"这院子里统共就这么几口子人。张大爷、张大妈、干爹、关九爷和我们家。你谁家的？"

正说着，徐明海听见李艳东那厢音量持续走高，渐渐有了响彻九霄的意思——这是要发飙的前兆。

"这房子一空就是十好几年，活人都没地方住，总不能老给你留着啊！现如今你说回来就回来，事先连个招呼都不打。马上就过年了，我上哪儿给你腾房去？！"

"姐，这是我妈留给我的房。"周莺莺眼睛里噙着泪，试图跟对方讲理，"我回自己家住，天经地义。"

徐明海他爸这时也出来了。他轻轻拉了拉老婆胳膊上沾满面粉的套袖，小声劝："那什么，有话好好说。本来就是人家的房，咱占着确实不合适。"

"你哪头儿的啊？看见个女的骨头就酥了吧？"李艳东气急攻心，甩开徐勇的手，恶狠狠地瞪眼骂道，"要不是因为你混到现在都没分上房，我犯得着跟她周莺莺费唾沫吗？你当我爱搭理她，打小儿就这么一副小白菜地里黄的可怜相，其实心不比谁狠啊？"

一旁的秋实见妈受了委屈，当即就要冲过去，不想却被人死死地箍在了怀里。

"别去！"徐明海十分老到地劝阻，"她们女的都可不讲理了。你跟她说前门楼子，她跟你说胯骨轴子。从我妈到我们老师，有一个算一个，你去也白去！"

李艳东这时上前一步，面朝周莺莺指着那间屋子："告儿你，这房我一时半会儿给你腾不了！等出了十五，我保证照原样给你归置出来。"

"这大年节的，你让我去哪儿？"周莺莺急得嘴唇发抖，"姐，我还带着孩子呢！"

"喜欢你、惦记你、想'拍'你的人不海了去了吗？去哪儿不成啊？反正你想现在住进去，门儿都没有！"李艳东寸步不让。

话说到这份儿上，再没什么商量的余地。周莺莺索性用手狠狠抹了把脸，然后长出一口气："没门儿是吧？"

"是！"李艳东的回答掷地有声，"没！门儿！"

"行，那我今天就开出个门儿来！"周莺莺顿时像变了个人。她把背了一路的行李从肩上摔到地上，然后抬脚就往门上踹。

"我看你敢？"李艳东不由分说地冲上前就要抓对方的头发。

"哎！小姑奶奶们，都消消气，消消气！有话咱好好说！别动手啊！"这裉节儿上，徐勇只好拿自己当肉墙，把红了眼的两人尽量分开。

秋实见了这场面急得浑身战栗。他使出吃奶的劲儿想扑过去，可死活都挣不开身后人的钳制。秋实于是当机立断，低下头便朝那只刚才捂住自己眼睛的手下了狠嘴。下一秒，血液特有的腥锈味充斥在口腔中。

徐明海疼得大叫一声，一下子就松开了人，然后眼睁睁地看着秋实如离弦的箭一样"嗖"地向李艳东撞去。

李艳东没料到半路杀出个小的来。她猝不及防，一个重心不稳，直接摔了个大屁股蹲儿。这下徐明海也不干了，一拧身子便加入混战。

一时间，大杂院上空残阳如血，大杂院里人仰马翻。

住在把口儿的张大爷、张大妈不敢上前，只伸着脖子倚门观战。关九爷则在自己屋子里咿咿呀呀地唱着折子戏：

"贤公主休要跪休要哭，听本宫从前事细对你说。千错万错你父错，他不该一心心谋夺山河。杀却了汉家臣数百余口，就是那鸡和犬也不存留——"

"有一个算一个！都给我消停下来！"一声突如其来的怒吼穿云裂石，如定身咒一样，一下子就把院里大的小的老的少的统统镇住了。

秋实正被徐明海死死压在身下。他脸蛋儿贴地，侧头一看，只见过道处站着个中年男人，男人身披一件深绿色的军大氅，顶天立地，面沉似水。

男人三步并作两步走上前来。他先薅起徐明海的脖领子，把人拎着戳到一旁，又把地上灰头土脸的秋实抱着送到周莺莺的身边。

当妈的顾不上整理自己，赶紧蹲下来掸了掸儿子身上沾着的雪和土。

一时半会儿，谁都没再说话，院子里只剩一片高低起伏的喘息声。

"怎么……回来也不提前来封信？我好去火车站接你们。"男人终于再度开口。他面部的肌肉像是被寒冬腊月的低气温冻住了，看不出喜怒。

"接她干吗？陈石头你怎么这么贱啊？"李艳东一面骂，一面把徐明海招呼过来。她看着儿子虎口处渗出的血，狠狠地剜了一眼秋实，骂道："真是属狗的！"

陈磊立刻掉过头去："李艳东，你别跟这儿臭来劲儿。都是一起穿开裆裤长起来的，你冲莺子撒什么泼？"紧接着他又跟徐勇说："自己媳妇儿自己看好了，别一天到晚地散德行。"

"是，是。"徐勇赶猪似的把一大一小往屋子轰，"你们先进去。"

"我散德行？"李艳东一把推开徐勇，拿食指抵在自己鼻尖上，然后冲陈磊划出一个大大的弧线，"姑奶奶我这是为谁啊？一起长起来的怎么了？她周莺莺把你放在过眼里一天吗？当年巴巴儿跟着那个姓杨的去了东北，结果没一年人家就——"

"都是些陈芝麻烂谷子，大过节的提它干吗？人能活着回来不比什么强？"陈磊快速打断李艳东的车轱辘话，"你就说现在怎么办吧。"

"我刚才就跟她说了，出了十五我肯定腾，现在没戏！我们家里外里（总共）十来平方米的地方，你让我一时半会儿怎么办？她是人，我就不是人啊？陈石头你这个脑子被驴踢了的浑蛋玩意儿！"李艳东骂人的声音里渐渐掺进哭腔，"再说去年给这屋子刷房修屋顶换窗户，还花了我们一个月工资呢！"

"有困难咱们解决困难不就完了。说破大天儿去，这房它不姓李。"

陈磊一锤定音，然后看着周莺莺说："你先带着孩子去我那儿凑合几天。我支张钢丝床跟小海睡这屋。不管怎么着，咱先把这个节过去。小海，"陈磊扭脸问徐明海，"干爹跟你一起挤几天行吗？回头咱一起拾掇，你家地方再窄巴我还不信码不进个半大孩子。"

徐明海赶紧点头，然后不计前嫌地用那只受了伤的手指了指秋实说："他人小不占地方，要不我跟他一屋，您和这位阿姨挤一屋？"

"胡说八道！"李艳东当即眉毛竖起，抬起手就给了徐明海脑袋一巴掌，"上学不好好学习，见天儿的（一天天的）脑子里想什么呢？回头我就找你们班主任去！"

徐明海揉着自己的后脑勺儿觉得委屈，他保证自己的想法特纯洁，他这不是跟着一起解决问题吗？

"就这么定了。有什么可吵吵的，多大点儿事儿？对了艳东，你晚上多做出口饭来。"说完，陈磊弯腰把地上的行李拿起来扛在肩上扭头就走，不去理会身后"我做？我做你奶奶个纂儿"的痛骂。

秋实被周莺莺拉着，跟着陈磊往院子东南角走去。

一进屋，周莺莺就让秋实坐在椅子上，然后把他的帽子、围脖儿和厚厚的棉衣脱下来。屋里的煤炉子烧得正旺，炉台上搁着烤干了的橘子皮，空气干燥而温暖。

秋实觉得自己像一只快冻干了的蜗牛，终于卸下背了一路的壳。

眼前的地方不大，基本属于客厅、卧室一勺烩。乱七八糟的东西不少，都堆在明面上。陈磊这时从电视旁边的立柜里拿出一瓶果珍，把橙黄色的粉末扒了几勺在杯子里，然后用暖壶里的水冲开了递给娘儿俩。

"果子，快谢谢叔叔。"周莺莺吩咐秋实。

秋实对任何成年男性都怀有深深的戒备，但眼前这个人给他的感觉不一样，有种罕见的安全感。他于是小声道谢，捧着描着红花的玻璃杯一连喝了好几口。温热的酸甜液体让他暖和了些，紧接着手指头和脸就开始痒痒的。

"别挠，冻着了，过会儿就好。"陈磊阻止秋实的动作，然后转了一圈儿，不知道从哪里翻出个盗版变形金刚——这还是上次徐明海落下的。

陈磊把玩具递给秋实。秋实看了妈一眼，然后在周莺莺默许的眼神下，小心翼翼地接了过去。

周莺莺低低道了一声谢。

陈磊咧开嘴，露出一个近乎于哭泣的微笑："这么多年不见，模样一点儿没变，性子倒不一样了。小时候艳东那母老虎欺负人，你就只会找地方自己哭鼻子。现在敢跟她动手了。"

"她怎么挤对我都行，就算是让我睡大马路我都能忍。"周莺莺的目光看着儿子，"可果子怎么办？为了他，我也得豁出去才配得上这一声'妈'。"

"刚才看你儿子跟小海干架的那劲头儿，挺猛的，今后肯定吃不了亏。"陈磊看了看秋实，然后用不经意的语气问，"孩子……他爸呢？"

"在当地犯了案子，判了刑。进去前我俩离了婚，然后托人办的返城手续。"

又是一阵长长的沉默，秋实都把手里的变形金刚连胳膊带腿变了三回汽车了，眼前的俩大人也没再说一句话。

"还以为这辈子都见不着你了。"陈磊感叹道，"怪不得前些日子眼皮老跳，左眼跳完右眼跳，就是没敢往你身上想。刚才进院一看见你，我整个人都傻了，跟做了场梦似的。"

"可不就是做了场梦吗？"周莺莺低着头，视线停留在脚下的水泥地上，"年轻的时候觉得日子长得吓人，广阔天地，大有作为，什么都不怕。结果小半辈子稀里糊涂就过来了。一转眼，孩子都快8岁了。"

"这日子你稀里糊涂过和明明白白过，没区别。都是一年三百六十五天，想少受哪怕一天的罪都不成。"陈磊走近，轻轻拍了拍她的肩，"过去的事情就让它翻篇儿。你就当是一不小心走丢了，不管怎么说，现在终于回家了。"

"嗯。"周莺莺抬起头来，笑了笑。

这时候门突然开了。只见徐明海二话不说蹿进来就搁在桌上一个铝锅，他伸手一揭盖子，一屉白胖白胖的包子个儿挨个儿地挤在一起冒着袅袅热气。这香味刺激得秋实肚子里"咕噜"一声，饿了。

"我妈就让我拿半屉。我心想那哪儿成啊？够谁吃的啊？"徐明海挺得意，丝毫不觉得自己的行为属于胳臂肘往外拐，掉炮往里揍。

"行，小海，算干爹平时没白疼你。"陈磊使劲胡噜了一下徐明海满是硬楂的脑袋，算是表扬。

徐明海给点儿阳光就灿烂，大声说："不够我再去拿！"说完他趁着陈磊去拿盘子、碗的空当儿，跑到秋实面前，然后抬手给他看自己涂满紫药水的虎口，龇牙咧嘴地说："哥哥我架打得不少，敢张嘴就往死里咬我的，你还是头一号。"

周莺莺看了觉得过意不去，忙催促道："果子，快跟小海赔不是。"

秋实咬着嘴唇不吭声，眼睛看向别处，脸蛋儿红了起来。

"嘿！你手里这个变形金刚还是我的呢！"徐明海说。

秋实一听，直接就把刚才还拧来拧去的东西扔到了地上。

"果子！自己把玩具捡起来还给小海，好好说对不起。"周莺莺皱起眉。

委屈和愤懑一下子蹿上秋实的心头。他看了眼一脸得意的徐明海，然后猛地抬起了左手，张嘴就去咬自己的手背。

周莺莺才松下来没多久的心，一下就又揪了起来。她一把抓住秋实的手，把人整个儿搂进了怀里，然后哑着嗓子冲徐明海说："小海，阿姨给你赔不是，实在对不起，果子今天才来，认生，你别怪他。"

徐明海在一边看傻了，这会儿又听见对方一个长辈给自己道歉，吓得直摆手："阿姨，我没生气！真没生气！我逗他玩儿呢。"说罢，他从裤兜里掏出一把酸三色，一股脑儿地全放在桌上，对秋实说："你以后就是这院儿的人了，胡同里有哥罩你。"

秋实不吭声，只把脸深埋在周莺莺的胸前。此时此刻，只有这方天地是自己熟悉的。

而周莺莺看着徐明海，觉得这孩子挺有陈磊小时候的样子，仗义又热情，可惜自己当年不懂。现在想想，身边能有这么个哥哥似的人物，简直是上辈子修来的福分。

这顿包子吃得无声无息，饭后陈磊和周莺莺两人开始叙旧。只是这"旧"怎么叙都像是隔着一层窗户纸，谁都不敢往深了问。

临睡前，陈磊给炉子填了煤，用火筷子捅了火眼儿，然后拿开水灌了个汤婆子放在床上。之后，他就搬着钢丝床去了徐明海那屋。

周莺莺拿铝壶里的热水给秋实简单擦洗了一番，让他睡到床内侧。

一天一夜的舟车劳顿，外加之前的鸡飞狗跳让此刻的宁静显得极为可贵。周莺莺躺在秋实身边轻轻撸着儿子的头发，终于撸出秋实晚饭后的第一句话："妈，我不喜欢这里。"

周莺莺没接儿子的话茬儿，而是说："等过年的时候，妈带你去白云观逛庙会。那儿可热闹了，咱们'打金钱眼儿'，'摸石猴'……"

而秋实却没被带跑，他坚持说："妈，那个阿姨欺负你，她跟秋家旺一样坏！咱们住在这里，她还会继续欺负你的。"

半晌，周莺莺才轻声说："可妈有你啊。就像在屯子里的时候，果子总能护着妈。"

"但我力气太小了，"秋实啜嚅着，"妈，我不该咬人，可要是不咬他我跑不过去。"

"妈知道。"周莺莺强忍着鼻酸说，"等过完年，妈就去联系学校让果子上学。你好好读书，等以后长大了就谁都不能欺负咱了。还有，小海哥哥是好孩子，人家被你咬得那么厉害，还拿包子给你吃。明天一定得和人家说对不起，知道吗？"

在一片混沌的幽暗里，秋实看清了周莺莺眼神里肃杀的决心，听见了她柔软的祈求，只得点了点头。

第二天一早，天光已是大亮。

徐明海受人之托，忠人之事，此刻他正坐在椅子上跷着二郎腿，打起一百二十个精神来"看孩子"。

不知过了多久，徐明海觉得自己都快入定了，床上的人才有了些许的动静。那个小孩儿翻了个身，终于一点点舒展开蜷成一团的身子。

徐明海探过身子，只见两把刷子似的睫毛颤巍巍地抖动了一阵。小孩儿睁开眼，看着屋顶落着灰的日光灯管发了会儿呆，似乎在想这是哪儿，半天才缓缓扭过头，把眼神赏给徐明海。

"你可算醒了！"徐明海站起来，转身从桌子上拿了张炸得黑乎乎的面饼，用一种类似于逗狗的姿势冲着秋实招呼，"吃不吃呀？糖油饼儿。"

小孩没说话，只伸着脖子四处看。

"干爹带着阿姨去街道了，说要找街道办事处办什么手续。"徐明海把油饼又搁回盘子里，催促道，"别在床上蔫着啦！干爹出门的时候特意嘱咐过，让我看着你刷牙洗脸吃早饭。"

徐明海将自己"幼儿园阿姨"的身份亮明之后，便掀开裹在秋实身上的棉被。眼前白藕似的胳膊腿儿让徐明海想起坐在莲花上的小娃娃——就是讲两拨人怎么抢宝贝的那个动画片里的渔童。他当下便冲着手指哈了口气，犯坏去搔秋实的胳肢窝。

可惜，对方并没有如他期待中笑得满床打滚。不管怎么挠，小孩嫌弃的表情都只传达出一个意思：你油了巴叽的手离我远点儿。

徐明海挺失望："你没痒痒肉啊？"

秋实伸手把一旁的衣服拿过来，一件件往身上套，小声说："没有。"

"人说没痒痒肉少人疼！"徐明海哪壶不开提哪壶。

秋实坐在床边穿好袜子，用脚努力去够自己的棉鞋。半天才嘟囔了一句："我不怕。"说完站起来就往外跑。

"哎！你干吗去？"徐明海赶紧拉住他，随即反应过来，"公共厕所在胡同口呢！外面这么冷，屁股少说得冻成八瓣。这铺底下不是有盆儿吗？"

秋实不干，非要出去。

"你怎么这么事儿啊？"徐明海没辙，又觉得自己肩负着"看孩子"的重任，只好督促秋实穿好棉衣，戴上围脖儿、帽子，然后从窗台上抄了卷粉红色的手纸，领着孩子出院门往胡同口走去。

胡同里人挺多，赶在年前，大家推着自行车出来进去的，一幅忙碌热闹的景象。

"这儿是孙大爷家，过去是车把式，现在改行做风筝；这儿是钱小六家，他家做毛猴儿特有名。你知道什么是毛猴儿吗？算了，估计你也不知道。"徐明海自说自话地比画着，"就是用知了蜕下的皮和花骨朵儿一起，做成小猴子。改天带你去瞅瞅，特好玩儿！"

"哦，这是罗叔开的小卖部，里面好多好吃的，还有公共电话，胡同里谁有什么事儿了都来这儿打。"

徐明海一面当导游，一面还得三不五时地跟路过的大爷大妈、叔叔阿姨打招呼问好。

"小海，谁家孩子啊这是？真俊嘿！"有人打听上了。

徐明海梗了半天的脖子就等着人问呢。于是他脸上立刻浮出喜人的酒窝炫耀说："这是我弟！"

"哎哟喂，怎么突然就有了个这么大的弟弟？回家跟你妈说，拐卖人口可犯法！"

"不是拐来的，"徐明海美滋滋地跟人逗咳嗽（耍嘴皮），"自己送上门儿的！"

李艳东几年前说要给徐明海生个弟弟或者妹妹，徐明海为此很是兴奋了一阵子，逮谁跟谁显摆说自己要当哥了。

可后来不知道怎么回事，李艳东出门倒土摔了一跤，大家当即就急忙地把她送去了医院。等再回来的时候，她挺大的肚子就瘪了下去。那阵子，徐明海见自己妈老是偷着哭，就不敢再嚷嚷要当哥这茬儿了。

李艳东本来打算东山再起，谁知道就赶上了计划生育。小计划赶不上大计划，不管是弟弟还是妹妹，反正被计划没了影儿，徐明海也彻底颓了。

他有时去找同学玩儿，看见别人家兄弟姐妹吵吵闹闹的一屋子，就觉得眼热。哪儿像自己家啊？唯一的余兴节目就是李艳东骂徐勇没出息，或者骂儿子考试又不及格。

而徐勇这么多年早就练就了一身铜皮铁骨的本事，平日里最喜欢哼的太平歌词就是："闲来无事我出了城西，瞧见了别人骑马我骑驴。回头看见了推车的汉，我比上不足比下有余。"

这种非暴力不合作的态度严重影响了徐明海。爷儿俩于是统一战线，经常偷摸儿在李艳东眼皮子底下搞些小动作，很有一种干地下工作的刺激。所以尽管李艳东昨天晚上三令五申地警告"不许跟那个爹多娘少的货玩儿"，徐明海也权当是耳旁风。

特别是睡觉前，陈磊躺在钢丝床上，头一次拿徐明海当个大人似的解释了一下为什么要给秋实他们腾房，还说不能欺负人家孤儿寡母，因为"不仗义"，"不开面儿"。既不仗义又不开面儿的事情徐明海不能干，他于是非常不见外地拿自己当了人家哥。

此时，徐明海站在厕所外面，把纸递给秋实说："我就在这儿等你。"

秋实小声说："我知道怎么回去。"

"别磨叽，"徐明海坚持站在小刀割脸的冷风里，一边跺脚一边说，"有说话的工夫，你都出来了。"然后使劲把人推进去。

等到秋实出来，徐明海又领着人，一路雄赳赳，气昂昂地回到大杂院。他本来预备拿出大人的派头催促小孩洗手洗脸刷牙。可没想到对方非常自觉，态度端正，动作标准，一点儿让自己狐假虎威的余地都没留。

最后，徐明海只好鸡蛋里挑骨头，非说秋实从周莺莺包里翻出来的雪花膏是假冒伪劣产品，扭头便从自己屋里拿出瓶印着个托腮小女孩儿的郁美净。

这玩意儿徐明海平时根本懒得用，一般只有被李艳东盯着的时候，才猫盖屎似的糊弄一下。他拧开盖子非常慷慨地抓了一坨，仔仔细细地把这香喷喷的膏状物抹在对方脸上，连脖子都没放过。

此刻，秋实配合的样子和他咬人时的狠劲儿判若两人，乖巧到让徐明海忍不住怀疑，昨天的一切都是自己吃多了脑补出来的。

而就在被人涂涂抹抹的过程中，秋实近距离看清了自己留在对方虎口处的"杰作"。粒粒分明的牙印结了暗红色的痂，惊心动魄。

"干吗？"徐明海留意到秋实的目光，顿时警觉起来，"别惦记再趁我不注意给我一口啊！我今儿可没招你。"

秋实咬着嘴唇跟自己较了半天劲儿，最后才别别扭扭地说："我不是成心的，对不起！"

"你不成心都咬成这样了，要是成心的还不得把我手咬断了啊？"徐明海没心没肺地哈哈大笑。

秋实立刻红了脸。

徐明海见了忙改口："嗐！我逗你玩儿呢！小意思，早不疼了。干爹说了，咱俩这叫'不打不相识'。"

徐明海自行消化掉手上残存的郁美净，然后把搁在炉台上保温的粥和油饼重新端回到桌子上："开搓吧！"

对方这个开朗不记仇的性子让秋实放松了不少，于是他乖乖地坐到椅子上，拿起勺子来一口口地喝起又甜又稠的腊八粥。

徐明海秉持干一行爱一行的敬业精神，很想把这个"哄孩子"的工作干得出类拔萃。可无奈这个新来的弟弟实在不需要费心去哄，自己整个儿一英雄无用武之地。

百无聊赖的徐明海于是单肘横在桌上，下巴颏垫着小臂，看着对面的人就地取材："小孩儿小孩儿你别馋，过了腊八就是年。腊八粥，喝几天，哩哩啦啦二十三……"

徐明海靠着一嘴胡同里养出来的京片子，愣是把这首儿歌念得抑扬顿挫，听上去很有种悠然自得的调皮腔调。

冬日暖阳从窗子照进屋里，细碎的尘埃配合炉膛里传出的"噼啪"声，像是有生命般在两人的头顶上卖力跳跃。

秋实看着徐明海，一面喝粥，一面也在心里不由自主地跟着他一起默念这首儿歌。

"二十三，糖瓜粘；二十四，扫房子；二十五，做豆腐；二十六，煮煮肉；二十七，杀年鸡；二十八，把面发；二十九，蒸馒头；三十晚上玩一宿；大年初一满街走……"

徐明海看着对方不错眼珠地盯着自己，同时还轻轻地点着头，一股难以形容的满足感立刻充盈心中。他想，怪不得原来都玩儿命生孩子呢，哄小孩儿这事儿可真让人有成就感！而且，果子比别人的弟弟都顺眼——只要他别咬人。

而徐明海不知道的是，此刻距离李艳东打上门来，还有不到十分钟。

就这样，徐明海滔滔不绝，搜肠刮肚地把各种儿歌、俏皮话说给秋实听，一直从传统风俗民情延伸到内部家庭矛盾。

"铁蚕豆，大把抓，娶了媳妇儿忘了妈……"

话音未落，李艳东的大脸盘子陡然就出现在窗户外，随之而来的叫骂声差点儿把玻璃震碎。

"小兔崽子！敢情你在这儿呢！"

徐明海猝不及防，吓得直接从凳子上出溜了下去，然后他当机立断，一不做，二不休，翻身就把门上插销插上了。

"我说这一上午怎么都没见着你人呢！昨天怎么嘱咐你的？"李艳东边咆哮边"哐哐"拍门，"顶风作案是不是？胆儿肥了你！"

徐明海半蹲在门后，不敢和自己亲妈猛虎般的眼神对视。他大声辩解："是干爹给我派的任务，让我帮着看孩子！我……我这是为人民服务！老师天天这么教育我们！"

"老师还教育你好好学习，天天向上呢！"李艳东两条文过的眉毛此刻竖起来，栩栩如生，展翅欲飞，"徐明海！你给我滚出来！"

"我好好学了！我寒假作业都写了一多半儿了！"徐明海绝地求生，"我跟果子玩儿会儿怎么了？"

"人家昨天刚来就咬了你一口，你还跟他玩儿？你怎么就这么没皮没脸啊？"

徐明海下意识地揉了揉自己的脸，继续隔空喊话："我这不是为了过过给人当哥的干瘾吗？您要是能现在给我生出个弟弟来，我保证从此以后不理他！"

这话好死不死正戳在李艳东的肺管子上，让她直接进入暴走模式："谁教你的跟老家儿说话这么没大没小？徐明海你给我出来！今天我不揍你一顿，你不知道马王爷几只眼！"

就在母子二人你来我往斗智斗勇的时候，秋实淡定地拿牙撕着油饼上的红糖。

"哎，果子，"徐明海抽冷子（突然）问他，"好吃吗？"

"嗯。"秋实点头说，"好吃。"

"留着点儿肚子，一会儿要是我被我妈打死，你还有新鲜人肉吃呢！"徐明海没好气。

其实秋实此刻的波澜不惊纯粹是在东北练出来的。他打小见大人痛揍熊孩子见得太多了，有时候还是男女混合双打，眼前这种光吵吵不动手的对峙，连台面都上不了。

"完喽完喽，"徐明海扒着门缝儿往外瞅，"看来我妈这回真急眼了，正满院子找笤帚疙瘩呢！我今儿算是噶儿屁着凉大海棠（翘辫子）了！"

秋实舔干净手指，忽地从椅子上蹦下来。他弯着腰靠近徐明海，然后说："你躺地上。"

"耍赖可不管用，"徐明海指指外面说，"我妈她老人家压根儿不吃这套。"

"不是耍赖。"

秋实这会儿想的是屯子里隔壁家二狗得的一种病，大人们说那叫"抽羊角风"。但二狗私下透露，好几次都是装的。这样捅了娄子，爹妈就不舍得动他了。唯一的缺点是，不能老用，得分轻重缓急。弄好了，非但不挨揍，往后还能过上几天神仙般的日子。

"你学我。"秋实说完，便开始努力模仿记忆里二狗"犯病"时的样子。此刻他小小的身子立刻僵硬起来，四肢分工合作。上面双臂抽搐，下面双腿痉挛，歪着脑袋微微张开嘴，拿牙齿咬住一截露在外面的粉红舌头，然后嘴角一点点冒出口水制造白沫。与此同时，他呼吸急促起来，一对漆黑的眼珠子拼命往上翻，眼眶里留下大面积的惨白。

这导致秋实最终躺在地上的时候，还哆嗦着蹬着腿儿——一副死不瞑目的样子。

徐明海在旁倒吸一口冷气，觉得自己当真是小瞧了这孩子。

于是，当李艳东手拿笤帚再次袭来时，徐明海便悄悄打开了门上的插销。李艳东一记"万佛朝宗掌"下去，木门应声而开。

徐明海瞅准时机，拿脑袋上最硬的地方往门板上一碰，然后立刻发出惊天动地的一声惨叫："啊——"接下来，他现学现卖，青出于蓝而胜于蓝地把人之将死表演得淋漓尽致。

李艳东看见眼前这一幕魂儿立马飞了，整个人僵在原地。可巧就在这时候，陈磊和周莺莺回来了。

陈磊伸头一看徐明海倒地不起、浑身抽搐的样子，吓了一大跳。他一把推开傻了眼的李艳东，赶紧把人从地上抱起来。

"怎么回事这是？"

秋实站在一旁，瘪着嘴抽抽搭搭地说："阿姨要揍人，开门的时候撞他脑袋上了。"

"我，我……"李艳东手持一柄冷兵器，站在门口百口莫辩。

"你说你，一天到晚跟孩子置什么气？多大的事儿就喊打喊杀。里外里就这么一棵独苗儿，撞坏了怎么办？"陈磊抱着徐明海撒丫子就往外跑，"你赶紧去把隔壁王哥家那板车给我借过来，去医院！"

"好好……"李艳东嘴上说好，腿却已经不听使唤。她刚一挪窝，身子就软了，幸亏被周莺莺一把扶住，才没直接坐地上。

转眼的工夫，徐明海已经被抱到院子口。他心想，总不能真被板车拉医院去啊。回头一检查，屁事儿没有，还不露了馅？

于是他在陈磊怀里先是哆嗦了几下，便缓缓地睁开眼睛，然后喘着粗气咳嗽了几声。

"小海，"陈磊止住脚步，低头问，"你醒了？头疼不疼？哪儿不舒服？"

"没事，胃里有点儿恶心。"徐明海半死不活地说，"干爹，我晕……咱别去医院了。您抱我回屋里躺会儿吧……"

徐明海见陈磊一脸狐疑地看着他，到底还是心虚，赶紧又把眼睛闭上了。陈磊稍微琢磨了一下，转了个身子便往回走，边走边喊："艳东，孩子醒了，你赶紧过来看看。"

李艳东这时缓过来些力气，她甩开周莺莺三步并作两步地跑到屋里，然后见陈磊已经把徐明海轻轻地搁在了床上。

李艳东坐在床边一把抓起儿子的手，抽泣起来："长这么大，从没闹过这种毛病，怎么了这是……"

"说话挺利索的，估计就是磕了下脑袋，顶破天是个轻微脑震荡，应该不严重。"陈磊极为艰难地在"不揭穿徐明海"和"别让他妈着急"的天平上拿捏尺度。

"那也不行啊！本来这书就读得七零八落的，这下更崴了。"李艳东放心不下，央求道，"咱还是去趟医院吧，拍个片子也踏实啊。"

"妈……"徐明海掐着分寸再度颤巍巍地睁开眼，"我没事……"

"真的？"李艳东赶紧冲徐明海伸出俩手指头，"这是几？"

"是个胜利，"徐明海说，"我好多了……"

"妈真不是成心的。小海，你怎么也不知道躲一下啊……"李艳东眼泪成串地往下掉。

徐明海心说眼前这一亩三分地，您拿着笤帚我能躲哪儿去？

"妈，我错了，不该跟您顶嘴。"徐明海挤出两滴鳄鱼泪，欲落不落的样子叫人十分心疼。

"行了行了，"李艳东把被子给徐明海披了披说，"你躺着吧，再难受恶心的话赶紧跟妈说。"

"妈，我饿了……"徐明海试探着开口。

"你中午想吃什么？妈给你做。"李艳东赶紧说。

"炸馒头片儿，抹上厚厚一层麻酱，再撒点儿白糖。"徐明海说着说着口水都要流下来了，然后补充道，"还想吃麦丽素。"

"行，妈一会儿就去副食店给你买去。"李艳东难得这么好说话。

"妈，"徐明海打蛇随棍上，"我以后能和果子一起玩儿吗？"

李艳东这下不说话了，头扭去一边。于是，徐明海便把哀求的眼神递给陈磊。

"咱这条胡同里孩子不多，我看小海平时一人也挺孤单的，干吗不让他跟果子玩儿？"站在一旁的陈磊接过话儿，"你掺和孩子之间的事儿干吗？都这个岁数了，还赌哪门子气？"

"我就是赌气！我就是看她周莺莺不顺眼！"李艳东用手轻轻摩挲着徐明海湿漉漉的额头。她以为这是刚才儿子疼出来的汗，殊不知，这其实是徐明海演得太过投入，大脑分泌出的智慧结晶。

"人家莺子不就是比你眼睛大点儿，头发多点儿，皮肤白点儿，身材瘦点儿。"陈磊笑，"人家港台女明星也长这样，你挨个儿恨得过来吗？"

李艳东咬牙切齿道："滚！你懂个屁！好男人一身毛！好女人一身膘！"

陈磊赶紧点头说："好好，一身膘好。"

李艳东骂完人，又继续说："你别打岔，你明知道我这是为了什么！要不是因为她，你至于被……"

"得！又是这一套，你没说烦我都听烦了。"陈磊赶紧摆手打断对方，"艳东，我最后跟你说一遍，这世上，谁都没对不起我。这是命，我早认了。"

"要不说可怜之人必有可恨之处呢，给你操心也白操心。这几年又不是没有小姑娘上赶着追你，可你非说自己底儿潮不想谈。陈石头，"李艳东盯着他，"你跟我说实话，你是不是压根儿就没死过心？如今她回来了，你总算盼到头儿了？"

"什么头儿？这辈子哪有头儿？"陈磊没正面回答，只嘱咐她，"有些话千万甭当着莺子提，她什么都不知道。"

"是，打小儿她就跟棵小白菜似的，只顾自己水灵可人疼，其他的她知道什么啊？"李艳东撇了撇嘴，然后站起身来，"你帮我看着点儿小海，我拿副食本打麻酱去，正好晚上做花卷。"

李艳东出门前，扭头看了眼床上可怜兮兮的徐明海："你以后爱跟谁玩儿，就跟谁玩儿吧。"

2 珍珠翡翠白玉汤

午后，"大病初愈"的徐明海重出江湖。

他往陈磊那儿跑，门一开就看见秋实脸上顶着双哭得跟桃核似的眼睛。徐明海顿时愣在门口不知该不该进。

"来找果子啊？"周莺莺有气无力地看着另一个不让人省心的孩子。

"嗯，阿姨。我找出好多小人儿书来，想让他去挑挑。"徐明海挠头道。

"你妈同意吗？别让她老因为这个生气。"周莺莺叹气。

"我妈说以后都不管我跟谁玩儿了。"徐明海信誓旦旦地拍着胸脯，"我方取得了第一阶段的全面胜利！"

周莺莺回头看了眼儿子，只见秋实紧闭的嘴角有微微上翘的趋势。她无奈地说："果子，你跟小海玩儿去吧，妈的话……你别忘了就行。"

徐明海见周莺莺松口，赶紧进屋拉住秋实的手，拽着人就往外跑。等跑到南屋他关上门，还伸着脖子往外看了看有没有人跟踪，然后才问秋实："你哭什么？"

"我没哭。"秋实拿那双亮晶晶的兔子眼往床上看。

上午的时候，李艳东前脚刚一走，秋军师后脚就被刑讯逼供。

李艳东关心则乱，见亲生骨肉挨地上左一抽搐右一痉挛，三魂七魄顿时全都没了影儿，压根儿没想过他是在装病。

但周莺莺在屯子里是见过二狗"犯病"的，这玩意儿又不传染，怎么秋实才来第二天，徐明海也这样了？可不管怎么问，秋实都一副英雄就义的架势，连中午饭都没吃，气得周莺莺狠狠打了他手心几下。

秋实自记事以来，还没被亲妈这么批评过。又觉得既然李艳东是"坏人"，那么自己的所作所为必定就是正义的。好人居然没好报？秋实觉得委屈极了，于是极少哭鼻子的他大大地哭了一场，顺便把这几日淤积在心里的不安一并发泄了出来。

"再怎么着也不能装病骗大人。"周莺莺最终放弃从儿子嘴里撬实话，只说，"做父母的看了心得多疼啊？以后再也不能这么干了，知道吗？"

一边张牙舞爪地揍孩子，一边又说心疼，秋实觉得大人的世界非常难懂。就在周莺莺要他保证以后再也不出馊主意骗人的时候，救兵到了，秋实这才得以逃出生天。

被徐明海拽着跑到院子的时候，秋实深深地吸了一大口外面冷冽的空气。没错就是没错，他心想。

进了屋，徐明海催促秋实脱鞋，然后拉着人蹿到床上。这上面已经摆满了各种小人儿书，五花八门跟书摊儿似的。

徐大款朗声说："想看什么？自己挑！"

小人儿书让秋实心里刚刚还发着霉的地方一下子就透亮了，他轻轻掂起其中一本说："想看这个。"

"《射雕英雄传》，"徐明海说，"我也特喜欢这套，咱一起看！"

两人一拍即合，双双背靠白墙，捧着书，一下就从这个剪不断，理还乱的现实世界跑到武侠乌托邦里去了。

尽管书上的字他们还不能全部认得，但配合上人物的表情动作总能猜到。更何况徐明海声称看过同名香港电视连续剧，总要在各种招式上比画一番方才罢休。这么下来，秋实愣是把小人儿书看出了立体效果。

在读到书中描述的，黄药师所制的"九花玉露丸"时，没吃午饭的秋实下意识地舔了舔嘴唇。徐明海见了，立马起身从写作业的桌子上拿来李艳东买的麦丽素。他一把撕开，倒在手上，献宝似的送到秋实眼前。

秋实嗅了嗅，一股甜味蹿进鼻腔。

"这是什么？"

"你没吃过？"徐明海见秋实摇头，便开始吹牛，"就是书上画的那东西，神丹！能延年益寿，起死回生。"

"骗人。"秋实不上当。

"不骗你，真的！"说着，徐明海就拿起一颗塞进秋实的嘴里。

巧克力先一步在秋实口中融化，随之而来的是一股浓浓的奶香，像是麦乳精的味道。麦乳精在屯子里可是稀罕物。秋实小心翼翼地用舌尖滚动着嘴里的"神丹"，不断拖延它融化的速度，直到最后一点儿甜意消散在口腔中。

见秋实认真严肃的表情堪比在广场上看升国旗，徐明海笑得脸颊上的酒窝越发明显。他紧接着又塞了一颗进去，指挥道："嚼着比含着好吃！你试试。"

此刻万籁俱寂，整条胡同的人似乎都在这个寒冬的午后沉沉睡去。全世界只剩下一个不断发出酥脆咀嚼声的秋实和一个不断往他嘴里投喂"神丹"的徐明海。

不知不觉中，一袋子麦丽素都没了。最后，徐明海嘬着手指上融化的可可脂，打趣道："这认真劲儿的，不知道的还以为你吃的是人参果儿呢！"

秋实觉得自己似乎被嘲笑了，但他却没有因此不高兴，反而想要主动开口说些什么。

"我家……"秋实顿了顿，改口道，"屯子里没这个。"

"屯子什么样儿？"徐明海好奇地问，"你们平时都玩儿什么？"

"挺大的，"秋实努力描述，"夏天的时候我们在草甸子里玩儿。那里有傻狍子，一吓唬它就跑得老远了。有时还能遇见小狼崽子，其实就跟小狗差不多。甸子里有花脸蘑，捡回家能当菜。但是也要当心，大人说草长得矮的地方千万不能去，是鬼沼泽，掉下去就死了……"

秋实说着说着，眼前似乎出现了那波涛滚滚的绿色，一直翻卷到天边。天边是云，扇动翅膀停在半空中的是一种叫"天子"的鸟，叫声特别好听。他不由得想，到底哪里才算是家乡呢？

徐明海第一次听小孩儿一口气说这么多话，又问："那有零嘴儿吃吗？"

"有。白薯干、米花糖、馓子、炉果、菇茑、冻梨……"秋实如数家珍，"也挺好吃的。"

"白薯咱也能烤啊！"

徐明海听到这里立刻跳下床去，趿拉着鞋跑到外面，从窗户底下抄起两块细溜的白薯，然后他转身回到屋里，把白薯摆在炉子上。

晚饭前，李艳东出门拿白菜。她往徐明海屋里一斜眼，恰好就看见了这么一幕：俩孩子一人手里捧着半截焦黄的白薯，乖乖坐在床上看书。谁都是一副不给大人添乱的懂事模样。

她盯了会儿多动症忽然痊愈的儿子，又看了看脸蛋儿和周莺莺一个模子里刻出来的秋实，不知怎的就想起小时候的事。

那会儿这条胡同的孩子多，可陈磊就只对周莺莺一个人好，哥哥似的带着她到处玩儿。而自己就只能装作满不在乎的样子在一旁偷偷瞅着他们——居然跟现在的情景差不多？

李艳东叹了口气，摇摇头，像是要把脑子里莫名其妙的想法甩开。她一边扒着大白菜外面那层冻干了的菜帮子，一边往厨房走，心想，好好的，她怎么就回来了？

徐明海觉得这日子就跟小女孩儿跳的那个猴皮筋儿似的，一会儿长，一会儿短。秋实没来的时候，一天绷得老长，没劲透了。可如今，日子突然又短了，缩成巴掌长短，一天还没怎么着呢就过去了。

虽然是物质普遍匮乏的年代，能玩儿的东西却不少。徐明海教秋实弹玻璃球，拍洋画儿，传授他"一条龙"和"满堂红"的心得和技巧。秋实投桃报李，教徐明海抓"嘎拉哈"。

在北京，没地方找狍子膝盖骨，陈磊给他们弄了猪的来代替。

四个子儿一副，磨得小巧方正，像是玉打的。两人面对面地坐在床上，秋实单手抓起沙包高高一扔，在沙包落下前赶紧抓起一颗"嘎拉哈"，然后接住空中落下的沙包，再依次抓剩下的。

秋实的手法利落干净，徐明海第一次看，只觉眼前"唰唰"几道白光，还以为对方练的是九阴白骨爪，十分佩服。

因为徐明海在院子里有了伴儿，便以肉眼可见的速度变得老实起来，不再天天闹着满世界疯跑去了，以至于李艳东心里再不痛快，也只能当没看见。

就这样，时间转眼到了除夕夜。陈磊年前带周莺莺到崇文门菜市场办了些年货，三十下午又帮着一起炸了带鱼、炒了米粉。最后他欲言又止了半天，到底什么都没说，天一擦黑就骑车回大哥大嫂家跟老家儿吃年夜饭去了。

李艳东那厢照规矩，也得带上儿子跟徐勇回婆家过年。可临出门了，徐明海还拉着秋实在看小人儿书。她三催四请的见他半天不挪屁股，差点儿又要发飙。徐明海无奈，只好磨磨叽叽地穿上衣服，一步三回头地跟着大人走到院门口。

"果子，我初二早上就回来！"徐明海冲着秋实露在屋门外的半张小脸儿嚷嚷道，然后就被李艳东毫不客气地拽走了。

这么一来，院里就只剩下了张大爷一家、无儿无女的关九爷和周莺莺母子俩。徐明海平时一个人能整出三个人的动静，现在他一走，秋实居然不习惯了。

周莺莺在厨房忙活年夜饭，秋实拿着徐明海留下的小人儿书自己看。突然，一只大白猫蹿到窗户外面的水泥台上。

秋实认得它，常来这院子的野猫里数它的脾气最好，不认生。又因为它额头上有块黑色的毛，像极了小媳妇的头发帘，徐明海就管它叫"刘海儿"。

两人都喜欢跟"刘海儿"玩儿。只是有一次徐明海把它抱进屋里去，结果被李艳东看见了，当即又挨了一顿臭骂。

秋实这时见了它，立刻放下手里的书跑到外面。四处转了一圈儿，一抬眼白猫正顺着门缝儿往隔壁屋子里钻呢，秋实紧跟着跑到门前，却下意识地止住了脚步。

秋实记得徐明海说，住在这里的关九爷是个"半疯儿"。这院里的大人，平时只有磊叔会跟"疯子"说话，帮他换煤气罐，干些重活儿。剩下的，就没见谁跟他走动。

秋实伸着脖子透过玻璃往里一瞧，那白猫正低着头在一个青花小碗里吃饭呢。而关九爷坐在一旁，看样子是在跟猫说话，眉飞色舞的。就在秋实想要离开的时候，对方忽然抬起头，笑着冲他招了招手。

秋实一不小心对上了"半疯儿"的眼睛，心里顿时一紧。他愣了片刻，却发现自己的脑子还挺清楚的。他知道一加一等于二，知道自己妈正在预备年夜饭，也记得徐明海走之前说初二就回来。于是，当关九爷再次笑嘻嘻地冲他招手的时候，就情不自禁地推门走了过去。

这还是秋实第一次近距离看清对方的样子。关九爷的头发已经全白了，身穿一件黑色夹袄，消瘦的脸皱纹不少，可眼珠却不浑浊，挺精神的样子。至少在秋实看来，这老头儿比马路上那些凑一起侃大山的大爷都干净利落。

"你叫果子呀？"九爷的声音挺细，充满和他这个年纪不相符的活泼。

秋实点点头，想要张嘴叫人，又不知道喊什么好。

"就叫九爷吧。"老头儿从一旁抓起俩核桃，拿在手里揉来揉去，"你大名是什么？"

秋实告诉对方。

"春华秋实，怪不得叫果子哪。"九爷点点头，又问了问秋实的岁数。他知道秋实是打黑龙江来的，自言自语道："黑山白水，好地方。"

秋实蹲在地上，一面有问有答，一面把手放在大白猫的后脖子上轻轻抚弄。那猫正仔细吃着一碗白水煮小鱼。秋实觉得"刘海儿"的日子比自己过得还好。

"唧唧……油……"

秋实侧耳一听，觉得这动静熟悉，便抬头四处去找。

"知道这是什么叫唤吗？"九爷问。

秋实回答："蛐蛐儿。屯子里草地里多的是，我逮过，但冬天就都没了。"

"聪明。"说着，关九爷便放下那俩油光锃亮的核桃，从怀里掏出个窄屁股平嘴的小罐来。他轻轻地晃了晃，得意地道："这可是我立秋那会儿，大早上起来去土城菜园子后身儿，那条小沟里逮的尖翅金丝黄麻头。"

这名号听上去挺唬人。秋实咬了咬嘴唇没说话，满脸的期待。

"想不想开开眼？"关九爷的神情，就跟徐明海显摆自己的玩具小人儿书时没两样。

秋实稍一点头，他便扣住罐腔，掀开笼盖，里面的活物就跑到他掌中的阴影处。九爷又轻又慢地张开手，这只"尖翅金丝黄麻头"便全须全尾地亮了相。

秋实一看，真是只神气的蛐蛐儿！比自己逮过的那些都大。两根须子跟铁丝似的又长又齐，上下搅动，像是拿着两柄倚天剑。身形壮硕，威风凛凛，浑身上下都透着七个不服，八个不忿，一百二十个不含糊。

"你看看这脑线，水净沙明，细贯到顶；你再看看这翅壳儿，纹路密细，闪烁如金……"九爷越说嘴里的词儿就越多，红光满面的。

这时，大白猫克化完了鱼，冲着九爷"喵呜"一声。他赶紧把蛐蛐儿放回罐子揣进怀里，再冲猫一招手。那猫跳上去，熟门熟路地窝在他腿上，尾巴耷拉下来一摆一摆的，很是惬意。

"大人都不让"刘海儿"进屋，说野猫脏。"秋实看着九爷和猫。

"脏？它可比人干净多啦……"九爷胡噜着猫脑袋，没头没脑地说，"走运的话，你下辈子投胎就能当个猫啊，鸟儿啊，蛐蛐儿，蝈蝈儿，油葫芦；不走运的话，还得当人哪……"

正说着，院子里传来周莺莺喊人的动静。半天没见着孩子，当妈的出来找了。

"回吧，"九爷笑着冲秋实抬下巴，"以后常来，我这屋里的好玩意儿可多了。"

秋实于是说了句"九爷再见"，转身开门跑到院子里。周莺莺见儿子从隔壁屋里出来，心里不免有些打怵。她听陈磊说，这关老爷子是最近几年才搬来院里的，成天神神道道的也没人知道他的底细。但陈磊又说，老爷子不是坏人，就是脑子有点儿毛病，一阵阵不记事儿，犯起病来一会儿说现在是民国，一会儿说这条胡同原先是他们家的。

"吗去了？果子。"周莺莺拉着儿子回到屋里。

"跟九爷聊天儿来着。"秋实老实回答。

"都聊什么了？"

"他说的话我听不太明白，但他给我看蛐蛐儿来着。"秋实拿手比画着，很兴奋，"这么大！"

周莺莺于是放下心来，继续从厨房往外端菜。

要说这还是他们母子俩第一次过只有两个人的大年三十。秋实一看桌子上摆了不少吃的，其中还有一盘子自己喜欢的排叉儿，炸得金黄焦酥的，冒着香气，一半咸的，一半特地过了蜜。秋实想起给猫吃鱼的九爷，于是拿起个碗每样抓了一大把，又跑了出去。

一回生二回熟，他这次敲门进屋后，直接把碗撂在九爷面前的桌子上："我妈她刚炸的，您尝尝。"

"对外人称呼自个儿家长辈，得用'偬'才像话。"九爷摇头晃脑道，"得说，'我妈偬刚炸的'。"

秋实不明就里地跟着重复了一遍，便跑了。回到屋里，周莺莺问他又干吗去了，秋实照实说了。周莺莺听了不免苦笑："老爷子那牙口能嚼得动排叉儿吗？"说完，从蒸锅里拿了碗蒸得软烂的米粉肉："你再去给老人家送碗软和的吧。"

回北京的这第一顿年夜饭，秋实和周莺莺吃得很踏实。虽然没了在屯里时的热闹喧哗，但也没了那个喝多了就抽风打架的男人。

外面的二踢脚响得震天动地，像是马上要炸毁地球。电视里的主持人红光满面，看起来是真开心的样子。春晚的节目一个接一个，无外乎是相声、小品、歌舞表演。秋实觉得里面有首歌很好听，叫《故乡的云》。

大年初一，没人跟秋实玩儿。秋实自己看了半天小人儿书，又跑到关九爷跟前听了一堆半懂不懂的话。秋实喜欢九爷，觉得他不疯，还知道好多稀奇古怪的事情。最关键的是，他不拿自己当小屁孩儿看。临了，秋实还落着个明晃晃、沉甸甸的大钢镚儿。

"别跟大人说，"关九爷悄悄塞给他时不忘嘱咐道，"玩意儿，留着吧。"

大年初二的下午，秋实睡得迷迷糊糊的时候，突然听见徐明海的声音。

"果子！我胡汉三又回来啦！"

秋实一下子醒了，立刻起身朝窗户外面望去。只见徐明海正撒丫子从过道往这边跑，可还没跑两步，后脖领子就被李艳东拽住了。秋实就这么眼睁睁地看着徐明海被薅回了家。

大约过了五分钟，外面忽然一片喧哗。秋实再看去，徐明海正抱着那棵比腰粗的大树左闪右躲，哭丧着脸喊着："您问我，我问谁啊？"

而树对面是急红了眼的李艳东。她扯着脖子嚷："我不问你问谁？小小年纪，还学会贪污了？我看你学也别上了，下午就给你送少管所去！"

旁边的徐勇赶紧和稀泥："这大年节的，少管所它也不开门啊！哎，不是，我不是这个意思。我的意思是，小海可能只是不小心把钱掉哪儿了。哎，别动手！不就是 10 块钱吗？有什么大不了的啊？"

徐勇这话一说出口，李艳东更上火了。

"有什么大不了？哎哟喂，听听你口气，不知道的还以为我嫁的是万元户呢！姓徐的，你给我一边儿待着去，我教育我儿子呢，你别裹乱（搅扰）！"

李艳东在这事儿上确实没有危言耸听。当时的工薪阶层每个月到手的工资也就 100 块左右，"一张儿"少说能买五六斤肉。

徐勇家里兄弟姐妹多，顺理成章小辈儿就多。而李艳东这头儿里外里就一个徐明海。所以一过年，给压岁钱就成了一笔只赔不赚的买卖。虽说这钱是给孩子的，可谁都明白小孩充当的无非是个"洗钱"的角色，等走完这个过场儿，钱就又回到了各自父母手里。每年都是这样，徐明海刚把钱焐热乎了，一进家门就被李艳东收缴，美其名曰，替你存起来。

尽管这几年眼瞅着宽松了些，但穷日子实在是过怕了。吃了上顿没下顿的危机感像条隐形的尾巴，长在每一个人的身后。

而这一回，李艳东按照人头算来算去，怎么数怎么都觉得少了 10 块钱。一问徐明海，他马上矢口否认，一看就是有准备的样子。李艳东知道，孩子越来越大，也就越来越明白"钱"这个字的重要性。再不能像以前那样，一句"小孩儿不会花钱"打发过去了。钱难挣，屎难吃，不会挣还不会花吗？

可再怎么样，有想要的东西可以跟大人说，不能自己偷摸儿就把压岁钱"眯"了。小时偷针，大时偷金，现在就雁过拔毛，以后还得了？于是李艳东直接把徐明海的行为定性成了"贪污"，非要好好教育教育他。

她这次特意躲开徐明海的脑袋，只拿着笤帚往他屁股上打。可屁股上肉再厚，挨打照样疼，徐明海就这么被揍得满院子乱跑，吱哇乱叫。

这厢，秋实隔玻璃看见鸡飞狗跳的一幕立刻就往外跑，结果被自己妈一把按在椅子上。

周莺莺心想教育孩子这事儿，各家有各家的道理，外人没法插手。可她看着儿子一双干净透亮的眼睛，却怎么都没办法把"少管闲事"四个字说出口。母子俩能在院子里安生住下来，秋实能一天天开心起来，哪一样不是因为别人"多管了闲事"？

徐明海这会儿本已经把李艳东遛得没劲跑了，心里挺美。谁想自己大意失荆州，脚下一拌蒜，直接来了个平沙落雁式，"扑通"一下就坐在地上了。

"败家玩意儿！新衣服都脏了！"李艳东"嗷"地喊了一嗓子，"赶紧给我起来！"

徐明海用脚后跟猛一蹬地想站起来，谁知新鞋子不跟脚，那只藏蓝色的棉窝"啪叽"就掉了。这么一来，当了半日鞋垫的"大团结"可算重见了天日。

气氛陡然紧张起来。

李艳东本来累得气喘吁吁，大脑供氧不足，都打算不再追究了，没想到突然人赃俱获，得来全不费工夫。

她这下真动了气，不再留情，弯腰扬手"啪"的一声，一个铆足了劲儿的巴掌就抽在儿子脸上。而徐明海这时也早忘了秋实传授过的"抽风"秘诀，他当场愣在原地，心里涌起一股巨大的屈辱感。

"叫你偷钱！叫你说瞎话！叫你不学好！"气头上的李艳东高举笤帚就往儿子身上打。

徐明海这会儿反倒不高声惨叫了，他顶着一脸火辣辣的疼，一声不吭地受着李艳东的打。

忽然，一道影子箭似的蹿过来，直接扑在徐明海身上。李艳东定睛一看，居然是秋实那小兔崽子！他瞪着两只狼眼珠子似的眼睛看着自己，一不求饶二不卖乖，脸上不见惧色，只把大他一号的徐明海死死护在身后。

"周莺莺！管管你家秋实！"李艳东不能拿着笤帚往别人家孩子身上招呼，只得掉头找孩儿他娘理论。

"管不了！"周莺莺愣是连屋门都没出，"我们家没有大正月里打孩子的讲儿（说法）！"

这下换李艳东下不来台了。她举着笤帚，对着俩孩子一时不知如何是好。

"行了行了，小海都知道错了！"徐勇见缝插针，赶紧弯腰捡起钱，然后死命拽着媳妇往屋走。李艳东这会儿也意识到刚才当着大伙儿的面抽徐明海有点儿过分，不由得悲从中来。她把笤帚狠狠扔去一旁，边走边哭："我这是图什么啊我？不光是为了这 10 块钱，孩子不管不行啊，长大了怎么办？"

"那你好好跟孩子说……"

"好好说管用吗？跟你一德行，牵着不走，打着倒退！"

徐勇只好另辟蹊径给李艳东宽心："你想得也太远了，贪污犯那是想干就能干的吗？咱俩生出来的儿子有那个脑瓜子吗？"

"徐明海，今天的事儿你自我反省，然后写 800 字检查！"李艳东扭头号了一嗓子，然后掀开门帘，和徐勇走了进去。

这时周莺莺方才出来，把俩泥猴儿似的孩子领到屋里，用毛巾把两人身上的土都掸干净了。徐明海低着头白着张脸，一句话也不说。

"你妈也是恨铁不成钢，"周莺莺叹了口气，看着徐明海脸上浮现出五个手指印，尝试着跟小孩儿讲道理，"别因为这个记恨她。小海，这事儿搁阿姨身上，阿姨也生气。"

徐明海双眼无神，喃喃地说："反正就是欺负我是孩子呗。总有我长大了自己挣钱自己花的日子。"

"10 块钱不是小数儿，"周莺莺问，"你到底拿钱要干吗，小海？"

徐明海没说话，只咬着嘴唇，神情倒是有点儿像秋实了。周莺莺见徐明海不说话，也就不再问了。到底不是自家孩子，这尺度太难把握。

"妈，我想吃排叉儿。"秋实说。

周莺莺看了他俩一眼，转身去厨房炸排叉儿去了。秋实赶紧拉着残兵败将往外走。

"吗去？"

"找九爷。"

"疯啦？"徐明海抓住秋实问，"找他干吗？"

秋实不说话，只把人推到隔壁，敲了敲，屋门就开了。

"哟，"关九爷看着脸上顶着大掌印的徐明海，笑着说，"稀客嘿。"

徐明海挺紧张，盯着关九爷的眼睛看了半天才敢抬腿进去。

"你跟你妈见天儿闹什么哪这是？多早晚见了，都你死我活的。"

徐明海无言以对。

"九爷。"秋实冲着老爷子指了指徐明海左半边脸。

"小果子，你倒会找人，都坐吧。"

九爷说完转身去厨房，随后拿出个鸡蛋来。他用小锅接水煮熟，剥了皮拿块干净纱布包好，吩咐道："搁脸上滚，消肿化瘀。"

秋实把鸡蛋接过来，放在徐明海的脸颊上轻轻滚动。

"你到底要钱想买什么呀？我瞅着这满大街，现如今就没有个正经东西。"九爷坐回到椅子上，端起杯子慢悠悠地喝了口热茶。茉莉花特有的味道弥漫开来，清香扑鼻。

徐明海看着眼前这一老一小，半天才嘟囔道："想给果子买个生日蛋糕。"

秋实拿着鸡蛋的手顿时停下来。他近距离看着徐明海，一脑门子问号。

"你刚来的那天不是说了吗？过了初二就 8 岁啦，那不就是明天生日吗？"徐明海咧嘴一笑，结果牵扯到面部神经，立刻就"哎哟"上了。

"嗯，有情有义，是条汉子。"九爷听了眯起眼，挺高兴的样子，"戏要是这么一唱就好看了。"

"不过还是失败了，"徐明海扼腕道，"整个儿一窝头翻个儿。"

秋实从来没有吃过生日蛋糕，也不太懂这个东西背后所代表的意义。他纳闷儿地问："为什么要吃蛋糕？"

"过生日都吃！比麦丽素还好吃呢！"徐明海接过鸡蛋自己在脸上滚，觉得挺舒服，"可要是等我过生日那天才吃上，都猴年马月了。"

猴年马月，对小孩子来说简直比一辈子都长，等不了那么久。

秋实看着徐明海，徐明海低头只顾滚鸡蛋，两厢无言。

"得啦，别惦记那玩意儿啦。"九爷不知道打哪儿搬来个话匣子，把俩小的当大人似的也给他们倒上茶，"咱听段单口吧，转移转移注意力。"

话匣子里一阵吱吱的电流声后，人声渐起："哎，今天我说的这段单口相声啊，这可不是现在的事情。多咱的事情呢？反正这个离现在也不算远，才六百多年……"

两人喜欢看小人儿书，自然也喜欢听故事。他们随即便把"蛋糕"俩字抛到脑后，人五人六地学着九爷跷着二郎腿喝茶，留心听着话匣子里这鼻音有点儿重，莫名流露出喜感的声音。

而当徐明海听到"这县官跪在那儿，好家伙！磕头犹如鸡奔碎米，哆嗦得就跟蝎拉虎子吃烟袋油子似的"直接"哈哈哈哈"笑出声来时，脸上也就不那么疼了。

　　一下午就这么混了过来，再不乐意，晚饭前徐明海也得回家。他垂头丧气地进了门，徐勇见了赶紧说："儿子，过来吃饭！"

　　"还有脸吃饭？"李艳东没好气，"喝刷锅水！"

　　"没文化，"徐明海自顾自地小声念叨，"那叫珍珠翡翠白玉汤！"

3　生日蛋糕

　　大年初三，徐明海上午老老实实地蹲在家里写检查。吃过午饭，李艳东就逼徐勇带着自己去领导家拜年串门，趁着过节走动走动送送礼什么的，为下一波分房做准备。两人就没带徐明海，嘱咐了他几句就走了。

　　徐明海见大人们终于没了影儿，立马就揣着从各处搜刮的大虾酥和话梅糖去找秋实玩儿。他一进屋发现陈磊已经回来了，正在和周莺莺说话呢。

　　"干爹好，阿姨好！"徐明海叫完人便问，"果子呢？"

　　"刚吃完打卤面就跑了，没跟你在一起，那就在九爷那屋呢。"周莺莺说。

　　"什么时候果子跟九爷这么亲了？"陈磊纳闷儿道，"我这才三天没回来。"

　　"老爷子那边好像玩意儿挺多的，果子就喜欢去。"周莺莺解释道。

　　"那我也去！"徐明海扭头就要跑，却听陈磊喊住自己。他转身回去，眼前忽然出现个大大的礼盒。

　　"你不是老惦记广告里的那个雀巢咖啡是什么味儿吗？"陈磊说。

　　"干爹，您可真牛！"徐明海接过这红彤彤的盒子打开一看，一黑一白两个罐子，透着一股子说不清道不明的洋气，总结起来就是，味道好极了。

"您打哪儿弄来的啊？"徐明海在现实生活里只见过老师拿雀巢咖啡的玻璃瓶当茶水缸子。

"给你就拿着，"陈磊笑骂道，"臭小子，天天瞎打听什么？"

"谢谢干爹！"

徐明海拎着就往外跑，耳后还隐约听见陈磊跟周莺莺说："给你带了件毛衣，广州货……"语气一下子就变得软绵绵的，还有些结巴。

徐明海跑到关九爷屋前"咚咚"敲了几下门，进去一看秋实果然坐在桌子旁边和九爷一起听话匣子呢。不过这回不是单口了，是甜脆圆润的京剧唱词。徐明海无心细听，只把礼盒搁在桌子上，得意地问道："同志们，喝过咖啡吗？"

见秋实摇了摇脑袋，徐明海三下五除二地拧开咖啡罐子，然后递到对方鼻子底下让他闻。

"香不香？"

"香。"

"哎哟，"九爷搭茬儿，"这可有年头儿没喝过了。"

徐明海看着关九爷脸上的皱纹，心想这咖啡不是传说中的高级进口货吗？我一个当代小学生还没喝过呢，您上哪儿喝去？

"您老喝过啊？"

"那是，"关九爷一仰脖，孩子气地说，"天津沦陷前，在起士林喝的。"

徐明海觉得关九爷这会儿可能又疯上了。起士林是什么？哪儿挨哪儿啊？

老爷子说完站起来，转身从厨房里拎出个缠着塑料绳、被粉纸仔细包裹着的圆家伙。

"正好，"九爷笑眯眯地说，"咱今儿就一锅烩了。"

"啊？"徐明海吃了一惊，喊道，"蛋糕！"

蛋糕？秋实有点儿犯傻。他眼瞅着九爷将塑料绳解开，又伸手取下一圈儿好像是塑料泡沫的东西。

猝不及防，秋实生命中第一个生日蛋糕就出现在了眼前。

人造奶油特有的浓香瞬间迸发出来，一下子就把他俘虏了。秋实看着上面粉艳艳的立体花朵、绿油油的叶子，还有红色的"生日快乐"四个字，顿时感到一股巨大的快乐从心底喷涌出来。热乎乎的，浑身都烫了。

"插蜡烛！"徐明海抓耳挠腮地从盒子里找出蜡烛，然后分了八根出来，小心翼翼地插在蛋糕上。

关九爷取了盒洋火儿，擦着后，用一双青筋纵横、见皮不见肉的手颤巍巍地护着火苗，把蜡烛挨个儿都点亮了。

徐明海"嗖"地把窗户上的帘子拉上，屋里瞬间黑下来，一时间只见烛影摇曳，让秋实觉得眼前这一切只应该出现在电视里。

"果子快许愿！"徐明海撺掇他道，"生日许愿最灵了！"

秋实有点儿蒙："我不知道许什么，你替我吧。"

徐明海摇头道："又不是我过生日。你先闭上眼睛，把希望发生的事情放在心里念一遍，再吹蜡烛就行啦！"

秋实想了想，于是闭上眼睛。他长而浓黑的睫毛覆下来，在眼皮子下面轻轻抖动。

当徐明海把"祝你生日快乐"荒腔走板地唱到第三遍的时候，秋实终于睁开了眼睛。

"你这个愿可真够长的。"徐明海抓着秋实的手，"吹蜡烛！"两人同时鼓起腮帮子嘟起嘴，"呼"的一下，火苗一阵东倒西歪，终于集体熄灭。

徐明海把窗帘拉开后，头回在秋实的脸上见到一个舒展开的笑容。小孩眼睛弯弯的，像是冬夜里的月牙儿。

徐明海如同发现了新大陆，惊呼道："果子，你原来会乐啊？"

"这怎么话儿说的？谁还不会乐啊？"九爷说。

"果子自打来那天起就没乐过，我还以为他得过小儿麻痹症呢！"

"没听说过！"九爷一摆手，然后笑着冲秋实说，"以后多乐，先把自个儿骗过去，这日子也就不苦了。"

紧接着，三人把蛋糕切了，九爷还让秋实拿了块大的给当妈的送过去。等秋实回来后，老头儿看着俩孩子吃得眉飞色舞，也拿小勺挖了一口。细品之后一皱眉头，眼中随即就流露出怜意，开始自言自语："如今的孩子，是真没吃过好东西啊……"

徐明海和秋实不明就里地看着关九爷。

"你们管这……叫好吃啊？"

两人糊着一嘴的奶油猛点头。

"唉……"关九爷长叹。

徐明海觉得九爷简直是太不知足了，就问："难道这世上有比奶油蛋糕还好吃的东西？"

"过去北平城老饽饽铺里卖的'大小八件''百果花糕''八宝南糖'……哪一样拿出来不比这好吃呀？"

关九爷吧嗒着嘴，扭身把壶放在了炉子上开始烧水："那时候的蛋糕啊，有油糕、槽子糕；起酥类的有桃酥、枣泥儿酥什么的。应季的点心就多了，四月开春儿吃藤萝饼，八月十五日吃月饼，重阳吃花糕……"

徐明海和秋实边吃边听九爷讲述这些他们压根儿不知道的吃食。水开了，老头儿扎了勺咖啡粉放进杯子里，热水一冲，香气四溢。

"您最爱吃哪样？"秋实问。

"萨其马。"

"啊？萨其马我知道，那玩意儿根本咬不动！"徐明海现身说法，"上次在我奶奶家吃过一回，赶上我换牙，愣是把牙硌掉了。"

"过去的萨其马可不这样，讲究的是柔软香甜，入口即化。"九爷端起杯子，仔细喝了口冒着热气的咖啡，闭上眼回味道，"数北新桥的泰华斋做得最地道，不掉渣儿不黏牙，奶油味儿最浓。"

"那地方现在还有吗？"秋实专注问问题，而徐明海则学着九爷的样子往自己和秋实的杯子里扎咖啡，倒热水。

"没啦，什么都没啦。"关九爷睁开眼，笑着说。

徐明海端起杯子，豪气干云地把热滚滚的褐色液体倒进口中。随后，他立刻发出一声惨叫："啊！！！"

这动静吓得秋实一哆嗦，立刻放下了手里的杯子。

"太难喝了！"徐明海连吃了两口蛋糕试图把嘴里的苦味压下去。他哭丧着脸说："这是电视广告里那个高级的雀巢咖啡？这不是我感冒时候我妈给我熬的中药汤子吗？板蓝根都比这个好喝！"

关九爷也不说话，在一旁看着俩小的捡乐儿。

徐明海觉得自己上当了，就这玩意儿还敢标榜自己"味道好极了"？

这不是摆明了欺骗中国人民的感情吗？

他看着秋实说："有福同享，有难同当。果子，你要不也来一口吧，当是陪哥。"

秋实咬了咬嘴唇，然后英雄就义似的举起了杯子。

关九爷这回却接过秋实的杯子，从另一个罐子里扗了几勺奶粉似的东西放进去，还搁了一块礼盒里附送的方糖。待一切水乳交融后，才示意秋实喝。

秋实把这变了颜色的液体送到嘴边，伸出舌头来舐了舐，然后小口小口地喝了半杯，最后抬起头来说："挺好喝的，甜的。"

"啊？"徐明海凑过来，就手把秋实剩下的半杯给喝了。咦？又滑又甜，确实还行，特别是跟刚才的"中药汤子"一比，简直是脱胎换骨！

"您往里搁什么啦？"徐明海问。

九爷一努嘴："罐子上不写着吗？咖啡伴侣。"

"'伴侣'什么意思？"徐明海挠头。

"伴侣啊……"九爷琢磨了一下，说，"就是谁都离不开谁，一对儿。"

徐明海接着问："黄蓉郭靖算吗？"

"算。"

"我爸我妈算吗？"徐明海举一反三。

"算，"关九爷点头，"合法的。"

徐明海指着秋实继续问："那我俩算吗？"

"你们算哥儿俩。"关九爷哈哈大笑。

"那您的伴侣呢？"秋实问。

"我的伴侣啊……不在眼面前儿。"关九爷说，"好多好多年没见着喽。"

"您刚不是说，谁都离不开谁才叫伴侣吗？"徐明海没忘这茬儿。

"只要两人心不散就还叫伴侣，离着再远都没关系。"

晚饭的时候，俩小的揣着一肚子蛋糕、咖啡从九爷屋里出来。秋实突然想起什么，他问徐明海："你刚才说过生日许的愿最灵，那你的愿望实现了吗？"

"实现了啊！"徐明海一副美滋滋的样子，招牌酒窝大放送。

"什么呀？"

"嘿嘿，就不告儿你。"

年初四的大清早，秋实睁开眼后只觉得心窝里那股幸福劲儿还在，特别充实。

洗漱完毕，他坐在桌子旁刚拿起勺来吃早饭，就见陈磊带着徐明海走进来了。听他们说了半天，秋实才知道明天要一起去逛庙会。

"也是最近几年才恢复的。趁着过节，带你们一起去逛逛。"陈磊跟周莺莺商量。

"合适吗？"周莺莺显得有些为难，"咱带着俩孩子，艳东姐该不乐意了吧？"

"我妈已经同意了！"徐明海喜气洋洋地宣布完，转头跟秋实说，"庙会可好玩儿了！全是人，卖什么的都有。"

殊不知，陈磊、徐明海两人刚刚和李艳东进行了好一番"恶斗"。多亏了徐勇在一旁吹风，说孩子不在，咱俩正好能去王府井百货大楼转悠转悠，"二人世界"一把——这是最近才从港台电视剧里流行开来的新鲜词汇。李艳东听了，嘴角忍不住上翘，眉头一个劲儿下压，衡量再三才勉强同意。

于是初五一早，四个人在胡同口坐上全年无休、四处漏风的大公交车，于茫茫细雪中驶向白云观。

提起白云观，北京人民就没有不知道的。它和雍和宫遥遥相望，一西一东，一道一佛，共同看尽了这座古老城池百年来的兴衰荣枯，红尘中芸芸众生的悲欢离合。

下了车，陈磊和周莺莺走在后面，秋实则被徐明海拉着，迎着漫天的银粉玉屑一路跑在前面。

"臭小子，带着果子慢点儿跑！"陈磊喊，"人这么多，小心丢了！"
徐明海连头都没回："干爹您放一百二十个心吧！这地方我熟！"

细小纷乱的雪粒砸在秋实脸上，虽然冰凉却不觉得寒冷。慢慢地，眼前就出现了一片浓墨重彩的红色。无数高悬着的旗子和胖肚子灯笼合伙把游人的脸映成石榴色，谁看上去都是一副喜气洋洋的模样。

身边不时有人牵着驴，驮着嬉笑的小孩子招摇过市。秋实听徐明海说，"骑驴"可是白云观的特色。

"走！先摸石猴儿去！"

徐明海也不等着俩大人，仗着熟门熟路，带着秋实就往白云观的山门跑。等他们到跟前，此处早已聚满了人。山门弧形石雕的右下方被人摸得都快成镜面了，根本看不出来是猪是猴。

徐明海蹲下身子喊秋实："坐我肩膀上，我驮你上去摸！"

秋实摇头。

"快点儿！别磨叽！"

徐明海见他不上来，一着急干脆抱起秋实的两腿，直接挤进人群把他举到石猴前，秋实赶紧伸出手来狠狠摸了两下。

秋实下来以后，也要去抱徐明海。

"你哪儿抱得动我啊？"徐明海哈哈一笑，然后使劲蹭了蹭秋实的手，"你摸石猴儿，我摸你，就算咱俩都摸啦！辟邪祛病，一整年都不喝药。"

从山门进去，里面就是各种冒着热气的小吃摊儿，多数都是秋实没见过的。而徐明海则摆出一副见多识广的架势，为他逐一介绍。

"这是杏仁茶，那是江米粥、芸豆卷、炸糕、豌豆黄……"

徐明海兜里有5块钱的毛票，是临出门徐勇偷偷塞给他的。徐大款走到卖糖葫芦的摊儿前，望着草垛上插得满满当当的各式颜色，当即就取下两串山药红果，付过钱后，拿给秋实。

两人手握细细的竹签，一口下去，曲折蜿蜒的碎缝立刻炸开。冰糖皮甜脆，山药香糯，山楂酸爽，"嘎巴嘎巴"地嚼在嘴里，有种冰裂的刺激。

再往前走，有个专卖黏货的小推车。案板光可照人，上面除了黄米面枣糕，还有一个个头顶青丝红丝糖桂花的艾窝窝。貌似两口子的一男一女正将蒸熟的黄豆面擀成片，然后抹上红小豆沙馅儿，再一卷，外面沾上黄豆面，用刀切成一截一截的。

男的一边往上撒白糖，一边吆喝："哎，豆面糕、驴打滚，还有糖粘儿哎！"

徐明海每种各买一份，一人一口和秋实分着吃。秋实最喜欢这里面的艾窝窝。江米制成的外皮甜软厚实，里面包着芝麻、白糖、核桃仁，吃到嘴里，"咯吱咯吱"的，口感丰富极了，比屯子里的黏豆包好吃。

就这样，还没正经开始逛，两人已经吃了八分饱。

再往里走，看见的东西就更是五花八门了。大风车、空竹、风筝，还有捏面人儿的、踩高跷的、演木偶戏的、说相声的，嘈嘈切切，笑声叫声，混作一团。

秋实看什么都新鲜，任由徐明海带着四处瞎转。当他们走到一个套圈的摊位前时，两人停住了脚步。

只见这里摆了一地的玩具，什么类型的都有。东西越往后越高级，而其中最惹眼的当属一辆大号电动吉普车。它被放在最后一排，颜色鲜亮，睥睨群雄。徐明海都看呆了，立刻心痒难耐，他喊摊主："叔叔，多少钱套一次？"

"3毛，来几个圈儿？"

说话的人是个中年汉子，虽然面相不善，还是个"地包天"，但态度挺热情的。

徐明海把毛票从兜里掏出来，给了对方1块5毛钱，然后要了五个圈儿拿在手里，转头跟秋实说："我要套那个吉普车。"

秋实踮起脚看了一眼，非常客观地说："太远了。"

"啧，"徐明海一仰下巴，"看我的！"

说着只见他眼睛一眯，胳膊一抬，腕子使了个巧劲儿，手里的塑料圈儿"嗖"的一下就飞了出去。

一道红色的影子迎着簌簌的雪花在空中打着转，最后以一个非常漂亮的姿势落下去，完美地套住了摊位后面一棵歪脖子矮树的枯枝子。

周遭立刻发出"扑哧扑哧"的笑声。秋实一看，两人身边不知道什么时候已经围过来一帮或大或小的孩子。

"咯咯，那什么，"徐明海又拿起一个圈儿，"刚才只是练手儿，看哥哥我这回的！"

这回的进步非常明显，好歹没上树，但离吉普车还有十万八千里。

就这样，直到徐明海把手里的圈儿全都糟蹋干净了，别说车了，扑克牌都没捞着一副。

身边的小孩越聚越多，都是看好戏的兴奋神情。秋实扯了扯徐明海的袖子，小声说："咱走吧。"

"别走啊！再试试，保不齐下个就套上了！""地包天"吆喝着。

"不走！"徐明海斩钉截铁地拒绝了秋实的建议，掏钱又跟"地包天"换了五个圈儿，一脸的志在必得，"我看上了就是我的！"

可惜，他的豪言壮志和实力运气正成反比。说话的工夫，1块5毛钱就长翅膀飞没了。这时徐明海终于冷静了下来，他看着手里硕果仅存的一个圈儿，扭头跟秋实说："果子，你来。"

"我？"

"嗯。"徐明海把东西塞到秋实手里，"我才想起来，刚才是你摸的石猴儿啊。哥就指着你了。"

"我没套过。"

"有我这碗酒给你垫底呢。"徐明海鼓励他，"加油！果子！上！把你咬我那个劲头儿拿出来！"

秋实没辙，只好接过塑料圈儿，朝着吉普车的方向，探着身子使劲一扔。然后，那个没什么分量的圈儿就一路歪歪地飞出去，并肉眼可见地偏离了航线。

"唉……"徐明海叹了口气，蔫头耷脑地拉起秋实的手，准备撤退。

可偏在这时，一阵猛烈的白毛风刮过，就像是从里伸出只手似的，愣是把偏离目标的物体拽了回来。随后，塑料圈"吧嗒"一声，堪堪落在吉普车高傲的车头上。

"牛！"周围顿时惊起一片叫好声和鼓掌声。

秋实没想到瞎猫真碰上了死耗子，当场愣在原地。而这时徐明海脸上笑开了花，猴似的上蹿下跳了好几下，摇着秋实的肩膀大声表扬道："果子你太牛了！！！"

徐明海释放出的巨大喜悦感染了秋实，他也跟着激动起来。

"叔叔，您把车给我们吧！"徐明海扭头去要战利品，却正好看见"地包天"抬起脚来轻轻碰了那车一下。随后，挂在上面的塑料圈儿就掉了下来。

"不算。"对方面无表情地说。

徐明海一下子就火了。他高声喊着："凭什么不算？有您这么做买卖的吗？我们套上了！"

"地包天"一翻白眼："可架不住丫又掉下来了啊！"

"是您拿脚给踹下去的，我们这么多人都看着呢！"

"别仗着自己长了张嘴就胡说八道！谁看见了？谁看见了往前一步说话！"

旁边的小孩不再围着看热闹了，一哄而散。刚才还热闹的摊位前，此刻就只剩下了徐明海和秋实。

"告儿你俩别碍事啊，滚蛋！""地包天"弯腰把散落一地的塑料圈儿挨个儿捡起来，嘴里还骂骂咧咧的，"就花3块钱还想套个大汽车？琢磨什么呢？哎哟！我去！！！"

秋实没想到徐明海套圈儿不咋的，拿石头砸起人来倒是一丢一个准儿。那小石块就跟长了眼睛似的，非常精准地击中了"地包天"的额头。

"果子，哥牛吧！"徐明海弹出大拇指，挑着眉一脸得意。

"牛……"秋实看"地包天"捂着脑门子蹲在地上直叫唤，问道，"可咱是不是该跑了啊？"

对方这时站起来，伸着脑袋巡视一圈儿便骂着脏话冲了过来："小兔崽子！敢跟我这儿递葛（下属、晚辈或弱小者等对上级、长辈或强者的冒犯、挑衅行为）？"

徐明海当机立断，拉起秋实就往人群里跑去。

要说人多有人多的好，小孩子钻来钻去就没影儿了。可秋实今天却穿了件红色的条绒棉袄，脖子上戴了一条藏蓝色围脖儿，帽子尖还坠着个白色绒球，十分惹眼儿。这么一来他成了活靶子，导致两人没跑几步就被擒获了。

"地包天"顶着一脑门子的青紫，凶神恶煞地攥着两人的胳膊，骂道："小王八羔子下手挺黑啊！敢拿石头砸人？"

"你才是老王八羔子！"徐明海不服气道，"有你这么做生意的吗？臭不要脸！"

"哎哟喂，我这暴脾气的！"

徐明海就这么被"地包天"薅住脖领子，紧接着双脚离地，人悬在了半空。这时候咬人是不赶趟儿了，秋实心里一着急，直接使出吃奶的劲儿来冲"地包天"的膝盖骨狠狠一踹。

"地包天"顾得了上边顾不了下边，他赶紧把徐明海放下来，然后一手扯一个，叫嚣道："带我找你们家大人去！今儿这事儿没有大几百块咱可过不去！"

就在这当口儿，前一秒还不依不饶的"地包天"却一个趔趄向前栽去。趁着他手上失力，徐明海和秋实立马借机跑开。

"赖子，我就是他们家大人，你要的棺材板儿钱我出了！"一个熟悉的声音响起。

趴在地上的人一哆嗦，忙双手撑地，原地打了个滚儿，踉踉跄跄地站起来。

周莺莺这时赶紧将俩小的揽在怀里，一脸的惊魂未定。

"找你们半天了，急死我了……"

"你小子够有出息的，"陈磊面无表情地盯着"地包天"，"多儿钱能把你丫这驴脑袋治好了，我听听。"

只见"地包天"的眼珠子在眼眶里转了半天，才结结巴巴地问："哎……磊哥？不是……这你们家孩子啊？没听说你还有俩这么大的孩子啊……"

"许吗？"

"许，许……""地包天"的五官瞬间来了个乾坤大挪移。

他快速掸了掸身上的土，然后上前一步，热情洋溢地冲着周莺莺说："哎哟，嫂子吧这是？我哥可真有福气嘿！"

"少跟这儿套近乎，"陈磊一把将"地包天"从周莺莺身边拽开，"还没说要多少钱呢。"

"一场误会，什么钱不钱的，我管谁要钱，也不能管我哥要钱啊！""地包天"一胡噜脑门子，"小意思，根本不疼！"

"怎么回事？"周莺莺问秋实，"好好的，怎么把人伤着了？"

"阿姨，是我干的！"徐明海大声说，"我们刚才套圈儿，果子帮我套着个大吉普。大家都看见了，可他偏不认！"

"行啊，你小子这么多年还是一点儿长进都没有，"陈磊听了，直接上手捏了捏"地包天"独具特色的下巴颏，"欺负人欺负到我们家孩子身上了？"

"嘻！我这不是看走眼了吗？""地包天"讪笑着把陈磊的手小心翼翼地拿开，然后"啪啪"地拍着胸脯，"早知道是咱大侄子，包圆儿送都不带打磕巴（结巴）的！"

"不要你送，我就要我们应得的！果子套着的那个大吉普！"徐明海嚷嚷道。

"成，成！""地包天"扭身就奔自己摊儿，把那个玩具车抱在怀里，又颠颠地跑回来，一把塞给徐明海，"来，大侄子，拿好喽！"

安抚好孩子，他从兜里掏出烟来殷勤地递给陈磊，解释说："哥，我真不是成心的。你看这事儿闹的，真是一不留神把龙王庙冲了。那什么，出来以后就没再见着你。现在吗呢？有没有什么好路子……"

话才说到一半，"地包天"就被陈磊拽着走远了。一支烟的工夫后回来，陈磊跟周莺莺说："走吧，没事了。"

周莺莺再不敢松懈，紧紧攥着俩孩子的手问："这什么人？"

"一朋友，多少年没联系了。"陈磊语焉不详。

"他刚刚说'出来以后'是什么意思？"

"哦，没什么。我俩当初在一个厂里干过活儿。"陈磊回答，顺便伸出手指敲徐明海的头，批评道，"臭小子，怎么出来一趟就跟人干架？"

话虽这么说，可陈磊的语气却透着一股子骄傲。

徐明海终于抱上自己心心念念的大吉普，立刻开始反攻倒算："干爹你怎么回事？这么半天才找过来，再晚一会儿我和果子就吃亏了！"

"还好意思说？拉着果子满世界瞎跑的不是你？"陈磊瞪他，"真跑丢了怎么办，你妈还不活剐了我？你等着，回家我就告状，让你妈再给你几笤帚。"

徐明海一听这话，不敢嘚瑟了。接下来的庙会逛得非常顺利。临走前，陈磊还给俩小的买了猴脸面具。两人就这么一路戴着，从白云观回到大杂院。刚一进院门，秋实和徐明海就捧着从庙会上买的豌豆黄儿往九爷那屋跑去。

不一会儿，九爷特有的尖细声线传来："这叫豌豆黄？豆泥都酸啦！什么？卖豌豆黄的说他1972年给尼克松做过这道甜品？他怎么不说南昌起义是他打响的第一枪啊？"

陈磊站在院里听着这动静乐了半天，随后跟着周莺莺进屋。两人坐下来说了会儿话，自然而然地就商量起搬家的事来。

"让小海搬回他爸妈那屋虽说不费劲，但也得花工夫好好码码。"陈磊说，"十来平方米的地方，两口子加个半大孩子，确实转不开磨。"

周莺莺叹口气说："我知道如今的情况。一个萝卜都占不了一个坑，谁都不容易。以后果子大了，怕也免不了要为这个犯难。"

一阵沉默后，陈磊结结巴巴地开口问："莺子，你就没想过……自己的事儿？"

"我自己？"周莺莺柔美的脸上立刻笼上一层凄风苦雨，她低下头，"我的心早死了。"

陈磊像是终于下定什么决心似的说："我，我挺喜欢果子的，那什么，我……"

周莺莺没给对方机会把话说完。她抬起头来，故作轻松地笑了笑："你有小海当干儿子过过瘾就完了，等遇上个各方面都合适的年轻姑娘，结婚啊生孩子啊有让你操心的时候，就别老惦记给谁当干爹了。"

陈磊一肚子颠来倒去的话就这么生生断在喉咙里。他愣了半晌，说："我，我不是这个意思。"

"我是这个意思。"周莺莺声音不大，却异常坚定，"石头哥，别为了不值得的人耽误自己。"

这时，徐明海和秋实顶着两张猴脸跑进来。徐明海大大咧咧地只管问周莺莺要排叉儿。

"我去拿。"周莺莺忙起身去厨房。

秋实敏感地察觉到屋里不同寻常的气氛，他看着陈磊问："叔叔，我妈怎么了？"

陈磊把秋实脸上的面具摘下来，然后胡噜了一把小孩柔软的头发，无尽的酸楚涌上心头。

"没怎么，大人商量给你们腾房的事儿呢。"

日子一晃出了十五，这年就算是彻底过完了。星期天一大早，陈磊拿着卷尺直奔院子西北角的屋子。

徐勇和李艳东是双职工，挣两份工资养一个孩子，以平均水平来看，两口子的日子算过得不错。

李艳东生得大鼻子大眼，虽然不算是主流美女那一类的，但也挺爱捯饬自己，顺带也喜欢布置家。这导致她这屋子里处处都是一派虚假的小布尔乔亚格调。

进门后右手的位置算是"客厅"，立着张翻手为方、覆手为圆的四扇折叠桌，上面的花瓶里插着束娇艳的塑料牡丹花，旁边则是两把铺着薄薄海绵的铁红色折叠椅。

桌子正对着的是一个三屉电视柜，上面是一台北京牌的彩色14英寸电视机，上下开门的豆绿色雪花冰箱和蝴蝶牌缝纫机守在它的两侧。

"卧室区域"在最里面。包括毛巾脸盆架、小巧的四腿梳妆台、双人床和一个靠墙的大立柜——这是1978年前北京最流行的家具。

整个屋子见缝插针，塞得满满当当的，猛一看仿佛已经提前实现了小康。

徐勇买菜去了，就李艳东一人在家。她见陈磊一大早来堵门，就知道对方要干吗。于是她连口茶水都没让，跷着腿坐在椅子上开门见山地问："你说吧，咱怎么码？"

陈磊在屋里转了三圈儿，开口说："把小海那张单人床搬过来，搁你俩床旁边？"

"你看看这屋里还有能下脚的地方吗？"李艳东气道，"合着我们家人都成兔子了，天天蹦着走。"

"那把我那张钢丝床给小海睡，白天收起来，晚上拿出来。"陈磊跟她打商量。

"我儿子白天上学，晚上睡钢丝床？亏他叫你一声干爹！小海到底是不是你看着长起来的？你怎么不让周莺莺她儿子睡钢丝床啊？"

"行行行，嚷嚷什么？"陈磊皱眉道，"要是钢丝床不靠谱儿，那就干脆改上下铺，平面没面积，咱们往上码。"

"哦，我这屋改集体宿舍了。"李艳东点头，"我跟徐勇一过夫妻生活，我儿子就在上面听着，然后上下铺一起嘎悠，你是这个意思吗？"

"哎，你说话能别这么糙吗？"陈磊顿时红了脸，"你们家徐勇也真受得了你。"

"话糙理不糙，"李艳东一瞪眼，"不就是这么个事儿吗？我俩有证，合法夫妻！"

"行了行了，没人说你们不合法。"陈磊伸出手来猛按太阳穴。

"反正是你自己流氓假仗义揽下来的活儿，"李艳东看好戏似的瞅着陈磊，"老想着怎么在周莺莺面前充大个儿的啊，我就看你怎么下这个台。"

陈磊从李艳东那儿出来，背着手挨院子里转悠了一中午。最后，他在北墙和院子过道中间存蜂窝煤的地方给自己找着了台阶。

下午他叫来几个兄弟。四个人在旮旯里左量量右比比，聊得热火朝天。

徐明海见院儿里来了外人，拉着秋实跑出来看热闹。

"干爹您吗呢这是？"

"干吗？给你研究怎么盖房！"

"怎么想起给我盖房来了？"徐明海不明就里。

"你妈逼的。"陈磊边说边给弟兄几个递烟。

徐明海觉得干爹在说脏话。

"哥，咱只要往外接出1米来，就能把这小房儿搭起来，还能匀出点儿地方搁炉子呢。"一个歪戴着雷锋帽的男人四处伸脑袋，"别说，您这儿跟别的院儿比起来，既规整又清静。"

"水泥、沙子、石灰、砖瓦什么的只要一预备齐喽，咱就开干。反正都不是外人，肯定不惜力。"另外一个人接茬儿道。

"给哥儿几个添麻烦了。"陈磊挨个儿拍拍他们肩膀。

徐明海这时才反应过来陈磊是来真的。

"小海，等房盖好了，果子和莺子姨搬你现在那屋去。你就搬这儿来，成吗？"陈磊问。

"那有什么不成的啊？只要别把我从咱院儿轰出去，我睡哪儿都行！"徐明海把底线放得非常之低。

"但就是没地给你搁小书桌了，你得去你爸妈大屋写作业。"陈磊补充道。

"没事，反正我也懒得写。"徐明海扭头看着秋实，苦口婆心地说，"果子啊，你可得好好学习，天天向上，争取以后帮哥把作业都包圆儿喽。"

秋实默默点头，陈磊小声叹气。

这个平地抠饼的提议最终得到了李艳东的认可。眼下城镇人均住房面积少得可怜，大家伙儿只能百花齐放，各出奇招。所以，在自己家门口接出一块地方，自行解决住房问题不算私搭乱建。以目前的趋势，以及附近几条胡同的普遍情况判断，只要是不砍伐树木，街道办事处就睁只眼，闭只眼。

"可万一哪天忽然要治理可怎么办？到时候房刚盖起来就给扒喽，咱不是白忙活吗？"徐勇在单位里谨小慎微惯了，前怕狼后怕虎的。

"这房只要盖起来，就谁都别想扒，"李艳东说话间杀伐决断，"我看谁敢伸手管姑奶奶的闲事儿？"

于是，李艳东出料，陈磊出人。赶在星期日，一天的工夫，眼瞅着一间小小的砖房平地而起。

而这过程中，还有段不大不小的插曲。

街道居委会的钱大妈路过门口，见有生人进进出出，立刻飞身入院。老太太平时闲得没事最喜欢揽事卖弄，一见是在盖房，立马开始挑理，口口声声说没通知居委会就私搭乱建，是"坏了规矩"。

李艳东当即冲上前去与之交战，两人一番唇枪舌剑，分别把对方祖宗八代问候了一溜够，听得帮着盖房的小哥儿几个自愧不如。

最后还是陈磊急中生智，偷偷让人叫来了老太太的小儿子秤砣。这小子早年间是个四处招猫逗狗的惹祸秧子，陈磊帮他铲过不少事儿。

秤砣来了一看，赶紧伸胳膊架住自己"嗷嗷"叫的妈，同时还不忘批评老太太，说："您是不是有病啊？横竖人家没在你院子里盖，居委会又不是房管所，轮得着您在这儿掺和吗？赶紧回家做饭去！"

钱大妈后院起火，当即威风扫地，只好暗暗记下一笔陈磊的黑账，誓要以牙还牙。

好不容易送走老太太，众人继续卖力气干活儿。等到天擦黑的时候，屋里的电就接好了，日光灯管一拉，整间屋子就亮了起来。

只见方方正正的窗户嵌在四白落地的东墙上，两侧挂着淡蓝色的新窗帘。褥子、床单、被子一铺在床板上，立刻就有了家的感觉。

盖房剩的下脚料被陈磊废物利用，愣是给徐明海攒出个又能当床头柜，又能搁书的简易书架。上面刷了层清漆，往床边一搁，隐隐散发出知识分子的气息。

新炉子和白铁皮烟囱也都相继安装妥帖。生上火烧了一会儿，小屋立马温暖如春。

等一切收拾利索，李艳东打量着眼前的房子跟陈磊开玩笑："贴上俩'囍'字就能当新房，以后小海娶媳妇儿都够用了。"

"想得可真够远的，"陈磊笑道，"这不得十几年后的事儿吗？"

"《红灯记》里怎么唱的来着？'转眼就是百年'！"李艳东一改往日咋咋呼呼的风格，感慨道，"你现在想想十几年前的事儿，难道不像是昨天？"

"谁说不是呢。"陈磊应道。

"房子这事儿，我这个当妈的得替小海谢谢他干爹，算是你给他结婚凑份子了。"李艳东难得说句顺耳的话。

"可别，"陈磊忙摆手，"这才哪儿到哪儿？以后你们一家子肯定能搬进楼上楼下、电灯电话的两居室里。"

"承你吉言。"李艳东眉开眼笑，然后扯着脖子喊了一声"徐勇""徐明海"，就要拉着陈磊和帮忙盖房的兄弟们一起奔砂锅居。

徐明海看着自己的"新房"心里正美，实在舍不得出门，于是就磨磨叽叽半天不肯换衣服。李艳东知道饿不着他，就不再逼他一起去，于是一行人各自推着自行车，浩浩荡荡地出了门。

大人一走，徐明海立刻开始"乔迁新居"。

他把秋实套来的那个吉普车放在床头柜上，然后又把小人儿书整整齐齐地码好。徐明海站在门口孤芳自赏了一阵，然后跑到周莺莺那里把秋实拉了过来。

"果子，你看哥这个大别墅怎么样？"徐明海扬扬得意地问。

秋实里里外外看了一圈儿，然后习惯性地脱鞋上床。他跪着四处摸了摸，最后发表意见："挺好的。要是火炕就更好了，还能孵小鸡儿呢。"

"那我去拿个鸡蛋来，咱放在炉子边上行吗？"徐明海觉得孵小鸡儿听起来有意思极了。

"不是所有的鸡蛋都能孵出小鸡儿来，"秋实坐在床上解释，"家里得养公鸡才行。"

"为什么？"

"我也不知道，但大人都这么说。"

徐明海稍微琢磨了一下就明白了，他概括总结道："就是给公鸡'娶媳妇儿'，然后母鸡下的蛋才能孵小鸡儿。"

"为什么？"这回改秋实提问了。

"跟人一样啊！"徐明海开始给秋实上课，他指着自己说，"你看，我，是我妈我爸'孵'出来的。你，"他指了指秋实，"你是你妈你爸'孵'

出来的。"

"你爸"这个词从徐明海嘴里蹦出来的同时，他看见秋实的眼神瞬间黯淡了下去，就像每次电视调不出来台时的黑白雪花。

"怎么了？"徐明海忙问。

秋实没说话，身体呈"大"字形仰面躺在床上，看着高高的屋顶，呼吸着还没来得及散去的木头味道。

"哎，问你呢。"徐明海顺势蹲在床边，胳膊肘儿放在裤子上，盯着对方问，"到底怎么了？"

秋实憋了半天才喃喃地说："我爸……我爸他不是好人。"

徐明海没过脑子张口就说："嗨！我妈说了，如今这世道，好人不长命，祸害遗千年，说谁是好人就是骂谁呢。不是，他怎么坏了？"

"他总是赌钱，喝大酒，打人。"

"我妈也老揍我，"徐明海挠了挠脑袋，"你不是见过吗？那阵仗！"

"不一样的。"

秋实摇了摇头，不知道该怎么说。最后，他干脆一翻身掀开周莺莺给他织的蓝色小毛衣，一块皱皱巴巴的丑陋疤瘌就在白皙的腰窝处，触目惊心。

徐明海只觉得脑子"嗡"了一下，肠胃莫名痉挛。他下意识地把手放在那块伤疤上，像是努力要把它遮起来。

"疼不疼啊？"

"现在不疼了。"秋实把毛衣放下来。

徐明海追问："怎么弄的？"

"我爸拿炭烫的。"秋实把身子翻了个面，小声说，"我妈身上也有，比我的严重多了。"

徐明海立刻明白秋实刚才说的"不一样"是什么意思了。这么一比，李艳东揍人顶多是为展现她的惊人大嗓门儿和蓬勃的生命力。

"你爸吃饱了撑的啊，干吗这么对你们？"徐明海心想，这要是换成徐勇，当然了，他爸也不可能干出这事儿来。就说假如的话，李艳东非得拿烧红了的炭塞徐勇嘴里让他咽进去，先来个里焦外嫩，然后再大卸八块才能算完。

"都这样了，就没人管吗？"

"他打我们，没人管。但他伤了别人，警察就来家里把他抓起来了。"秋实揉了揉眼，小声问徐明海，"我是他'孵'的，那我是不是也是坏人？邻居家的二丫说，我以后也会被抓起来。"

"听他们放屁！"徐明海反应惊人，"小人儿书都白看啦？杨过是不是杨康'孵'的？那也没碍着他当神雕大侠啊！"

徐明海斩钉截铁、另辟蹊径的劝慰让秋实心头一松。

这时，外面传来周莺莺喊他们吃饭的动静。徐明海把秋实从床上拽起来，帮他穿好鞋，拿背对着他："来，我演神雕，你演大侠。"

秋实望着徐明海窄窄的后背，伸手环住他的脖子，双腿夹在他的腰间。

徐明海缓缓起身，向前一步豪情万丈地踹开房门大喊："飞喽！神雕带大侠飞去吃饭喽！"

4　哪里有压迫，哪里就有反抗

惊蛰过后，秋实面临人生的一件大事儿：上学。

他的学籍随周莺莺的户籍一起从黑龙江转回北京，各种复杂的手续几经辗转终于办好。学校就是隔着两条马路的春风二小，这也是徐明海的学校。附近的孩子按片儿分，有一个算一个，都在那里读书。

周莺莺带秋实去二小办转校手续那天，徐明海趁着课间休息在教导处门口探头探脑。在得知学校给秋实安排进三年级（1）班后，他终于放下了一直悬着的心。

"只要不是（5）班就行。"徐明海作为学校"元老"级的人物，对各路明规则、潜规则以及牛鬼蛇神都门儿清。

秋实初来乍到，便问为什么。

"你不知道。（5）班有俩刺儿头，一天到晚地欠招儿，特讨厌。"徐明海解释完，又补充说，"要说最要命的，还数（5）班的班主任。一天到晚，就跟吃了枪药似的，瞅谁都不顺眼。"

"小海，"周莺莺一面整理着手里的书本，一面不忘教育孩子，"别这么说老师。"

"本来就是。"徐明海主动帮周莺莺拿东西，"阿姨，您不知道。曹云凤在我们学校那是出了名的油盐不进，软硬不吃，阴阳怪气，成天一点儿好脸儿都没有。学生张嘴就挨呲儿，罚站罚跑圈儿什么的都算是轻的，她的绝活儿是拧耳朵。手一下去，耳朵立马就跟要掉了似的，能肿好几天呢。这么说吧，我妈跟她一比，基本就算是一温婉女子。"

秋实听了不禁打了个寒战。

"但（1）班的孙老师挺好的，去年开联欢会的时候，她还带着她班上的学生一起唱《明天会更好》呢。"徐明海扭头跟秋实保证，"而且学校里有我，你放心吧！"

秋实像是在一片汪洋里看见条挂着"徐"字的大船，一颗没着没落的心暂时安稳下来。

终于到了正式上学的日子。周莺莺一早把秋实送到学校门口，嘱咐几句后儿子就被徐明海接管了。

进了红色大门，徐明海带着人往一栋灰色小楼径直走去，身边不时有男孩子跑来跟徐明海打招呼。

"哎哟，海爷，吗呢？"

"海爷，身边这谁啊？小媳妇儿似的。"

"你丫才小媳妇儿呢！管得着吗！"徐明海的表情非常之深沉。

秋实就这么在徐明海的护送下一路走到（1）班的教室门口。

"我得上去了，五年级（2）班，在四楼。"徐明海把小书包递给秋实，"第一节课下课我来找你，中午放学你也别动地方，老老实实地在这儿等着我，咱一起回家吃饭。还有……"

徐明海特意嘱咐他："万一班里有谁跟你照眼儿，先忍着，等回头我收拾丫的。"

秋实点点头，看着徐明海的背影消失在楼道。

上课铃终于响起，小学生们叽叽喳喳地鱼贯而入。秋实深吸一口气，先在门口喊了声"报告"，然后背着书包走进教室，对着站在讲台上的人说："老师好！"

"你好！"对方一脸迷茫，"你是？"

待他不安地自报家门后，老师突然想起什么似的说："哦，对！你是转学过来的那个同学对吧？"

秋实点头。

"教导处那边做了调整，你得去（5）班报到。"

刹那间，秋实只觉得一枚手榴弹迎面而来，徐明海说过的那些话在他耳边炸开。

"软硬不吃。""油盐不进。""阴阳怪气。""张嘴就挨呲儿。"

孙老师这时可能看出新生的手足无措，于是便从讲台上走下来，拉起对方冰凉的小手："走，我带你去吧。"

秋实就这么被人领着，抬起两条好似灌了铅的腿，跟着人出门右转一路往（5）班走去。

后来他每次做噩梦，不管内容是什么，地点总逃不开一条长长的走廊。而走廊尽头永远站着一个人，远看是梅超风，近看是曹云凤。

（5）班的门是敞着的，孙老师站在门口对里面的人说："曹老师，这您学生，从黑龙江转过来的那个。"

秋实下意识地咽了下口水。

"嗯，"一声说高不高，说低不低的动静从对方鼻子里颤巍巍地钻出来，"知道了。"

"好好上课。"孙老师低头嘱咐一句，然后转身走开。

秋实依依不舍地目送孙老师的背影离去，然后鼓起勇气看了看传说中的曹云凤。

眼前这位曹老师四五十岁的年纪，戴着黑框眼镜，一头齐耳短发梳得一丝不乱，光可鉴人，苍蝇站上去都能闪了腰。秋实一阵紧张，站在原地不知道下一步该干什么。

半晌。

"傻愣着干吗？"曹云凤连眼皮都没抬，"进来跟同学介绍下自己。"

秋实同手同脚地走进去，站到讲台边上，面对底下一张张陌生的面孔，他一时间找不到视线可以停靠的地方，最后只好盯住后面花花绿绿的黑板报，对着"学雷锋，树新风"几个粉笔字开始自我介绍。

可还没等他说两句，底下便传来叽叽喳喳的议论声。

"什么味儿啊？"

"大糙子味儿呗！"有人笑着接茬儿。

秋实立刻不说话了，嘴唇紧闭，里面的牙齿用力咬合在一起。这些笑声就像堵厚厚的墙，一下子就把自己和新同学隔成了两个世界。秋实真想拔腿就跑，一口气跑到四楼，找到五年级（2）班，找到徐明海，坐在他身边上课。

"完啦？"曹云凤终于抬起眼。

秋实把下巴压得低低的，点了点头。

她伸手一指："去那儿坐吧。"

秋实抬起头，顺着曹云凤手指的方向一看，发现教室中间两列最后一排还留有一个空位，于是默默地朝那边走去。

他刚在位子上坐好，教室外又来了教务处的人。曹云凤放下手里的东西，走出去和人说话。

秋实的同桌是个发育旺盛的小胖子。秋实感到对方的目光兴奋地在自己的脸上、身上到处游走。最后，小胖子上嘴唇一碰下嘴唇，大声喊："老农进城——"

"穿条绒！！！"很多同学一起接了下半句。

随即，前后左右立刻爆发出一阵密密麻麻或高或低的笑声。对于有些小孩子来讲，合起伙来解剖并放大别人在陌生环境里流露出的不安，可能是这世上最物美价廉的快乐。

秋实心头狠狠一紧，脸颊开始发烫。

"欸，"坐在头排的一个男生扭过头喊，"吴征，我怀疑这新来的是女扮男装，你快检查检查丫有鸟儿吗？"

吴征立马来了精神，他模仿《小兵张嘎》里胖翻译的表情，眯着眼觑着脸，伸胳膊就往秋实身下抓去。

秋实眉头一皱，当即钳住吴征的手，然后猛地用力推开对方。吴征压根儿没想着对方敢还手，一不留神差点儿从椅子上摔下去。

这下，立马就有看热闹不嫌事儿大的男生站起来，怂恿吴征动手。

"这新来的挺牛啊！"

"打丫的，快！"

"扒丫裤子！"

所幸这时曹云凤走进来，看见屋里的阵仗便拿起板擦来狠狠敲了敲黑板，发出刺耳的声音。

"上课！这会儿话这么密，怎么让你们举手发言的时候一个个就跟哑巴似的？"她说着"哗哗"翻开语文书，"抽查课文背诵，从你开始。"曹云凤指着头排的一个戴眼镜的，"上节课留的作业，背诵第五课《大海的歌》，课文第二段。"

刚才还看热闹笑得挺欢实的"眼镜"这下傻了眼，缺了颗门牙的嘴在呼呼地漏着风。

"不会就站着。"曹云凤干脆利落，"下一个，周淼。"

坐在"眼镜"身边的人赶紧合上课本，一边挠头，一边望天："我们登上……登上……"

"给我站着，下一个。"

背不出来课文的学生以"Z"字形挨个儿站起来，随着吴征也臊眉耷眼地起立，终于轮到秋实。

"你就不用背了，打开课本第14页读一遍。"曹云凤斜着眼，不冷不热地说，"不认识的生字旁边有拼音。"

秋实拿着语文书站起来，他眼睛看着课文，脑子里却塞满了同学的讥笑声。秋实努力张开嘴，却没能发出任何声音。

"给我站着。"

曹云凤继续往教室后面移动，嘴里小声念叨："教务处也是，一天到晚什么玩意儿都敢收，这么搞下去升学率还要不要了？"

这话像只大马蜂，狠狠蜇在秋实的心里。

"王艳。"曹云凤示意后面的学生站起来。

就在此刻，教室里突然响起"大糙子味儿"的声音。很轻，带着细小绵延的颤抖。

大家一起看过去，只见深蓝色条绒上衣的立领如同两只巴掌，高举起秋实尖尖的下颌。他脸上两颗瞳仁如浓墨，显得严肃且认真。而语文书本则好好地合着放在桌上。

"我们登上一只浅蓝色的海轮。马达发动了，海轮随着海波荡漾，在海港里静静地航行。船长邀我们到驾驶室瞭望……"

寒假某个暖阳融融的午后，一贯在学习问题上抬不起来头做人的徐明海同学突然起了范儿。原因是周莺莺希望他能帮秋实提前预习一下三年级第二学期的功课。

于是，徐明海端起一副事儿事儿的老师派头，拿上自己嘎嘎新的语文课本，对着自己唯一的学生开始授课。

徐老师本来打算秉持着宽以律己、严以待人的态度，好好过一把干瘾。没想到，人家三篇课文读完，自己愣是没挑出半个错。

"果子，你认识的字儿挺多啊！之前都学过？"徐明海挺吃惊。

"我们上的是五年制，"秋实答，"这里面好多字我二年级就认识了。"

"那你在那边学习好吗？"徐明海追问，"一般考第几名？"

秋实觉得有些难为情，小声说："第一名。"

"牛！"徐明海由衷服气，"我要是有你这两下子，也不用天天在家受我妈的气，在学校受老师的气。不过嘛……骄傲使人退步，谦虚才能使人进步。"

说着徐明海把语文书随便翻了翻，找到一篇课后作业，嗽了嗽嗓子发号施令："请有感情地朗读课文，并在五分钟内背下课文第二段。"

"不，"午后充足的阳光透过窗户铺在秋实身上，叫人昏昏欲睡，"我困了。"

"徐老师"听了这话不由得眉头皱起，色厉内荏地批评道："这上着半截儿课呢，怎么就困了？我请家长了啊！"

"就不。"秋实不买账，直接倒在铺着粉色枕巾的荞麦皮枕头上，把脸上盈盈的笑藏起来。

徐明海没辙，眼珠一转便开始下饵。他弯腰胡噜着对方软软的头发，柔声说："果子乖，背下来老师奖励你好东西。"

"什么好东西？"秋实扭头问道。

"圣火令！"

"我不信。"

"骗你是狗。"

秋实看着信誓旦旦的徐明海，想了想，于是从床上爬起来，重新拿起课本。

"只见海港两岸，钢铁巨人一般的装卸吊车有如密林，数不尽的巨臂上下挥动……"

徐明海耳朵里塞满朗朗童声，莫名有了种为人师表的自豪感。他背着手一边微笑，一边来回踱步，歪着脑袋嘴里念念有词："鼓捣（Good），歪瑞鼓捣（Very good）！"

最后，背诵成绩验收合格。徐明海从铅笔盒里掏出来一块散发着奶油浓香的"圣火令"。

秋实接过来仔细一看，原来是块白色的橡皮，切割得像模像样，上面还用蓝色圆珠笔勾勒出细密的花纹。

"为师今天就把这圣火令传于你，"徐明海的语气很像那么回事，"令在人在，令毁人亡！"

"飘着各色旗帜的海轮有如卫队，密密层层地排列在码头两边。我们的海轮驶出了海港，驶进大海！"

此刻，教室里的场面与旧日景象不差分毫地重叠在一起。秋实仿佛看见徐明海就站在面前给自己加油。于是他越背越大声，吐字也越发清晰，除了某些声母发音不够标准外，再没有能被挑剔的地方。

站在一旁的小胖子都惊了，瞪圆了眼睛看着他，像是在看怪物。

半晌，曹云凤冲秋实点点头，示意他坐下。

秋实落座后，曹云凤黑着脸重新走上讲台。她把手里的书往桌子上"啪"地一摔，紧接着就用震耳欲聋的声音质问："刚刚这件事说明了什么？"

全班同学集体沉默，像是统一被割了舌头。

"说明课本上的东西一点儿都不难！"曹云凤自问自答，"人家外地来的转校生都会背，再看看你们！丢不丢人？现不现眼？剩下的同学也别背了。今天晚上的作业，除秋实以外，这段课文，每人拿田字本抄20遍！20遍！听见没有？一遍都不能少！明天我检查！"

吼完，曹云凤深吸一口气，宣布："都给我坐下，翻到第17页，上课！"

吴征怏怏地坐下的时候，秋实听见他小声骂了句很脏的话。

秋实在春风二小的第一节语文课，就这么有惊无险地过去了。

下课铃终于响起。等曹云凤拿上教案一出教室，秋实马上站起身，他着急去五年级找徐明海，好让对方知道自己还是落难到了（5）班。

没等秋实迈腿，前面那个叫周淼的就跑了过来。他伸手拦住人，随即丢出一个凌厉的白眼："老外地，拔尖儿是吧？"

这时，身边的吴征也开始发难。他仰起双下巴使劲地推了一下秋实的肩，喊道："你丫有病吧，臭显什么啊？"

围在一旁的孩子你看看我，我看看你，谁都没有要插手的意思。

"知道我们是谁吗？老外地。"周淼双手叉腰高声叫嚣，"我是这儿的大王！"说着，他指了指吴征，"他是二王！（5）班所有人都得听我俩的！"

"二王"耀武扬威地冲秋实挥了挥拳头。

秋实就这么被两人一左一右地挟在座位上。

"你说，大王好！二王好！我是土老帽儿，我以后一定老老实实不拔尖儿了。"周淼明确提出了要求。

秋实咬着嘴唇看着他们，心里想着徐明海之前特意嘱咐过的话，先忍着。

而吴征却是见着孬人压不住火。他拿食指抵住秋实的脑门子，使劲一捅："嘿！哑巴了，刚才不是挺能说的吗？"

秋实猛一甩头，同时擒住吴征那根胡萝卜似的手指头，向后一掰。

"哎哟！"吴征吃痛，大叫一声。

"大王"一看"二王"被扫了威风，当下便把秋实课桌上的东西一股脑儿地扫到地上。

随着"哗啦啦"的动静，"圣火令"就这么从张开嘴的铁皮铅笔盒里蹦出去，然后被周淼脏极了的棉鞋狠狠踩在脚下。

秋实看在眼里心中一急，当即放开吴征的手，改换目标，铆足劲儿朝周淼撞去。

周淼被迎面而来的"人肉炮弹"击中，趔趄着倒退好几步才勉强站住。

秋实忙不迭地弯腰去捡"圣火令"。

就在这时，他背后飞扑上来一人，沉甸甸的分量犹如泰山压顶。下一秒，秋实纤细的脖子便被狠狠勒住。他一时挣脱不开，只觉得呼吸开始困难，心跳越来越快。

周淼这时也蹿上来，双手握拳便朝秋实的脑袋砸去。

拳头落下的瞬间，一阵巨大的嗡鸣声在秋实耳边响起，这让他想吐。可与此同时，大脑神经却兴奋起来，体内每个细胞似乎都在迅速充血，鼓胀得马上就要裂开来。

秋实服从了身体给出的指令。他没有分心顾及身后的"二王"，而是奋力挥出一记直拳，正正击中了"大王"右边的眼睛。

下课铃刚一响，徐明海便如同一匹脱缰的野马冲出教室。

途中，他撞飞课代表手中的作业本若干，蹭翻了同学手中水杯一个，然后在高高低低的各种咒骂声中飞身一路奔到二楼。

他在三年级（1）班门口急刹住车，伸头进去，在这群"一打一蹦高儿"的"小豆包"里寻找秋实的身影。

半天，愣是没瞅见。

"哎！"他冲一个正在擦黑板的男生喊话。

低年级的"小豆包"对高年级的学生有种天然的仰慕之情，何况徐明海在学校里是知名人士。放着地上的祸不惹，专惹天上的，各种调皮捣蛋都少不了他。一声"海爷"绝非浪得虚名。

男生于是屁颠颠地跑出来："叫我？"

"你们班新来的那个孩子呢？"徐明海问，"怎么没在里面？"

"新来的？"男生挠了挠头，手上的粉笔末"噗噗"地全都转移到了头上。他忽然想起来什么似的："哦，你说的是早上那个转校生吧！长得特好看的那个。"

"对！"徐明海赶紧说。

"被我们孙老师领着去（5）班啦！"男生知无不言。

"什么？"徐明海歪了下身子，"不是说来（1）班的吗？"

"不知道，反正不在我们班。"

这时，走廊尽头一阵喧哗。越来越多的孩子一窝蜂似的往那边跑，谁都是一脸看热闹的兴奋表情。

徐明海手疾眼快，抓住其中一个问："出什么事儿了？"

"他们说小胖和三水跟一个新来的打起……"

话音未落，徐明海松开手，撒丫子就往（5）班跑。到了门口，他不得不奋力推开里三层外三层的人往里钻。

脑袋先一步突破障碍，浑身再一使劲，身子进来的同时徐明海的力道没收住，差点儿跪地上。

他抬头一看，嘴角冒着血的秋实正死死勒着吴征脖子上的红领巾，憋得人脸色发白。而周淼的一只眼睛已经肿成了包子，他站在秋实身后，两条胳膊以肩为轴心，边哭边使劲挥着王八拳。

泼天邪火扑面而来，顺着徐明海的七经八脉烧着了全身。他以自己非常丰富的打架经验迅速脑补出前情提要，随即二话不说蹿了上去。

徐明海一把薅住周淼的脖领子，将他像破布似的甩去一旁，然后绕到吴征身后，抱住他圆滚滚的腰身往下一拽，就把人撂倒在地。紧接着，徐明海双手抓住对方的毛衣下摆往上一掀，对方一身软绵绵、白花花的皮肉就露了出来。

徐明海就这么拖着他，一路把人拖到教室的卫生角，拿起簸箕，直接把里面的各色垃圾倒在吴征的头上，随后再接再厉，将毛衣往上一兜蒙住对方的脑袋。最后，还用毛衣袖子在他脑袋上打了个结。

这下，两人都老实了："大王"惊魂未定，扶着桌子只顾喘粗气；"二王"手脚并用，一边咳嗽干呕，一边努力给自己解套。

小学生们的肉搏至此告一段落。徐明海一顿操作猛如虎，称得上是一气呵成，兼具实用性和观赏性。门口立刻有五年级的人给他拍巴掌叫好，外加起哄架秧子："海爷牛！"

徐明海退了两步站到秋实身边，扭头问："吃亏了吗？"

见秋实伸手抹了把肿胀的嘴角，然后使劲摇了摇头，徐明海才放下心来。

这时，吴征硕大的脑袋终于从毛衣里挣脱出来。待眼前的灰尘散去，他终于认出这从天而降的帮手是五年级的徐明海。吴征顿时傻眼了，一时搞不明白其中的因果关系。

他不敢和徐明海犯照，忙低头假装整理衣服。而周淼忽然一屁股坐到地上，捂着眼睛开始号上了。

徐明海的眼睛压根儿不夹他俩，只仰着脖子大声说："今儿不管是你们（5）班的，还是看热闹的，有一个算一个，都给我听清楚了！秋实是我弟，跟我住一个院儿！你们谁要再敢欺负他，我……"

"你怎么着你？"

一声低吼如夏日里乍起的滚雷，震得人脑子嗡嗡作响。

徐明海还来不及反应，耳朵上便陡然一凉，随即传来一阵剧痛。他歪头一看，曹云凤不知什么时候已经站到自己身后。只见她眼角眉梢带着千层的杀气，身前身后扬起百步的威风，整个儿一母老虎下山。

"曹老师！哎哟，曹老师，疼！"徐明海一边求饶，一边用眼神打消秋实要开口说话的意图。

"徐明海！"曹云凤气绝，手下更是用力，"你是班主任还是我是班主任？"

"您是您是您是！"徐明海心想，就这破活儿我还不稀得跟你抢呢。

"怎么哪儿都有你？打架都打到我班上来了，啊？反了你了！"

秋实一把抓住曹云凤的胳膊争辩道："曹老师，跟徐明海没关系，是他俩先动手欺负我的。"

"怎么他们俩谁都不欺负，单单就欺负你啊？"曹云凤瞪圆了眼，甩开秋实的手，"刚来第一天就给我捣乱！什么东西！你们四个！"她伸出指头来一划拉，"下节课和课间操都别上了！跟我去我办公室！罚站！"

说完，曹云凤扭身冲着门口聚集的学生吼道："看什么看？都给我回去上课！"

"哗啦"一下，人群散去。曹云凤如同剿匪胜利的英雄，带着一队散兵俘虏昂首阔步往外走去。

徐明海故意走在最后。他拽着秋实的衣襟，小声嘱咐："一会儿我来应付她。你别吭声，一切看我眼色。"

秋实把手揣在兜里，低着头往前走："是我把你害了。"

"说了要有福同享，有难同当。"徐明海口气潇洒得很，"不就是罚站吗？哥哥我从一年级站到五年级，怕过谁啊？"

"别聊天儿！当是春游呢？"曹云凤扭过头来大喝一声，打断了徐明海的老王卖瓜。

几个人来到年级办公室，有别的年轻老师看见徐明海，立刻打趣："哟，又来啦？"

"老师好！"徐明海装作很有礼貌的样子挨个儿问好，"嗯，又来了。"

随后，他们被要求眼观鼻，鼻观口，双手贴裤线立正站好。曹云凤站在他们面前，一面背着手巡视，一面开始演讲。

她以"我就从没教过你们这样的学生！"为开头，新仇旧恨一一道来，然后把问题顺理成章地延伸至"你们有这打架的精神头儿，为什么不用在学习上？"

再然后，主题和中心思想逐渐升华。曹云凤痛心疾首地诘问："打架斗殴是什么行为？是犯罪！小小年纪就这个样子，将来如何在社会立足？如何报效祖国？"

最后，是一句经典的"我要是你们父母，一头撞死的心都有！"

忠孝仁义礼智信，堪称面面俱到。

徐明海听了这毫无新意的念白，忍不住腹诽对方永远都是老一套。

"徐明海！"曹云凤率先拿最让人脑袋疼的那个开刀，"你课间为什么跑我们班去？"

"我去见义勇为！"徐明海抬起头，铿锵有力地说，"伟大领袖毛主席教导我们，哪里有压迫，哪里就有反抗！"

"胡说八道！"曹云凤气急败坏，伸手又要去拧徐明海的耳朵。

"您的意思是他老人家胡说八道？"徐明海一脸惊讶。

并非一个五年级的小学生懂得杀人诛心，他只是在模仿徐勇在家给李艳东挖坑儿时的套路。

曹云凤听了这话不由得愣住了。随即她似乎听见周围有老师在隐隐发笑，于是急忙反驳："没有！不是！我的意思是……是我们班里不存在压迫！"

"有压迫！"秋实忽然开口，同样大声说，"他俩压迫我！说我是老外地，逼我管他们叫'大王''二王'，还动手打我的头，同学们都看见了！"

小胖和周淼同时看了对方一眼，把心虚写在脸上，谁都没敢言语。

徐明海梗着脖子说："人不犯我，我不犯人；人若犯我，我必犯人！"

曹云凤气得浑身直哆嗦，她坐在椅子上咬着后槽牙恨恨地道："行，徐明海，我管不了你，反正你也不归我管。一会儿我让你们班主任把你领走！不过，我看你不用上学了，也学不出什么好来。不如现在就回家去当个收破烂儿的，每天走东家串西家，多风光啊！多给你父母长脸啊！"

这时候，有别的老师过来和稀泥，跟秋实说："你刚来，同学之间还不熟悉，产生矛盾也很正常，你应该第一时间来找老师打报告呀。曹老师每天操心受累是为了什么？还不都是为了你们好，知道吗？"

"如今的孩子知道什么呀？"曹云凤做西子捧心状，悲哀地总结，"一茬儿不如一茬儿。"

"好了好了，你们快跟曹老师认个错，道个歉。"

吴征和周淼在这方面非常有经验，立马争相走上前来，然后刻意用稚嫩的童音表示自己认识到了错误，以后肯定好好学习，再也不让老师操心。

徐明海这时赶紧给秋实递去眼神，意思是让他也就坡下驴。

"你呢？"曹云凤瞅着沉默不语的秋实，有气无力地问，"知道错了吗？还打架吗？"

"我没错。"

"嗯，对，以后……"曹云凤念叨到一半忽然反应过来，瞠目道，"你说什么？"

"我，说，我，没，错。"秋实一字一顿重复了一遍，转头用冷冰冰的眼神看向吴征和周淼，"以后你俩要是再欺负我，再压迫我，我还反抗！"

第二节课的下课铃准时响起。学生们在老师的催促下乌泱泱地往操场跑，等他们按照班级顺序整齐站好后，大喇叭里便响起激昂高亢的浑厚男声。

"第六套广播体操，现在开始！"

随即，孩子们从第一节伸展运动开始，齐刷刷地左脚迈出一步，两手交叉，提肘，两臂翻腕向前。

"一二三四，五六七八……"

朝气蓬勃的背景音飘到年级办公室外的走廊上——徐明海和秋实正在这里罚站。他俩就像是被整个世界遗弃的影子，此刻格外有种自生自灭的苍凉。

小胖和周淼由于"知错就改，表现良好"已经被放了回去。而作为反面教材，徐明海和秋实则因为"态度顽劣，拒不认错"而被留下继续反省。

"我教了这么多年的书，就没碰上过这么拧的学生！咱们就耗着，看你俩能拧多久？"

曹云凤临走前的咆哮似乎还在周遭回荡着。

"唉，果子，你也真是的。"徐明海长叹一声，然后拉着秋实换了个省力气的姿势，一起靠在墙上，"你刚才跟她服个软儿不就没事了吗？再怎么不乐意还是落她手里了，往后可还有好几年呢。"

秋实低头看着脚尖，半天才说："可我就是没错。而且，也不能让你一个人罚站。"

"你这完全是无谓的牺牲。我爸老念叨的那句话怎么说来着？"徐明海努力回忆，"对，鸡蛋不能都搁一个篮子里。"

秋实不懂，他觉得现在这样挺好。不用上课，不用做课间操，不用看着同学和老师，他巴不得就这么和徐明海天长地久地站下去。

徐明海问："不是让你等我吗？怎么忽然就打起来了？"

秋实咬了咬嘴唇，然后把一直揣在裤兜的手伸了出来。五个指头慢慢张开，手心里是那块被踩得面目全非的"圣火令"。

"你说的，"秋实看着徐明海，"令在人在，令毁人亡。"

"嘻！"徐明海一捂脸，"不就是块橡皮吗？回头我再给你刻一块不得了？"

"不，"秋实把"圣火令"小心地揣回去，"我就要这个。"

"不过也没事，"徐明海分析说，"这么一来，正好让他们知道你不好惹，以后看谁再敢欺负你。"

秋实点点头，随后抬起手碰了碰对方肿得跟山楂果似的耳朵："疼不疼？"

"能不疼吗？你们曹老师那'化骨绵掌'，人挡杀人，佛挡杀佛。"徐明海一边龇牙咧嘴，一边伸手拧住秋实的耳朵。但他一丝力气都没使，只模仿着曹云凤的声音憋着嗓子说："我就从没教过你这么好看的学生！气死我啦！哎呀呀呀！"

秋实被徐明海逗笑了，然后记起自己的小拇指有一次被门夹了，钻心一样的疼。当时周莺莺是怎么做的来着？秋实终于想起来了。他于是立刻踮起脚，扭头贴着徐明海的耳朵开始吹气。

"别，痒痒。"徐明海求饶道。

秋实按住徐明海捣乱的手，坚持把嘴里的热气一缕一缕地送过去。

耳朵上的火辣肿胀似乎一下就被抚平了。徐明海的一颗心，在这个阴冷的冬日里变得温热且濡湿，他不再喊痒。

直到第七节腹背运动的口令响起，秋实才依依不舍地停止"治疗"。

两个人的美好时光眼看就要结束。秋实靠着墙，仰头向中庭上方望去，灰暗的冬日天空满是厚云，舍不得漏出一丝阳光。

半晌，他嘟起嘴来喃喃道："我不想上学了。"

"再忍忍，"徐明海一副过来人的样子，"只要挨到咱们毕业工作能挣钱的那天，就可以想干吗就干吗了，钱爱怎么花怎么花，天天吃麦丽素和奶油蛋糕！"

"那能给我妈买新衣服，给九爷买萨其马吗？"秋实问。

"那还不是小意思！"徐明海冲着天空一挥手，"只要下定决心，不怕牺牲，排除万难，就肯定能争取到胜利！"

秋实看着徐明海信心百倍的样子，平生第一次把上学跟挣钱挂上了钩，于是郑重其事地点了点头。

"果子同学！我们的目标是？"徐明海大声问。

"麦丽素！"秋实大声答道。

"还有？"

"奶油蛋糕！新衣服！萨其马！"

"对！但是吧……咱们怎么熬到那天还是个问题。"徐明海苦口婆心，"一会儿曹云凤要是来了，你就主动承认下错误。不，不是让你对恶势力低头……咱们要在战略上藐视敌人，但在战术上要重视敌人。懂了吗，果子？"

课间操结束后，徐明海的班主任终于过来把人领走了。而秋实在见到曹云凤时，也不得不违心地承认了错误，表示"再也不故意气老师了"，才被允许回到（5）班继续上课。

教室内的气氛浮躁得很，大家对今天发生的事情感到兴奋。而曹云凤似乎也看出来这孩子实属"人不可貌相"那一类的，生怕几个人再抽风打起来，便把座位又调了一遍。

秋实沉默地拿上自己的全部家当，在同学们神情各异的注视下，最终坐到了一个大眼睛女孩的身边。

上午最后一节课是美术。老师发了纸，要求画"我的家"。秋实便在纸上开始涂涂画画。

黑漆漆的院门，高高的榆钱树，灰砖灰瓦的屋子，窗台上的冻柿子，窗户下的白菜、蜂窝煤，冒着白烟的烟囱，以及翘着尾巴的猫……

秋实正拿着水彩笔挥毫的时候，大眼睛凑过来，压低声音说："哎，你可真牛！吴征和周淼特别讨厌，在班里老欺负我们女生。"

秋实听了没接话茬儿，继续往猫的额头上画齐刘海儿。

"但你得小心，""大眼睛"继续说，"周淼他哥比他还坏，就在离这儿不远的三中上学。"

"他哥怎么坏了？"秋实停下手中的画笔，扭头看着大眼睛。

"劫小学生的钱，一毛两毛不嫌少，一块两块不嫌多。拿着买烟，去录像厅。"

"我没钱，"秋实摇头，"不怕他劫。"

"我就是告诉你一声。"她眨了眨眼睛，"而且你也别理他们说你的那些话，我觉得你的声音特好听，真的。课文背得特有感情，你一张嘴，我就好像看见大海了！"

秋实觉得新同桌挺平易近人的，不傲，于是就小声跟她聊天儿："你见过大海吗？"

"见过呀，暑假的时候爸妈带我去过北戴河！"

"北戴河……不是河吗？"秋实不懂。

"哎呀，当然不是了！""大眼睛"着急了，一时间又说不清北戴河为什么不算河，只能伸着胳膊比画，"特别大，特别蓝，全是水。"

秋实听了挺憧憬的，自己还没见过大海呢。

"我叫冯晓晴，班干部。"她自我介绍道。

"班长？"秋实问。

"比班长牛，"冯晓晴把胸前的长辫子往后一甩，"我是音乐课代表。"

"音乐课代表也算班干部？"秋实挺好奇的。

"哎呀，别拿豆包不当干粮，我唱歌在市里还拿过奖呢。"她笑眯眯地宣布，"跟我当同桌，保证你德智体美劳全面发展！"

5 为了胜利，向我开炮

虽然秋实转校的第一天就被现实鞭挞了一番，让他对老师和大部分同学产生了抵触情绪，但却没有影响他对学习本身的热情。

从黑龙江到北京，身边的人和事总会让秋实感到愤怒和困惑。比如亲爹的所作所为，李艳东对周莺莺流露出的敌意，曹云凤每天晨昏定省般的咆哮，以及班里"大王""二王"没来由的挑衅。

秋实觉得，和这一切比起来，一加一等于二简直是这世上最有迹可循的东西。特别是在徐明海给未来的美好生活画了张大饼后，秋实便赋予了学习一层更加绚丽的光晕，从此开始"向钱看"的伟大征途。

他每天一放学就回家，吃完饭就认真写作业，一点儿都不让大人操心。与此同时，徐明海由于面临升六年级的压力，每天晚上也被李艳东囚禁在屋子里读书做题，整个人痛不欲生，哀哀欲绝。

正所谓一人红，红一点；大家红，红一片。一时间，大杂院里竟有了种昼耕夜诵的学习氛围，任谁看了都觉得不容易。

一般来说，秋实写完作业就按照课程表预习第二天的功课，遇到什么不懂的就问妈妈。但有些问题，特别是古诗、文言文这些很抽象的东西，周莺莺自己也是二把刀，讲不透彻。

秋实把院子里这几个人在脑子里过了一遍，依次都排除了，最后还是决定去找九爷。他敲门进去，只见九爷正戴着副圆圆的眼镜在看书，书本挺厚，封面是一串拼音。

"九爷好！"秋实乖巧地坐在硬邦邦的木头椅子上。

"小果子你来啦？"九爷笑眯眯地把书放下，故意哪壶不开提哪壶，"今儿在学校又打架了没有？"

这个秘密秋实只告诉了九爷，跟别人他只说那天走路没留神，一不小心磕到了嘴。秋实此刻做贼心虚地瞅了瞅外面，小声说："没打。老师说打架不对，发展下去就是犯罪行为，遇到矛盾就要去找大人，不能自己解决。"

"想得美，大人哪能一辈子守在你们身边？"九爷起身倒了一杯秋梨膏化开的温水，笑着递过去，"人只要活着，有些劲儿就只能自己较。就像你上次反抗'大王''二王'一样，指望老师，指望小海，指望家长，都不如指望自己。"

九爷说完后透过花镜看着秋实："找我干吗呀？"

秋实嘴里含着一抹梨香，兀自琢磨着九爷的话。听他问起，赶紧咽下甜丝丝的水，拿出语文课本请九爷帮忙讲讲"君看一叶舟，出没风波里"的意思。

九爷引经据典讲得挺清楚，顺便扩展到了"十指不沾泥，鳞鳞居大厦"以及"遍身罗绮者，不是养蚕人"两首古诗上。

秋实听完后，觉得九爷讲得实在比曹云凤有意思多了。他满足地合上课本，然后拿起九爷放在桌上的那本书，翻开一看全是长长短短的拼音，自己却拼不出来。

"您看的这是什么？"

"小说，跟你们平时看的小人儿书没区别。"

"为什么都是拼音？"

"不是拼音，是外语，"九爷笑着答，"外国话。"

秋实好奇："您会外国话？"

"小时候在美国人办的学校里学过。"

秋实心中一动，问得直白："我要是会外国话，以后能不能挣到钱？"

九爷忍不住大笑道："我们果子聪明，许是能。要是小海问，我都懒得搭理他。不过嘛，小海压根儿也问不出这话来，哈哈。"

"要不您也教我外国话吧。"秋实拿自己当面粉，迫切需要更多的水来给徐明海画下的那张大饼和面。

自此以后，秋实每天晚上开始"吃小灶"。语文课文和加减乘除之外出现了不同于波、泼、摸、佛的发音语调、单词句子。

秋实学得挺认真，特别是当他发现在徐明海面前，自己和九爷可以拿这个当密码，互相传递出一些别人不能理解的意思，就更有了一种小小的得意。

日子就这么一天天过去，转眼到了春暖花开的时节。

北京地处华北，四季分明。但春、秋两季每每稍纵即逝，根本容不得人细打量。所以每年这个时候，为了揪住兔子的短尾巴，学校都会组织一次春游。

小学生们对"春游"俩字毫无抵抗力。虽然回来后的几百字游记总免不了让人苦思冥想，搜肠刮肚，但提前准备零食的过程，以及当天和同学一起玩耍野餐的欢乐，足以抵消这份痛苦。

由于一、二年级的春游和高年级的是分开组织的，而六年级因为面临小升初被剥夺了放风的权利，就只有三、四、五三个年级同时出游。

春游日期自打一定下来，徐明海就表现得异常兴奋。他不断地跟秋实说陶然亭公园有多大多好玩儿，大雪山有多刺激，连带着秋实都有点儿坐不住了。

他自从来北京后，还没有怎么出去玩过。陈磊托了路子，年后帮周莺莺找了个仓库保管员的工作，虽然工资不高，但算正式工。所以一周六天的班儿是跑不掉的，满打满算，一周只有周日能休息。秋实心疼自己妈，从不闹着出门。

周三一早，徐明海和秋实背着鼓鼓囊囊的书包奔赴学校。这里面装着的东西可谓价值连城，全是从街口国营副食店里买的各色零食——蜡纸包装的义利面包、朱古力威化饼、火腿肠、果丹皮，等等。

两人各自到了班里，等老师点齐人数便去操场集合。小学生们坐上学校租来的大公交车，一路浩浩荡荡地往位于南二环的陶然亭驶去。

到了目的地，老师统一买完票带着学生往公园里走。秋实吊在队尾，伸着脖子四处找徐明海的身影，寻觅了半天，未果。

进大门后便是公园宽宽的沥青主路。曹云凤在前面带队，边走边对学生们进行爱国主义教育，讲述"五四"前后，都有哪些大人物曾到陶然亭参加哪些意义重大的活动。

公园内春光明媚，微风软暖，空气里混合着甘甜的花香，鸟叫声细碎婉转，洋洋盈耳。

秋实跟着大部队，看到左手边渐渐展露出一片非常开阔的水域，碧绿宁静，不时有小船割破湖面，留下一条长长的尾巴。

这时，不知道哪个班的队伍里突然蹿出来几个男孩子。他们跑到岸边，冲着船上坐着的一对年轻男女开始起哄。几个人一边拿指头刮着脸蛋儿，一边笑着齐声大喊："搞对象！给丫一大哄哦！啊哄！啊哄！"

穿着粉碎花连衣裙的女子听了立刻低下头去，男的赶紧双手握桨准备划走。谁知越着急越没戏，小船在湖里没头没脑地打起转来，窘得他脸红脖子粗。路过的游客瞅见了，都乐得捡不要钱的热闹看。

幸亏有老师冲过来，薅住这几个坏小子的脖领子便呵斥他们归队。他们挨了说，表面上蔫头耷脑的，却难掩脸上的兴奋之情。

大家一阵嘻嘻哈哈，继续往前走。

下一站是柳荫浓密的湖心亭，就在他们在路口准备集体左转的时候，听见前面有人大喊了一声："徐明海丫的上大雪山了！"

这话犹如沸水入油锅，顿时炸了雷。男生们于是一窝蜂地往游乐区的方向跑，秋实这班的学生自然不甘落后，闻风而动。

场面一下子失控，老师们不由得傻了眼。她们声嘶力竭，拼命喊着："春游不包括爬雪山！回来！快回来！"

见光说没用，她们便分头去东拦西截，一个个如同操碎了心的边境牧羊犬，但架不住羊儿般的孩子们都冲着远处那个雪山形状的白色大滑梯跑。

等到秋实也跟着人群跑近了，一抬头就看见徐明海高挑的身影。明明都穿的是三道杠化纤运动服，搁他身上就显得格外英姿飒爽，意气风发。

徐明海此刻就站在这个北京最高最有名气的"大雪山"上，冲着山下越来越多的春风二小的学生们挥手致意。

"徐明海！"

五年级（2）班的班主任张莼，平时挺有笑模样的一个女老师此时也急了眼。她仰头又叉腰冲上面号道："我数三、二、一，你给我下来！"

"好嘞！"徐明海屁股沾地。

"不是让你滑下来！"张莼怒道，"给我从后面台阶老老实实走下来！"

"啊？什么？"徐明海把手拢在耳边，"您，说，什，么？"

"我让你从后面走下来！！！"张莼开始倒计时，"三！"

徐明海缓缓地站起来。

"二！"

他冲着台阶处扭过身去。

"一！"

就在此刻，徐明海展现了堪称拙劣的演技。只见他故意趔趄一下，然后嘴里大喊着"哎哟哎哟"便跌坐到雪山顶上。随后，他双腿用力一蹬，一抹深蓝色的影子就从十几米长的滑道上风驰电掣地出溜下来。

就徐明海而言，去陶然亭公园不玩儿大雪山，基本上等于吃炸酱面只给菜码不给酱，豆腐脑儿只给勺儿不给卤，肉包子没馅儿，北冰洋不凉。

总之就是非常不痛快。

可老师偏偏三令五申，说春游是集体出行，不能自由活动，也不能去游乐区。徐明海还记得他当时就问张老师："那能去爬大雪山吗？"张老师答："你看我像雪山吗？"

徐明海为此做了很长时间的思想斗争，最后还是决定以身试法。有条件要上，没有条件创造条件也要上，大不了就是罚站请家长写检查一条龙，他都熟。所以徐明海整个早上都表现得非常老实，刻意降低存在感，就在跟着同学走到西码头的时候，他假装蹲下系鞋带，然后趁着老师没注意，站起来撒丫子就往"大雪山"跑。

饶是这样，他还是低估了自己的影响力。别的男生见他突然开溜，立马跟了上去，然后眼瞅他"噌噌"就攀上了两三层楼高的"大雪山"。

于是一传十，十传百，没过多大一会儿就造成了此刻无比混乱的场面。

徐明海一口气滑到山脚下，根本没给老师留出捉他的时间，抬起屁股就跑。不多滑几次他对得起谁啊？

"徐明海！！！"

张纯老师在一边都快气哭了。而其他男生开始跃跃欲试，一个个撸胳膊挽袖子都打算去爬。是啊，再拘着，风头都快让徐明海抢得渣儿都不剩了。

"我看你们谁敢上？"

要说姜还是老的辣。曹云凤此时身先士卒，一声狮子吼拨云见日，力挽狂澜。她果然要比年轻老师镇得住场面，顿时让这帮打算有样学样的男孩子停住了脚步。

这时有个好样儿的，扯着脖子冲曹云凤喊："曹老师，徐明海都滑了，您就让我们玩儿会儿吧！"

"他是他，你是你！"曹云凤上前一步，狠狠拧住这孩子的耳朵，"他不学好，你也不学好？你是不是也想请家长？"

这时候，还没等大家伙儿消停下来，就又有人喊："哎！徐明海上铁索桥了！"

大家扭头望去，只见徐明海展开双臂，正晃晃悠悠地走在一座离地2米多高的吊桥上。

陶然亭的铁索桥闻名遐迩，基本算是北京孩子最早开始较量技术和胆量的练武场。长度总共二十来米，用来连接大小"雪山"，没有护栏，桥底由一块块木板组成，十几厘米的空隙从上往下看去，足以吓哭胆小的小孩。

徐明海自打会走会跑就被陈磊带着来这儿玩儿，铁索桥上每一块木板就跟长在他脚底板上似的，端的是艺高人胆大。

他一边走，一边还不忘撺掇别人："同志们！为了党的事业，为了最后的胜利，冲呀！"这是《飞夺泸定桥》里的句子，前几天才学过的课文。经由徐明海这么具有煽动性地一喊，很有一股"红军不怕远征难，万水千山只等闲"的气魄，勾得某些男孩子心痒难耐。

转眼间，徐明海再度登顶。

而老师们见他一脸骄傲，简直要当场心脏病发。

"是不是我兄弟？是不是我铁瓷？"徐明海伸出手来挨个儿指了指

班上几个要好的男生，招呼道，"明年可就没有咱春游的份儿了！"

底下的人不由得开始抓耳挠腮，左顾右盼。就在他们在出风头和挨臭骂之间难以抉择的当口儿，桥上忽然出现一个小小的身影。只见他站在桥边，学徐明海伸直胳膊，两脚踩在颤巍巍的木板上，试探性地向前迈步。

"妈呀，是秋实！"有人叫唤了一嗓子。

"谁啊？几年级的？"众人纷纷打听。

"三年级的！第一天上学就把三水眼睛封了的那个，倍儿狠！跟徐明海一个院儿。"有消息灵通者赶紧汇报。

这下，五年级的孩子算是跌面儿了，下不来台了，只恨自己没有早他一步冲上去。而比他们更恼火的是曹云凤。打死她也想不到拦了半天，最后居然是自己班的学生跑了上去，而且还是最近表现得非常好的秋实。

这铁索桥踩上去就晃，让人看了眼晕心颤，孩子要是一个不留神摔下来，不是赔等着家长来拼命吗？

曹云凤于是赶紧拉着张纯和另外两个老师一起跑到桥下。她们伸出胳膊来冲着上面喊："秋实，你赶紧给老师下来！老师接着你！"

秋实毫不理会，全神贯注，努力保持平衡，一步步往前走。

徐明海也没想到，第一个跑上来的会是秋实。他看着对面的人一往无前的倔强神情，只觉一股子豪气干云的劲头儿直冲天灵盖。什么叫打仗亲兄弟？这就叫啊！

"秋实！你给我下来！立刻马上就现在！"曹云凤见劝说无效，彻底暴走。

秋实已经走到铁索桥中间的位置，此时忽然身形不稳左右晃了一下，吓得曹云凤和另外三个女老师都是一哆嗦。

"你们别捣乱分他心，让他自己踏踏实实走过来！"徐明海看到秋实一晃，心也跟着狠狠一跳，连大小都顾不上了，直接呲儿老师。

于是老师们统一保持着伸胳膊的姿势。敌不动，我不动；敌若动，我先动。八只眼珠子集体盯在秋实的细胳臂细腿上，随时准备援救。

"果子！加油！"徐明海看着越来越近的秋实，大声地给他鼓劲儿，"加油！"

底下高年级的学生见一个三年级的"小豆包"居然这么狂，于是也跟着徐明海一起给秋实加油。这一下，连带着三年级（5）班的大部分学生都骄傲了起来，纷纷跟周围人介绍：这我们班的！

在秋实还差一块木板就到终点时，徐明海冲他张开双臂："果子！给哥蹦过来！"

秋实毫不犹豫地纵身一跃，整个人直直栽进徐明海的怀里。底下瞬间爆发出一阵阵叫好声，老师们终于松了口气。

徐明海抬手，拿袖子把秋实一脑门子的汗擦擦干净，然后将人揽在胸前，大马金刀地坐下。那劲头儿，如同身在华山之巅。

"准备好了吗？"徐明海贴着秋实耳朵问。

"准备好了。"秋实连磕巴都没打。

"不光这个，咱滑下去可就得挨罚。"徐明海强调。

秋实扭头看了他一眼，同时用力点头："我知道。"

"牛！"

徐明海满意了。他于是喊着："为了胜利，向我开炮！！！"然后一用力，抱着秋实便从雪山顶上滑了下去。

呼呼的风从领口、裤腿里灌进来，贴着肉把衣服撑得鼓鼓囊囊的。底下同学的欢呼、老师的怒喊、花草树木饱和的色彩、天空无边的湛蓝，以及子弹一样不停往脸上和眼睛里撞击的柳絮……一切就像是被遥控器按下的录像带快进画面，充满了不真实。

"你们俩再给我跑啊！滑啊！上啊！冲啊！"

公园一隅不断传出阵阵怒斥声，和四周鸟语花香的气氛形成了鲜明的对比。

有游人被这高分贝的咆哮声所吸引，纷纷掷来好奇的目光。一看原来是老师做茶壶状正在骂学生，而这俩孩子虽然都是一脸的大无畏，但每被骂一句，身子就下意识地哆嗦一下，十分逗趣。

这时，有俩男的路过。其中一个说："现在这帮小崽子可真没法弄，净让大人着急生气。"

他身边的人立马笑着拆台："得了吧，谁小时候没淘过？你丫当年拿弹弓打家雀儿，结果把人眼睛给打了，最后被人攥着自行车链条追着跑了好几里地，忘啦？"

"你要不提真就忘了！"那人哈哈一笑，然后看着其中的高个儿男孩，感叹道，"洪湖水浪打浪，一代更比一代狂！"

说完后，两人笑着越走越远。

"还为了胜利，向你开炮？"曹云凤这厢继续连珠炮似的发问，"你还有脸拿自己比战斗英雄？那老师是什么？美帝国主义、日本鬼子还是阶级敌人？啊？你说啊！"

徐明海低着头用脚尖使劲跺地，心想我这不就是过过嘴瘾吗？曹云凤不愧是当语文老师的，抠字眼儿抠得那叫一个的有的放矢。

曹云凤见徐明海非暴力不合作，咬紧牙关一个字都不说，于是便掉转炮火，开始尝试着瓦解敌军联盟。

她换了副口气，显得慈眉善目、苦口婆心："秋实啊，老师看得出来，你其实是老实孩子，只因为和徐明海住一个院儿，所以就受了些非常不好的影响。有一句话叫'近朱者赤，近墨者黑'，你现在可能还不太明白，老师给你用白话解释一下。意思就是，挨着金銮殿，准长灵芝草；挨着茅房，准长狗尿苔。懂了吗？你想当灵芝草，还是狗尿苔呀？"

秋实想了想缓缓抬起头来，小声说："徐明海不是茅房。"

"扑哧"一声，徐明海直接乐了出来。

"老师这是比喻！！！"曹云凤全部的力气在这一刻彻底消耗殆尽。她单手扶额，顺便整理了一下乱得不成样子的头发，喘息着道："行了，我还得去看着别的同学，现在没工夫跟你俩置气。今天不许你们和同学一起春游了，你们跟着司机师傅去车里等着，下午一起回学校。你俩不一个院儿的吗？我晚上去见你们家长，把今天的情况好好说说，看接下来是直接办退学，还是扭送工读学校！"

说完，曹云凤把站在远处独自抽烟的司机喊过来，交代清楚后，便让他领着两人去公园东门的停车场。

路上，秋实小声问徐明海："真的会把咱们送工读学校去吗？"

"她那是吓唬你呢。这话我都听好几年了，最开始呢，是说要警察叔叔抓我关监狱，这几年实在圆不回来了，才改的工读学校。"徐明海给秋实宽心。

秋实踏实了，然后咧开嘴笑，忍不住回味说："大雪山真好玩儿，可惜就玩儿了一次。"

"下次让干爹再带咱来！"

出了公园东门，两人便被"押解"上车。第一次坐大公交车不用抢座儿，徐明海还挺美，拉着秋实占领了最后一排。

师傅在前面的驾驶位坐了一会儿，就有别的车的司机过来喊人。于是他走过来嘱咐两人："你们老老实实在车上坐着啊，我一会儿就回来。"

"叔叔，您去忙您的，我俩给您添麻烦了。"徐明海挺客气。

师傅还觉得俩孩子挺懂事的，便踏踏实实地下了车，和老哥儿几个在公园门口凑一处抽烟侃大山。

徐明海忽然想起什么来。他转头问秋实："哎，果子，你包儿呢？"

"让冯晓晴帮我拿着来的，应该还在她那里。"

徐明海捂住肚子："我都饿了！"

"那你包儿呢？"秋实反问。

"扔车上了，里面的东西来的路上就吃光啦！"

"那么多，你都吃完了？"

"跟弟兄们随便分分就没了呗。"徐明海伸着脖子看着外面聊得正欢的司机，心里掂量了一下，开口说，"果子，咱跑吧！"

"啊？"秋实愣住了，"跑去哪儿？"

"我兜里还有3块钱呢！哥带你找地儿玩儿去。"徐明海拍着胸脯说，"然后咱自己坐大公交车回去，我认路。"

饶是秋实对徐明海一贯无条件信赖，这会儿也听出来他摆明了是在作死。

"不行吧？"

"这有什么不行的？嘁！你得研究大人们的心思。"徐明海给秋实洗脑，"你看啊，今天这事儿要是咱老老实实哪儿都不去，回头曹老师和张老师一去咱院儿，我就得挨打，你也得挨说，写检查。可要是咱们因为害怕受迫害，离家出走，性质就变了，他们准着急上火，然后相互厮杀一番。"

"咱只要盯着时间晚点儿回去，我向你保证，家长和老师肯定哭都来不及，就不跟咱较真儿了。这就叫……叫……"徐明海想了想，"对，叫逢强智取，遇弱活擒。"

秋实听了这话，脑子里立刻响起曹云凤的咆哮："你就听徐明海的吧！你俩迟早一起上工读学校！"可最后，秋实说出口的却是："我也有钱，早上我妈给我的。"

秋实说着就把兜里的1块钱毛票掏出来，全部塞进徐明海的手里，又问："咱怎么出去？窗户和门都关着呢。"

"看哥的。"

徐明海嘱咐秋实去盯着司机，然后一下蹲到后车门的位置。他把两只手伸进胶皮的门缝儿中，歪着身子使劲一拉，半扇门立刻向里折叠在一起，闪出一条生路。

徐明海赶忙冲秋实做了个手势，两人便神不知鬼不觉地溜了出来。

他俩双脚甫一沾地，甚至还来不及嗅闻空气中自由的芬芳，便像被人追杀一样朝北疯跑而去。跑了大概有一站多地，两人才停住脚步。

徐明海扶着树弯腰一阵急喘，扭头向来的方向望去，见没人来追，终于放下心。他抹了抹头上的汗，见路口正好有个卖冷饮的老太太，于是叫上秋实一起走了过去。

"麻……麻烦您给来俩北……北冰洋，就在这儿喝。"徐明海一边喘气，一边递去三张褐色纸币。

对方接了，然后从盖着白色棉被的小车里拿出两瓶橙色汽水。用起子一开，铁皮盖子应声掉落，两股凉飕飕的白气从瓶口喷薄而出。

两人抓起冰手的瓶身仰脖"咕咚咕咚"一口气灌下，也不理会人家"慢点儿喝，别炸了肺"的好心叨唠。

顷刻间玻璃瓶就见了底。随即，两个蕴含着浓郁橘子味的嗝儿，从他俩各自的喉咙深处惊天动地传了出来。两人互相看了一眼，都乐了。

徐明海把瓶子还回去，跟秋实比画："走，老师不让咱们和同学春游，咱就自己游。我就还不信了！"

秋实也兴奋起来："去哪儿？"

"这里应该离着天坛不远了。"他扭头问人，"奶奶，跟您打听下，天坛是往东走吧？"

"对，过了天桥就是公园西门，走着也就十来分钟。"

"哥带你去天坛，"徐明海做了一个出发的手势，语带骄傲地说，"那可是过去皇帝祭天的地方！"

6　江山易主

　　徐明海和秋实在春日正午的暖阳里一路向东走，只用了十几分钟，果然就来到了天坛公园。

　　秋实生平第一次见识到皇家风范，只觉眼前这个城门似的高耸建筑在蓝天白云的映衬下显得雄伟庄严。他忍不住跑过去，伸手摸了摸朱色大门上那一排排像是镀了层金的大门钉，凉飕飕的。

　　徐明海去买票，然后高声喊秋实过去测身高。卖票的亭子旁立着标尺，两人走上前去量了量，都已经超过了免票的身高界限。而徐明海更是逼近一米五大关，差点儿要按全价买。最终两人花掉5毛钱，拿到了两张儿童票。

　　过了检票口，秋实立马把这两张淡蓝色的纸片儿小心地揣进兜里。然后，他看着眼前陡然空旷起来的地方，莫名就产生了一种自己变成小蚂蚁的奇妙感觉，于是就央求徐明海讲讲天坛的故事。

　　徐明海正经东西没有，只好拣不知从哪里听来的野史来添油加醋。

　　"相传有一天，皇帝老儿吃完晚饭来这边儿遛食儿……你问我皇上吃什么？那肯定得是白魁老号的烧羊肉，还有炸得焦焦脆脆的馒头片儿使劲蘸芝麻酱撒白糖，最后还得拿西红柿疙瘩汤溜个缝儿。哎，你先别打岔。

"他遛着遛着，结果在脚底下发现根杂草。皇帝一看就生气了！那什么，你就把皇上生气那样儿想象成曹老师就行。他说，哎，这怎么回事呀？我的地盘怎么能有杂草呢？你们当这里是天坛，还是垃圾场？你们拿我当皇上，还是阶级敌人？"

由于徐明海模仿得过于惟妙惟肖，秋实忍不住哈哈大笑。

"这时候啊，有大臣怕挨骂，就开始满嘴跑火车……你就把大臣想象成我就行。我说，皇上啊，您看这草像不像龙的胡子呀？这是龙须草，为什么它挨哪儿都不长，偏偏长这儿啊？那是因为您的工作做得让玉皇大帝和王母娘娘都很满意，所以变着法儿地表扬您哪！皇帝听了以后那是龙心大悦，美得冒泡，立马不生气了，还赏了我好多金银珠宝，然后我就拿着这堆金银珠宝给咱俩买了好多好吃的。"

秋实明知对方在胡说八道，但还是十分开心，要他继续。就在徐明海不知道该怎么往下编的时候，来了一队戴着小黄帽的夕阳红旅行团。导游举着小旗喊："跟紧跟紧啊，叔叔阿姨别掉队！"

"走，"徐明海好似见到了救苦救难的观世音菩萨，"咱跟着她，蹭着听讲解。"

年轻的导游姐姐很专业，三言两语就把天坛的来龙去脉讲得清清楚楚，包括年代、面积、功能等等。

秋实这下知道了天坛比紫禁城大，尽管他还没去过紫禁城；天坛比颐和园小，尽管他也没去过颐和园。他还知道了刚刚自己和徐明海进来的那个门是天坛的正门，也是当年皇帝来天坛祭祀时唯一进出的大门，而其他的门都是后来才建的。

秋实听得入迷，一直跟在导游屁股后面。人家看俩小孩儿不占地儿不捣乱，也不轰他们。还有爷爷奶奶辈的老人家拿出随身带的苹果、黄瓜什么的给他俩吃。徐明海正好饿了，于是来者不拒，给什么吃什么。

他们参观完圆形攒尖蓝瓦金顶的祈年殿，一行人便向丹陛桥走去。这是条高出地面足有4米的大道，按照导游的说法，算是北京城最早的"立交桥"。桥面宽30米，中间的石板路是"神路"，天帝专享；东边青砖砌的路为"御路"，皇帝专享；西侧是"王路"，属于群众演员——王公大臣们专享。不能随便乱窜，上下等级非常分明。

徐明海听了，赶紧拉着秋实跑到中间的石板路上，假装两人是天帝下凡。

"老师为什么不带咱们来这里春游？"秋实问徐明海，"真有意思。"

徐明海心想谁说不是呢？这儿没"大雪山"，没"大雪山"他就不会想要滑，不滑就不会跟老师作对，不作对就不会被逼出此下策。如此看来，这笔账怎么都要算到那个把春游目的地选在陶然亭的老师身上。

再往前走，就是皇穹宇。而比这个祭祀神位的场所本身更出名的，则是它四周的这一圈——用山东临清砖磨砖对缝的蓝琉璃筒瓦顶围墙。

终于到了徐明海大显身手的机会。他把秋实从导游身边拽走，说要给他变魔术，然后就让人去东配殿后面把耳朵贴在墙上等着，自己则跑得远远的。

秋实就这么紧贴在光滑似镜的墙边，耐心等待着徐明海的魔术表演。过了好久，就在他疑心对方是骗自己的时候，耳边忽然荡荡悠悠地传来说话声。

"果子……果子？"

秋实吓了一跳，急忙扭头左右看去，却并没见到人。只得把耳朵重新贴上去，这悠长的声音还在轻轻唤他："果子，你听见了吗？"

"听见了，"秋实忙应道，"我听见了。"

"嘿嘿，好玩儿吧？"

秋实不知道怎么回答，他觉得不只是"好玩儿"这么简单，可有多复杂，他也说不上来。秋实只知道，不管徐明海是金銮殿还是茅房，不管他站在"雪山顶"还是铁索桥，自己都想挨着他，自己才是徐明海的兄弟、铁瓷，而不是那些五年级的胆小鬼。

半晌，秋实冲着墙壁轻轻喊一句："好玩儿……哥。"

历经了 400 多年光阴流转，这明代修建的古墙不负盛名，清清楚楚地把这声"哥"送进了另一个人的耳朵里。

徐明海猝不及防地听到秋实的回应，心情顿时有些激动，甚至因此体会到某种唏嘘。

他还记得四个月前那个寒冷的腊八，自己仗着大秋实两岁逼人喊哥。结果，只落着现在左手虎口处的一圈浅痕。

班上和胡同里的孩子叫他"哥"的人不少，叫他"海爷"的人更多。但从秋实嘴里喊出来的，就是跟别人不一样。可有多不一样，他说不上来。

两人就这么贴着回音壁，说了好多后来根本回忆不起来的话。

最后，徐明海跑到秋实那边，拽起他的手，又奔向北边的圜丘。两人一同站在艾叶青石台面中间凸起的圆形石头上。

"这就是'天心石'。"徐明海介绍。

秋实低头看："干吗的？"

"传说是昆仑山绝顶星宿海的宝贝，但也有人说是天上掉下来的陨石。人只要站在上面，不用喇叭也不用麦克风，声音就会变得特别大特别亮。"

这时，夕阳红旅游团也来到了这汉白玉雕栏围护的三层石造圆台上。导游听见徐明海的讲解，撺掇他："小朋友说得对，那你给我们唱首歌儿呗，让我们听听效果。"

团里的爷爷奶奶们非常给面子，集体拍巴掌。

徐明海根本不怵这种场面，甚至庆幸自己一身的艺术细胞终于有了发挥的地方。他昂首问："姐姐，您喜欢听什么歌儿？"

"随便，"导游笑道，"你唱什么我们听什么。"

"你们女的肯定都特迷周润发，"徐明海非常笃定，"跟我妈一样。"

随后他清了清嗓子，拿出电视里港台巨星的劲头儿，直接扯着脖子吼起来："浪奔，浪流，万里滔滔江水永不休……"

这首《上海滩》算是这一代北方孩子的广东话启蒙。虽然发音没一个字是准的，但每每唱出来总显得豪情万丈，让人热血沸腾。

"爱你恨你，问君知否，似大江一发不收……"

虽然以他的年纪尚不懂何为情仇，何为爱恨，但徐明海在这天圆地方的祈福之地，还是过足了一把歌星瘾。

可能这动静确实不同凡响。秋实看见一个金发碧眼的老外也被吸引过来，然后举起手里一个大号相机给自己和徐明海"咔嚓"了一张，最后还笑着冲他们比了个大拇指，秋实于是也冲他笑了笑。

百千浪在徐明海心中总算起伏够了。他事儿事儿地一弯腰，立刻收获掌声无数。徐明海见好就收，跟旅行团的爷爷奶奶、导游挥手告别，带着秋实往七十二长廊的方向跑去。

就在两人在长廊里溜达时，徐明海还不忘做调查："哥刚才飒不飒？"

"飒！"秋实老实说，"就是没听懂。"

徐明海笑："其实我也不知道是什么意思，就觉得挺好听的。"

他们在公园里继续东颠西跑，几乎逛遍了每一个角落，直到天光渐暗。徐明海找了个大人问了问时间，才知道都已经下午5点多了。

再怎么不愿意面对现实，也已经到了必须要回家的时候。

"咱走吧，"徐明海叹了口气，"坐大公交车回去。"

秋实依依不舍地跟着他一路往北走，边走边不忘回头望向皇乾殿。

"咱们以后还能再来吧？"

"没问题，只要把今晚先混过去。"

徐明海带着人出了公园北门，过了十字路口，一路往西走，打算去车站牌子底下等7路大公交车。正走着，空气中突然飘来一阵香极了的味道。

与此同时，秋实的肚子发出一阵长长的哀鸣。从早上到现在，他除了早饭，就只喝了瓶汽水，啃了个苹果，还在公园里吃了根小豆冰棍儿，早就该饿了。

徐明海循着香气往马路右边望去，只见"便宜坊"的大招牌高悬在侧，熠熠生辉。这上面的三个大字看上去油汪汪的，就像是跟烤鸭一起出的炉。

现在是下班时间，正有三三两两的市民在外带窗口买鸭子。其中一人买好了，拎着塑料袋路过他们身旁，顺便带走了徐明海的眼珠子。

7路公交车这时从路口慢悠悠地驶来。秋实见了，提醒徐明海："车来了。"

"果子，"徐明海扭头问，"吃过烤鸭吗？"

秋实摇头。

"想吃吗？"

秋实吞了下口水，想起屯子里烤山鸡的味道，点了点头。

"走，"徐明海说，"咱看一眼去。"

说完，他俩跑到便宜坊的打包窗口。旁边的牌子上清清楚楚地写着：外带烤鸭，每只9元。

饶是徐明海的数学再不咋的，也知道自己兜里的钱不够。就在他挠头之际，只见窗口处又摆上了几个塑料袋，瞅着比其他装鸭子的袋子小一号，他忙上前去问："阿姨，这是什么？"

"鸭架子。"戴白帽子的售货员连头都没抬。

"多少钱一只？"

"3块。"

徐明海赶紧掏兜，他把所有的毛票都捧在手里数了数，可怎么数都不够。两人里外里就4块钱，买汽水花了3毛、门票5毛、小豆冰棍儿4毛，现在不多不少只有2块8毛。但徐明海还是决定试试，他厚着脸皮挤出一个特真诚的笑，改口道："姐姐，我就差2毛钱，您看……"

"去去去，这儿是国营单位。"售货员眉头一皱，"不买赶紧走，别挡着人行不行？"

站在一旁的秋实脸都红了。他使劲拽徐明海的胳膊，小声说："我不想吃了。"

徐明海不达目的誓不罢休，继续哀求："姐姐，您就卖我们吧。要不这2毛算欠您的，明天再给您送过来行吗？"

"这买卖又不是我自个儿家的。别说欠2毛了，差1分也不行啊！"售货员没好气地说。

就在徐明海和对方大眼瞪小眼之际，后面走上来一个大姐："哎哟喂，我说，咱就别跟孩子较这劲儿了。不就2毛钱吗？我出了！"

徐明海大喜，一面跟人道谢，一面把手里的所有毛票都搁进窗口收钱的铁盘子里，然后拿上鸭架子又冲着那个仗义的大姐鞠了一躬。

随即，两人跑到一边。徐明海打开袋子，撕下一个热乎乎的鸭子腿，直直递到秋实的嘴边。

片鸭子讲究肉薄，大师傅这108刀下去，其实鸭子身上还剩不少肉，一般人会把架子做椒盐鸭架，或者做汤，都不糟践。

秋实闻着这扑鼻的肉香，愣是抓起徐明海的手又推了回去。

"你吃。"

"我不饿！"徐明海强调，"逛公园的时候，我不是还吃了俩苹果一根黄瓜吗？真的一点儿都不饿！"

秋实此刻是饿惨了。他于是张开嘴，狠狠咬了下去。细嫩的鸭肉被牙齿撕开的瞬间，汁液立刻奔涌而出，滋味鲜美无比，果香盈鼻。没几口，一个鸭腿就被报销掉了。

徐明海立刻又递给他另一只鸭腿，看他继续狼吞虎咽。

秋实在往后的日子里，吃过很多次烤鸭。南派北派、吊炉焖炉、蘸白糖的、甜面酱加葱条儿的、卷荷叶饼的、夹空心火烧的……花样百出。可不管怎么吃，都不如他8岁那年，站在洒满黄昏余晖的街边，就着徐明海的手，大口大口啃过的那两只鸭腿美味。

等到鸭子身上的肉都被吃得差不多了，徐明海才又把鸭腿、鸭翅、鸭胸上的漏网之肉仔仔细细啃了一遍。他一面啃，一面认真解释："我不饿。可咱也不能浪费，浪费是最大的犯罪。"

秋实不知道说什么。他怔怔地看着徐明海，看他把鸭架子啃得七零八落，面目全非，最后连油腻腻的手指头都嗦了个干净。

这时候不知打哪儿跑来只小土狗，冲着两人摇尾巴。徐明海立刻蹲下，拿骨头给它。

"坐！递爪儿。哎，真乖！"

秋实肚子饱了，理智逐渐回归。他看着一门心思逗狗的徐明海，憋了半天终于问出了自己的疑问："钱都花没了，咱……怎么回去啊？"

晚饭的时候，李艳东正在家包饺子。她把和好的面醒上，抬头一看墙上的表，已经快6点了。今天徐勇单位聚餐，提前说好了不回家吃饭，可怎么都这个点了，徐明海也没见着人影？

李艳东想，也许是仗着自己兜里有钱，装大款又带着秋实去小卖部买零食了。她一面狠狠剁着案板上的韭菜，一面暗骂徐明海这个没出息的败家子儿。

待她把调好的饺子馅儿放去一旁，刚把手洗干净，就传来敲门声。推门一看，却是周莺莺。

李艳东烦周莺莺纯属心理原因，外加历史遗留问题，无药可医。所以哪怕周莺莺根本不招她，见面还主动打招呼，李艳东也始终放不下身段。

"姐，"周莺莺一脸担忧地开口问，"小海回来了吗？"

"他平时进院儿，一人能弄出仨人的动静，要回来你能听不见吗？"李艳东直翻白眼。

"果子说学校春游下午3点结束。按说他们从公园到学校再走回来，路上耽误耽误，最多也就一个小时，怎么还不见他们的人呢？"

"你问我，我问谁啊？"李艳东其实也惦记着徐明海，但嘴上不服软。

周莺莺无奈，和李艳东打商量："我心里不踏实，眼皮都跳半天了。姐，要不咱出去找找吧，学校、街边小卖部什么的。"

就在两人说话的时候，院门响了。李艳东手拿擀面杖第一个冲出去，打算好好教育教育徐明海。没承想，看见的却是学校的曹老师和张老师。她们赶着投胎似的小跑进来，根本来不及说话，只扶着院子中间的那棵树捯气儿。

李艳东和随后出来的周莺莺对视一眼，觉得纳闷儿，老师们怎么突然找上门来了？

李艳东刚想开口打个招呼，就见曹老师脸红脖子粗地大声问："徐……徐明海和秋实回家了吗？"

两个当妈的听见这话，再联系上老师们火烧眉毛的神情，脑子当即就"嗡"了一声，身子立马凉了一半。

"没回家啊！"李艳东一着急，手里的擀面杖"咣当"就掉在地上，"我俩还奇怪呢，两人一大早上就高高兴兴地走了，到现在，连个影子还没瞅见，这怎么回事啊？"

当曹云凤和张莼发现学生"越狱"时，几个司机还正凑在一起吹牛。各种国际局势、小道消息脱口而出，从五角大楼到阿波罗计划就没有他们不知道的。直到曹云凤冲到他们面前，临时组建的"中情局"才宣告散伙。

而负责"看押"工作的司机师傅对上发飙的曹云凤，才知道车门已经被人暴力破解。他只能哭丧着脸表示，压根儿不知道人是什么时候没的。

曹云凤气得差点儿当场晕厥过去，而一旁的张莼说徐明海八成是"大雪山"没滑过瘾，又偷偷跑回去了。曹云凤觉得有道理，于是重新分配好工作，清点了学生人数，托别的老师先跟车回学校，自己又跟着张老师跑回了游乐区。

转了几圈儿她们没找到人，于是跑到公园管理处让人家用大喇叭广播寻人。

"春风二小的徐明海小朋友、秋实小朋友，请你们听到广播后来公园管理处，老师在等你们。"管理处的小姑娘照惯例呼唤迷途"小羔羊"。

但由于她的声音过于温柔甜美，毫无震慑力。曹云凤一把推开人，自己上阵冲着麦克风嘶吼："徐明海！秋实！这是最后通牒！最后通牒！限你们五分钟之内赶到公园管理处！否则格……否则立即开除！"曹云凤差点儿把"格杀勿论"四个字喊出来。

可惜，这夹杂着巨大嗡鸣声的喊话声，唯一的作用就是让公园里的男女老少统统捂起了耳朵。

两人在公园里耽误了一个多钟头，毫无结果。曹云凤以班主任的姿态批评了一顿管理处的小姑娘，指责他们"大雪山"不收费，且缺少专人看守的行为，随后便和张莼一起拂袖而去，乘坐公共汽车回了学校。

她们在教导处找到徐明海家登记的地址后，骑上自行车，又一路狂奔到纸鸢胡同 23 号。事已至此，两人没别的盼头，只期望俩孩子早已自行回家。

可惜，事与愿违。此时此刻的大杂院内，四双眼睛八只眼珠凑到一起，全是不知所措。

曹云凤只好把今天发生的事情大致讲了一遍。当她讲到让司机带着徐明海和秋实离开的时候，李艳东立马不干了。

她拔高了嗓门儿带着哭腔说："虽说我们小海是淘了点儿，身上小毛病多了点儿，可要是我们自己就能把孩子教育好喽，还要你们'灵魂工程师'干吗啊？我们寻思把孩子交给组织上，也就放心了。嘿！谁知道你们转手就'批发'给大公交车司机了。不是，有你们这么当老师的吗？"

对曹云凤来说，向来只有她呲儿学生家长，哪有学生家长呲儿她的份儿。她立刻拿出班主任的威严，用管孩子的口气跟李艳东杠上了："我们怎么当老师的？你怎么不问问自己怎么当家长的？徐明海到底是怎么一步步堕落成今天这个样子的？"

"徐明海是杀人了，还是放火了？"李艳东急赤白脸跺着脚，"他一个五年级小学生，就算有这个心也没这个胆儿，就算有这个胆儿也没这个能力啊！"

曹云凤冷笑一声道："你真是小瞧你们家徐明海了！我看他挺有这个

能力的！"说完，她扭头看向脸色发白、插不上话的周莺莺，含沙射影，"你们家秋实倒是个老实孩子，就是天天跟着徐明海瞎混给耽误了。作为家长，你可得尽早把罪恶的种子掐死在摇篮里！"

"我说俩孩子好好的干吗非得跑呢，搁我我也跑！见天儿一上学就碰见你这样的老师，能学得下去才新鲜！"李艳东彻底暴走，"作为吃公粮拿津贴的人民教师，你这是什么行为？往小了说是给祖国七八点钟的太阳泼脏水！往大了说，就是企图破坏改革开放的大好形势，把矛头直接指向四个现代化！"

"你敢再说一遍？"曹云凤气得脸都白了。

李艳东仰着脖子咬着牙："我敢再说八百遍！"

就在她们越说越急眼的时候，张纯赶紧站到两人中间说："冷静！家长同志，曹老师，咱还是先想想，他们这么晚还不回家是不是去哪儿玩了？"

一早听见动静跑出来围观的张大爷、张大妈这时搭话："哎，可别是让拐子给拐了吧！"

周莺莺听见"拐子"俩字，眼泪顿时就掉出来了。她知道现在根本不是哭的时候，可架不住脑子里可怕的念头一个接着一个地往外冒。周莺莺于是二话不说，转身推上自行车就要出去。

"你干吗去？"李艳东大喊。

"我去北京站！"周莺莺哭着说，"你们吵你们的吧，我去找孩子！"

偏巧陈磊回来了，进来一看这人仰马翻、哭鼻子瞪眼睛的架势人都傻了。在得知是怎么回事以后，他赶紧跟周莺莺说："你一个人怎么找？这不是大海捞针？你等我去把胡同里的哥们儿都叫上，还有片儿警小七，遇见这事儿你们怎么不先报警呢？"

说完，他不敢耽误工夫，转身就跑。没多久，陈磊便带着十好几口子又回到大杂院，并开始分配任务。

"艳东你跟他们几个去长途汽车站，莺子你带着这几个去附近电影院和小卖部看看。两位老师，您二位受累跟我们兄弟再去陶然亭附近转转。我和小七这就奔北京站。大爷大妈，您二老就负责在院子里守着，万一俩孩子回来了就告诉胡同口的罗锅儿。我们大家伙儿每隔一个小时找公共电话给罗锅儿打一个，互相通个气。"陈磊说完使劲拍了拍巴掌，

"那什么，别愣着了！都动作起来！"

曹云凤虽然不满意被人抢了发号施令的工作，但此刻也没什么更好的法子。就在众人开始分拨行动准备出门的时候，一个穿着橄榄绿制服的民警打院门口走了进来。他面对乌泱泱的一院子人，露出跟刚才陈磊如出一辙的表情。

"是……孩子找不着了吗？"

大家伙儿像被点了穴，数不出多少只眼睛都盯着他，生怕从对方嘴里说出什么让人承受不住的话来。

陈磊第一个反应过来，赶紧点头回答："俩男孩。一个 10 岁，一个 8 岁，下午不见的。"

民警立刻转身朝外面喊："行了，别害怕了，都到家门口了，你们就快进来吧！"

众人只见俩脑袋带身子，一点点从大门口探了进来，万幸没缺胳膊没少腿，还是熟悉的样子。而下一秒，秋实直接哭着飞扑进周莺莺的怀里。

"妈！"他仰起那张满是泪水的小脸儿，"求您了！别让曹老师给我们送去工读学校！！！"

由于秋实哭得过于撕心裂肺，胡同的人立刻脑补出俩傻孩子因为害怕被送去工读学校而被迫流亡的绝望之旅。周莺莺更是紧搂住失而复得的儿子，一个劲儿地安慰他。

曹云凤隐隐看出苗头不对，率先走上前去和民警握手："警察同志，作为人民教师，我们非常感谢您的……"

"您就是孩子老师啊？"民警打断曹云凤的表彰大会。

"啊……是。"

民警随即抽出手来，冲她笔管条直地敬了个礼，然后立马沉下脸说："不是我要批评您。咱说话就要迈向 20 世纪 90 年代了，怎么教育起孩子来还是老一套？动不动就说什么'再淘气就让警察给你们抓走关监狱'啦，'再不好好学习就送工读学校'啦……"

他伸手一指："吓得孩子迷了路都不敢找我们人民警察。这还是我看两人在派出所门口缩头缩脑了半天，留了个心眼儿出去问了问，才知道是怎么回事。"

"合着我们天天累死累活冲在第一线，您当老师的在背后天天拿我们当坏人吓唬人玩，破坏我们在孩子心目中的正面形象。"民警没好气地反问，"要都这样，以后谁还当兵当警察啊？谁来保卫咱广大人民群众的生命和财产安全啊？"

曹云凤活到这把年纪，还没当着这么多人挨过批评。她这脸上红一阵白一阵的，端的是哑巴吃黄连，有苦说不出。最后还是张莼老师主动接过话，再三保证绝对不会把他俩送工读学校去，秋实才止住哭声。

陈磊这时忙拉着小七过去递烟，感谢人家百忙之中把孩子送回来。民警送佛送到西，完成了任务，最后被众人千恩万谢地一路送到胡同口。随后，帮忙的兄弟和俩片儿警也便互道回见，纷纷散去。

回到院子，陈磊见俩老师依然是下不来台的样子，便主动替孩子们道歉。李艳东这时也收敛起刚才的泼辣，跟周莺莺一起表示肯定会好好管教徐明海和秋实，不让他们再无组织、无纪律地胡闹，给老师添堵，给组织添乱。

受到警察批评教育的曹云凤最后黑着脸，让两人写800字的大检查，并拒绝了对方的晚饭邀请，和张莼推着自行车走了。

徐明海见大人们集体出去送人，松了口气的同时给自己比了个大拇指：这都能圆过去，牛！

而秋实正好看见九爷站在东屋前面往他们这边瞅，于是赶紧跑了过去。

"小果子，你和小海是怎么搞的？"九爷少见地蹙起眉，"可把大人都吓坏了。"

"我，我们……"秋实左右看了看，小声说，"迷路了。"

"迷路了？可我怎么闻着有股子油乎乎的烤鸭味儿呢？"

秋实赶紧把两只手举起来，凑到鼻子边猛嗅。

徐明海跑过来，嬉皮笑脸地说："九爷，我们迷路迷到一半，肚子饿了，就抽空打了只鸭子吃！"

"你们啊……"九爷回屋拿出条湿毛巾，给两人擦擦手，"这世上打心眼儿里疼你们的人，掰着手指头数也就这么几个。以后千万别再干这种事儿了，要不然有你们后悔的那天。"

秋实点头，继而按捺不住心里的兴奋，压低声音跟人分享起今天的所见所闻："九爷，我们去天坛了，那里面特别漂亮！还有堵高高的墙，耳朵贴上去就能听见别人说话，可清楚了。"

"哎哟喂，合着别人麻爪的时候，你俩跑回音壁打电话去了。"九爷都气乐了，"真有你们小哥儿俩的。"

这时大人回来了。徐明海立刻五官归位做愁眉苦脸状，并用奄奄一息的口吻跟李艳东说："妈……我饿……"

"饿了是吧？"李艳东看着徐明海，笑眯眯地问，"那你想吃什么呀？"

徐明海从亲妈皮笑肉不笑的表情里察觉出危险的气息，立刻诈尸似的蹿到陈磊背后。

李艳东二话没说，从地上抄起刚才不慎掉落的擀面杖，举起来就对徐明海痛下杀手。

"迷路？我也信！把你扔西伯利亚你都能自个儿跑回来！"

"没有调查就没有发言权！"徐明海一面躲，一面跳着脚儿喊，"我们真迷路了！要不至于去麻烦警察叔叔吗？自己坐大公交车不就回来了吗？"

"肯定是你把钱都糟蹋完了，兜儿里一分没有，才跑派出所去的！刚才当着你们老师，我是给你留面子！"李艳东气得连自己都捎上了，"小王八蛋！你一撅屁股我就知道你拉什么屎！你还跟我斗心眼儿？为了找你们，半个胡同的人都让你干爹薅过来了，你怎么就这么不让人省心啊？"

说完便又冲上前去。

这时，"刘海儿"翘着尾巴沿着矮墙一路溜达到南房的瓦顶上，然后卧在北方春日傍晚的暮色中。它歪着头，安安静静地看着下面。

李艳东在吱哇乱叫地揍儿子，陈磊无奈地和着稀泥，秋实被周莺莺死拽着在一旁干着急，张大爷、张大妈不停说着"回来就好，回来就好"，而九爷则拿着毛巾慢悠悠地踱步回屋。门一开，"刘海儿"赶紧跳下来，摇曳生姿地跟着九爷钻了进去。

大杂院一阵鸡飞狗跳。厨房里的面和馅儿，不知道什么时候才能包成饺子下锅；徐明海和秋实不知道什么时候才能随心所欲地活着，不再挨揍；而大人们同样不知道，孩子什么时候才能真正长大懂事，从此不再惹是生非。

每个人都顶着一脑门子的官司，跟这个时代一起，深一脚浅一脚地摸着石头过河，一步步地往前蹚。

而第二天上学，当秋实的这一脚刚蹚进班里，就觉得气氛有些奇怪。那些平时根本不搭理自己的男生，忽然表现得非常友好。

随着秋实坐下，他们纷纷拥上前来，然后便开始七嘴八舌地点评昨天秋实的"壮举"。

"秋实，你可真牛！"一个同学说，"你刚一上去，咱曹老师的脸立马跟涂了紫药水似的。"

另一个脑袋也挤进来："听说你和海爷离家出走来着？这也太勇敢了！"

"你昨天是第一次走那个铁索桥吗？真勇敢！我上去过一次就不行了，天旋地转的。"还有人说。

"勇个屁！"

这时，只听见"二王"吴征的声音从教室另一端传来："上个破桥有什么了不起的？"

"那你怎么不上啊？"立马有同学接茬儿。

"我不稀罕上！"吴征涨红了脸，粗声粗气地嚷嚷着。

"我看，你是怕上去就把桥压垮了吧？到时候全北京的孩子都得来咱学校堵门！"

几个男生"嘎嘎"地笑成一片。

吴征"噌"地站起来，撸胳膊挽袖子，一副不依不饶的架势。但由于今天"大王"没来，吴征并没真冲过来。

"你以为自己还在咱班称王称霸啊？"这时有人喊，"还'二王'呢？嘁！"

吴征一愣，似乎没料到三年级(5)班的改朝换代就发生在瞬息之间。他涨红了脸，胸口剧烈起伏，像是被塞进一个心脏起搏器。

"你什么意思？"

"秋实是'大王'！"那人喊，"秋实学习好胆子大，昨天还给咱班争了光！他才是'大王'！你们说对不对？"

随即，这个提议就得到大家伙儿的一致认可。当男生们看到吴征的脸色由红转青，以为他按捺不住马上就要冲过来再度夺权时，上课铃响了。

数学老师抱着随堂测验的卷子一走进来，全部人立马回到各自的座位上。小学生们的庙堂之争，至此偃旗息鼓。

下课的时候，秋实拿到了昨天他交给冯晓晴保管的书包。对方小心翼翼地问："秋实，你要当'大王'吗？"

"我才不当，"秋实下意识地模仿徐明海平时说话的语气，"傻了巴叽的。"

冯晓晴笑着附和："嗯，我也觉得挺傻的。"

秋实打开书包一看，里面多了个画着大奶牛的盒子，上面印着一串单词。Milk，他认识其中一个。

秋实抬头问道："这是什么？"

"高级巧克力，我在少年宫合唱队的好朋友给我的。"冯晓晴补充道，"是她舅舅从外国带回来的。"

"人家送给你的，我不要。"秋实把东西拿出来还给冯晓晴。

"哎，我那里还有好多呢。而且我妈说我再吃的话，牙就要被虫子啃光了！"

冯晓晴说完便冲着秋实张开嘴，只见里面好几个黑黢黢的洞，是怪吓人的。

秋实想了想，谢过她，把巧克力又装了回去，打算过会儿拿给徐明海。

"昨天下午，你们到底干吗去了？"冯晓晴好奇地问。

"我告诉你，但你千万别告诉别人。"秋实没瞒她，"我们去天坛公园了。"

"你喜欢那里吗？"冯晓晴眨着眼睛问。

"喜欢，"秋实点头，然后嘴角忍不住翘起来，"特别漂亮。"

"这样啊……那这礼拜你干脆跟我一起去少年宫得了。"冯晓晴发出邀请，"那儿比天坛还漂亮呢！"

"少年宫是干吗的？"

"小孩儿在一起唱歌跳舞、画画练书法的地方。特好玩儿！就在景山公园的大宫殿里，皇上都挨那儿待过。"冯晓晴解释道，"离咱们学校不远。我让我爸周三下午送咱去，完了有人送咱们回家。"

"大宫殿"三个字让秋实对那个地方产生了浓厚的兴趣。他于是又跟冯晓晴打听了一下需不需要交钱什么的，最后点点头："那我回去跟我妈商量一下。"

秋实本来想叫上徐明海一起，但昨天那档子事儿一出，后者已经成了重点监控对象。别说景山了，家门都出不去。无奈，秋实只能替自己向周莺莺申请跟同学出去玩。

北京市少年宫是当时所谓"精英儿童"的聚集地。靠财政拨款，有路子或者有特长的孩子才有机会去接受培养。周莺莺觉得秋实能跟同学去开开眼也挺好，于是再三嘱咐他要乖一点儿，晚饭前一定回家，最后又塞了几毛钱给他。

星期三中午放学后，冯晓晴她爸骑着辆宝蓝色的铃木 AX100 摩托车，一前一后驮着俩孩子，从学校出发，一路往景山公园驶去。

他们迎着微风向北，继而向东，路过平安里、北海、什刹海。骑了十来分钟，再向南一转，渐渐地，一片气势恢宏的古建筑群便逐渐显露出来。

到了近前，只见这里东、西、南三面分别竖着一个四柱九楼式的巨大牌坊，挂着"北京市少年宫"牌匾的大门、黄琉璃瓦庑殿顶、琉璃重昂五彩斗拱，在弥天大雪似的柳絮中静默矗立。

下面的小孩子成群结队，正在朱红围墙下踩着彼此的影子追跑打闹。一时间，叽叽喳喳，笑声震天。

秋实看着眼前的场景有些发傻，直到冯晓晴从摩托车前面蹦下来拽他。

"走，"冯晓晴颠了颠肩上的背包，笑着说，"我带你进去。"

7　似是故人来

少年宫所在的寿皇殿始建于明朝，规制上仿了太庙。如果站在景山山顶向北望，依次可见寿皇殿、寿皇门、地安门、鼓楼——堪称一条完美笔直的北京城中轴线。

秋实被冯晓晴领着，从桥洞子似的宫门口一路跑进去。只见里面是个开阔的广场，更多的小孩子聚集于此。再穿过一道门后，冯晓晴便立正站好，拿出中央人民广播电台主持人的派头来一一介绍：这是碑亭，那是东西配殿、衍庆殿、绵禧殿等等。

这些形制复杂、色彩明艳的建筑让初来乍到的秋实同学眼花缭乱，根本不知道是拿来做什么的。

"喏，那个就是寿皇殿！"冯晓晴指着中间一座被汉白玉石栏围着、黄琉璃筒瓦重檐八角攒尖顶的建筑，语气骄傲地说，"我们平时就在里面唱歌。"

在这里上课的感觉跟在学校完全不一样，秋实因此产生了神往。紧接着，他便跟随冯晓晴绕开院子中一棵棵苍翠润泽的参天大树，跑上高高的石阶，迈过门槛，一同进到寿皇殿内。

这里空间很大，朱红色的柱子粗得一人抱不过来，屋顶高得吓人。秋实使劲仰头看去，上面全是一个个描着美丽花纹的蓝绿色正方小格子。

"你坐这儿，"冯晓晴指了指门口的一排小凳子，补充说，"家长有时候也会在这儿等着接孩子。没人轰你，放心。"

说话的工夫，老师来了。她拍手召唤了一阵，男孩女孩们便呼啦啦跑过去站好。

秋实就像冯晓晴嘱咐的那样，拿着两人的书包，乖乖地坐在门口的凳子上看着他们。

此时，午后的阳光从南边洒进大殿，把秋实暖暖裹住后便扑向老师和孩子们。打眼看去，谁的身上头发上都是一层柔情似水的金色。

"同学们，上周咱们学习了《送别》这首歌曲，今天咱们先来重温一遍。"她边说，边轻轻抬起胳膊，伸出手示意道，"一，二，三。"

孩子们于是非常配合地咧开嘴，统一跟随着节奏，左边歪一下脸，右边侧一下头，开始今天的练习。

长亭外，
古道边，
芳草碧连天。
晚风拂柳笛声残，
夕阳山外山。
天之涯，
海之角，
知交半零落。
一瓢浊酒尽余欢，
今宵别梦寒……

男生和女生纯真的童音叠在一起，有种浑然天成的美。

秋实坐在那里，情不自禁也跟着一起哼唱。他唱着唱着，忽然想到如果徐明海也站在那里的话，是绝对不会老实的，肯定要搞出些不同寻常的动静来。秋实于是想起他那个"浪奔，浪流"，忍不住偷偷笑。

"好。"负责指挥的老师双手一握，"歌曲都会唱了，那咱们今天就来分一下男女生独唱的部分。来，冯晓晴，"老师示意，"你唱第一段。"

秋实见同桌要独唱，便双手托腮看着她。

冯晓晴不负自己"音乐课代表"的名号，把"长亭外，古道边"唱得真挚又动情。

老师很满意，接着点名："高洋，你来男生部分。"

被唤作高洋的男孩子生得浓眉大眼极为喜庆，但开口高声唱了几句后，就被老师打断了："情绪太欢快了。这和《让我们荡起双桨》《小螺号》不一样，《送别》是首描写分离的歌曲。来，同学们……"

老师面向大家，耐心解释："咱们一起来想象一下，在一条小路的尽头有个孤零零的亭子，风吹动柳树的枝条，带来隐约的笛子声。太阳快要下山了，夕阳落在起伏绵延的群山上，你和你最好的朋友马上就要分离，各自去一个很远很远的地方，不知道什么时候才能再见面……"

坐在小板凳上的秋实，不知道别人听了这段话是什么感受，反正他已经不由自主地代入了自己和徐明海。

孤亭窄路变成了胡同口，周莺莺不知道为什么要带自己回屯子。他不肯走，徐明海不让他走，两人拉着手死活不放。但什么办法都用尽了，终究还是要分别。"刘海儿"和九爷都来送他，不管自己怎么回头张望，最终还是谁都看不见了。

脑子里栩栩如生的画面让秋实眼眶一热，赶紧拿手背把眼泪往耳朵边上赶。

"好，高洋，你再来一遍。"老师说。

高洋同学一脸迷茫地再度开口，听上去却比刚才更激昂了。老师叹了口气，换了个男生，但效果依然不好。

"老师！"冯晓晴忽然举手，然后往门口一指，"您让他试试行吗？"

同学、老师纷纷侧身看去。

秋实没想到自己莫名成了大家的焦点，保持着擦眼泪的姿势愣在原地。

"他声音可好听了！"冯晓晴说，"是我春风二小的同学。"

也许是秋实腮边的泪珠打动了老师，让她觉得自己刚才那一大段的抒情没有对牛弹琴，便接着冯晓晴的话茬儿问："小朋友，你会唱这首歌曲吗？"

秋实见老师提问，赶紧把手里的书包放去一旁，站起身来回答："会，这是《城南旧事》里的歌儿。"

"那能请你唱一遍吗？"老师的语气很温柔，"让我们听听。"

秋实站在这么个完全陌生的地方，对着一群陌生的人，本来不想开口。可他又想，要是换作徐明海，肯定不会跌份儿的。更何况，面前这个和气温柔的老师说"请"——这个庄重的字眼儿还从没有大人跟自己说过呢。

秋实于是在心里给自己鼓了鼓劲，深吸一口气，唱了出来。

长亭外，
古道边，
芳草碧连天。
问君此去几时来，
来时莫徘徊。
天之涯，
海之角，
知交半零落。
人生难得是欢聚，
惟有别离多。

男孩未变声的童音清亮婉转，袅袅缥缈，带着说不出的伤心。像是腿上绑着梅花七星哨的鸽群，从低空掠过，兜兜转转，就是不肯展翅离去。

老师的眼睛湿润了，像是想起了一些人和一些事。她于是重新分配了段落，冯晓晴一段，秋实一段，再由全体孩子合唱，然后她拿起一只金属色的口琴，吹起了前奏。

这是一个美好极了的下午，随着老师把口琴抵在唇边，美丽的哀愁便飘荡在这个年代悠久的大殿内。

秋实就这么和大家站在一起，有一刻他甚至觉得自己早已是其中一员，每个周三的下午都是这么度过的。

活动结束的时候，冯晓晴显得很兴奋，主动问老师能不能也让秋实加入合唱队。秋实一阵激动，但随后他就敏感地察觉到老师流露出的为难。

这种为难，秋实经常会在周莺莺的脸上看到。于是，他非常有经验地先一步拒绝了这个充满诱惑的提议。

冯晓晴见老师走远，立刻埋怨秋实："参加合唱队可好了！咱能出去比赛，还能给访华的外宾唱歌，为国争光。你学习那么好，干吗非说没时间？"

秋实不知道该怎么解释。

就在大家纷纷收拾东西准备离开的时候，有个白白净净的女孩子朝他跑过来。秋实听冯晓晴介绍说，这就是她最好的朋友——江爱芸。

"你就是秋实啊？"她笑着说，"冯晓晴老跟我吹你。"

秋实跟她打过招呼，算是认识了。

"江爱芸她爸送咱们回去，"冯晓晴比画着，"她家有小汽车。"

"我爸今天有事儿，让我舅舅来接咱们。"江爱芸补充道，"不过，他也有小汽车。"

秋实没坐过小汽车，他只坐过大公交车和大火车。他跟在两个女孩子身后一路往外走，一边听着她们叽叽喳喳地聊着奇怪的话题，一边还回味着刚刚在大殿里唱歌的情景。

三个人出了宫门，径直往景山后街走去。没多大会儿，就见迎面走来一个高个儿男人。他穿着市面上不多见的西装外套，显得整个人神采奕奕，非常洋气。

"芸芸！"他朝这边挥了挥手，大步跑了过来。

江爱芸见了他，立马叉腰仰脸做撒娇状："舅舅！我好想你呀！"

那人却不买账似的轻哼一声，继而笑道："想我？我看你是想吃大户吧？说，咱奔哪儿？"

"嘿嘿，那就带我们去三宝乐吧！"江爱芸老实不客气地提要求。见对方一口应承下来，便给他介绍自己的小伙伴："舅舅，这是冯晓晴，这是秋实，都是我的朋友。"

"叔叔好！"两人礼貌地喊人。

"你们好！"男人笑了笑，热情地回应他们。

他的眼光从冯晓晴身上转移到秋实脸上的时候，笑意忽然像是遇冷凝固的白油，一下子僵在了嘴角。

平整的青砖步道上，一大三小在洋槐树的树荫里慢慢向前走。

江爱芸和冯晓晴手拉着手继续聊天，而秋实却觉得哪里有些不对劲。他似乎总能接收到江爱芸舅舅不时投来的目光，可每每追着看回去，对方又立刻撇开眼，好像一切只是自己的错觉。

最后，他们来到一辆黑色的奔驰 W126S 旁。尽管秋实一个小孩子不懂车，压根儿不明白它价值几许，但也能看出这车嘴长屁股扁，笔管条直，气派非凡，一下子就把街上那些圆滚滚的小面包车比了下去。

男人打开车门，江爱芸率先钻进去，然后招呼小伙伴一同挤在后座上。随着男人坐到驾驶位，车身抖动了一阵便朝崇文门的方向驶去。

秋实坐在车里，忍不住仔细观察起车里的装饰，以及前面各种错综复杂的按键面板。他觉得挺新鲜，小汽车跟大公交车可真不一样，等将来他和徐明海有钱了，八成也能开上小汽车四处逛。

"芸芸，"前面的人开口问，"你们……都是合唱队的？"

"晓晴是，秋实是今天过来玩儿的。"

"噢，那秋实是你'史家'的同学？"他继续打听道。

"叔叔，我们跟江爱芸不在一学校。"冯晓晴接过话，"秋实是我同桌，学习特好！"

"那你们是哪个学校的？"对方继续打听。

这下江爱芸不耐烦了。她觉得舅舅今天怎么跟自己妈似的，逮着个不认识的同学就问东问西，磨磨叽叽的，恨不得祖宗八代都盘查清楚了。江爱芸半撒娇半埋怨地说："哎呀，小舅舅，您操这个心干吗呀？"

男人于是不再开口。可与此同时，秋实分明又感受到他透过前面那个窄窄的镜子投射来的奇怪眼神。

开了没多久，当车子在一个路口刚停稳时，江爱芸就直接蹦下车，带着人熟门熟路地往临街的一家门脸儿跑去。

这顶着大大红地黄字招牌的就是"三宝乐"——新侨饭店西餐厅自营的面包房。

正所谓"北老莫，南新侨"。跟西直门外莫斯科餐厅通身的江湖气比起来，一样建于 1954 年的新侨饭店因为经常接待各个国家元首、社会名流和影视明星，而显得更具有国际范儿。换句话说，就是非常地不接地气，挣死工资的寻常人家根本不会光顾。

一进门，面包、黄油、巧克力和果酱的混合香气像是长了眼睛，专往人鼻孔里钻，浓郁程度足以迷倒任何一个小孩子或者大孩子。

这种完全不同于国营副食店的阵仗把秋实镇住了。他从来没见过这么多品种的面包。而且，居然不是由穿着白大褂的售货员阿姨统一把守，反倒是姿态万千地躺在大大小小的篮子里，一副任君自取的诱人模样。

江爱芸笑嘻嘻地递给小伙伴一人一个塑料袋，以及不锈钢夹子，然后扭头跟刚刚进门的人大声说了声："谢谢小舅舅！"

男人笑了笑，冲他们绅士地做出"请"的手势。

秋实不明就里，拿着夹子小心翼翼地往四处看了看。最后，他根据篮子前面的价签和兜里毛票的数量，选了两个沾满砂糖粒的圆面包，打算学人家去柜台交钱。

这时，他身后伸来只手，主动把袋子和夹子都拿走了。秋实回头一看，正是江爱芸的舅舅。他高大的身影在窗明几净的店里转了一圈儿，几乎把所有样式的面包都拿了一个，然后接过两个女孩子手里的袋子，径直去柜台付钱。

秋实的脸"唰"的一下就红了。

"哎呀，不用不好意思。"江爱芸凑过来跟秋实解释，"我小舅舅可有钱了，让他来给咱们'献爱心'。"

"你舅可真帅，"冯晓晴眨着大眼睛点评道，"像三浦友和。"

"你就知道三浦友和。"江爱芸拆她台。

"我妈说了，只有三浦友和才是真正的美男子！"冯晓晴坚定捍卫亲妈的审美。

江爱芸笑："我听大人们聊天儿的时候说过，我舅年轻那会儿才叫真帅呢！一身将校呢，去王府井大街上拍婆子（男孩勾搭不相识的女孩），一拍一个准儿。"

"什么叫拍婆子？"秋实不太懂。

江爱芸也不解释，只贴着冯晓晴的耳朵偷偷说了些什么。随后，两个女孩子一起露出鬼鬼祟祟的笑容，搞得秋实更加一头雾水。

"走，""三浦友和"拎着好几袋子面包走过来，"送你们回家。"

根据路程远近，他先把江爱芸送到一栋苏联援建期间那种俄国风格的小灰楼下，嘱咐了几句便回到了车上。随后把冯晓晴一路送到离春风二小不远的一条胡同口。

冯晓晴甜甜地道谢，跟秋实说了声"明天见"，就背着书包拎着东西蹦蹦跳跳地走了。秋实一个人坐在后面，继续看着车头一路往自己家的方向驶去。

随着目的地越来越近，车厢里的气氛也变得越来越古怪。秋实回忆了一下，问题好像出在冯晓晴告诉江爱芸舅舅他住在纸鸢胡同的时候。

这时，秋实听见对方没头没脑地说："小朋友，你不是在北京出生的吧？"

秋实想，可能是人家听出了自己的口音。

"我是在黑龙江出生的。"秋实顿了顿，进一步缩小范围，"密山。"

对方的肩膀狠狠地抖了一下。

回想起这一路上对方探究的眼神，秋实禁不住问："叔叔，您之前见过我？"

他急忙否认："没有，叔叔之前没见过你。"

秋实于是不再纠结，转而就把心思放在书包里好吃的上了。他想着回去后要把面包拿给妈妈、九爷、徐明海还有张大爷、张大妈尝尝，还要好好跟徐明海说说今天发生的事情。徐明海肯定特羡慕，八成得闹着下回一起去。

说话间纸鸢胡同就到了，车子稳稳地停在路边。秋实跟江爱芸舅舅道谢，然后学冯晓晴的样子轻轻开门后蹦了下去。

"叔叔再见！"他冲着对方挥手。

江爱芸舅舅把头伸到车窗外，同时用力抿了抿嘴唇："小朋友，你……"

秋实站在那里等着听下文。

"算了，"他最终挥了挥手，"没事了，再见！"

"哦，"秋实挠挠头，然后有礼貌地说，"谢谢您'献爱心'！"

对方笑笑没再说话，头缩回去，车子缓缓开走了。

秋实心情很好。他背着飘出丝丝甜味的书包往胡同里溜达。嘴里"夕阳山外山"的旋律正哼到一半，忽然，一股巨大的冲击力从斜后方袭来。

秋实猝不及防，整个人被撞了个大大的趔趄。还没等他反应过来到底发生了什么事，自己已经被堵在一处不起眼的角落里。

秋实的后背紧靠着墙，他看着眼前凭空冒出来的陌生人，全然不知道是怎么回事。

这人初中生的年纪，足足高出秋实一个头来。他手指夹着烟，气焰嚣张，流里流气的。一张满是痘印的扁脸像是被车碾过，只有眼球生动地向外凸着，活像只癞蛤蟆。

"你就是春风二小的秋实啊？"

看来不是认错人了。秋实没说话，只盯着对方的一举一动。

"我问你话呢！听说现在你是你们班的'大王'？"

秋实的头发被对方一把薅住，头皮撕扯带来的剧烈疼痛迫使他扬起了下颌。随即，一股臭烘烘的气息迎面扑来："就你？还'大王'？你丫配吗？"

这话像是条清晰的线索，直指几天前发生的事情。秋实想起了吴征和周淼最近在班里不同寻常的沉默，以及冯晓晴提醒过自己的那些话。

"周淼他哥比他还坏，就在离这儿不远的三中上学。"

此时此刻，家家户户都在做饭，胡同里静悄悄的连个人影都没有。秋实脑子里只记得徐明海说过的那八个字——"逢强智取，遇弱活擒"。

"蛤蟆"故作潇洒地把手里的烟屁股从指节弯处轻轻一弹，弯下腰来："傻啦？别装哑巴啊！我可听说了，你上课的时候小嘴儿叭叭的，成天臭显摆。"

接着他举起右手，撇着嘴说："你当这儿是什么地方？今儿我要不抽你小丫挺的，你……"

还没等"蛤蟆"把狠话撂完，秋实便找到一个完美的破绽。他不顾头发还被人薅在手里，愣是拿头当武器，使出浑身力气猛地朝面前的人撞去。

坚硬的脑壳势不可当，流星锤似的砸在脆弱的鼻梁上。只听"咔嚓"一声，"蛤蟆"的鼻腔如同喷泉，顿时迸出鲜红的血浆。

"你个小兔崽子！！！"

趁着"蛤蟆"松开手去捂鼻子的空当儿，秋实拔腿就跑。可还没等他跑出两步，身后的书包便被人一把抓住。他一侧头，从余光中看见"蛤蟆"手里握着块砖头，径直就朝自己砸来。

秋实借力使力，把肩上的书包背带飞快地褪了下来，然后仗着身手灵活反应迅速，向右一歪身子。

只见那砖堪堪掠过秋实的太阳穴，直接砸到墙上，瞬间支离破碎，只留下一地赭红的碎屑。

"蛤蟆"似乎彻底被激怒了。他甩开手中无用的书包，猛地扑上去，一下子就把人结结实实地压在了地上。面对比自己强壮太多的敌人，秋实此刻除了徒劳的挣扎外，再无任何智取的可能性。

"蛤蟆"顶着那张血迹斑斑的脸，一只手死命掐住秋实细白的脖颈儿，另一只手从斜挎包里摸出把沉甸甸的钢丝锁，同时恶狠狠地骂道："小杂种，我今儿弄死你！"

那被高高举起的锁带着疾风，眼瞅着就要劈头盖脸地落下来。

就在秋实觉得自己马上要皮开肉绽的时候，压在身上的分量却陡然消失。他绝处逢生，急忙手脚并用地爬起来，一面忍不住剧烈地咳嗽，一面看着眼前忽然逆转的一幕。

只见"蛤蟆"被人薅着衣服领子抵在一旁的土墙上，那骇人的钢丝锁不知什么时候已经到了对方手上。

"这么大的人欺负小学生？"来者冷笑道，"你们现在这帮生瓜蛋子，可真有出息。"

"谁欺负他了？""蛤蟆"如同蒙受了泼天的冤枉，扯着脖子大喊，"我……我跟他闹着玩儿呢！"

"拿这玩意儿闹着玩儿？"对方用力晃了晃手里的钢丝锁，"行，那我也陪你玩儿会儿。"

"你敢？""蛤蟆"依旧不服不忿。

"我不敢？"他轻轻一按，锁头立马弹开，然后把裹着层蓝色软塑料的粗钢丝绕在"蛤蟆"的脖子上。

"老子当年跟人在街上打架的时候，小兔崽子你还是液体呢。"

随着他手上一用力，索命绳缓缓嵌进肉里。"蛤蟆"脸色一变，立刻大声认错："叔叔！叔叔我知道错了！我真不是成心的！"

"我管你是不是成心的？"他竖起两道浓眉，"不让你长长记性，我看你下一步就得称王称霸。我今儿必须为民除害！"

对方脖子上的粗钢丝勒得越发紧了。

"蛤蟆"这下再也绷不住了，"哇"的一声就哭了出来："您饶了我吧，求求您了！我以后再也不找他碴儿了！我发誓！"

汹涌的泪水几乎要把他凸着的两只眼珠子冲掉，鲜血混合着鼻涕，糊满了整张脸。

"跟我说说，他怎么招你了？"男人问。

"蛤蟆"急忙否认："他没招我！我……我根本不认识他！"

"不认识他，你欺负他？"

"我替人来的！"

男人笑："就你这屄样儿还替人拔份儿呢？"

"呜呜呜……"遭受心理生理双重打击的"蛤蟆"龇牙咧嘴，哭声震天。

男人强迫他看着自己，一字一句地说："按说你这个年纪早该懂事了，我替你爹妈给你讲讲规矩：一、别欺负老实人和好学生；二、自己的架自己打，挑横的干才是爷们儿；三、就算是仗义替人出头，也得说清楚为什么，光明正大；四、不能报复伤害别人家里人。记住了吗，小子？"

"蛤蟆"点头如捣蒜。

"说话！"

"叔叔，我记住了！我以后肯定改！"

"滚蛋！"

男人一松手，"蛤蟆"就一屁股跌坐到地上。他不敢停留，四肢一齐用力，狗刨似的从角落里冲出去，连头都没回，转眼就消失在暮色里的胡同口。

男人把手里的钢丝锁扔了，弯腰捡起掉落在一旁的书包，走到秋实身边。

"一声都没哭，是个好样儿的。"

秋实接过书包，感激地仰面看着从天而降的"三浦友和"。

"谢谢叔叔！您刚才不是开车走了吗？"

"心里……心里还是放不下。"他像是终于做了什么决定，拉起秋实的手，"走，叔叔送你回家。"

两人于是朝着胡同里面走去。短短几百米的路程，秋实却觉得身边的人走得异常缓慢，似乎每一步都被人拽着后脖领子。终于到了 23 号院前，男人深深吸了口气，一把推开门。

大门"吱吱呀呀"的动静立刻把徐明海唤了出来。

"我的妈呀，果子你可回来了！"

他撒丫子跑到秋实面前。而对方灰头土脸的狼狈模样，以及旁边站着的陌生人都让徐明海心中一惊。

他急忙把秋实拽到自己身边，大声问："怎么回事？"然后又用带着敌意的目光上下打量面前这个衣着光鲜的男人："你是谁？"

秋实拽了拽徐明海的衣服："他是冯晓晴朋友的舅舅。刚才在胡同口有人欺负我，叔叔过来帮我把坏人打跑了。"

"你被人欺负了？！"徐明海一下火就蹿了上来，"这条胡同谁敢欺负你？"

秋实摇了摇头，没有把心里的怀疑说出来："不认识，上来就要打我，多亏了叔叔。"

徐明海还想再问什么，只见周莺莺从南边的屋子走了出来。她一边轻掸沾在淡蓝色围裙上的面粉，一边说："果子，怎么这么晚才回来？妈妈……"

随着她的眼神落在院中那个男人的脸上，春日傍晚的暖意忽然消失了。天空阴成一种很冷的鸽灰色，小院的气氛变得紧张起来。两个大人像被施了法，各自静默地伫立在原地。

半晌，男人终于开口。他看着周莺莺，抖着嘴唇问："你，你回北京了？"

秋实一瞬间就明白了。这个叔叔那欲言又止的目光，原来是透过自己，全部看向了妈妈。

面对这个不能算是问题的问题，周莺莺只是无比僵硬地点了点头，然后把秋实唤了过去。而秋实也只能把刚才回答徐明海的话，照原样又说了一遍。

周莺莺脸色灰白如纸，万分后怕地把儿子搂进怀里。片刻之后，她扭过头去，对着那个男人道了声"谢谢"。

不知为什么，前一秒如同雕像似的男人忽然就发飙了。

"你谢我干什么？"

他脸上北风凛冽，一派冬日景象。

"我问你，你谢我干什么？我是个什么窝囊废我自己不知道吗？你还谢我？"

这下算是炸了窝。除了陈磊没在，院子里有一个算一个，全都被这师出无名的怒吼声震了出来。

当李艳东看到院子里的局面后，不由得愣了几秒，然后便站在自家门口率先打响了第一枪。

"我寻思谁底气这么足呢？原来是杨大公子！咱真是有年头儿没见了，你脑子好了？"

杨大公子不理旁人，双眼通红，只盯着周莺莺："我问你，你谢我什么？"

周莺莺依旧没说话。而秋实却能感受到妈妈拉着自己的手心都是濡湿的。

李艳东这时不顾徐勇在一旁猛拽自己，瞪圆了眼睛直接开骂："杨卫安！我不管你是想吊膀子（调情），拍婆子，还是嗅蜜（泡妞），趁早给我滚蛋！别再祸害我们院儿了！"

这一连串非常具有年代感的术语，似乎让男人想起了什么。他抬起手来快速抹了下眼睛，转而用一种哀伤的语调喊道："莺莺。"

"呸，酸不酸啊？"李艳东用力翻了个白眼做呕吐状，"一把年纪了别挨这儿演琼瑶小说啊，当着孩子呢！"

周莺莺脸上挂不住了。她弯下腰小声嘱咐秋实："果子，你去跟小海玩儿，妈一会儿就回来。"随后便低着头疾步向院外走去。

秋实眼瞅着那个叔叔转身跟了上去，心里一阵慌乱。可他刚要抬腿往外跑，就被徐明海使劲拽住一路拖进南屋。直到徐明海把他都按在床上了，秋实还咬着嘴唇支棱着脑袋一个劲儿地往外看。

"大人的事儿不乐意让小孩儿知道，你别去捣乱，要不回头不是挨揍就是挨骂。"

徐明海把用自己血泪换来的宝贵经验传授给秋实。正说着，他忽然看见对方脖子上的痕迹，于是忙伸手去扒秋实的脖领子，一圈浅浅的瘀痕赫然裸露出来。

"那人掐你来着？"徐明海急了，继续掀秋实的衣服，"他还打你哪儿了？"

秋实被迫体检一番。

待徐明海消停下来，他才得空把刚才发生的那场"械斗"复述一遍。包括自己怎么拿脑袋把"蛤蟆"撞了个满堂彩，以及后来杨卫安赶来教训对方的那些话。

徐明海终于放心下来："多亏了那个叔叔！他真是好人。哎，可惜我不在，要不我得活剥了他的蛤蟆皮！"

秋实也觉得对方是好人，可他刚刚对周莺莺的态度又是那么激烈复杂，真是让人想不明白。忽然，秋实福至心灵，想起今天两次听到过的那个词。

"什么是拍婆子？"他问徐明海。

"拍婆子啊……"徐明海想了想，解释说，"就是处对象。"

秋实继续发问："那什么是处对象？"

"处对象就是两人好上了。黄蓉、郭大侠，杨过、小龙女。"徐明海举例说明。

秋实觉得自己懂了，怪不得冯晓晴和江爱芸偷偷笑呢。

"怎么想起问这个了？"

"我同学说那个叔叔年轻的时候，老在大街上拍婆子。"秋实鹦鹉学舌，"一拍一个准儿。"

徐明海基于自己看过的海量小人儿书和港台电视连续剧，充分发挥想象力："那可能……那个叔叔过去也拍过你妈！看他刚才那个腻了巴叽的劲儿，八成是想跟你妈接着处吧。不过也正常，你妈多好看啊！"

秋实模模糊糊也有这个感觉，只是不知道该怎么说。他想了想，问徐明海："那现在怎么办？"

"反正是他们大人的事儿，跟咱又没关系！放心吧，天塌不下来。"徐明海给秋实宽完心，又问，"你下午跟冯晓晴去少年宫都干什么了？"

提起这个，秋实想起了自己的"战利品"，于是赶紧把装着面包的塑料袋从书包里掏出来，一股脑儿地塞给徐明海。

屋里略显低落的气氛一下子就被面包弥漫出的香甜味稀释了。两人立刻分了只被压扁了的奶油卷。徐明海一口下去才明白，之前吃过的那些所谓奶油蛋糕纯属挂羊头卖狗肉。什么叫奶油？这才叫奶油！醇香浓郁，又滑又甜，轻轻一抿就化了，只剩一股纯粹的天然奶香，留在嘴里，久久不散。

"走！咱拿给九爷尝尝！"

两人立刻从床上蹦下去，拎着袋子，一溜烟儿往院子东屋跑去。

8　殊途半生，仍能同归

秋实吃过徐明海送来的晚饭后，就趴在窗户下面的桌子上开始写作业。他一面写，一面留神听着院门的动静。

可都过了好久，连又圆又亮的月亮都钻出来了，周莺莺依旧没有回来。院子里只有不知名的鸟儿在不停啼啭，平时悦耳的声音现在听上去无端地让人烦躁。

秋实在作业本上写下最后一句话，便把笔扔去一旁。徐明海这时应该正被爹妈关在屋里读书。少了他的安慰，秋实白日里的心事便像水一样把他包围起来，这让他觉得自己失去了全部重量，只能在水面上这么漂着浮着，找不到任何可以依靠的东西。

正想着，院门响了。秋实赶紧抬头透过窗户向外看，只见周莺莺踩着院子里一地的月光正向这边走来。

可能是因为今天接触到了一些"处对象"方面的知识，秋实第一次跳开儿子的视角，并尽量客观地去观察周莺莺。

他发现，原来妈妈真是特别好看，比任何一个他见过的女性都好看。一瞬间，他似乎就懂了李艳东那貌似毫无来由的敌意。

而秋实不知道的是，在周莺莺十六七岁的时候，可不光是好看，而是纯真俏丽得如同早春的玉兰花骨朵儿，所以她才会在王府井大街上走着的时候，被当年风华正茂、眼高于顶的杨卫安"拍了婆子"。

那时候的男孩子精力旺盛，欲望充沛，几个人凑在一起，最流行的就是在东四、什刹海、王府井一带结识年轻女孩儿。虽然听上去像是在耍流氓，但其实绝大部分人都不动粗，不使强，不抢行。单靠三寸不烂之舌，以及纯粹的个人魅力征服异性，颇有君子之风。

周莺莺作为女孩儿堆里样貌拔尖儿的那个，对此早已见怪不怪，反正只要自己不搭理他们，那些人便会悻悻而归。但偶尔也能遇上一两个不死心的，敢一直觍着脸跟到院门口。这时候，陈磊就会出面，把人狠狠揍跑。

事情就发生在一个寻常的冬日里。一群脚蹬皮靴，身着将校呢，跨坐在永久自行车上的骄横少年正在大街上呼朋唤友，释放着无处安放的荷尔蒙。这时，不知道谁喊了一声："哎！哎！瞧那个！可真够飘的！"

周莺莺的命运就是从这个时候开始波涛汹涌的。

杨卫安也随着人看过去，然后不知道为什么，他看见周莺莺的第一眼，心口处一下子就像是被种下个太阳，热辣辣地烧上了。随后，杨卫安脸上可疑的红晕被同伴逮了个正着，他们开始不依不饶。

"不是号称四九城里就没有你拍不下来的吗？"有人喊，"杨司令，表演一个！"

杨卫安于是深吸一口气，大步走上前去，伸手就拦住了周莺莺。他整个人表面看上去英姿飒爽，实则心里像是揣着一百只兔子。

"我们……我们好像在哪儿见过。"

最烂俗的搭讪对白经由杨卫安的嘴说出来，瞬间脱胎换骨，成了《夜莺颂》的浪漫开篇。周莺莺的心"咯噔"一下，她这朵玉兰花，懵懵懂懂地就开了。

而后来发生的事，说俗也俗。

一向跟父亲关系欠佳的杨卫安，没有听从父亲的安排去当兵，反倒是闹着要去黑龙江插队。他央求周莺莺跟他一起去，周莺莺便不顾众人的反对，愣是放弃了城里现成的就业机会和杨卫安一起奔赴了山高水远的东北。

可去了还不到一年的时间，杨卫安就撑不住了。田间地头的苦日子把一个十指不沾阳春水的大院子弟彻底打回了原形，他靠父辈的关系逃命似的回了城。

而在当时那种历史背景下，周莺莺可以打申请一起来，却不能自作主张返城。于是，她便孤身留在了屯子里。杨卫安走的时候说好回去就帮她办返城手续，可日复一日，年复一年，转眼三年过去，什么都没等来。

最后，周莺莺的心彻底灰败成了一张风中飘动的纸钱，家乡成了遥不可及的远方。她认了命，嫁了人，过了几年就有了秋实。

随着时间的推移，返城政策越来越宽松。周莺莺的男人因为捅了人，被判了刑。进去前他终于良心发现，跟周莺莺办了离婚手续，放了她一条回家的路。

半生归来，昔日灵动美丽的少女成了 8 岁男孩的母亲。然后，在同样一个寻常的傍晚，她又看到了当年让她怦然心动，爱过恨过并且已经遗忘了的人。

昏黄的路灯把两人的影子扯得无比长，像是在缅怀那段鲜血淋漓的青春岁月。

杨卫安狠狠抽了自己几个耳光，带着哭腔说："我一个大男人，护不了我自己的女人，我不痛苦吗？可我真的没办法。莺莺，我当年给我爸跪了一宿，怎么磕头他都不肯帮我，我一点儿办法都没有……再后来，我想都不敢去想了，这些年连做生意都绕开东北……"

真是造化弄人。

门开了，周莺莺终于回来了。秋实刚想说话，便被妈妈扑簌簌往下掉的眼泪吓到了。

"妈，那个叔叔打你了？"

"没有。"周莺莺转身关上门，细碎的哭泣声还在继续。

"那为什么哭？"秋实跑过去踮起脚，用手拼命帮她擦眼泪。

"人有笑的时候，就会有哭的时候。"周莺莺轻抚儿子的头，"果子长大就明白了。"

秋实不知道自己什么时候才能理解妈妈的眼泪，他只知道从那天起，周莺莺就变得越发沉默起来。有时候事情做到一半，她就怔在那里，半天都回不了神。还有一次，她主动提起少年宫的事情，还问秋实是不是想去参加合唱队。

周莺莺这些反常的举动让秋实心里很不踏实。他本想和徐明海说说自己的烦恼，但由于距离期末考试还有不到两个月的时间，徐明海天天被爹妈和老师操练得一副命不久矣的样子，秋实便不敢拿这些无关要紧的事情去打扰他。

唯一让人欣慰的是，班里的"大王""二王"彻底消停了。他们在学校里眼睛都不敢和秋实对视，每天都安静乖巧得如同鹌鹑一样。

这天放学后，秋实和徐明海刚从学校大门口出来，远远就看见了周莺莺，而站在她身边的居然是杨卫安。和那天那个失态的人比起来，此时的他显得精神抖擞，神采飞扬。

见周莺莺冲他们招了招手，秋实和徐明海就跑了过去，随后杨卫安便说要带他们去新侨饭店吃饭。

徐明海向来不见外，他立刻问："是不是做红烩泥肠特出名的那个地方？"

"对。除了红烩泥肠，还有奶油烤杂拌、罐焖牛肉、软煎鱼……"杨卫安答道。

随着菜名越报越多，徐明海的眼睛也越来越亮，但最终还是黯淡了下去。他摆了摆手，叹气道："算了，我要是今天跟你们去了，我妈非得一把火把新侨饭店烧了。为了保证北京人民以后还能吃上正宗的红烩泥肠，我还是老老实实回家写作业去吧。"

杨卫安听了则笑着说："那叔叔给你打包一份，回头让果子带给你。"

"真的？"徐明海乐得酒窝大放送，"叔叔您可真仗义！"

随即，秋实看着徐明海和他挥手告别，往家的方向跑去。随着对方的身影逐渐消失，秋实心里那股子没着没落的感觉又翻涌了上来。

一回生二回熟，秋实这次坐上那辆黑色小汽车已经不再四处看了。三人一路向南，最后来到新侨饭店。

这是秋实第一次吃外国饭。服务员替他在腿上铺好白色的餐巾，送来餐前面包和小块的黄油。不一会儿，冒着热气的菜肴便一道道被端了上来，其中就包括那道红烩泥肠。

不知道为什么，面对这么多好吃的，秋实却丧失了味觉和对食物的热情，只把注意力放在两个大人身上。

他不明白，为什么每次杨卫安提起过去的事情，周莺莺的目光中就会流露出难以形容的伤心。听着听着，秋实就捕捉到了自己的名字。

"少年宫的事情不算什么，只要果子开心就成。"杨卫安对周莺莺说，"你放心。"

秋实愣住了，而周莺莺却露出今晚第一个笑容。她侧头看着秋实："果子都没正经给妈唱过歌儿，没想到居然跑寿皇殿里唱去了。"

秋实于是问周莺莺是不是也去过那里，不想却被杨卫安把话接了过去。

"我和你妈年轻那会儿老去景山。"他的语气听上去充满了绵绵的旧日情意，"我俩站在万春亭里看故宫、北海、整个老城区……现在想起来，就像是昨天。"

而周莺莺听了这话，嘴角的笑意瞬间就消散了。

总之这顿饭吃得很奇怪。临走的时候，杨卫安信守承诺给徐明海打包了一份红烩泥肠，最后便把母子二人一路又送回到纸鸢胡同。

杨卫安陪着两人走到院门口。分别的时候，他叫住了周莺莺，轻轻地说了句"你考虑好了告诉我"，便挥手离去。

一进院子，秋实径直就往徐明海那间小屋跑。到了跟前，他趴窗户往里一看，人家老先生似的正仰面躺在床上"哎哟"呢。

秋实不安的一颗心瞬间松了下来。他推门进去，把鞋蹭了蹭上床，跪在徐明海身边问："哎哟什么？"

徐明海见秋实回来了，心里十分高兴，可脸上却依旧是凄风苦雨："还能哎哟什么？都快把哥哥我学吐了，晚饭都没怎么吃！"

秋实听了赶紧把怀里抱着的盒子打开，用手拎起一根改了花刀，沾着浓郁酱汁的泥肠递到对方的嘴边，同时说："啊……"

徐明海非常配合地张大了嘴，幅度之大差点儿把秋实的手指也一并咬下去。

"真好吃！果然和自己家做的不一样。"徐明海咂吧着嘴点评道。

秋实紧接着又喂给他第二根。

"对了，杨叔叔带你们去吃饭都聊什么了？"徐明海边吃边瞎打听。

"他们聊的都是好久以前的事情。"秋实回想起席间的气氛，补充说，"刚刚杨叔叔在门口还跟我妈说，等考虑好了告诉他什么的。"

"嗯……"徐明海转着眼珠，"那就对了。"

"对什么？"

"我看杨叔叔今天嘚瑟那个劲儿，八成想要给你当后爸。"

秋实听了这话第一反应就是，杨卫安跟秋家旺比起来，对妈妈简直要好太多了。但为什么妈妈看上去依旧不开心呢？他跟徐明海念叨着自己想不明白的问题。

"可能……你妈是怕你不干吧。"

徐明海班里就有个同学，她爸要二婚，同学知道以后天天闹，学都不上了。徐明海把这事儿告诉秋实，又问："果子，要是杨叔叔真给你当后爸，你乐意吗？"

秋实努力想象了一下一家三口的画面，并没有什么特别的感觉。

"我也不知道……我妈乐意就行。"

"嗯，你这么想是对的，这是他们大人的事儿。"徐明海表示赞同，接着又自言自语，"可我这心里怎么老觉着慌呢……"

就在徐明海和秋实头碰头窃窃私语的时候，周莺莺屋外响起了敲门声。她起身开门一看是陈磊，于是忙让他进来坐，又给他倒水。

陈磊把滚烫的瓷杯握在手里，转了半天也不知道该怎么开口。最后，还是周莺莺主动说："你是不是要问杨卫安的事儿？"

"你俩……晚上一起出去了？"

周莺莺低下头："嗯，带着果子和他去外面吃了个饭，想让他们俩互相熟悉一下。"

这句话里的潜台词让陈磊刚毅的面容瞬间坍塌："这么突然……你真想清楚了？"

"想清楚了。"

"莺子，我不是想拦你，"陈磊语无伦次起来，"就……杨卫安这人……你在他身上栽过跟头，你……"

周莺莺抬起头望向对方，平日里温柔似水的眼神陡增峭厉："我不怕再栽一次。"

陈磊愣住了："你什么意思？"

"杨卫安说当年身不由己，对不起我，想弥补我。还说自己几年前就离婚了，前妻去了美国。他没孩子，想拿果子当儿子，他能让果子上少年宫，转去最好的学校，大学还能出国念。"

周莺莺细微颤抖的声音被这个阒寂的夜晚放大了，简直震耳欲聋。她捡起小时候的称呼喊陈磊："石头哥……我这辈子早完了。什么情啊爱啊，那些不切实际的东西都被我一股脑儿埋在黑龙江的大山里了。当年的路是我自己选的，我不怨任何人。可果子聪明又好学，他喜欢读书，喜欢去少年宫，喜欢站在寿皇殿里跟同学一起唱歌。只要杨卫安肯帮忙，果子就能一步一个脚印，走出条完全不一样的路来。"

周莺莺抹掉眼角滚出的泪，继续说："所以，我压根儿不在乎杨卫安是真的余情未了，或者只是想让自己心里好过些，还是别的什么。只要果子能好，我死都行。"

陈磊听了周莺莺的话，嗓子眼儿里瞬间塞满了自惭形秽，噎得他无法言语。原来，这丫头不是不明白，而是明白得过了头。

原来，他以为的时移世易，根本什么都没变过。菩萨的杨柳枝被杨卫安握在手里，点滴的施舍便足以让普通人一辈子都望尘莫及，其中没有任何因果道理可讲，有的人就是可以一览众山小。

陈磊垂下眼，不敢再去看周莺莺的目光。他强迫自己收拾起心底的陈年残渣，问道："那你下一步什么打算？"

"那个缺德带冒烟的杨卫安！"徐明海拍着腿大喊，"我打第一眼就知道他不是好人！！！"

此刻的徐明海似乎已经忘了自己明明夸过人家仗义。他背着手，在屋里不停地走来走去："拿红烩泥肠当糖衣炮弹收买人心！气死我啦！"

而一旁的秋实顶着一双红肿的眼睛，看着面前不停转圈的徐明海，只觉得脑子里的糨糊越来越稠，咕嘟咕嘟的都快开锅了。

事情怎么就急转直下到这个地步了呢？

昨天晚上临睡前，秋实终于等到了周莺莺开口。对方小心翼翼地问他愿不愿意让杨卫安当"新爸爸"。由于之前秋实已经跟徐明海深刻探讨了这个问题，便非常懂事乖巧地表示"一切都听妈妈的"。

周莺莺像是松了口气，开始一点点告诉儿子接下来的安排。

秋实听了以后立刻傻眼了，一时间竟搞不懂为什么俩大人处对象，处到最后居然是要自己搬家转学？

他被周莺莺从熟悉的屯子带到陌生的胡同，从一开始的害怕排斥两眼一抹黑，到如今全心全意拿大杂院当了家，怎么突然就又要离开了呢？甚至连学校都要换？那徐明海怎么办？以后还能见到九爷吗？

秋实当机立断，立刻展现了性格里极其罕见的熊孩子的一面。他坚决反对，说不搬家！不转学！不要"新爸爸"！

而周莺莺遇"熊"则刚，也展现了她性格里极其罕见的强硬的一面，任凭秋实怎么哭闹都说绝不改变主意。

一直以来相依为命的母子俩，人生中第一次发生这么激烈的矛盾。秋实看着眼前陌生极了的周莺莺，甚至怀疑自己妈可能是一不小心被李艳东上了身。

秋实最后是哭着睡着的。他做了无数个梦，每个梦到最后都是自己被周莺莺和杨卫安拽着，一路从大杂院拖到胡同口，最后塞进小汽车里，朝着一个黑黢黢的通道里开去。

第二天一早，秋实趁着周莺莺出去买早点，赶紧穿上衣服跑到徐明海的屋子里，告诉了对方这个晴天霹雳。

而徐明海也没想到，自己千算万算，居然忘了人家杨卫安压根儿不是什么平头老百姓。其实这也不怨他，打小儿身边的朋友同学老师和家长，基本上大家的日子都过得差不多，穷得非常同步。正所谓豁牙子吃肥肉——肥（谁）也别说肥（谁）。

这冷不丁忽然冒出另外一个阶层的人，说吃西餐就奔新侨饭店，说搬家扭脸就能住上楼房，说转学马上就能上最好的学校，着实对徐明海产生了不小的打击。

后来徐明海回想起来，觉得自己的理想从挣出麦丽素、奶油蛋糕的钱，到想出人头地，买楼置业，多半是因为年少时受了杨卫安的刺激。

徐明海于是给秋实出主意，让他从第二天就开始闹着罢课。只是没想到周莺莺平心静气地表示，不乐意去就别去了，反正杨卫安已经去联系新学校办手续了。

秋实紧接着又轰轰烈烈地搞绝食，背地里由徐明海给他送吃的。两人以为神不知鬼不觉的，其实早被人看在了眼里。

最后，连一向站他们这边的九爷都"叛变"了。

"以后长大能做主了，自然有你们抖起来的时候。"九爷看着俩小的愁眉苦脸一副世界末日的样子，觉得挺逗，笑着说，"现在没本事，可不就得任人拿捏吗？"

"九爷，我不想走。"秋实小小的人儿整个瘫在椅子上，哭丧着脸，愁眉不展。

"唉，"九爷轻轻胡噜着秋实软软的头发，"人这一辈子不是离开了这个，就是离开了那个，早晚都得过这关。小果子，你妈不易，为给你奔个前程，我瞅着她自己也不好受。"

俩孩子这回算是完完全全地明白了。原来之前偶尔能和大人们的斗智斗勇中胜出，完全是因为大人不爱搭理他们，懒得跟他们较这个劲儿。现如今，只要是人家想较这个劲儿了，胳膊便怎么都拧不过大腿。

对于周莺莺的梅开二度，大杂院的部分群众是相当喜闻乐见的。比如张大爷、张大妈，他们觉得那天来的男人，精神又体面，看着不像是着三不着两的人。周莺莺温柔漂亮，带着孩子还能遇上良缘，是天大的喜事。

而李艳东作为跟周莺莺唱反调的排头兵，照例是明里暗里冷嘲热讽。她把整件事定性为"姣婆遇上脂粉客"，还是二回！徐勇虽然存在感不强，但也发表了意见，说如今这世道，当女的可比当男的强多了，自己都有心去变个性。然后就被李艳东臭骂了一顿。

陈磊则是每天神龙见首不见尾的，不到夜深不回来，早上天还没亮就出门，像是存心在躲着谁。

同时，关于周莺莺的流言也蔓延到胡同的每一个角落。配合着前些日子停在胡同口那辆牛大发了的"奔"，立刻就衍生出漂亮女人傍大款的故事。这种传闻不需要刻意传播，它自己长着翅膀，飞进人耳朵里就不出来了。

掰着手指头算，秋实下礼拜就要走。徐明海于是彻底颓了，在学校都没心情淘气了，弄得老师们一致以为他吃错了药。

痛定思痛，徐明海终于逼自己认清了当前的形势。于是他在周三的下午，翻箱倒柜地把自己全部的小人儿书和玩具都找了出来，码得整整齐齐，然后喊来秋实。

他用立遗嘱的口吻说："果子，把你喜欢的都拿走，回头我看见书摊儿上出新的再给你攒着。还有……"

徐明海顿了顿，试图在短短的时间内把自己毕生的处世经验都传给秋实。

"搬去新的地方后，如果有人敢欺负你，先别硬来。第一时间给咱胡同口罗叔那个小卖部打电话，我带人去救你。可要是到了必须动手的时候，也别含糊。瞅准了谁是领头的，别管三七二十一就干丫的，干趴下他，剩下的就都好办了。另外，在学校的时候，别老仗着自己学习好就劲儿劲儿的，不理人。是，我知道你在你们班不爱说话是因为他们笑话过你，可总得有几个弟兄……"

秋实听着徐明海的话，越听越想哭，可又觉得丢人，只好不停地咬牙吸鼻涕。两人就像是诀别中的悲情师徒，一个不得不镇守家园，另一个马上就要舍生取义，为万世开太平。

就在这时，周莺莺过来找秋实，结果一进门就被屋子里生离死别似的气氛吓了一跳。她定了定神，然后说带果子去买新衣服。徐明海知道是为了明天去少年宫面试的事儿，赶紧放人走。

秋实把徐明海送给自己的东西拿回屋里，然后耷拉着脑袋跟着周莺莺出了门。他们坐了三站公共汽车，在一个十字路口下来，然后步行到一个挺大的商场前面。

这里有一片开阔的广场，好多小孩儿凑在一起玩耍。还有小商小贩推着车卖冷饮，摆地摊儿卖点儿小玩具什么的。周莺莺看着五官紧紧皱在一起的儿子，给他买了根 8 分钱的奶油冰棍儿。

秋实非常有骨气地扭过头去，连看都不看。周莺莺知道他是因为搬家转学的事儿心里难受，便把冰棍儿纸撕了，好声好气地哄儿子吃。

两人正在较着劲儿，忽然从旁边蹿出个人。他一副自来熟的样子，热情洋溢地跟周莺莺打招呼："哎哟，这不是嫂子吗？"

秋实循声抬头一看，没想到还真认识。这人正是那个在庙会上先是耍赖，继而被陈磊擒获，最后送了徐明海大吉普的"地包天"——赖子。周莺莺也记得他，只好随便应上几句。

"就您自己带孩子来逛商场啊？我哥呢？"

"他最近挺忙的……"

周莺莺想找个借口赶紧走，没想到赖子一点儿都看不出眉高眼低。他云山雾罩地套了半天近乎，最后才拐到正题上："嫂子，回头您帮我在我哥那儿递个话儿呗。都是兄弟，有好营生想着点儿我，不是我跟您吹啊，我这人心特实。在里面那几年，论起干活儿来，除了我哥那就得数我了！永远是吃苦在前，享福在后，一点儿都不带偷奸耍滑的。"

"里面……"周莺莺从赖子这一堆自我吹嘘、四六不靠的话里精准地捕捉到了关键词。她心中一跳，直接把冰棍儿塞进秋实嘴里，仔细问："什么里面？"

"嗐，还能是什么里面？"赖子讪笑，"就那什么……劳教大队里呗。"

站在一旁的秋实不知道什么是劳教大队，但他看出周莺莺似乎已经把买新衣服的事儿忘了。秋实干脆含着奶油冰棍儿，就着舌尖丝丝的冰凉听赖子东一榔头西一棒子地说话。

"您不知道这事儿？不能够啊。哦，您和我哥最近才好的？嗐，其实也不是什么丢人现眼的事儿，我们都觉得我哥仗义，是条响当当的汉子。

"太具体的我也不知道。听说是当年我哥的一妹子让一大院子弟带东北去了。妹子走了以后我哥心灰意冷，去山东当了好几年的兵。他复员回来以后，没想到居然有一天在大马路上碰见那小杂种了！这下才搞清楚，原来小杂种去东北还没一年，就把妹子扔那儿自个儿跑回来了。我哥当时就翻车了，让那孙子把他妹妹弄回来，说只要是人能回来，怎么着都行。

"可人家哪儿管那个啊！好像当时对方同行的人也挺多的，话赶话几个人当场就干起来了。后来警察来了，拉开了架，挨个儿说服教育了一顿就都放走了。我哥气不过，第二天揣着弹簧锁又找那孙子去了。您说，论起单打独斗来，那孙子哪儿是个儿啊？我哥直接就给丫开了瓢。再后来，那孙子直接就被送进了医院，昏迷了半个月才醒过来。我哥因为这个被判强劳三年，我俩就是那里面认识的……"

赖子不知道是什么时候走的，秋实手里的冰棍儿也不知道是什么时候吃完的。他和周莺莺两人坐在商场门口，一直到如血的残阳从天上落到地上。

秋实小声喊了声"妈"，然后拽了拽对方的衣襟，才把周莺莺的魂儿唤回来。

惊醒过来的人没再提买新衣服的事儿。两人没再坐公共汽车，而是步行着往胡同走去。秋实一路心惊肉跳地看着周莺莺，看她的神情从茫然无措一点点过渡到胸有成竹。

回到家，两人吃了顿静悄悄的晚饭。周莺莺随后烧了一壶热水，弯腰站在脸盆前把头发一缕缕地打湿，挤了些"蜂花"在手里开始轻轻揉搓。

秋实看着绵密洁白的泡沫慢慢从浓黑里滋生出来。他呼吸着空气里洗发水特有的香味，心里矛盾极了。因为妈妈明明只是在洗头，可看上去却有种要上战场的义无反顾和期待。

半干的头发被她披在肩后，秋实的书桌成了一张小小的梳妆台。周莺莺翻出支全新的口红，对着巴掌大的镜子拿它一点点涂满整个嘴唇。就像是变魔术一样，淡粉色转眼成了饱满的玫瑰红。

化完妆，周莺莺哪儿也没去，只是静静地坐在屋子里，像是在怀念什么，又像是在告别什么。一直到了很晚的时候，大门口终于传来动静。周莺莺缓缓地站起来，轻声对秋实说："我出去一下，果子今天晚上自己睡好不好？"

她此刻的神态是如此轻松甜美，一点儿都不像谁的妈妈，反倒像是个少不更事的小姑娘。秋实懵懵懂懂地点了点头。随即，周莺莺便转身离开，径直朝东南角的屋子走去。

秋实马上用双臂撑在书桌上，透过窗户向外使劲张望。那边的门开了，屋里泻出的光让秋实看到陈磊开门后愣在原地。而周莺莺走进去后，门就关上了。

秋实从椅子上下来，手脚并用地爬到双层床的上铺。明明已经很晚了，可他看着房梁却一点儿困意都没有，心头突突的，脑子里回响起今天下午赖子那含混混的腔调。

此刻万籁俱寂，适合思考。秋实努力把他话里那些个七零八碎的片儿汤话都一一排除后，断定"哥"是陈磊，"妹子"是周莺莺，"孙子"是杨卫安。

想到这里，秋实便怎么都待不住了。于是他翻身又从上铺爬下来，趿拉着鞋，推开门直接跑到徐明海的屋前。

徐明海正睡得迷迷糊糊的，忽然听见有轻轻的敲门声。他一下子醒过来，开门见是秋实，赶紧把穿着小裤衩、小背心的人放进来。

"你怎么来了？你妈呢？"

秋实吞了下口水不知道怎么说。

5月的晚上还是有些凉。徐明海见秋实被夜风激起一身的鸡皮疙瘩，忙把小孩儿拽上床。

徐明海用单人被把秋实仔细盖好，接着就问到底发生了什么。

等秋实磕磕巴巴地好不容易说完，徐明海便用最近刚流行起来的一个词简明扼要地总结道："三角恋！"说完后，他继续马后炮："根据你送来的情报分析，你妈和干爹已经好上了！嘻，其实我早看出来了，干爹喜欢你妈。"

秋实听到这里，终于问出一直以来的疑惑："到底怎么才算'好上了'？睡一起就算？"

"应该是吧。两口子不都一起睡吗？具体怎么回事谁知道呢？一问大人他们就说你小孩儿打听这干吗？耍流氓。"

徐明海比秋实大两岁，按说已是渐通人事的岁数，但由于压根儿没受过什么像样的性教育，某些知识也只能靠以讹传讹。就这，徐明海在他们班还算知识面广的，懂得从小人儿书里举一反三。

"流氓"是个很可怕的词。秋实配合着刚刚看到的情景，觉得自己模模糊糊碰触到了某些关于生命起源的真相。他因此产生了一种既兴奋又害怕的复杂感情。就在他还不知道怎么消化这种情绪的时候，心里马上又产生了一个新问题。

"我妈现在跟磊叔好了。你说，她还会再跟杨卫安好吗？"

徐明海不由得收起笑，开始挠头："这个就不知道了。我要是能弄明白她们女的到底都是怎么想的，还能天天被我妈揍吗？唉，别提这个了，班里女同学我都躲着走，生怕招着谁又哭鼻子。你不知道，就那个谁，我真服了……"

徐明海有一搭没一搭地抱怨着，最后打了个大大的哈欠："不过，要是你妈不跟杨卫安好了，你就不用走了。咱还能天天在一起……"说完后巨大的困意侵袭了他，不一会儿徐明海就睡着了。

由于距离太近，秋实的脸上立刻感受到对方有节奏的呼吸——绵长，轻柔，温暖，濡湿，夹杂着院子里榆钱树叶的清香。秋实觉得自己简直要被这阵风吹得飘起来，荡荡悠悠的，特别安心。

自从秋实和周莺莺搬进南屋后，就分上下铺睡了。秋实知道是因为自己长大了，但他有时还是会无比怀念被人搂着轻声抚慰的那种感觉。

九爷说，人活着不是离开这个，就是离开那个。于是，在北京这个初夏的深夜里，秋实正式与那个只能通过母亲的拥抱才能获取安全感的孩子做了告别。

在彻底陷入黑甜乡前，秋实在心里向《西游记》里满天神佛遍地妖精祈求，希望他们保佑妈妈和陈磊叔叔好下去，一直好下去。

第二天清早，秋实睡醒跑回去的时候，周莺莺已经在屋里了。

秋实小声喊了声"妈"，然后就跟回音似的，立刻得到了周莺莺一个无比生动的笑。秋实透过这双弯弯的眼睛看见一个风情万种的桃花源，明晃晃的希望就在这里面枝繁叶茂。

秋实刚想说话，手里就被塞了一套八成新的上衣裤子，然后周莺莺就催促他快点儿洗漱。秋实的心随之一沉，看来还得去面试。

他没办法，只能哭丧着脸，老牛拉破车似的刷牙洗脸换衣服。等好不容易收拾完，就见陈磊拿着刚出锅的油条和冒着热气的豆浆走了进来。

他跟周莺莺甫一对视，便不好意思地低下头，而嘴却笑得很开，连露出来的牙齿都是幸福的形状。

这时，秋实听见周莺莺说："果子别磨蹭了，快吃饭。吃完了陈磊叔叔带咱们去北海公园划船。"

这无异于刀下留人的消息让秋实瞬间活了过来。他猛地抬起头，睁大眼睛，呼吸急促地问："妈，不去少年宫了？"

"不去了，"周莺莺用抱歉的语气说，"果子，对不起，没法子让你参加合唱队了。"

"那咱还搬家吗？"秋实赶紧问出他最关心的问题。

"不搬家，也不转学了，你……"

周莺莺话还没说完，秋实"嗖"的一下从屋里蹿了出去。没多久，院子里就传来徐明海和李艳东高低起伏的组合音，足以震破别人耳膜。

"啊？太好了！那我今天也不上学了！妈！我要跟着干爹他们去北海划船！"

"划船？划你二大爷！徐明海，我看你是三天不打就要上房揭瓦！你赶紧把饭吃了给我滚学校去！"

"哎哟，我肚子疼！"

"你要再跟我装洋蒜，我让你浑身上下就没有不疼的地儿！"

屋子里的人交换了一下眼神，都是无可奈何又忍俊不禁的神色。

似乎只过了一晚，这两个人周身散发着的那股浓重的悲戚感就消散了，取而代之的是鲜活又澎湃的生命力。

外面夏意初浓，微风和畅，艳阳正当头。真是个划船的好天气。

周莺莺和杨卫安的最后一顿饭是在新侨饭店吃的。杨卫安看着对方款款走来，清晰地记起了自己年少时初识情爱的战栗。

这顿饭以他嘴角上翘的微笑开始，最后以他带有凭吊意味的眼泪结束。人活着，遇见那种纯粹到极致的爱情的机会本就不多，一个女人甘愿拿青春和未来去陪伴一个男人的孤勇，辜负了，便无法重来。

他是那么渴望成为一个顶天立地的男人。局气，说一不二，扛得起所有事情，被人真心尊重。这些年，身边所有人似乎都是这么看他的，可只有杨卫安心里清楚自己到底是个什么货色。周莺莺就像是插在他心口的一把温柔刀，时时刻刻都提醒着他的懦弱无能。

所以看到秋实的第一眼，他就知道这孩子必定跟周莺莺有什么关系。两人太像了，尤其是那双眼睛。杨卫安认为这是天意，认为自己有机会抹杀掉过去欠下的债，把这把刀从胸口拔下来。

可惜天不遂人愿，他终将带着这份被父辈踩在脚下的耻辱感和无力感活下去，他永远成为不了他渴望成为的那种人。

分开的时候，杨卫安说不管怎么样，他都可以帮秋实去少年宫，转学去更好的学校，但被周莺莺拒绝了。

"在老天爷眼皮子底下，命中八尺，难求一丈。未来怎么样……"周莺莺说，"各安天命吧。"

对于周莺莺没能再结良缘这事儿，张大爷、张大妈觉得挺可惜的。思来想去，只能把原因归结到秋实这个"拖油瓶"身上，不免长吁短叹一番，说到底，母子俩还是没有那个命啊。

不过，"拖油瓶"秋实同学每天倒是过得挺开心。他白天上学，放学回来吃饭学习写作业。凡事都不用人操心的乖模样，看上去一切都和过去没两样。只有秋实自己心里明白，生活里就是有什么东西不一样了。

比如，现在周莺莺晚上已经不睡在南屋了。原因她解释过，只是不管怎么说，都有些不清不楚，含含糊糊的。

　　这其实也不赖周莺莺。她前几天才跟儿子说要让杨卫安当新爸爸，这会儿转脸就换了人，怕秋实接受不了。而她却不知道，秋实早已在徐明海的帮助分析下，以他们的方式理解了这段"三角恋"。他压根儿一点儿心理负担都没有，根本就是乐见其成。

　　到了晚上，周莺莺前脚走，秋实后脚就摸黑跑去徐明海那屋。两人不敢开灯，拿着手电筒看小人儿书，下军旗，瞎聊天儿什么的。他们如同掉进米缸里的两只小老鼠——乐不思蜀。

　　阳光灿烂的日子就这么过了小半个月，渐渐到了6月中旬。徐明海天生火力壮，怕热不怕冷，李艳东便早早给他换了竹席。这天夜里，两人躺在凉意十足的床上，秋实又在给徐明海口述热播电视连续剧《红楼梦》。

　　由于要准备期末考试，徐明海同学都快忘了电视机长什么模样了，虽然他对这种非武侠类的剧情不感兴趣，但他还是一连几日听秋实将这个刻在石头上的故事娓娓道来。

　　关于《红楼梦》，秋实自己其实也看得云里雾里的。不管是对白还是剧情，很多都是半懂不懂的。但这并不妨碍他向徐明海讲述昨天的那集"抄检大观园"。就在秋实比手画脚地说到王善保家被探春打了脸的时候，院子大门口忽然传来一阵不小的嘈杂声。

　　徐明海听到这深夜里不同寻常的动静，立刻掀开毛巾被跳下床去。他拉开窗帘，借着院子里的灯光一看，见外面站着三人。穿着制服的是片儿警小七叔和鹏叔，还有一位是居委会"小脚侦缉队"里业务能力拔尖儿的钱大妈——就是曾跑来阻止陈磊盖小房的那个老太太。

　　院里出事了！徐明海心中一跳，然后嘱咐秋实在屋子里好好待着，自己开门就往外跑。秋实才不听，跟在他屁股后面就出来了。

　　与此同时，钱大妈矮墩墩的身影已经堵在陈磊家的门口，抬起手来就"哐哐"砸门。

　　"陈石头！"老太太扯着脖子喊，"开门！你给我开门！"

　　屋里没动静。

　　片儿警郭小七这时也站到门外，压低声音说："哥，您给开个门，我们接到举报，说……说那什么……"

"陈石头嫖娼！"老太太跳着脚儿地骂，"呸！下三烂！真不要脸！"

叶鹏忙拦着她："哎，钱大妈，咱不是还没弄清楚吗？"

"苍蝇不叮无缝的蛋，要不干吗举报他嫖娼，怎么不举报我啊？"

俩片儿警看着眼前这张老脸，嘴角一阵抽搐。

最近一段时间，附近几条胡同出奇地宁静祥和。既没有迟交垃圾费的，也没有违反计划生育不上环的，连个随地吐痰的都没抓着，把钱大妈闲得直挠墙。

直到那天，她终于从群众意见箱里翻出个小字条来。上面写着：23号院的陈磊最近天天晚上在家"找鸡"。"天天"俩字还特地加黑加粗。老太太见着仇人分外眼红，立刻就来了精神。

所谓捉贼捉赃，捉奸捉双。为了不打草惊蛇，她特意没知会别人，专等夜深人静了跑到派出所去，死说活说拽上值大夜的俩片儿警就冲了过来。

这时候，张大爷、张大妈也披着衣服出来了。一听是来抓卖淫嫖娼的，都挺震惊。

"老姐姐，您搞错了吧？我们院儿都是正经人啊。"

"正经怎么不敢开门啊！我看陈石头屋里就是藏着'鸡'呢！"钱大妈不依不饶。

一旁的秋实虽然不知道什么是"卖淫嫖娼"和"鸡"，但他能看懂眼前岌岌可危的情况。此时此刻，在陈磊屋里的是周莺莺。而这老太太半夜带着警察来砸门，分明就是专程来欺负人的。想到这里，秋实咬住嘴唇就要冲上去。

"你别管，"徐明海狠狠拽了秋实一把，示意他，"看我的！"

钱大妈满嘴"鸡鸡鸡"的还没说完，忽然就见从黑暗里蹿出个影子来。她猝不及防，直接被撞得往后倒退了好几步。钱大妈老眼昏花，还以为是条抽风的大狼狗。等被叶鹏从后面扶住，她定睛一看，原来是胡同里有名的闯祸大王徐明海。

"你……你……"

她哆哆嗦嗦地还没说出一句整话，徐明海便冲着她做扇翅膀状："你才鸡呢！老母鸡！吃饱了撑的，半夜不睡觉跑这儿打鸣撒癔症！"

"小海，怎么说话呢？"片儿警郭小七假装教育孩子，"母鸡下蛋，公鸡才打鸣呢。上学都学着什么了？"

钱大妈听了更生气了，干脆扯着脖子跟徐明海杠上了。

钱大妈："小王八蛋！"

徐明海："老嘎锛儿的！"

钱大妈："哈巴狗戴串铃——冒充大牲口！"

徐明海："老太太喝稀粥——无耻下流！"

由于两人骂街的动静委实太大，连隔壁院子的人都睡眼惺忪地凑到大门口来看热闹。

就在钱大妈才尽词穷，气得险些要心脏病发的时候，面前的屋门突然开了。大家伙儿立刻安静下来，除了俩孩子，门口其他人都下意识地伸着脑袋往里瞅。

只见陈磊穿着件居家的衣服，一脸没睡醒的样子走出来，随手关上门，皱着眉头说："号丧什么，哭坟呢？"说完一招手，把俩孩子叫了过来。

他一手按一个问："这么晚了不睡觉，明天怎么上学？"

"都赖这老妖怪！"徐明海盯着钱大妈，撂下狠话，"回头我要是期末考褶子了，别怪我拿弹弓打你们家窗户！"

"哎哟喂，你个嘎杂子琉璃球儿！还上学考试呢？玩勺子把儿去吧！"钱大妈叉着腰，唾沫星子乱溅。

陈磊冷眼觑着她，也不搭茬儿。

"哥，"郭小七走上来，一脸为难地解释，"没辙，群众举报，必须得过来一趟。您屋里要是没人，我们就撤。"

"七儿，哥屋里有人。"陈磊说。

"哈！说什么来着？"钱大妈志得意满，冲着院门口大声喊，"广大人民群众的眼睛永远是雪亮的！"

然后，她看郭小七和叶鹏还愣着，便催促道："我说，还等什么呢小哥儿俩？金色盾牌热血铸就，危难之处显身手！给我上！上！"

"钱大妈，我俩狗啊？"郭小七无奈地看了她一眼，然后问陈磊，"哥，您给弟弟交个底，什么人？"

陈磊看了眼门口挤着的脑袋，波澜不惊地回答："你莺子姐。"

"嘻……"郭小七和叶鹏互相看了一眼，随即露出个男人才懂的笑来，"那八成是广大人民群众看走眼了，误会了。得嘞，我俩这就撤。"

"啊？"钱大妈一看两人要走，立马不干了，拦着他们急赤白脸地说，"不是，这就不管啦？"

"这有什么可管的？"小七有气无力地摊开手，"钱大妈您也回吧。这大晚上的，您自己觉少睡不着，也别折腾别人啊。我们还得接着值班呢。工夫都耽误在这儿了，万一回头出了什么大案要案，算您的还是算我的？"

"就算不是卖淫嫖娼，也是……是那个乱搞男女关系！法律上有个讲儿……哦，对！非法同居！"钱大妈在这方面脑子特灵，一下子就想到了这个词。早年间严打的时候，她就积极参与过相关抓捕活动。

杵在一旁的叶鹏无奈地捂住脸。

"钱大妈，"陈磊看够了，开口问，"受累跟您打听一下，怎么着才算不非法啊？"

"要想不非法，那就得有结婚证啊！"钱大妈给所有人普法，"只要是没证，睡一块儿那就属于耍流氓！大家伙儿说说，是不是这个理儿？"

有人在院子外面起哄架秧子说是。

"哦，"陈磊点了点头，随后回头喊了声，"莺子！"

"唉。"里屋传来轻轻的应答声。

陈磊："咱有证吗？"

周莺莺："有。"

陈磊："拿出来给钱大妈开开眼。"

周莺莺："好嘞。"

钱大妈："……"

过了没一会儿，周莺莺推门走出来，把两个红本拿给陈磊。此时，加上徐明海和秋实，四个人站在一起，活像一家子。

"您老好好检查检查，看看是不是天桥底下办的假证。"陈磊把红本递过去。

"行啊！哥！"俩小片儿警立刻蹿上来，眉开眼笑地道喜，又问，"这么大的事儿都不跟我们漏，看不起弟兄是不是？"

"你嫂子脸皮薄，觉得满世界敲锣打鼓地提这事儿不好意思。"陈磊说完，又问钱大妈，"是真的吗？"

钱大妈红着老脸，赶紧把证塞给陈磊，音量一下从喊口号变成了蚊子哼哼："哎哟，我哪儿看得出来真假？"

"千万别这么说，我瞅您挺火眼金睛的。"陈磊拿回结婚证，紧接着冲着亮着灯的西屋喊，"李艳东，你想看看吗？"

这后一句话刚说完，西屋立马黑了。

"哦，对了，钱大妈。"陈磊把目光收回来，喊住企图溜之大吉的人，"小辈儿结婚，您不得凑个份子？"

"回头的！回头的！呵呵。"

陈磊不再搭理她，转而冲着院门口喊话："今儿既然大家伙儿都在，择日不如撞日，我就干脆打开天窗说亮话。我陈石头打小儿就喜欢周莺莺，喜欢三十多年了。现如今我俩领了证，不管摆酒不摆酒，周莺莺都是我媳妇儿，是我爱人。我知道胡同里有人喜欢嚼舌根，打听人家铺底下的事儿。没关系，只要别让我听见，你们爱说什么说什么。但要是被我听见了，就算街里街坊，我也不给某些人留脸！"

外面立刻有人拍巴掌吹口哨叫好，热闹得好似球赛现场。钱大妈在众人的嗤笑和指指点点中垂头丧气地离开了，心里把举报的人骂了一万遍。

周日这天，陈磊和周莺莺骑上车，带着徐明海和秋实，一同奔向前门大街。

此时正当晌午，阳光暖洋洋地照在人身上，迎面吹来的风里有股棉花糖的甜意。于是坐在自行车后座的徐明海非常二缺地张大嘴，用舌头和牙齿感受风的味道，十分生动地诠释了什么叫弱智儿童欢乐多。

他们骑到灵境胡同的时候，陈磊抬手一指，所有人的注意力就被空中飘荡着的纸鸢吸引。四颗心仿佛一下子就被拴着飞到碧空如洗的天上，随着这只色彩斑斓的凤凰自由自在地迎风飞舞。

前几天夜里闹出来的"卖淫嫖娼"事件影响力惊人，以至于好多人都认定陈磊是故意明修栈道，暗度陈仓。反正媳妇在手，自信我有，就先故意瞒着，为的就是让说闲话的群众自我暴露。

这不，三下五除二，宿敌钱大妈就丢了人现了眼。现在她白天挨居委会里其他老太太挤对，晚上回到家里被儿子韶刀，简直抬不起头做人。于是大家伙儿在胡同里碰见陈磊的时候，都不由得纷纷对他掷以佩服的目光。

而实际情况是，周莺莺那天去找陈磊的时候完全是飞蛾扑火的架势。陈磊面对深爱的女人，压抑了这么多年的情感哪有不爆发的道理？后面发生的事自然是水到渠成，润物细无声。

于是从北海公园回来后的第二天，陈磊就带着周莺莺把证领了，生怕民政局长腿跑了似的。等拿到红本，他就想摆酒请客，好给媳妇一个像样的仪式。但周莺莺却说酒不摆了，要去照张婚纱照。

这是最近才兴起来的潮流。周莺莺觉得两人站在一起，留下个恩爱的样子，比乱哄哄的请客敬酒要温馨得多。

陈磊听了也觉得好，便去了当时最好的大北照相馆约了号，约好时间去拍婚纱照，想着等拿到照片后再正式跟大家伙儿宣布。谁承想，照片还没拍呢，就被人打上门来。陈磊干脆一锅烩了。

那天晚上到了最后，群众见事态明朗便逐渐散去，只剩下俩片儿警跟陈磊贫。郭小七一个劲儿地打听什么时候办事儿，在得知人家压根儿不摆酒，只打算去拍张照片后非常颓丧。真是的，还惦记灌酒闹洞房呢！

徐明海竖着耳朵听见拍照片的事情，于是上赶着也要凑热闹。这回李艳东居然没拦着，出发前十分心虚地嘱咐了几句别裹乱什么的就回屋了，弄得徐明海非常不适应。

而对老百姓来说，不管是娶媳妇还是拍婚纱照都是喜事，值得带着孩子下顿馆子庆祝。于是他们一路沿着宽阔笔直的长安街，往南过了和平门，最后到了"都一处"。

中午店里人不少，秋实进门就看见每张桌上都摆着一屉屉包子。但和普通包子不一样的是，这儿的上面褶皱层层叠叠的像顶着朵花。

随着四个人坐下，就有伙计前来送菜单。陈磊点了招牌三鲜烧卖、猪肉烧卖和什锦烧卖各两屉，还有乾隆白菜、干炸丸子、粟米粥和银耳羹。最后，还特地给俩孩子要了奶油炸糕。

等菜的时候，徐明海仗着自己"学富五车"，就给秋实讲起了乾隆皇帝和都一处的渊源。当然，按照他一贯随意发挥的风格，好好一个故事最后被他说得四六不靠，哪儿都不挨哪儿，九五之尊听上去就像只没吃过饱饭的大馋虫。

而徐明海满嘴跑火车的下场，就是被陈磊批评打击一番，说他糟改传统文化。

不过，秋实听了徐明海的胡说八道还挺开心的。他想起那天去新侨饭店吃外国饭时的食不知味。原来，不是西餐不好吃，而是身边没有徐明海。

等到热气腾腾的烧卖被一屉屉端上来，秋实都舍不得下嘴了。他小心翼翼地用筷子夹起一只细腰叠裙、皮薄透馅的烧卖，相面似的看了半天，最后才拿牙齿轻轻一扯，鲜甜的汤汁便灌入口中，馅料配合着韧性十足的面皮，瞬间俘获了秋实的味蕾。他想，难怪乾隆爷会赐名，真好吃。

他们吃着吃着，徐明海便央求陈磊讲一讲过去那些让人血脉偾张的江湖传说。后者便聊起自己青年时代和朋友出门，结果在火车上跟半个车厢的人干架，且大获全胜的事情。惊心动魄之处，徐明海和秋实这俩小的都给听傻了。

"打架这档子事儿，"陈磊夹起一筷子白菜，同时强调，"永远是狭路相逢勇者胜。对方人再多都不怕，只要身后是你信任的人，就有翻盘的机会。"

他还想再说什么，结果被媳妇及时制止。

"有这么教育孩子的吗？"周莺莺瞪他。

陈磊于是抿嘴一笑不再言语，一副贱兮兮的妻管严模样。没办法，人在幸福面前，都是有点儿贱兮兮的。

最后，徐明海和秋实用奶油炸糕当饭后甜点，拿银耳羹溜了缝，吃了个肚儿圆，丝毫不见上次站在马路边上啃鸭架子的狼狈。

四个人从都一处出来，俩大人推着自行车带着俩小的，一路溜达到前门大街2号。

大北照相馆是中华老字号，民国就有了。这么多年过去，上到国家领导人，下到平头老百姓，大家都认它。

进门报了号，就有人领着他们往里走。当俩孩子跟着大人走进摄影棚的那一刻，还以为误闯进了茜茜公主的老家。

眼前象牙白的罗马柱笔直通天，华丽的天鹅绒窗帘艳如鲜血，两侧镶着金边的旋转楼梯上铺着厚厚的地毯。墙上挂着极具浪漫气息的欧式壁灯。除此之外，还有一张流线型的沙发，绝对称得上富丽堂皇、光彩夺目。

这满满当当的元素堆叠起来，一下子就让这屋子脱离了日常生活，脱离了人民群众，变成了译制片里的异国他乡。

趁着工作人员带着陈磊和周莺莺去换衣服的空当儿，徐明海拉着秋实就往楼梯上跑。他俩怀着激动的心情掀开窗帘一看，嘻，是墙。不过，这并不影响他们在摄影棚玩得不亦乐乎，那感觉就像是去了国外旅游。

国外——多遥远的地方啊！

就在徐明海拿沙发当蹦床的时候，陈磊和周莺莺翩然而至。随即，俩没见过世面的傻孩子再次震惊得张大了嘴巴。

周莺莺的拖地长裙缀着层层叠叠的轻纱，乌黑的头发上别着白纱和亮晶晶的发卡。她手里捧着百合花，笑容妩媚，神态温婉。而陈磊则一改平日里胡同爷们儿那种怎么舒服怎么来的打扮，一身笔挺的西装把北方男人的身高优势完美地凸显出来。

两个人对视片刻，好像看见往事如烟汹涌而过，眼睛里便不自觉地汪出了泪。无尽的唏嘘和欣喜，使这座虚假的欧式宫殿有了真情的密度和质感。

命运是什么？也许是一次怦然心动，一句来得及或来不及说出口的话，一个义无反顾的决定。吊诡又可怕，无奈又迷人。似水般的年华无从追忆，人世间的烂账无法厘清。但所幸殊途半生，仍能同归。

两人收拾好情绪，在摄影师的帮助和教导下，以不太娴熟的动作摆出拍婚纱照的经典姿势。

对秋实而言，似乎直到此时此刻，他才终于领悟到周莺莺嫁人了这个事实。这让他既难过又开心：难过的是，妈妈不再是自己一个人的了；开心的是，终于有一人可以让她笑得幸福又柔情。

秋实想，徐明海没骗人，过生日许下的愿望果真可以实现。

而徐明海则觉得干爹穿上洋鬼子这套衣服简直是太帅了！就是有点儿不太自信。于是他便让秋实配合自己，两人在镜头外模仿起那些象征着爱情的美好姿态，来给陈磊做示范。

这使得在很多年后，徐明海每次开车路过西单，看见影楼橱窗里摆出来的各式婚纱照，内心里都忍不住鄙视。嘁，都是哥哥小时候玩剩下的！

秋实被徐明海当成洋娃娃摆弄了半天，心里便生出个藏不住的念头来。于是他在周莺莺和陈磊拍完照后，跑到妈妈身边，小声说想大家在这里一起拍张照片。

鉴于秋实平时极少会主动要求什么，周莺莺知道他是打心眼儿里想要一张合影。于是他们跟摄影师傅商量了一下，下楼加了些钱直接免去了烦琐的预约排号。

同样都穿着白色背心蓝色运动裤，脚踩回力鞋的徐明海和秋实站在前排，周莺莺和陈磊站在后排，四个人笑着摆出拍全家福的样子。秋实这时紧紧拉住了徐明海的手。

负责摄影的师傅调整好灯光，站在黑黢黢的大号机器后面，抬起手来喊道："来，看我，好，三、二、一！"

闪光灯一阵明灭，镌刻下刹那芳华，弹指红颜。再转眼，徐明海和秋实已是两张少年样儿的脸。

20 世纪 90 年代到了。

9　生理课

8 月底的北戴河，人头攒动。

正值暑期，河北秦皇岛几乎全被拉家带口来洗海澡的北京市民所占领。没办法，身处华北平原的内陆人民，实在太向往波涛汹涌的蔚蓝大海。这就如同滨海地区人民总惦记着带上孩子去首都看看一样。

目前，正在热播的 10 集电视连续剧《围城》就很好地诠释了这种心态。

此时是下午，11 岁的秋实趴在深蓝色的伞穹下，肚皮贴着热腾腾的沙子，眼睛一眨不眨地凝视着远方。

眼前的海岸线绵延悠长，大海在烈日下呈现出的蓝绿色生动又鲜亮，白缎子似的浪花接连不断地涌出又消散。时间一长，便生出一种地老天荒的感觉。

不知道看了多久，视线尽头的那个人终于结束了与海浪的搏斗。秋实眯起眼，收网似的把岸上的人罩住。

徐明海一面甩着头发上的水珠，一面朝着秋实走来。途中他被人叫住，耽搁了一会儿，等好不容易说完话，徐明海径直跑到伞下，"啪"的一下倒在秋实身边，一副行将断气的样子。

"热死我了！果子，给哥弄瓶北冰洋来。"

秋实快速爬起，顾不得抖落一身的沙子，冲着不远处推着小车卖冷饮的老太太跑过去。

一问，没有北冰洋，只有本地品牌高橙。秋实还是给了钱，叫人家从底下拿了瓶最凉的。

他举着汽水跑回来，蹲在徐明海身边，故意忽略对方伸出的手，而是把带着冰碴的玻璃瓶贴在他晒得通红的后颈上，激得徐明海身上的鸡皮疙瘩颤巍巍地起来。

"你这儿给我上什么刑呢？"徐明海回头笑着问，"还挺舒服。"

秋实一听，直接把瓶子撑到他脚心上。

"哎哟！服了服了！"徐明海能屈能伸，立刻拿《封神演义》里苏妲己那种哀怨的语气求饶，"大王，饶命啊……"

大王没有被一代妖姬所惑。秋实一面冰他，一面拿还未变声的声音问："徐明海，你刚才跟人家贫什么呢？"

这三年多的胡同生活让秋实变了不少。在徐明海看来，当初那个孤零零站在寒冬腊月的院子里，仰头追着鸽子看的别扭孩子，如今出落得分外俊俏可爱外加心狠手辣。

说起来，以前的果子多好玩儿啊！奶乎乎的，一骗一个准儿。现在可倒好了，连哥都不叫，动不动就直呼大名。

徐明海后来想明白了，也许这才是果子的本性。

以前在东北的时候，因为那个神经病爹，他得一天二十四小时担惊受怕地活着。被妈带来北京后，也是人生地不熟，所以跟谁都戒备着，连笑都少见。后来，他终于一点点融入了大杂院。

虽然在学校的时候，果子依旧是冷冰冰的，根本不爱搭理那些欺负过他的同学。但只要在自己身边，就是个爱笑爱闹的标准傻孩子。

再后来，不知道是不是周莺莺旺夫，陈磊的服装买卖越做越顺。从过去的瞎倒腾，一直发展到在隆福大厦弄了个门脸儿。

你还别拿门脸儿不当生意，那可是隆福大厦啊！跟王府井平起平坐的地方，人送外号"小香港"，卖的都是全北京最新潮的衣服、墨镜、手表、磁带。

苦难似乎终于放过了这一家子，秋实就像是见到阳光雨露的野生植物一样，一天比一天茁壮。他学习上没让家长操过一天心，书读得顺风顺水，只待暑期一过，就要到徐明海所在的中学上初一。

所以在胡同里，大人教育起自家崽子时，一般就是两套词：一、你能不能学学人家秋实？二、你能不能别跟徐明海学？

虽然当着人，果子依旧唯自己马首是瞻，一副亲弟弟的乖模样。但私底下……哎，不提也罢。徐明海悲切地展望未来，再这么下去，八成自己以后得喊他爸爸。

"坦白从宽，抗拒从严。"秋实继续刑讯逼供。

徐明海忍不住叫屈："我冤不冤啊？怎么能是我跟她贫呢，分明是她跟我贫。"

秋实歪着头问："那她为什么要跟你贫？"

这时徐明海猛一翻身，居高临下地跪在秋实面前，顺手就把汽水抢了过来，然后他趁着对方愣神的工夫，仰着脖子"咕咚咕咚"一口气吹干净了，才笑着说："我的小祖宗，女的跟男的贫还能是为什么？哎，"他咂着嘴，"不是北冰洋啊？气儿不足。"

徐明海开始变声了。低低的嗓音和远超同龄人的身高，标志着他正在慢慢向男人的行列迈进。所以，他早已不是当初那个不知道"好上了"和"耍流氓"是怎么回事的傻小子了。

20世纪90年代，处于青春期的半大孩子们正通过自己的方式认识和理解这个世界，比如私下传阅各种日本漫画和中国台湾言情小说。徐明海在学习方面虽然吊车尾，但对某些课外知识却掌握得很全面。

而秋实毕竟小了徐明海两岁，对好多事情的认识还处在知其然，不知其所以然的程度。

此刻，在这个海风拂面的沙滩上，徐明海敷衍的态度自然让秋实很是不爽。

"她跟你贫，你就配合？"秋实追问。

"别说我了，"徐明海反将一军，"你说你，一放暑假就闹着来北戴河看海的是你。末了，不敢下海的也是你。这种行为叫什么来着，有个成语……"

"叶公好龙。"

"对，"徐明海一拍大腿，"没错。"

秋实搞不懂他小学是怎么毕的业。

"到底怎么回事？瞧你躲得这么老远。"徐明海不再满嘴跑火车，而是把冰凉的空瓶子拿在手里，贴在秋实的额头上给对方降温。

秋实也不知道自己怎么了，当他走近广阔无垠的大海时，心跳就莫名开始加速，随之而来的窒息感愈演愈烈，最后变成一种巨大的恐惧侵袭了全身。所以，他连脚丫子都没打湿就跑远了，说什么都不肯再近前一步。

第一次带俩孩子出远门的陈磊和周莺莺没当回事，只嘱咐徐明海照顾好秋实，就到附近找招待所去了。那时候不兴提前预订，大家出门都是现上轿现扎耳朵眼儿，赶上什么是什么。

秋实想起刚才那股子难受劲儿，依旧觉得背后凉飕飕的，于是只好努力组织语言向徐明海解释："在电视上看不觉得，可走近了以后……我觉得大海就像个巨大的深渊。挺恐怖的，让人琢磨不透。"

徐明海觉得秋实是上学上傻了，所以说孩子就不能学习太好，太好就容易出问题。没事琢磨大海干吗？人家好端端的挨这儿几千几万年了，招你惹你了？

"杵窝子就说杵窝子，"徐明海把汽水瓶搁一旁，嘲笑道，"还深渊呢，《侠胆雄狮》看多啦？"

秋实随即龇出一口白牙，伸出利爪，把一双漂亮的眼睛瞪得溜圆，扑过去作势就要咬对方颈部的大动脉。而徐明海则非常配合地"啊啊"惨叫，一副半推半就的样子。

就在两人闹成一团的时候，滚烫的沙砾忽然漫天袭来，像暴风雨一样招呼了他们一头一脸。

待他们揉干净飞进眼里的沙子，定睛一看，身边不知什么时候围上来三个小年轻。他们看上去要比徐明海大上几岁，但身板就差远了，白斩鸡似的，各自穿着五颜六色的游泳裤衩，流里流气的，一站三道弯。

不消说，明摆着是来找碴儿的。

其中一个"三白眼"率先发声。他一面吸溜着手里的冰棍儿，一面冲徐明海说："孙子，刚才跟我'媳妇儿'没话找话的是你小子吧？我可盯你半天了。你丫哪儿的啊？"

秋实见徐明海并没搭腔，便也不吭声，只留意所有人的一举一动。

似乎是见他俩皆是一副不敢张嘴的怂样，"三白眼"便更加口无遮拦，脏话满天飞："小兔崽子毛还没长全就敢出来戏果儿？也不撒泡尿照照你那样子……"

徐明海撑在地上的手悄无声息地抓紧沙子。秋实用余光瞄到后，顿时心领神会。

与此同时，"三白眼"身边的那俩碎催也一声高过一声地骂上了："脸盆里扎猛子——不知道深浅的东西！你知道我们是谁吗？告儿你，爸爸拳打西单，脚踢东四，镇王府井，戳……"

他们牛正吹到兴头上，徐明海忽然出手。秋实于是也抬手奋力一扬，四把沙子如同高速迸发的迫击炮弹，正面击中"三白眼"的脸。

"擒贼先擒王"的默契根本不用提前商量，早就在一次次的战斗中化作了潜意识。

"三白眼"猝不及防愣在原地，甚至就着沙子又吃了口冰棍儿——他压根儿没反应过来。

跟那些习惯上来就盘道、吹牛、套磁的人不一样，打架的时候，能动手就不甩片儿汤话是海爷做人做事的一贯风格。

"呸呸呸！""三白眼"啐出一嘴的沙子。

他扔了冰棍儿，挥手怒骂："哥儿几个上！干他们丫的！"

眨眼间，徐明海这厢已蹿了上去。徐明海依靠自己丰富的实战经验，一脚端上对方的膝盖骨，然后趁"三白眼"吃痛节节倒退时，迎面单手掐住他的脖子，略一用力，"三白眼"立刻呜咽起来。

剩下那两人一看这情况，竟不去帮"三白眼"的忙，反而直接扑向看上去小一号的秋实。想必是平时挑软柿子捏习惯了。

秋实一对二躲闪不及，胳膊被对方两人死死拽住，一时挣脱不开。

徐明海于是飞速弯腰抄起地上的汽水瓶子，狠狠敲在撑阳伞的铁杆上。清脆的爆破声凭空响起，棱角尖锐的半截玻璃瓶被他当作武器抵在"三白眼"的脸上。

"三白眼"傻了，那两位也傻了。一地的玻璃碴儿此刻在日头下熠熠闪烁。

徐明海面色阴沉地盯着那两人："你们敢再拿脏手碰他一下，我立刻花了这孙子，然后就是你俩，今儿谁都甭想跑！"

由于徐明海流露出来的杀气过于骇人，抓着秋实胳膊的那两人不得不松了手，各自后退一步。秋实立刻跑到徐明海的身边。

"刚才没听清楚，你们再说一遍，到底镇哪儿？"徐明海挑眉问。

比秃尾巴狗还横的三人这下谁都不说话了，在硬扛和跌份儿之间摇摆不定。

徐明海见状拿着玻璃瓶的破碎边缘在"三白眼"的脸上缓缓施压："自己看不住'媳妇儿'，跑我这儿找碴儿甩闲话？"

"有话好好说，兄弟！""三白眼"吓得喉头一颤一颤地哀求，"别一上来就玩这么狠的啊。"

"行，"徐明海拿着瓶子从他的脖颈儿处一路下滑，直到脐下三寸处才止住，然后缓缓施力，"那我温柔点儿。"

"三白眼"脸都绿了："别别，我认栽！我服软儿！我们这就撤还不行吗？"

"来都来了，"徐明海又开始模仿风情万种的苏妲己，"玩儿会儿再走嘛——"

"哈哈哈……哥们儿你真逗。""三白眼"好不容易挤出一个难看的笑。

"逗你大爷逗！"

徐明海眉头皱起，拿锋利的玻璃尖一划，"三白眼"的裤头就开了线。随后徐明海手起刀落往下一割，裹在对方屁股上的小裤衩瞬间分崩离析。

人为刀俎，我为鱼肉，"三白眼"丝毫不敢乱动，只得被迫保持着僵硬的站姿，活像个接受体检的男科病号。

这时走过来几个人，有男有女。他们看见这一幕，男的坏笑着指指点点，女的则捂脸尖叫，目光却从指缝里流出来向这边觑着。

徐明海故意高声喊："拿着放大镜都不好找，给你当媳妇儿可真够倒霉的！"

"三白眼"的脸由绿转白，继而转红，就差爆血管。

徐明海教训完人出了气，便收了瓶子，然后迅速绕到"三白眼"的身后，抬起腿来就冲他屁股蛋子上给了一脚："滚，别让我再看见你们几个。"

另外两个人，忙上去扶住一丝不挂的"三白眼"。后者拾起破碎的裤衩布头挡着下体，连退场前的狠话都来不及撂，撒丫子就往人少的地方跑去。

与此同时，陈磊和周莺莺也回来了。

陈磊皱眉看着光着屁股狂奔而去的人，摇着脑袋感慨道："看来咱们跟西方国家接轨的日子不远了，这大白天的，怎么还裸奔上了？"

秋实忍不住笑。徐明海把半截瓶子藏在身后，跟着点头附和："嘻，神经病！吃饱了撑的犯病呗！"

一场无妄之灾烟消云散。

晚上的时候，大人带着俩孩子下馆子，拿当地各种高蛋白、低脂肪的海鲜祭五脏庙。吃完饭，徐明海主动请缨当司机。

陈磊一挥手："走！"

周莺莺吓了一跳，埋怨他："怎么能让孩子开车呢？这不是瞎胡闹吗？"

陈磊不以为然："小海手底下有准儿。开车这事儿，谁不是野着练出来的？马路上车又不多，再说有我看着呢，放心吧。"

秋实在一旁特别认真地大声说："妈，我不怕死！"

他这赴汤蹈火、视死如归的语气都把徐明海气乐了。所幸"徐小师傅"凭真本事说话，把车开得稳稳当当，一点儿都没给自己和干爹丢人。一行人顺利来到了旅店。

陈磊找的这个地方是个对外营业的干休所，环境清幽，硬件条件也很上档次。别的旅店的四人间每张床每晚 8 块钱，他家要 12 块钱，标间就更贵了。正因如此，才在旺季还留有空房。

不过，陈磊没要性价比最高的四人间，而是跟前台开了俩标间。

"当是补个蜜月！"他豪气地说。

改革开放了十多年，人民群众对各种洋气浪漫的西方名词早已经了如指掌。

陈磊嘱咐俩孩子自己睡前洗澡锁好门，就和周莺莺回房了。

这还是秋实第一次住旅店，进到房间后觉得什么都新鲜。

面前的两张单人床上铺的不是家里那种色彩艳丽的褥子，而是雪白垂坠的床单。屋顶吊着个大号电扇，电视机、书桌、衣橱一应俱全。

除此之外，还有个小阳台。秋实推门出去，握着栏杆往下一看，发现是干休所的后花园。虽然现在影影绰绰的什么都看不清，但能闻到扑鼻的花香，听见"嗡嗡"的蝉鸣。

徐明海走进房间，反身锁上门，直接把人拽进洗手间，然后他拿大人口吻嘱咐说："别瞎转悠了，快洗澡。"

秋实看着眼前的浴缸顿时觉得回到了小时候，那些周莺莺拿盆给他洗澡的童年岁月。他愣了一下，回过神来见徐明海要转身离去，下意识地拽住了他。

"咱一起洗。"秋实提要求。

徐明海胡噜着他的脑袋，笑着说："傻样儿，你当这是澡堂子呢？你先洗，你洗完我洗。"

秋实想，此时此刻便是让徐明海认祖归宗的大好时机。

"你下午打架扒人裤衩的事情，大人可都还不知道呢。"

"嗵，"徐明海摆出贱兮兮的表情，"你拿什么证明我打架了？"

秋实眼里流露出人畜无害的纯真："只要我说，他们就肯定信。"

徐明海："……"

这场短兵相接以徐明海的完败告终。他长长叹了口气："我服了你了，祖宗，一起洗就一起洗吧。"

其实他俩经常一起洗澡。徐明海他爸单位有澡堂子，澡票算是职工福利，一个月发一堆根本用不完。

徐明海三下五除二脱了衣服，只留小裤衩，打开喷头开始调节水温。待水热后，徐明海还拿宾馆赠送的小包装海飞丝弄出一浴缸的泡沫来。

他让秋实躺在里面，自己则蹲在外面制造"海浪"，弥补对方没能下海的遗憾。两人顶着一身一头的乳白色泡沫闹来闹去，显得非常之弱智，完全不见了下午两军对垒时的神勇。

洗完澡，徐明海出来打开电风扇，让徐徐的风在屋里循环。虽不够凉爽，但聊胜于无。他又从角落里找出盘蚊香，点燃后特地放在俩床中间。没办法，秋实血甜，打小儿就招蚊子。

完事以后，他俩各自躺在床上，聊天儿似的复盘下午发生的裸奔事件。

"真是倒霉催的，"徐明海拿手垫头，跷着脚说，"海爷我就算要戏，也得戏尖果儿啊！"

秋实知道"果儿"是小姑娘的意思，于是便问："什么样的才算尖果儿？"

"就，王祖贤那样的。"

1987 年的港产电影《倩女幽魂》，早已由各种盗版录像带传遍神州大地。徐明海非常欣赏一身红衣的小倩姐姐那种介于纯真和美艳之间的气质。

提起男女这事儿，秋实忽然想起下午徐明海打架时说的话，于是开口问："对了，你说给那个人当媳妇儿倒霉是什么意思啊？"

徐明海听到这个问题不由得一愣。他拿看傻子的眼神瞅着秋实，半天才说："果子，你是真不懂还是跟我这儿装呢？"

然后，他见对方一双清澈见底的眼睛里，左边写着蒙昧无知，右边刻着天真无邪。

徐明海"腾"的一下坐起来，用不可思议的语气说："你可马上就要上初一了，也应该懂了啊！你们班男生……不互相传小漫画什么的？"

秋实觉得让徐明海这么一描述，自己莫名就成了给大家拖后腿的，急忙辩解："我不怎么跟他们说话，你知道的。"

徐明海挠了挠头一想也是。这个敏感话题家长不提学校不教，也只有关系好的哥们儿之间才能聊。而之前自己压根儿没想过要把从各种歪门邪道上学来的知识分享给果子，确实太不仗义。

于是，他当机立断决定传道授业解惑，帮助秋实尽快脱离傻小子队伍，省得他进了初中以后屁都不懂被人笑。

徐明海琢磨了一下，抛出第一个问题："你知道小孩儿是打哪儿来的吗？"

"胳肢窝……"

话音未落，徐明海爆发出一阵狂笑，并且十分夸张地从床上翻滚到地板上。

"你妈告诉你的？哈哈哈……我小时候顶多以为小孩儿是垃圾桶里捡的，或者肚脐眼儿里钻出来的。不是，你这也太有创意了！"

秋实顿时涨红了脸，气得蹦下床去捶徐明海。

"行了行了，小祖宗。"徐明海笑着把人拽上床，然后近距离看着他说，"咱先把这个问题放一边。那你能告诉我，小孩儿是怎么怀上的吗？"

秋实这回长教训了，紧闭双唇死不开口，只瞪着徐明海明晃晃的酒窝。

"你说你的，我保证不笑话你了。"徐明海非常做作地咳了一声，敛起一脸的笑。

"你不是说过吗？得先'耍流氓'。"秋实想起他俩某次的对话。

徐明海继续问："怎么耍？"

"男的和女的亲嘴……"秋实喃喃道，"口水融到一起，就有小孩儿了。"

"这是谁告诉你的？"徐明海问。

秋实回答："自己琢磨出来的。"

"行，"徐明海赞许地点点头，"还不算太没影儿。不过吧，亲嘴只是第一步……"

在接下来的时间里，"徐老师"便以一种非常科学开明的态度，给秋实上了一堂迟来的生理卫生课。

秋实听懂了以后，觉得脑子里突然有什么东西"啪"的一声碎了。后来他回忆起来，认为是自己当时尚未完全成形的世界观。

"都明白了吧？"徐明海长出一口气，平生第一回体会到老师的不容易，"有没有觉得豁然开朗？哎，你这什么表情？"

秋实愣在那里，半晌才说："我觉得恶心。"

"这有什么的啊？"徐明海耐心疏导，"其实你想想，世间万物都这样，什么猫啊狗啊……"

秋实点了点头，又突然想到什么，于是盯着他问："徐明海，你……"

"你什么你？"徐明海赶紧打断他，然后郑重声明，"我刚才跟你说的那些事都是纯理论，而且只有结婚以后才能干呢，你可别跟大人那儿造我谣！"

"所以你也打算以后找人结婚，播籽儿，生小孩儿？"秋实想起刚才他用的那个动词。

"不然呢？"徐明海笑着反问。

秋实不服："可九爷就一个人。"

"所以胡同里的人都管他叫半疯儿。"徐明海无奈。

秋实不干了，大声反驳："九爷不疯！"

"大部分时间不疯，可你又不是没见过九爷糊涂起来什么样儿，谁都不认识，满胡同瞎跑，挨家挨户敲门说这是他家的祖宅，问人家是谁。上回干爹不在，还是咱俩把人架回来的呢。你忘啦？"

秋实无言以对。第一次看到九爷发病的时候确实把两人吓坏了，秋实紧抱着九爷瘦骨嶙峋的身子，半天老头儿才清醒过来。末了他还不认账！不承认自己的所作所为，气得人牙根儿痒痒。

"那你打算跟谁结婚？"秋实瞪着徐明海决定打破砂锅问到底。

"我的小祖宗，我怎么知道谁家姑娘能有这么大的福气啊？"徐明海臭不要脸地自吹自擂，"不敢想，一想就打心眼儿里替她高兴。"

"……"

秋实死活搞不懂，对方这自信都是打哪儿蹦出来的。今晚的他只觉得不管是长大还是结婚都太遥远了，简直像下辈子的事。

10 行走的人民币

三天两夜的北戴河之行还在继续。

作为第一次出远门旅游的小家庭，他们游泳，吃海鲜，逛鸽子窝公园，在望海长廊远眺渤海碧波，拍各种游客照，把这个小假期过得充实又自在。

可就在这一片和谐欢乐的气氛中，周莺莺却察觉到些许不对劲。这孩子和前几天比蔫了不少，安静乖巧得如同一只小白兔。而且挨上自己和陈磊的时候会立刻蹦开，然后耷拉着耳朵继续往前走。于是周莺莺背地里问徐明海果子怎么回事，两人是不是闹矛盾了。徐明海心想，总不能说我前天夜里给您儿子开了一堂生理卫生课，所以搞得他现在看见男的女的在一块就犯恶心啊。

"嘿，果子说他看见那么多水就害怕，一阵阵喘不上气来。这么大老远来了又不敢下海，自个儿觉得丢人，所以就有些打蔫。干妈，您别担心。没事！过会儿果子就好了。"徐明海真假参半，一顿胡扯。

周莺莺听了这话愣了半晌，之后便不再问了。

低气压就这么一直持续到他们离开北戴河的那天。

本来陈磊打算吃完中午饭就走，300公里左右的路程，到家天也黑了。但他们吃早餐时听隔壁桌的人说昨天在平水桥看了落日，特别壮观，称得上是白日依山尽，黄河入海流。

陈磊见周莺莺一脸向往，便临时改了计划，傍晚带着一家子去了北戴河区人民政府招待所对面的公园。

而对着衰草残阳三万顷的景色，里外里只有周莺莺一个人是在真心欣赏。

陈磊呢，是觉得太阳打哪儿升打哪儿落，不都一样吗？他纯粹就是陪媳妇儿。

秋实呢，兀自消化着自己内心的别扭，于是对着斑驳绚丽的天空摆出一副断肠人在天涯的架势。

而徐明海呢，是把注意力全部放在了秋实身上，纳闷儿这孩子到底什么时候才能缓过来。

好不容易等到太阳颤巍巍地落下去，他们的旅行终于宣告圆满结束。

几个人在公园旁边的小餐馆里吃了顿便饭，然后集体坐上那辆不知被转了几手的拉达车，由陈磊开着，一路向西驶去。

一路无话。

开了三个多小时，晚上9点左右的时候，他们驶入一段路灯昏黄的乡道。

陈磊离老远就看见路上黑黢黢横着什么东西。等车开近了，打开远光灯一看，居然是一棵比腰还粗的大树，正好挡在路中间。

徐明海见状自告奋勇要求下车，打算把这碍事的路障搬开。可他刚一挪屁股，就被陈磊声色俱厉地吼住了。

"小海，别去！"

这一嗓子同时也把秋实震得清醒过来。俩孩子看着陈磊的后脑勺儿，皆是一脸茫然。

徐明海和秋实不知道，那几年正是铁路、公路沿线车匪路霸猖獗的时候，报纸上、新闻里总能见到相关报道。

陈磊虽然没跑过长途大货车，但到底是经过事儿的人。此刻，他脑子里的雷达已经对潜在的危险发出预警信号。

"谁都别动！"他说着就落了锁，"好好的又没刮大风，怎么可能有棵树躺在路中间呢？"

这话让车上的人全部绷紧了神经，周莺莺忙问怎么办。

出门在外，安全第一。陈磊当机立断决定绕道走，哪怕多开几十公里也绝不下车去挪树。谁想他们的拉达刚掉头，后面又跟上来一辆桑塔纳。

虽说现在是暑期，往来北京和河北的不少，但绝大多数人都是坐火车出行，这黑灯瞎火的还能碰见别的车，真新鲜了。

再则，桑塔纳在当时虽不算是顶级的豪车，那也绝对不是老百姓开得起的，这多少说明了车主的身价。

只是这车的司机显然没有陈磊那种警惕性。他见前面有东西挡路，便停了车，开门就下。

陈磊当即踩下刹车，摇下车窗冲他喊了一嗓子，让人赶紧回车上。

可惜，已经晚了。

就在这时，从两侧黑暗的庄稼地里跑出来十几个人，每人手里都拿着长长短短、形态各异的家伙。他们仗着人多，一些人围住那个司机，而剩下的人则组成一道肉墙，把陈磊的去路挡了个严实。

此时借着月光才看清，原来那些人手里的刀叉剑戟都是干农活儿用的锄头、镰刀等物。一双双眼睛在夜里冒着垂涎的凶光，看陈磊他们的神情像是在看掉入陷阱的猎物。

正所谓"小马乍行嫌路窄，大鹏展翅恨天低"。眼前这种恐怖的景象非但没让徐明海犯怵，反而使他的肾上腺素飙升。

"干爹，"徐明海向前探了探身子，咬着牙一字一句地问，"咱下去跟他们丫干吗？"

秋实听了，一把抓住徐明海的手："我也去！"

陈磊压根儿没闲心搭理这俩不知天高地厚的孩子，而是紧张地观察着周围的局势。陈磊想，对方要只是求财，兜里还有个大几百，给他们权当是破财免灾。可照目前这个阵仗看，对方怕是要下黑手。如果是这样，只能直接一脚油门撞过去了，说什么也不能让媳妇儿和孩子落他们手里。

就在这时，外面那个被团团包围的司机开口了。他朗声问："你们要多少钱？"

他话里带着浓重的九声六调，显然不是北方口音。拉达车里几个人隔窗看去，见是个非常年轻的男人。

一阵令人心惊的沉默后，终于有人搭茬儿："不要钱！要……要车！"

说话的是这帮人的头儿。他们都是几公里外一个村里游手好闲的混混儿，一门心思想发财，可一没本事二没路子，思来想去最后干起了"要想此路过，留下买路财"的古老勾当。

由于之前干过的几票都很顺利，被勒索的几个司机自认倒霉掏钱了事，他们的胆子和欲望也跟着膨胀起来。

他们今晚本打算像往常一样捞个几百块的"劳务费"，可谁知居然碰见辆桑塔纳。这车至少价值二十几万，而当时哪怕是体面的城里人，一个月的工资也不过是 200 块上下。这辆桑塔纳在他们眼里无异于行走的人民币，老天爷白白送钱就没有不收的道理，于是带头的当机立断，决定要车。

年轻司机听这话，先是左右看了看，像是在点人数，随后低低骂了句什么，可惜没人听得懂。

下一秒，他暴起，抬脚就把对面刚刚说话的人踹趴了窝。姿势干脆利落，丝毫不拖泥带水。

他干躺下了第一个后，没耽误时间，直接冲着另一个拿着镰刀的挥出重拳。下手之狠，力道之猛，像是个练家子。

随着几声凄厉的惨叫，挡在拉达车前的那些人立刻涌向那个司机。这么一来，无异于给陈磊一家子闪出条逃跑的路。

而那个司机一下子被十几个人围住，躲闪不及，头上立刻挨了一下，顷刻间血流如注。

似乎直到亲眼见到这拳拳到肉的搏斗和淋漓的鲜血，徐明海和秋实才彻底醒悟。他们此刻面临的是一场生死攸关的危机，而不是平时那种看似很牛的小打小闹。

徐明海这下子坐不住了。他使劲摇着陈磊的胳膊："干爹，咱去帮帮他吧！"

说话间，秋实看到外面那人又被打了一闷棍，不由得着急大喊："他会死在这里的！"

而陈磊心里清楚得很，他此刻最理智的做法应该是猛踩油门带着一家人迅速离开。

俗话说得好，"自家扫取门前雪，莫管他人瓦上霜"。如今这世道，谁顾得了谁？

可俗话又说了，"路见不平，拔刀相助"。

陈磊当过兵，热血沸腾地喊过入伍宣言。平时在胡同，谁见了他都要喊声哥，所以他是后者，他只可能是后者。

陈磊拉下手刹。周莺莺看出丈夫的意图，顿时白了脸，说什么都不让他下去。

"我瞅着外面那孩子岁数不大。将心比心，要是果子和小海有天碰上坏人，咱也盼着有人能伸把手不是？"陈磊安慰周莺莺，"打架这事儿我有谱儿，你信我。"

紧接着，他扭头以一种男人对男人的态度吩咐徐明海："万一……我说万一待会儿真出了什么事儿，千万别开门，开上车就带着果子和你干妈跑。听见没有？"

"不！我跟你一起去！"徐明海这回真急了，脑浆都快开锅了。

"你要是个爷们儿，就老老实实待在车里给我护好人！"陈磊死死盯着徐明海，"小海，答应干爹，成吗？"

徐明海别无他法，只得咬着牙使劲点了点头。

陈磊交代完毕直接开门下车，迅速跑到后面打开后备厢，抄出一柄工兵铲攥在手里。然后，他朝着那帮人跑了过去。

陈磊对周莺莺说的那些话不是托大，毕竟是从动荡的年代走过来的人，论起打架来，不管是实战经验还是心理素质，他哪个都不缺。

面对眼前这帮丧良心劫道的王八蛋，陈磊扬起工兵铲削过去的瞬间，俨然还是十几年前那个提起来就让人肝儿颤的西城陈石头。

他的出现迅速吸引了一半火力，那个年轻人拳脚上便有了回旋的余地。

两人一句话没说，却默契得出奇。一阵刀光剑影后，地上已经撂倒了好几个。说白了，这些人并不是那种专门杀人越货的悍匪。坏人也分等级，他们还远没到那个层次。打到最后，陈磊不可避免地挨了好几下，但所幸都没伤到要害。

随着陈磊他们渐渐占了上风，这场突如其来的混战在输赢上已没了悬念。

徐明海答应陈磊不下车，此刻便坐在驾驶位上，摇下车窗，学习干爹是如何打出风格，打出水平，打出精气神的。同时，他也给陈磊当起眼睛，随时通报周围还剩下几个在苟延残喘。

就在他们即将大获全胜的时候，秋实眼尖地瞥见车头正前方离着老远有星星点点的火光，像是有乌泱泱的人举着火把往这边跑。他立刻大喊一声，让酣战的两人注意。

陈磊抽空扭头一望，便知是刚才有人摸黑逃走去搬救兵了。目前两人打成这样，已经是极限，以一敌百这档子事儿，只有评书里的李元霸才能做到。陈磊于是不再恋战，他伸手抓住那个司机的胳膊，大喊一声："走！"然后拉开桑塔纳的后车门把人塞进去。

就在此时，陈磊背后挨了一闷棍。他立即转过身，拿起工兵铲朝对方面门狠狠一拍，一脚把人踹出去三丈远。随后，陈磊开门蹿上驾驶位，同时冲徐明海喊："小海你给我玩儿命踩油门！跟着干爹！别害怕，你没问题！"

"好嘞！"徐明海苦等半天终于有了发光发热的机会，立马精神百倍，"我必须没问题！"

陈磊松了手刹，迅速挂挡，一脚油门踩到底。车子于是直冲着那棵树迎头撞去，然后推土机一样把大树粗壮的根部斜着顶了出去，代价是桑塔纳的前保险杠立即稀碎。

眼瞅着干爹为他们开出条逃生通道，徐明海起步后立刻一个急转掉头。他脚下一踩油门，仰着脖子大喊："干妈！果子！坐稳喽！咱们让后面这帮人吃屁！"说完他便把拉达车开得风驰电掣，咬住前方的桑塔纳一路飞驰。

眼瞅着车后那些人的身影越来越小，直至消失不见，一行人才把吊在嗓子眼儿的心放回到肚子里。

徐明海紧随前车，足足开了一小时，直到北京界内。这时，桑塔纳亮着右转灯拐进一个挺大的服务站，徐明海赶紧一打方向盘跟过去，最后把车稳稳停好。

两拨人先后推门下车。周莺莺飞奔着撞进陈磊怀里。她一会儿哭，一会儿笑，一会儿骂人，又前前后后检查丈夫到底伤得如何。陈磊赶紧抱住媳妇安慰她，外加自我检讨。

徐明海把胳膊搭在秋实肩上，看干爹伏低做小的可怜相，忍不住哈哈大笑起来："第一次看干妈骂干爹！这也太不够味儿了！真应该跟我妈学学。"

　　秋实看着周莺莺和陈磊亲密的样子，内心翻腾的情绪终于平静下来。

　　这时，那个差点儿客死他乡的年轻司机过来道谢。他的普通话听上去有些好笑，像是在拿擀面杖捋着舌头。

　　秋实近距离观察他，发现这人肤色偏深，身材偏瘦。虽然身上的衣服都破了，却不显狼狈，只有脸上残存的血迹证明了他刚刚经历了一场生死的较量。而他那双眼睛的形状，竟然莫名和徐明海的有几分相似。

　　见对方用手背抹着眼角的血渍，秋实忙从周莺莺兜里掏出手绢递给他。男人弯腰接过去，笑着说："谢谢你，细路仔！"

　　秋实留意到他右边耳朵上镶着颗小小的耳钉。那时候，男人戴耳钉是件很奇怪的事情，他忍不住多看了几眼。

　　"嘉辉是咱们同胞，今年才满18岁，真是英雄出少年！人生地不熟可对着十几个劫道儿的愣是没尿。拳脚也利索，真是好样儿的！"

　　陈磊惺惺相惜地拍了拍对方的肩膀，继续向大家介绍。华嘉辉祖籍广东，很小就去了澳门讨生活。这次是跟着老板回内地探亲，顺便替人去乐亭办点儿事儿，明天一早就要回澳门了。结果好巧不巧，几拨人碰到一起干了一架，也算是缘分。

　　"咳咳。"徐明海右手握拳抵在嘴边，十分做作地咳嗽了两声，提醒陈磊这儿还一活人哪！

　　"我们小海也是好样儿的！"陈磊胡噜着徐明海的脑袋，语气听上去有种上阵父子兵的骄傲，"我就知道人和车交给你肯定错不了！"

　　"嘿嘿！那是！"徐明海挺美。

　　华嘉辉这时再度开口："真不知怎么谢你们。大家萍水相逢，陈哥却出手相救，我一个外乡人……"

　　陈磊忙摆手打断他说："什么外乡人内乡人，骨子里还不都是中国人？过些年等澳门回归了，我们一家子就去港澳七日游。"

　　"一言为定！陈哥记得来'葡京'找我华嘉辉。"他十分认真地说，"如果那时候我还没死，一定带着你们全家逛大三巴，食蛋挞。"

　　"好好的怎么说得这么悲壮？"陈磊大笑道，"快赶路吧，明儿一早不就飞了吗？车的事儿跟老板好好解释下，回头记得找地方看看脑袋，虽说是皮外伤，还是得仔细些，别感染。"

临别前，华嘉辉从怀里掏出个东西，飞快地塞进秋实的手里，然后回到车上，摇下窗户和众人挥手："陈哥，阿嫂，等我下次再有机会来北京，一定去看你们。"说罢，他便开着那辆碎了前保险杠的桑塔纳走了。

几人这时凑近一看，原来华嘉辉留下的是个姜黄色的小圆塑胶片，上面写着"1000"的阿拉伯数字。

"这是什么？"秋实拿在手里颠了颠，轻飘飘的没什么分量。

陈磊的眉头皱了皱，回答道："是筹码。"

徐明海好奇："干吗用的？"

"别瞎打听，这玩意儿搁咱这儿屁用都没有。人家的一份心意，收起来当个念想就完了。"陈磊不再解释，四个人回到车中，一路往北京城区的方向驶去。

因为半路遇劫的事情，陈磊回到胡同第二天就去找了片儿警郭小七他们做了报案。昨晚他下手狠，外加那个华嘉辉，两人完就是豁出命去的架势，必定有人受了重伤。要是他们反咬一口找上门来，那可真就是无妄之灾了。

几个小片儿警听了陈磊的陈述，一个个摩拳擦掌只恨自己当时不在场。随后他们做了详细记录，又给陈磊普法，吃定心丸。

陈磊这下彻底踏实了，回家后把具体情况告诉周莺莺，顺便嘱咐了两个小的，如果以后还想一起出去玩，就千万别把昨天的事儿漏出去。

"小海，你妈要是知道我让你开车上高速得吃了我。"陈磊不怕打架，只怕李艳东撒泼。

徐明海把胸脯拍得山响，再三保证："干爹您就放心吧！就算是我妈上老虎凳，灌辣椒水，我也绝对把这事儿烂肚子里头！"

而秋实则兴奋地打探起下一次旅行的目的地。几个人天南海北地畅想一番，最后煞有介事地计划起之后的港澳游。

"啊，要去见我的王祖贤了吗？"徐明海开始坐立不安，一副少年怀春的样子紧张兮兮地说，"那我得好好想想见了面，都跟她说什么。"

"你说得明白吗？人家那边可都讲粤语。什么'雷猴，哦猴中意雷呀（你好，我好中意你呀）！'那种调调儿的！"陈磊一面拆他台，一面怪声怪调地误人子弟。

"我怎么记得王祖贤是台湾人啊？"周莺莺忍不住笑着搭茬儿，"'雷猴'管用吗？"

接下来，徐明海便从"真情像草原广阔"一路唱到"来日纵使千千阕歌，飘于远方我路上"来证明自己不管是普通话还是粤语，都十分在行。而昨天没有跟那个华嘉辉用粤语沟通，主要是因为没捞着机会。

在大家对未来生活的美好期盼中，1990 年的暑假以一个劫后余生的姿态宣告结束。

9 月 1 日开学，徐明海升入初三，秋实正式从春风二小迈进中学校园。

11 亚洲雄风震天吼

临近晌午，初一（1）班教室内的温度逐渐攀升。时间一久，淡淡的油漆味儿就从墙上新涂的半截子淡绿色中冒了出来。

大部分人都趁着课间跑出去玩儿了，屋里没几个人。而秋实正抱着本厚厚的书在低头翻看。

他被老师分配的位置不错，左手边就是窗户。初秋的微风透过半开的玻璃窗一阵阵吹进来，让他既不感觉热，也不觉得教室里呛鼻子。

秋实手里这本《天龙八部》是徐明海上个礼拜从书摊儿上淘的。他之前看过小人儿书，本以为情节早已了然于胸，心情不会再跟着跌宕起伏。谁知一看居然停不下来，所以只好把书随身带着，抓紧一切零碎时间阅读。

此刻，当他读到"阿紫问姐夫：'她有什么好，我哪里及不上她，你老是想着她，老是忘不了她？'"忽听见有人说话。

"哎哟，你名儿可真逗。秋？百家姓里有这么一号吗？"

秋实循声抬头，原来是他们班的"财主"——衡烨。

只见好好的校服被他捆在腰上，像是为了故意露出 T 恤上的阿迪达斯图标；手腕上的电子表大得吓人，瞅着像个谍报装置；他脖子上挂着耳机线，隐约有歌声从里面传来。这身打扮的目的似乎只有一个，那就是努力印证他爸是暴发户的传言。

开学已经一周，新入学的孩子们根据性别、爱好、脾气秉性、家庭住址等迅速划分成了各种派系和小团体。当然，除了秋实。他自从小学转校第一天遭受无情的嘲弄后，早已学会了如何跟同学保持一种陌生又客气的距离。

而和秋实这种"自立门户"风格形成鲜明对比的，就是衡烨这种人见人爱的自来熟。开学第一天，他就嚷嚷着请全班同学去小卖部吃冰棍儿喝汽水，一下就博得了大家的好感。所以还没几天，同学之间那道看不见、摸不着的分水岭就自然而然地形成了。这是种很微妙的感觉，有过集体生活经历的都懂。

此刻，秋实搞不懂对方忽然跑来拿自己的姓氏开玩笑是什么意思。

没得到任何回应的衡烨挠了挠头，另辟蹊径："哎，对了，你喝不喝可乐，吃不吃虾条儿？我这儿还有干脆面。"

"我不吃……"

话音未落，衡烨长长出了一口气，背冲黑板一屁股坐到秋实面前的椅子上："哎哟我的妈呀！除了上课回答问题，听你说句话可真够难的！我都观察好几天了，严重怀疑你嘴上安着开关呢。上课的时候打开，下课以后关上，特省电。"

秋实："……"

"对了，你以前是不是学过英语啊？上节课你那个对话念得可真……真……"衡烨像是在斟酌形容词，最后一锤定音，"真地道！"

秋实听了，觉得自己像在街边卖豆汁儿、焦圈儿。

"嘿嘿，"衡烨露出两排白闪闪的牙齿，"我英语特次。我爸暑假的时候还特地请大学生给我来提前预习呢！可26个字母我怎么都搞不清。对了，你学号是1，肯定因为开学的摸底考试拿了第一。你学习可真够好的！"

"你到底想让我干什么？"秋实问得非常直截了当。说起来，他也跟着徐明海混了三年半，对这种求人之前先给对方戴高帽子的套路非常熟悉。

"就是吧……"衡烨漆黑的瞳仁在细长的眼眶里游走一番，然后压低声音说，"你能不能帮我写作业啊？"

秋实心想他倒是省事，抄都懒得抄了，上来就要求代写。

"你为什么不自己写？"

"我看见那么多作业就脑袋疼，而且一写作业就没时间去游戏厅了。新出的《街霸》你玩儿过没有？可好玩儿了，回头我请你！"衡烨慷慨表示。

秋实摇头说："不用了，谢谢！"

"你喜欢看小说啊？"衡烨伸着脖子看了眼对方手里的书，"我那儿没有小说，但有漫画。好多呢！《圣斗士星矢》《机器猫》《福星小子》，你想看什么？"

秋实重新低下头说："真的不用。"

"那你喜欢听歌吗？这个随身听给你吧！"说着他便自顾自地把腰间别着的爱华摘下来放在桌上，然后拿起脖子上的线控耳机往秋实耳朵里塞，"小虎队最新的专辑！"

秋实见状下意识地往后一躲，气氛顿时变得尴尬起来。

衡烨手拿耳机，不知如何是好的样子看起来委屈极了。过了一会儿，他才小声说："其实他们有人要帮我写，我都瞧不上。一个个字儿写得跟狗啃的似的……要不这样吧，我一天给你5毛钱怎么样？"

秋实这下彻底被"嗡嗡"烦了。他抬起头，表情冷淡地说："我给你1块钱，你能别跟我说话了吗？"

被怼了一句的衡烨张了张嘴，像是在努力组织语言还要说些什么，但最终还是讪讪地站起来走了。

好不容易恢复平静，耳边也响起了上课铃。秋实叹了口气，把小说塞进桌兜。

下午放学后，秋实照例收拾好东西，背着沉甸甸的书包一路从教室冲到校门口找徐明海。

这所中学的位置比起春风二小来远了不少，学校到胡同单程骑车要十五分钟左右，所以徐明海自然担负起了车夫的工作，用陈磊赞助的永久牌二八大杠每天驮着人上下学。

今天的徐明海和往常比起来似乎有些蔫。秋实都跑到身边了，他才回过神来。两人没来得及说上句话，便有人从旁边骑着车呼啸而过。

"哎哟喂，瞧海爷的小脸儿嘿！酸劲儿还没过去哪？"这人奋力挥舞着手里一张蓝色的票，"回头别忘了坐小马扎上等着在电视上看我啊！哈哈哈……"

"我看你大爷！"徐明海冲着他怒骂一句，"到时候遮着点儿你那张驴脸，别吓着远道而来的外宾们！"

"哦哦……徐明海要气死喽！徐明海没票……亚运会开幕式没丫份儿……"

随着对方连车带人消失在路口，秋实终于明白过来是怎么回事了。

北京人民热烈盼望了好几年的第十一届亚运会近在眼前，这可是中国第一次举办综合性的国际体育大赛。四九城里到处飘扬着《亚洲雄风》的旋律，走哪儿都能看见举着金牌竖起大拇指的熊猫盼盼。

为此，北京的老少爷们儿没少跟着国家操心受累。只要扎在一块儿，没别的，就是分析亚运会在政治、经济、文化方面的各种深远意义和重要影响。

在学校也是，老师天天耳提面命，说上到九十九下至刚会走，大家伙儿有一个算一个，都要确立"在内宾面前，我就是首都；在外宾面前，我就是中国"的观念。

所以在这万众瞩目的关键时刻，谁要是能搞到张开幕式的票，身份地位一下子就上去了，说话音量都能高三度。

不用问，肯定是徐小爷因为没票所以在同学面前跌份儿了。秋实这么分析着，同时动作利索地跨上自行车的后座，开口问："你想去看开幕式啊？"

徐明海扭过头，前一秒还阴转多云的脸变得晴朗了些。

"你满大街问去，谁不想跟好几万人一起在工体看中国队进场啊！多牛啊！"说完后，他握紧车把脚下用力，一路往胡同的方向驶去。

"那能买到票吗？"秋实在后面大声问。

徐明海卖力蹬车："个别赛事的能买着，开幕式肯定没戏，早都卖光了。"

"那刚才那个人怎么有？"

"他妈是市环卫局的，单位发的票。丫今儿早上一来就开始嘚瑟。"

这时，徐明海把车骑到一条无人的小巷里，迎着狭长的霞光挺直身板，表演杂技似的松开车把。

"其实这回去不成也没什么大不了的。"徐明海自己给自己找台阶下，"听说咱马上就要申请 2000 年的奥运会主办权了，到时候，咱用自己挣的钱买票看开幕式。哎，果子，你说十年后，北京什么样儿啊？"

"肯定变化挺大的，"秋实想了想，"大概就跟《侠胆雄狮》里的曼哈顿差不多，一到晚上整个城市都是亮的。"

徐明海表示认同，接荐儿发挥他的想象力："而且，科学家们肯定已经把机器猫兜儿里那些东西都发明出来了。就那个记忆面包，我必须先来两斤。对，还有那个任意门！到时候咱想去哪儿了，也不用'吭哧吭哧'骑自行车了，一推门一迈腿就到了。"

秋实听对方这么说，立刻拿手掐住徐明海的腰："我看你根本是想偷懒。"

"哈哈哈，痒痒！我哪儿敢啊？真有了任意门我也驮着祖宗！"徐明海一面求饶，一面握紧车把加速飞驰，把对明天充满无限遐想的两人一路送向未来。

周三下午，秋实骗徐明海说约好去给冯晓晴辅导功课，成功地让对方自己骑车先走了。

随后，秋实在学校门口坐上四面漏风的大公交车，一路向东。过了四十多分钟，他在工人体育场站下车，背着书包往工体北门走去。秋实来之前就打听过了，虽然官方的门票早已售罄，但传闻某些有路子的黄牛攥着些特殊渠道的赠票，他想来碰碰运气。

秋实觉得自己运气不错，因为他刚一走近工体，就有人主动上前搭话。

"小朋友，要球票吗？还是要潘美辰演唱会的票？"

秋实没想到传说中的黄牛居然这么好找。他仔细打量了一下眼前这个中年胖叔叔，感觉对方慈眉善目不像坏人，便问："叔叔，您手里有下周六亚运会开幕式的票吗？"

"啊？哦，开幕式的票啊……"这人嘬了嘬牙花子，然后咧开嘴露出一个非常和气的笑来，"叔叔有啊！你要几张？"

一听有票，秋实眼睛都亮了，立马询问价格。

对方两根手指搭在一起，比了个十字。

"10 块钱？"秋实不敢置信。

黄牛更正道："是10张大团结！"

秋实傻了眼。

"小朋友，你还别嫌贵。就这个价儿，别人手里还没有呢！遇上我，算是你今儿运气。"黄牛的语气里充满骄傲。

秋实心想光有运气管什么用？自己缺的是钱。于是他蔫头耷脑地说了句"叔叔再见"，掉头就走，谁知被对方一把抓住书包。

"咱再聊聊，聊聊。那什么，叔叔看你像是好学生才跟你说。100块钱的呢，是靠前的座儿，能瞅见萨马兰奇老爷爷的后脑勺儿！你要是钱不够，也可以考虑买后排的。"

秋实的希望重新被点燃，忙问后排的票多少钱。

"60块。"黄牛报价。

秋实的小金库里大概有40多块钱的积蓄，是过节时周莺莺和陈磊给的压岁钱，还有平时攒下的零花钱。在他看来，这已经是一笔巨款了，所以才敢到工体门口转一转。

秋实的眼神不由自主地飘向一旁的工体，这里面似乎传出了震天呐喊和徐明海兴奋的口哨声。他诚恳地央求对方："叔叔，能便宜点儿吗？我没这么多钱。"

"哎哟！现在可真便宜不了。"黄牛一脸为难，摊手说，"人一辈子能有几次这样的机会？你这么一想是不是就觉得不贵了？我知道你没钱，小孩儿没钱就管大人要呗。我反正最近都待在这儿，你要是有钱了就来找我。不过得抓紧啊，我手里便宜的票也不多，过了这村儿，可就没这店儿了！"

黄牛最后这句话像是涂了502，死死粘在了秋实的耳朵上，陪他一路坐车回到胡同，吃了饭，做完作业，直到第二天走进学校。

大清早的教室里没什么人。秋实巡视一圈儿后，便把目光锁定在"财主"身上。秋实径直朝他走去，等离近了一看，"财主"正边听音乐边抄作业呢。下笔之快让人叹为观止，一看就是熟练工种。

秋实二话不说，直接从书包里掏出几个作业本摊在对方面前。

衡烨叼着吸管抬起头，眼神呆滞，满脸问号。

"这里是昨天的作业。我拿左手给你写的，字迹不一样，老师看不出来。"秋实没头没脑地解释。

衡烨的嘴巴随即变成一个"O"形。

"我从今天开始可以帮你写作业，还有周记、游记、班会总结什么的全算上，但是……"秋实顿了顿，两颊泛起微微的红色。

衡烨瞬间焕发出无穷的活力。他一下子从位子上蹦起来，把手放在秋实的肩上，眉开眼笑道："但是什么？你说！你说！"

"我算过了。全年两个学期一共52周，寒暑假占10周左右，上课的时间在42周左右。每周5天，一共差不多是210天。抛开节假日咱们到放暑假的时候，差不多还有200天左右。"

"嗯嗯……"衡烨的脑子明显跟不上秋实的嘴，只能一个劲儿地点头。

"你昨天说一天给我5毛钱，那能不能……能不能先预支我一年的？"秋实终于把话说出了口。想来自己昨天才刺了人家一句，今天就厚着脸皮来揽活儿，真够难为情的。

"一年的？"衡烨倒吸一口凉气。

秋实见对方一脸吃惊的样子，心想没戏了，看来就算是"财主"一时间也拿不出100块钱来。

衡烨掰着手指头问："那是多少钱？"

"……"

秋实只好给他做小学算数题："0.5乘以200，100块钱。"

"你早说不得了吗，卖什么关子啊？"衡烨做了个拭汗的动作，"不就100块钱吗？我今儿没带着，明儿就给你。"

对方的豪爽让秋实有些发愣，他再次确认："你明天真能给我啊？"

"骗你干吗？我只是学习不好，但说话一向算数。"衡烨笑嘻嘻地摘下脖子上的线控耳机晃了晃，"既然不用抄作业了，趁着还没上课，咱俩听会儿小虎队呗。"

于是秋实被迫坐到衡烨的身边，随着音乐在耳边响起，手里还被顺手塞进瓶插着吸管的喜乐。秋实莫名想到一个词："卖身葬父"。

"财主"没吹牛。周五一大早，秋实就收到了自己预支的年薪——10张被夹在《挪威的森林》里的大团结。

"我昨天晚上陪我爸去了趟王府井的新华书店买东西，看见好多人都在排队买这个。"衡烨的语气很得意，"你不是爱看书吗？我凑热闹也买了一本。"

"谢谢！"秋实收下了书和钱的同时心立马飞了，他现在只想跳上大公交车去工体门口找那个黄牛，生怕"过了这村儿没这店儿"。

他想了想，开口说："衡烨，你能不能帮我抄下笔记，然后记一下老师留的作业？我现在得出去一趟。"

"啊？"衡烨瞪圆了眼，结巴道，"你要逃……逃学？不是，咱校门口的大爷可厉害着呢！蚊子打他眼前过能分出公母。你怎么逃？"

"干吗逃？"秋实纳闷儿道，"我去找老师开出门条。"

衡烨问："要怎么说？"

秋实一歪头："还没想好，不过我说什么老师都会信的。"

衡烨第一次体会到好学生对自己那种全方位的碾压。

总之，秋实同学说到做到，他果然光明正大地在衡烨艳羡的眼神中顺利"逃出生天"。

等到了工体，秋实离着老远就看到了那个手里有票的黄牛。于是他飞奔过去，身姿轻盈得像只小鸟。

"哟，小朋友，你来了？"黄牛似乎对他印象深刻，"这回带钱了吗？"

秋实点头："我想先看一眼票。"

"还挺机灵的嘿！不用担心，叔叔从不骗人。"黄牛说着便把东西从兜里掏出来递过去。

秋实拿在手里一看，只见淡蓝色的票上印着中英双语的"第十一届亚洲运动会开幕式入场券"，一颗心立马踏实了。

随后，他把那10张大团结，以及掺杂着毛票、钢镚儿的20块钱交给对方，离开的时候还非常有礼貌地跟人家道了谢。

等车的时候，秋实特地把两张门票仔细夹在书里，请村上春树一起帮忙看守。

回到学校，衡烨立马跑上来问东问西。不过秋实一个字都没漏，弄得对方很伤心，嚷嚷着说秋实不拿他当哥们儿。

惊喜之所以叫惊喜，就得先惊后喜，秋实深谙其道。

在随后的日子里，他表现得跟往常一样，除了晚上略忙碌些。为了使衡烨觉得物超所值，秋实力求在代写作业方面做到精益求精。偶尔选择性地错几道题，写上几个错别字，用错几个成语。为此，"财主"非常满意，直说要给他发奖金。

秋实就这么揣着自己淡蓝色的秘密，终于挨到开幕式前一天的周五。

在回家的路上，秋实感受着被徐明海身体劈成两半的风，压抑着内心的激动和紧张，一字一句说："明天下午我带你去一个地方。"

"明儿学校下午不是放假吗？让咱们都回家看开幕式直播。你带我去哪儿啊？"徐明海好奇地问。

秋实卖关子："到时候就知道了，保证你不后悔。"

"成，"徐明海扭过头，"那咱就跟家里说……"

"就说学校进行爱国主义教育，组织全体学生一起看开幕式。"秋实早已打好腹稿。

"我去，"徐明海当即举手投降，"果子你如今是越来越猖狂了。"

"看路！"秋实赶紧提醒他前面有车驶来。

就在徐明海握住车把左躲右闪的时候，秋实拿额头抵在他的脊背上，把脸上的盈盈笑意藏稳了。

一切都进展得很顺利。鉴于秋实"好学生"的金字招牌，大人们压根儿不做任何怀疑。于是，当天下午，徐明海在秋实的指挥下，骑了将近一个小时的车，终于在下午 2 点半左右抵达工人体育场北门。

今天的北京格外争气。蓝天湛湛，白云皎皎，甚至连空气里都没了往日的尘土味，俨然一副国际化大都市的样子。

在阳光不遗余力地照耀下，工体门口矗立的巨大盼盼显得栩栩如生。广场两侧 40 根高大的旗杆围成一个圆形，上面各种旗帜迎风飘扬，猎猎作响。

徐明海找地方把车存好，顶着一脸的莫名其妙问秋实："咱跑工体来干吗？"

秋实注视着徐明海的瞳孔深处，大声宣布："我带你来看开幕式！"

说完这句话的瞬间，他心里那不可名状的幸福就像是温度计上的银白色汞柱，"嗖"的一下就蹿到半空中，眼看着它变成了天上最大最软的那朵云。

"带我看开幕式？小祖宗你没发烧吧？"徐明海伸手抚上了秋实的额头，"摸着温度不高啊，怎么说上胡话了？"

秋实也不解释，拉起徐明海的手就往检票口跑。

他们一直跑到队尾，然后乖乖排队。前后都是等着入场的观众，男女老少谁看上去都是一脸的喜气洋洋，热烈的气氛犹如过年。

而随着队伍不断往前移动，徐明海的疑惑一点点转化成巨大的欣喜和激动。他一下子钳住秋实的双臂开始使劲摇晃："果子你真有票啊？太牛了！怎么搞到的啊？"

秋实心里的快乐"咕嘟咕嘟"地往外冒，像无数肥皂泡沫，折射着七彩光芒漫天飞舞。但他的表情却依旧高深莫测，任凭徐明海怎么问都不揭晓答案。

半个小时过去了，秋实和徐明海终于蹭到检票口。

见到手握打孔钳的工作人员后，秋实赶紧从书包里"请"出那两张淡蓝色的门票。递过去的同时，他妥妥接住了徐明海投过来的钦佩眼神。

负责检票的人把入场券拿到手里查验。随后，对方那标准微笑下的八颗牙齿便消失了，眼睛里像是陡然伸出一副冰冷刺目的手铐。

"你们这票哪儿来的？"

徐明海见状忙上前一步："怎么了？"

检票人员的神情严肃，直接回答："票是假的。"

这简简单单的四个字响亮得如同一记重重的耳光，把秋实所有的快乐和甜蜜打得稀巴烂。

这时他们身后一个男的看热闹不嫌事儿大，听见票出了问题立马伸脖子开始叫唤："哎哟喂，假票嘿！拿着假票愣敢过来看开幕式，真够新鲜的！"

徐明海立刻回头狠狠剜了对方一眼："就你长着嘴呢？"

"你还有理了？"那人不依不饶，"不学好的青瓜蛋子！"

徐明海轻笑道："有本事咱俩边上单练，我让你知道知道什么叫不学好。"

"行了行了！都少说几句吧。"检票的赶紧和稀泥，"这儿还有外国友人呢，传出去影响多不好！"他问秋实："你这票是不是从门口那些黄牛手里买的？"

秋实有气无力地点点头，一脸灰败。

"花了多钱啊？"

"两张 120 块。"

"唉，又一个上当的。"那人叹了口气，解释说，"根据规定呢，这票我不光得没收，还得带你俩去做个记录。不过今儿就算了，记住以后千万别找黄牛买票了。孩子，趁着时间还来得及，你俩赶紧回家看直播去吧。"

随后，那两张假票就被工作人员塞进了制服兜里。秋实被徐明海拉走的时候，一直扭头望着入场券露在兜外面的一角蓝色。

徐明海此刻已经猜出来大概是怎么回事了。肯定是因为自己上回流露出想看开幕式的念头，果子就走了心，认了真。上周三他说去找同学也是在放烟幕弹，其实是把四年一次的亚运会当成了平时的球赛，跑工体找黄牛来了。

一想到那个骗子居然好意思骗一个 11 岁的孩子，徐明海就想动手揍人。可与此同时，他的心口分明感受到一阵绵软的扑击，像是被某种毛茸茸的小动物用力撞在上面，又疼又暖。

但不管怎么说，经济问题还是要搞清楚。徐明海把失魂落魄的秋实拽到一个相对安静的角落，开口问："果子，跟哥说实话，你哪儿来那么多钱买票？"

秋实此刻正被尴尬后悔等各种负面情绪缠得喘不上气，于是白着一张脸，低着头怎么都不肯张嘴。

"哎哟。"徐明海蹲下去，仰起头来看着秋实，轻声说，"祖宗，给我个面子，快理一下我吧。"

秋实知道徐明海没有怪自己的意思，可心里的悔意反而因此愈演愈烈。他恨不得即刻就死去，省得在这大喜的日子里丢人现眼。

徐明海见对方不为所动，只好把话题岔开："不是，果子，你先待会儿再难受。快跟我形容一下 120 块人民币摸起来是什么感觉？特沉特厚吧？你快告诉我吧，求求你了！"

"我还没怎么摸呢，就给人了……"秋实一张嘴只觉得泼天的委屈倾盆而至，眼眶立马湿了。他不允许自己当着徐明海真哭出来，愣是生生把眼泪逼了回去。

徐明海见秋实又开始跟自己较劲儿，赶紧柔声哄他："没事，真不赖你。不是我军无能，而是敌人太狡猾！俗话说，猎手再优秀，也斗不过

· 162 ·

好狐狸。"

"狐狸就是一般的狐狸，"秋实强忍着鼻酸自我检讨，"是我没过脑子，一看票是蓝色的就信他了。徐明海，我是不是特别弱智？"

"你要是弱智，那我就是单细胞生物。果子，真没事，这回咱就当是花钱买个教训。等过几天找着那只狐狸，我剥丫的皮，抽丫的筋，然后做成围脖儿，给我们家猎手出气！"徐明海豪情万丈地说完，又问，"对了，你还没说呢，到底打哪儿弄的钱？"

秋实只好把和衡烨做买卖的事全盘托出："我答应给我们班同学写作业，收了他100块，剩下的20块是平时攒的零花钱。"

"代写作业要100块？"徐明海听傻了，"咱学校如今都这个行情了？"

秋实解释："我答应给他写一年，一天5毛，按200天算。"

徐明海听了后狂笑不止，一屁股坐在地上："哈哈！真是猫有猫道，狗有狗道。你们这同学也够愣的，你是真敢要，他是真敢给！回头别忘了给我引荐一下这位款爷啊。哈哈！"

秋实回想起自己干的缺心眼儿的事情就想哭，可看着徐明海笑得直捶地又忍不住想跟着一起乐，心情和表情都复杂极了。

徐明海终于笑够了，拍拍手从地上站起来："行啦，祖宗，别噘嘴了，上面都能挂油壶了。走，哥带你吃冰棍儿去，吃完回家正好能赶上开幕式直播。你放心吧，今天这事儿打死我也不说出去，肯定不会破坏你在大家伙儿心目中的光辉形象。"说罢，徐明海伸手掐住秋实的脸蛋儿，左右晃了晃："乐一个。"

秋实努力调动五官，嘴角勉强撑出一个悲凉的弧度。

徐明海从没见过这么凄惨的笑容，觉得新鲜，端详了半天才领着人往存车的地方走去。而秋实一面蔫头耷脑地走，一面用羡慕忌妒的眼神看着那些排队等待入场的幸运观众。

待他俩走到路边，徐明海掏出钥匙还没来得及对准车锁眼儿，两辆大巴就一前一后停在他们身旁。紧接着车门一开，从里面开始"哗哗"卸人。

两人看过去，是一水儿的学生。其中有男有女，擦着红脸蛋儿，涂着红嘴唇，像是来参加演出的。

"果子，回头也给你涂个红脸蛋儿吧，多好玩儿啊！"徐明海看着其中一个眉清目秀的小男孩儿，跟秋实开玩笑。

这时，不知打哪儿传来一个甜甜的声音。

"秋实？"

他俩同时循声望去，只见从大巴的窗户里探出个女孩子的脸来。她头上顶着朵红花，大大的眼睛里全是惊喜。

"哎，这是你二小那个同桌吧？"徐明海对她有印象。

秋实点头："对，冯晓晴。"

说话间，对方已经从车上跑了下来。她到了跟前先跟徐明海打招呼："小海哥哥好！"

"你好！"徐明海瞎打听，"看你们这打扮，是来工体表演节目吗？"

"对，等开幕式结束以后，我们要给外宾唱歌。"冯晓晴眨着眼睛问，"你们也是来看开幕式的？那怎么不进去啊？都开始检票了。"

丢人丢到这份儿上，秋实也不打算瞒她了，干脆把自己的事迹归纳总结一番，现身说法，警醒世人。

冯晓晴的神情随着秋实的诉说不断变化，最后她蹙起眉头问："那你和小海哥哥怎么办啊？"

"回家凉拌呗，"徐明海笑着搭茬儿，"总不能长翅膀飞进去。"

冯晓晴的眼珠滴溜溜转了转，扭头高喊了一声："高洋！"

一个男生立马跑过来。秋实觉得眼熟，再一想原来是少年宫合唱队里那个把《送别》唱得欢天喜地的男孩儿。

"把你出入证给我，快点儿。"冯晓晴一面催他，一面把自己脖子上的塑料牌摘下来。

"啊？"高洋捂着胸卡不撒手，"要我出入证干吗？你拿走了，我不就进不去了吗？"

"哎哟，你可真够磨叽的。"冯晓晴直接上手去抢，"队里每次活动办的出入证都有富余，就是以防有人忘了带，一会儿咱找老师再要两个不得了吗？挨两句说的事儿，你怕什么？"

高洋成功被"打劫"。

冯晓晴把胸卡塞给秋实："我们这回人多，好几个学校的都凑一起了，互相谁都不认识谁，你和小海哥哥一会儿就跟在我们后面混进去。"

冯晓晴这招偷天换日利索老辣，不由得让两人看傻了眼。最后还是徐明海反应快，学古装片里大侠的姿势，双手抱拳朗声道："西城区花木兰仗剑行千里，请受在下一拜。"

冯晓晴一脸明晃晃的得意："小意思！"

交代完毕，他俩瞅着冯晓晴拽着高洋跑去找老师，然后顺利拿到两个新的出入证。冯晓晴把证件挂在脖子上后，远远地丢了个眼神过来，便和大部队一起朝着工体侧门走去。

徐明海和秋实就像冯晓晴吩咐的那样，默默跟在最后面，企图蒙混过关。

等走到门口，工作人员看一眼出入证就放进去一个，以此类推。随着前面的人越来越少，终于轮到徐明海和秋实。两人不动声色，学别人那样挺了挺胸口。

对方一挥手，他俩居然就这么被放了进来。

"牛！"徐明海压低声音说，"咱俩就跟神探亨特似的！"

由于事情进展得太过顺利，秋实简直怀疑他俩做梦呢，于是伸手使劲掐了自己和徐明海一下。直到尖锐的痛意和对方倒吸凉气的"咝咝"声传来，秋实才终于相信他们已经身处工体的事实。

泼天的喜悦涌上心口，热辣得让人想大喊。

他俩强忍着满肚子马上就要炸开的兴奋，低着头往里走。偏这时，身后传来说话声："哎，那两位同学，你们等一下。"

两颗急速跳动的心脏像是被人一把抓住，然后反手泡进寒冬腊月的护城河里，他们立刻僵在了原地。

等两人非常机械地把头转回去，就看见刚刚那个检查的人快步走上前来。他的一双小眼睛里正飕飕地冒着寒光，一副见不得别人高兴的样子。

秋实马上立正站好，伸出胳膊高举过头，干脆利落地冲来人敬了个标准的少先队礼："叔叔您好！您叫我们？"

"哦，你们好！"对方被秋实过于凛然的小表情吓了一跳，"那个……这个是不是你们掉的？"对方张开手，里面赫然出现了徐明海的自行车钥匙。

警报解除，两人同时在心里长嘘一口气。再一辨认，人家眼睛里哪有什么寒光？真是自己吓自己。

"是我们的，"秋实赶紧抓起钥匙揣兜里，冲人一鞠躬，"谢谢叔叔！"

对方接着又嘱咐了几句，说今天人多，别再弄丢了云云便转身离开。

徐明海和秋实于是不敢再瞎嘚瑟，只学黄花鱼贴着边儿溜，然后一路跑上看台。随着前方的视野陡然开阔，他俩立刻就被体育场内千军万马的场面镇住了。

正所谓，人过一万，无边无沿。此时的现场足有七万多名中外观众，气势之磅礴简直如同滔天巨浪一般。而其中最引人注目的则是一整面超大背景台——这是由三万个手拿翻板的中学生所组成的。多年后，媒体报道起当年的盛况，都称呼其为"人肉巨型 LED"。

两人伸着脑袋探照灯似的扫了一圈儿，最后踅摸到一个没人的区域。他们跑过去后发现这里的座位上贴着名单，看样子是留给代表团的，于是便老实不客气地坐到了最前排。

此刻已临近下午 4 点，阳光正好，不管是被浓荫覆盖的中央广场还是红色塑胶跑道都呈现出浓稠激昂的质感。

忽然，一个非常熟悉的人声响彻长空。徐明海斩钉截铁地说是宋世雄，肯定错不了。伴随着他的解说，几只巨型的降落伞在空中翩然而至。

这是开幕式正式开始前的表演环节。只见跳伞运动员们身上悬挂着巨大的五环旗，伴随着欢快的音乐，天外来客似的一组接着一组缓缓降落在场内，有些甚至还在空中摆出叠罗汉的高难度造型，看得所有观众集体鼓掌，大声叫好。

这还是徐明海和秋实第一次看跳伞。他们仰着头，兴奋地冲着天空不停挥手。

而当背景音乐换成了旋律悠扬的《梁祝》后，大家就迎来了仙女下凡一样的画面。身着古装的姑娘们，手挽长长的飘带辗转于九天之上，姿态婀娜地向看台抛撒鲜花花瓣。那感觉，就跟三月初三西王母在瑶池举行蟠桃会似的。

徐明海凌空接到一朵，顺手粘在秋实细白的额头上，然后指着天空问："哎，画着棵大树的是哪个国家的国旗？"

秋实回答道："黎巴嫩。"

"那个跟大公交车似的呢？"

"新加坡。"

"那大皇宫是哪儿？"

"柬埔寨。"

徐明海一脸怀疑地问："哎，果子，你不是欺负我学习不好糊弄我吧？"

"最近这一年，打开电视就是介绍这些国家和地区的国旗、人口、风土人情什么的。你看了都不记吗？"秋实反问道。

"我费脑子记这些东西干吗？"徐明海丝毫不觉得丢人，只是笑说，"你就是我的机器猫。"

跳伞表演宣告结束，往下是太极拳和军乐队的精彩演出。随着后者完成了最后一个阵形整齐离场，背景台的学生们利落地翻出"热烈庆祝第十一届亚洲运动会开幕"的中英文字样。

随即，广场上响起密集的鼓声和绵长深远的钟声。这声音古老沉重又带着殷殷的期盼，像极了这个历经无数风霜雪雨的国家，以及一代代生活在这里的人民。

领导发言后全场起立，背景台翻出国旗的图案，国歌的旋律响起。随后，各个国家和地区的代表团按照简体汉字笔画顺序依次开始入场。气氛顿时热闹起来，这是大家最喜闻乐见的环节。

徐明海遥望着场上远道而来且皮肤黝黑的国际友人，又开始提问："马尔代夫是哪儿？"

"好像是印度洋上的群岛国家。"秋实也拿不太准。

徐明海恍然大悟："我说呢，一个个都挺悠然自得的。"

接下来徐明海便开始逐一点评，其中穿插着各种不靠谱儿的滑稽言论。秋实也懒得纠正，权当听相声了。

"哎，怎么半天都没见着苏联老大哥？"徐明海又问。

"这是亚洲运动会……"秋实听不下去了，侧头看他，"苏联是欧洲国家。"

"嘻，分那么清楚干吗？不都地球村了吗？"徐明海的口气跟联合国秘书长似的。

正说着，中国香港队入场了。这让打小看金庸剧长起来的徐明海开始忍不住兴奋地呐喊。秋实下意识地酸他："干吗？找王祖贤呢？"

"大局当前，老惦记着儿女私情像话吗？"徐明海义正词严，"我就想视察一下香港人民的精神面貌。"

正说着，越南代表团也入场了。人不少，浩浩荡荡的。

又过了一会儿，他俩同时冲着火红颜色的方队喊："中国澳门队！"

自打从北戴河回来后，澳门对他们而言已经变成了一个计划中的度假目的地。此时此刻见到代表团，亲切感便油然而生。

再之后，身着蓝绿套装的中国代表团便作为压轴正式亮相。顷刻间，体育场内像是被谁按下开关键，在场的七万人炸了锅似的沸腾起来。这种从心底最深处滋生的巨大骄傲无关形式，无关主义，而是一种最纯粹、最质朴的情怀。末了，中国队入场的背景音乐直接变成全体大合唱，久久不能停息。

五星红旗迎风飘扬，
胜利歌声多么响亮，
歌唱我们亲爱的祖国，
从今走向繁荣富强……

直到徐明海载着秋实骑行在晚风拂面的路上，两人还在单曲循环着这首歌。

此时此刻，对他们而言，未来和希望都是无比坚实且毋庸置疑的东西。两人笃定，只要一天天长大，一步步往前走，一切就会变得越来越好。

徐明海哼着哼着歌忽然问："对了，果子你饿不饿？想吃什么？"

"咱们去吃肯德基怎么样？"

虽然肯德基1987年就在北京开了第一家门店，但对绝大部分人来说，吃这种舶来品的洋快餐依旧属于高消费。一份接近10块钱的套餐，一家三口来吃就要花掉工资的十分之一，足以让工薪阶层的老百姓望而却步。

而秋实和徐明海这两年大了，越来越懂事，已经不会像小屁孩儿那样跟家长闹着要去开洋荤，所以至今都还没有吃过。

"哥还是带你去吃门钉肉饼吧。"徐明海英雄气短。

"我有钱，我请你！"秋实朗声说。

他早就精打细算过了，小金库余下的钱够两人吃上一顿肯德基。秋实是铆足了劲儿要给 1990 年的 9 月 22 日画上一个完美的句号。

"成！吃果子兄弟一顿！"徐明海毫不磨叽，立刻开足马力奋力蹬车，载着人朝前门方向驶去。

他们途经朝阳门桥，建国门北大街，然后沿北京站东街一直往西骑行。当秋实看见北京站出站口汹涌的人潮时，只觉得三年前的那个腊八恍如隔世。如果此刻遇上了当年的自己该说些什么？秋实想，他会轻轻把人搂在怀里，拍着小孩儿薄薄的后背说，什么都别怕，有徐明海呢。

他俩一路飞驰，终于来到位于前门西大街正阳市场的肯德基。这里足有三层楼，色调明艳，窗明几净。

他俩存好车来到门口，徐明海冲那个穿着体面的白胡子老头儿一挥手，假模假式地问："吃了吗您？"然后推门往里走。

谁知两人进去后，顿时就被空气里翻涌着的异香夺去了魂魄。这富有油脂的诱人的气息经由鼻腔唤醒了味蕾，嘴巴里立刻分泌出持续不断的口水。两人对肯德基的第一印象都非常好。

柜台的工作人员看上去年纪不大，都穿着统一的制服，戴着遮阳帽。两人径直走上前要了两份套餐，还有两杯圣代，一口气花掉了 24 块 8 毛。至此，秋实的小金库正式宣告破产。

店员收了钱，动作麻利地在收银机前操作了一番，随后便端出两个盘子。每个盘子里面都躺着一份土豆泥、一份菜丝沙拉、两块原味鸡、一个胡萝卜餐包，以及淋着草莓酱、顶着花生碎和红樱桃的圣代。

徐明海拿起托盘，和秋实跑到最高那层，特地找了个靠窗的位子。

他们面对面地坐下后，就迫不及待地抓起烫手的原味鸡狠狠咬上去。下一秒，两人就被这外焦里嫩、混合着肯德基神秘香料的美式炸鸡俘虏了。

徐明海和秋实一面用全部感官体会着洋快餐的不同寻常，一面看向窗外。不知道是不是亚运会的缘故，今天的正阳门箭楼亮起了灯，在北京傍晚的靛蓝里显得流光溢彩。

此刻，快餐店的内部装潢、标准流水线的服务，以及奇香四溢的炸鸡让他们觉得仿佛置身遥远的美利坚。而外面的百年城楼雄浑凝重，气势雄伟，是老北京的象征。

双方各自矗立，互相凝视，成就了一种很奇特的感觉。徐明海吃着冰凉爽口的圣代，总结说，这就叫改革开放。

这是 1990 年的初秋。北京的大街上全是熊猫盼盼、火炬、会徽和飘扬的彩旗。它们和漫天的降落伞、呐喊声、歌声、肯德基一起，构成了徐明海和秋实永生难忘的记忆。

12 助人为乐

转眼又是盛夏时节。

这些天大杂院里挺清静，原因是徐明海的奶奶想孙子了，所以刚一放假他就被大人撺着扔去陪老太太了。少了徐明海这个调皮鬼的推波助澜，秋实自己掀不起任何浪花。

所以，就在别人家长都在担心自家孩子暑假里四处疯跑闯祸的时候，秋实要么猫在家看书写作业，要么跑去陪九爷听一出凄迷婉转的折子戏，再没别的什么新鲜的。总之，日子过得非常不"青少年"。

这么一来弄得陈磊老问周莺莺："咱家果子是不是哪儿不太正常啊？明明是调皮捣蛋、天天打鸡血的岁数，怎么只要小海一不在，就跟出了家的老和尚似的？"

周莺莺不以为然，说："一样米养百样人，天底下的孩子这么多，哪儿能都跟一个模子里刻出来似的呢？"

"我看弄不好咱家果子就是个蔫萝卜辣芯儿，"陈磊以过来人的经验总结道，"平时看着四平八稳不出圈儿，要出就出个大的。"结果他还没说完就被周莺莺屈起手指敲了一下头："净瞎说。"

这天晌午，"蔫萝卜"同学正吹着电风扇，窝在床上看第一百零八遍的《射雕英雄传》，忽听见院门"吱呀呀"地响了。他以为是徐明海，急忙掀开蚊帐从床上蹦下去开门，结果一看居然是他们班的衡烨。

话说"财主"这一年过得非常滋润，各科作业都有人代劳了不说，大小测验、期末考试前还能拿到秋实给他整理好的公式、写好的作文模板以及押好的题。虽然学习这事儿靠的是日积月累，临时抱佛脚终归治标不治本，但对一贯要求不高的衡烨同学来说，能靠突击吃小灶就混个及格，已经相当满意了。

可谁知这学期刚一考完试，秋实立马来了个翻脸不认人，清清楚楚地表明这买卖不能再继续往下做了。

衡烨被打了个措手不及，情急之下立刻抱住秋实的腰不撒手，并声嘶力竭地大喊对方是无情无义的陈世美。

大约是秋实在外形上非常契合大家对于美貌负心汉的定位，于是同学们纷纷改口称呼他为"驸马"，唤衡烨为"香莲"。而衡烨非但不以为耻，反而是一副占领了舆论阵地的样子，气得秋实脑仁疼。

此刻，见"香莲"突然找上门来，秋实莫名感到一阵心虚。

"驸马！"衡烨摘了架在鼻子上的墨镜，飞也似的跑过来。

秋实忙伸出手来挡住对方的"投怀送抱"："你怎么来了？"

衡烨也不解释，像只猫似的往屋里钻，根本不拿自己当外人。

"你怎么知道我住这儿？"秋实跟进来问。

"我脖子上顶着的是脑袋，鼻子底下长着的是嘴。"

衡烨背着手在秋实的地盘视察工作，他看到书桌上搁着的暑假作业，走上前去翻了翻，立马大惊失色："咱才放了几天假？你作业都快写完了？我去，这不是神经病吗？"

"作业早写晚写不都得写吗？早点儿写完，还能提前预习下一学期的功课。"

如此朴素上进的学习态度令衡烨当场傻掉，半天都不知道说什么。"坏学生"和"好学生"之间的差距如此之大，简直就像地理课上提过的那条马什么纳海沟，一眼望不到头。

"哎哟，你可太没劲了。"衡烨摆摆手，把注意力转移到桌子上整齐码放的一排排磁带上，"黑豹？没听过。但张国荣我知道！我会唱《英雄本色》的主题曲！等我回忆一下啊……"他闭起眼，同时做了个手拿麦克风的动作，吼道："声声欢呼跃起，像红日发放金箭，我伴你往日笑面重现……"

跟徐明海一比，衡烨的广东话发音听起来咬牙切齿的，像是要吃人，吓得秋实赶紧打断他："你到底来找我干吗？"

"来进贡！"衡烨把身后的书包取下来，大头朝下，"哗啦啦"洒出一堆零食，"我给你带了好多好吃的。"说完，他直接打开一包不老林，撕开五光十色的糖纸就往秋实嘴里塞："特好吃！"

对于衡烨同学精卫填海般坚韧不拔的精神，秋实十分佩服。这一年，鉴于自己的独行侠风格，班里的同学和他除了抄作业、对答案，再无别的什么交集。而每天厚着脸皮锲而不舍地缠着自己的，只衡烨一个。

秋实秉持着对"售后服务"保质保量的敬业态度，好不容易挨到"合同期满"，没料到对方死缠烂打的功力也已臻化境。

"我真的不能再帮你写作业了。"秋实吞下口中的糖果，努力模仿他们班主任的口吻，老气横秋地说，"你再这么下去，基础的知识都掌握不了，怎么参加中考？"

"啊！师父！别念了！求求你别念了！"衡烨双手抱头，一副脑门子欲裂的样子，仰面便栽倒在床上。

秋实："……"

衡烨自顾自发挥了半天演技，称得上是精湛无比，催人泪下，结果却无人喝彩。他不得已收了神通，靠墙坐起来问秋实："哎，师父，你想知道咱班……噢，不对，是咱年级的女生背地里都怎么评价你吗？"

"不想。"

衡烨差点儿忘了，对着秋实不能使用一般疑问句的原则，于是不再卖关子，直接揭晓答案："她们说你特酷！"

"酷"是一个刚刚在青少年间流行起来的词，渐渐有取"牛""飒"而代之的势头。而秋实听了，只觉得冒傻气。

"但是吧，我觉得她们被你蒙蔽了。你那哪儿叫'酷'啊，分明叫'见人下菜碟儿'。"衡烨高度总结。

"我怎么'见人下菜碟儿'了？"秋实不服。

"我就不信你对徐明海也这么铁面无私，不帮他写作业？"衡烨越说越委屈，"对着我们就'秋风扫落叶般无情'，对着徐明海就'春天般温暖'。好言好语都是他的，冷脸冷屁股一点儿没糟践都留给我们，这也太伤人了！"

被衡烨这么一通深入浅出地分析，秋实觉得自己确实做得有些过分。可身边的同学怎么能跟徐明海比呢？那是他哥，比亲哥还亲，两人一路"南征北战"，"出生入死"，这里面千丝万缕的情谊，外人是不会百分百理解的。

见秋实半天没吭声，衡烨还以为对方已经深刻地认识到了自己的错误，于是赶紧就坡下驴。

"驸马，为了不脱离群众，搞孤立主义，你帮我把暑假作业写了吧？"衡烨发射糖衣炮弹，"我给你涨工资！发奖金！上贡零食！"

"不行，"秋实一口回绝了，想了想又补充说，"但你有不懂的地方我可以给你讲。"

"我就没有懂的地方！"衡烨恨不得大哭一场。

就在两人大眼瞪小眼的时候，陈磊拿着个沉甸甸的编织袋走了进来。

"哎哟，这可真是西洋景儿。"他笑着把东西放在地上，"头回在果子屋里见着客人，小伙子挺精神啊！"

"叔叔好！"客人跳下床，拍着胸脯开始拉关系套近乎，"我叫衡烨，是秋实的同学，也是他哥们儿！"

"哥们儿好，男孩儿就得多交几个哥们儿。"陈磊挺高兴，说着打开地上的编织袋，跟秋实说，"这是刚到的牛仔裤，正经的外贸货，版型好也舒服，我想给你和小海留两条，剩下的再搁店里卖去。趁着你哥们儿也在，那就一勺烩呗。"

衡烨作为"暴二代"败家子，立刻就要掏钱结账。陈磊则直接把他手里的人民币笑着骂了回去，然后拿眼睛一扫，便找出条适合他尺码的裤子，连同给秋实和徐明海的一起留下。

衡烨拿起牛仔裤看了看，用识货的口吻说："绝了！还是苹果牌的呢。谢谢叔叔！"

"别客气，回头缺衣服了就让果子带你来店里。"

见陈磊收拾好东西转身离开，衡烨趁机朝秋实飞扑过去，继续软硬兼施："咱都哥们儿了，你就帮帮香莲吧！"

夏季天气炎热，秋实在家穿的无非是背心短裤，以及塑料拖鞋，两人这一打闹，衡烨没几下就不小心把秋实的短裤扯下来了。

"哎哟，还是花花公子的呢！果然是陈世美！"

秋实见衡烨指着自己天蓝色的小裤衩哈哈大笑，也不知道到底有什么好笑的。这是陈磊给自己置办的，秋实压根儿不知道这上面绣着的兔子头是个什么玩意儿。

衡烨此时忽然出手，钳住秋实的胳膊。

秋实猝不及防，倒退几步后，只听"哗啦"一声，蚊帐应声而落，把两人一并罩在床上。本来屋里就热得透不过气来，这下更憋了。

"快起开！"秋实皱眉，"蚊帐都坏了。"

衡烨纹丝不动。

"再不起来我真生气了。"

衡烨主动支招说："要不你干脆揍我一顿得了。你把我揍得鼻青脸肿下不了床，我正好不用写作业。等回头老师问起来，我就说您最待见的那个好学生不但不团结同学，还骂人打人，给我幼小的心灵造成了不可磨灭的伤害，给我个人成长带来了特别严重的影响。"

秋实气道："你以为我不敢？"

"你敢你来啊。"衡烨气焰嚣张地刺激秋实。

偏在这时，院里忽然传来徐明海的大嗓门儿。

"钟声响起归家的讯号，在他生命里，仿佛带点唏嘘……"

这动静吓得衡烨浑身一抖。混世魔王一回来，自己短暂的光辉岁月便彻底宣告完蛋。秉持着好汉不吃眼前亏的原则，他当即松开秋实，准备脚底抹油溜之大吉。可手腕却被对方死命拽住，根本挣脱不开。就在两人僵持不下的时候，门"咣"的一声开了。

"果子，我回来了！"

秋实这时掐着点大声求助："哥，救命！"

衡烨没料到好学生竟然玩借刀杀人的下三烂招数，气得差点儿要吐血。徐明海被眼前混乱的场面吓了一大跳，他"嗖"地蹿到床前，三两下扯开蚊帐，发现"歹徒"居然是秋实他们班的"财主"。

"小烨子你胆儿够肥的啊！"徐明海把倒霉催的衡烨同学从床上直接拖到地上，"居然敢上门欺负果子？"

衡烨求仁得仁，保持着平沙落雁式的姿势，捂着屁股发出"嗷嗷"惨叫。

"海哥，我冤不冤啊？我怎么能是来欺负人的呢？我分明是来上贡的！你看看桌子上全是零食！"

"看不见，我就听见果子喊救命了。"徐明海特别有原则。

"他喊你就信？"

"不信他信你？"

正说着，衡烨的屁股蛋子上又挨了一巴掌，他不得不向秋实求饶："驸马！我错了，真错了！以后我绝对不逼你给我写作业了！"

秋实追问："还有呢？"

衡烨昧着良心喊口号："我一定好好学习，天天向上！"

秋实满意了，跟徐明海说："哥，松开他吧。"

"不再教育教育他了？"

"差不多得了。"

徐明海把衡烨从地上拽起来，循循善诱道："小烨子，看在果子的面子上哥就饶你这回。希望你从此痛改前非，洗心革面，做一个对国家对社会有用的人。"

"海哥，你好意思说我吗？"衡烨一面揉着屁股，一面龇牙咧嘴，"咱学校就数你最能惹事，要不是仗着果子，估计你得一直蹲班，蹲到天荒地老，海枯石烂，小学都毕不了业。"

徐明海没想到自己的光辉形象落在其他小屁孩儿眼里居然是这个样子，顿时备受打击，撸袖子又要揍人。

"行了行了，"秋实赶紧劝架，"大家吃糖。"

半晌。

"我不爱学习是因为那些东西根本就没用！"徐明海吃了块糖，又灌了瓶北冰洋，然后开始给自己找台阶下，"有用的我肯定学。"

衡烨听了猛地抬起头，泪眼模糊地说："哥！其实我也是这么想的！什么正弦余弦、正切余切，在实际生活里有什么用？咱往小了说，能换块糖吗？"

秋实看两人沆瀣一气地痛斥学校和老师，且大有愈演愈烈之势，赶紧规劝迷途羔羊："学数学是为了锻炼逻辑思维能力，不是为了换糖吃。"

奈何这两人谁都不理自己。

徐明海："还有那些'之乎者也'的文言文！这么咬文嚼字的，谁能听明白？"

衡烨："对！什么'唧唧复唧唧，木兰当户织'，咱都机械化生产多少年了，现在还背这些，纯属瞎耽误工夫！"

秋实："背诵文言文锻炼的是理解能力和分析批判能力，还能提高文学素养，怎么能算耽误工夫呢？"

徐明海："要说最烦人的还是英语，凭什么老为难咱自己人啊？就应该让老外们集体学中文！"

衡烨："对！哥，你的思想实在是太先进了！"

秋实已经完全没有力气和心情再去解释学英语到底提高了什么，锻炼了什么。

"反正这世道，造导弹的不如卖茶叶蛋的，拿手术刀的不如拿剃头刀的。"徐明海总结道。

"精辟！"衡烨伸出了大拇指。

徐明海这下满意了，他特别真诚地伸出手："小烨子，大杂院欢迎你！以后常来，让我妈我爸看看，你这种才是普通老百姓家的正常孩子，不像果子，德智体美劳刹不住车似的全面发展，都快成仙儿了！"

衡烨握住徐明海的手一顿猛摇："哥，我也想天天来，可暑假作业怎么办啊？"

徐明海信心满满地一指秋实："让果子帮你！按照他一贯的速度，自己的应该快写完了。"

秋实："……"

衡烨同学挺直腰板儿，得意地看着秋实："有我海哥这棵大树罩着，香莲我算是在沙家浜扎下根了！"

不用上课的日子，总是过得飞快。

衡烨同学一回生二回熟，简直拿大杂院当了家。三不五时就来找秋实、徐明海，美其名曰共同进步。其实三个人凑在一起，除了剥削秋实的劳动力，更多则是吃零食，听流行歌曲，看漫画，天南地北地瞎聊天儿。这么一天到晚地相处下来，秋实慢慢发现衡烨人不错，也聪明，学习不好纯粹是懒。

那年的暑假，徐明海、秋实和衡烨结伴去了好多地方。

他们去了香山，三人一起挤在缆车上眺望主峰鬼见愁。彼时正赶上大雾，在白雾缭绕中飞行的少年们被壮丽美景震撼得说不出话。徐明海憋了半天，唯有竖起大拇指赞叹："高，实在是高！"衡烨抓耳挠腮想另辟蹊径，无奈肚子里真没货，只好跟风道："美，实在是美！"只剩下秋实，从苏轼一路背到杜甫，让两个坚持读书无用论的"实用主义者"叹为观止。

因为电视连续剧《戏说乾隆》的热播，他们特地跑到恭王府，在后花园里听人讲述大贪官和珅的各种野史。三人去了颐和园，在碎金密布的昆明湖上划船唱歌，惊得周围的野鸭四散逃窜。除此之外，一行人还去了后海、国子监、雍和宫，等等，堪称每一分钟都精彩度过。

偶尔他们也会去游戏厅打电动。那时候，《街头霸王》作为格斗类的对战游戏一经问世就火爆全城，引得无数中小学生日日流连于此。

而对于拿着虚拟小人儿在电子屏幕上打架这事儿，徐明海一直保持嘲讽态度。他觉得那就是小屁孩儿在过干瘾，一点儿都不刺激。

衡烨不服，非拉着徐明海对决。

结果秋实就见证了衡烨从一开始360度无死角 K.O. 徐明海，到后来被徐明海"血虐"的全过程。最后，衡烨抱着秋实痛哭："你哥用我的币还欺负我，他不是人！"

一日，大杂院里还是他们三人。

徐明海和衡烨专心看着最新出版的漫画，秋实在写两人份的语文暑期作业。当他翻到最后一页，只见眼前出现了经典命题作文"助人为乐"，秋实忍不住拿大拇指和食指猛掐自己的额头。

"怎么了，果子？"徐明海看到秋实皱眉，赶紧放下手里的闲书。

"驸马你是不是写恶心了？"衡烨一副了然于胸的样子问，"我老这样，写着写着就开始犯恶心。"

"一边待着去，"徐明海呲他说，"果子能跟你似的吗？"

秋实把作业本拿给那两位看："又是好人好事，除了捡钱交给警察叔叔，就是扶老奶奶过马路，要不就是给妈妈做饭端洗脚水，确实写腻味了。"

"那没辙啊，"徐明海扼腕道，"我倒是想为人民服务，可这天天四海升平的，压根儿没有咱用武之地。要不……咱待会儿去派出所找小七叔叔，看看他们需不需要盯梢的便衣？"

"海哥，这太危险了！"衡烨挠头，"我爸说了，这世上钱有的是，自己的命可就一条。"

"你怎么这么没出息？"徐明海气得直瞪他。

衡烨被迫灵机一动："对了，陈磊叔叔不是在隆福大厦卖衣服吗？干脆咱去给他帮忙吧！本质上也算做好人好事，顺便过一把卖货的瘾。不瞒你们说，我打小的梦想就是当个售货员，说一不二，特有面儿。"

徐明海和秋实一对视，都觉得衡烨的主意挺靠谱儿。三人于是一拍即合，说干就干，直接跑到胡同口去坐大公交车奔东四。

说起隆福大厦，它所在的地界早在明清的时候就是京城最兴旺的风水宝地。发展到今天，已经是一座 1 万多平方米的综合型商业大厦了——和王府井百货大楼、西单商场、东安市场并称北京四大商场。

三人到地方下了车，然后你追我赶地一路小跑，直接来到陈磊的店门口。只见这里里外外全是衣服，品类异常丰富。

"干爹！"徐明海大喊一声。

陈磊一伸脖子，看到仨臭小子凭空出现在眼前，于是便笑着问："你们怎么来了？"

"我们来助人为乐！"衡烨一拍胸脯说。

"我看你们是来捣乱的。"陈磊一针见血。

"是真的，叔。"秋实做证，"我们确实是来帮忙的。"

"果子说的我信。"陈磊胡噜了一把秋实的头，"行，礼拜一买卖稀，我这儿反正半天没开张了，你们怎么帮？"

"帮您吆喝！"三人异口同声道。

陈磊见孩子们跃跃欲试都挺兴奋，也不好打击他们的积极性，便说："那咱就顺应市场经济，只要你们卖出货去，我就给你们提成。"

徐明海第一次听说做好人好事还有钱赚，立马把"学雷锋做好事"的初衷丢往爪哇国，他当即撸胳膊挽袖子，蹿到门口开始无师自通地大声吆喝起来。而衡烨也不甘居于人后，有样学样地扯着脖子喊，号得路人直捂耳朵。

秋实跟着起了会儿哄就累了，于是坐在陈磊身旁，看那两人比赛似的嚷嚷什么："香港货，美国货，走过路过不要错过！"

可惜喊了半天，顾客一个没喊来，场面一度非常尴尬。徐明海叫唤渴了，转身进屋找水。陈磊从卖冷饮的老太太那里买了几瓶汽水，递给仨孩子，同时还不忘挤对自己干儿子："我说小海啊。"

"啊？"

"你不是平时老跟干爹吹自己叱咤风云，一呼百应，是西城区小马哥吗？怎么一到裉节儿上就没戏啦？"

"我，我我……"徐明海张着嘴，半天都不知道怎么给自己打圆场。

这下，衡烨也对徐明海产生了质疑。他纳闷儿道："哥你怎么回事？不是号称除了学习外，就没有你不行的吗？"

"那，那个……"

最后，就连对他一贯无条件盲目拥护的秋实也开口了："要不……咱还是去扶老奶奶过马路吧？"

徐明海顿时急了眼："果子！你是不是也不信你哥？"

"我信，"秋实赶紧点头，"但是……"

"就没有后面那俩字！"徐明海受不了在果子面前跌份儿。他痛定思痛，认真分析了一下目前的劣势、自己的优势、外部的机遇以及威胁等，随即便在做买卖方面展现了极为令人喷饭的天赋。

他在陈磊小小的店面前转了一圈儿，伸手拿了件印着涂鸦和英文字母的 T 恤衫，又换上一条水磨蓝的高腰喇叭裤，戴上一副大墨镜，转身就出门而去。

"磊叔，他是不是疯了？"衡烨手拿汽水瓶，呆呆地看徐明海像只孔雀一样招摇过市。

"他这是当模特呢。别说，还挺有招儿。"陈磊笑道。

而秋实看着那个潇洒的身影从街头晃至街尾，第一次觉得读书对徐明海来说好像是挺没用的。而他面对生活的某些难题时，总能不靠道理靠自己。

而徐明海那厢转悠了半天，依旧是没有吸引来什么客人。他铩羽而归却没有一蹶不振，而是另起炉灶，开始安排衡烨和秋实当托儿。陈磊也不说话，全程双手抱胸微笑观战，任由几个小的自导自演。

"当托儿算不算骗人？"好学生秋实很纠结。

"顶多算是广告宣传！"衡烨马上举一反三，"比如白丽香皂'今年20，明年18'，还有那个'人头马一开，好事自然来'都夸张成什么样儿了？电视里不照样播吗？所以咱当托儿肯定不算骗人！"

秋实觉得衡烨说得有几分道理。

没一会儿，徐明海换了身衣服又开始在大街上转悠，而这次，他身后多了两个跟屁虫。

衡烨："哎哟喂，哥！你是不是留学生？这衣服是国外带回来的吧？真飒！"

秋实："您好，请问您这牛仔裤哪儿买的？贵吗？"

徐明海不耐烦地抬起胳膊一指："就那边买的！"

半天下来，居然真被他们忽悠住了几个盲目跟风追赶时尚潮流的小年轻。最后，陈磊言出必行，付了一张大团结算是给孩子们的提成，然后笑着轰人："闹够了就快回家写作业去吧！"

当晚，三人用"助人为乐"的提成吃了当时最贵的，传说是来自旧金山的八喜。冰凉甜爽中裹着香脆饼干屑的奇妙口感让秋实感到惊喜，以至于他成年后都很喜欢吃这个牌子的冰激凌。

自此之后，徐明海像是一下被点燃了卖衣服的热情，没事就拉着秋实和衡烨跑来找陈磊。别看他数学不咋的，但算起账来脑子极快，嘴里像含着个计算器。

暑期临近尾声的时候，陈磊已经不拿徐明海当闲得蛋疼瞎捣乱的熊孩子了，开始认真地教他认什么是针织、梭织、牛仔、毛料，以及告诉他现在市面上最流行的是缎面、亮片、漆皮等反光材质。除此之外，陈磊还以非常浅显易懂的方式向徐明海解释价格、销量和利润三者之间此消彼长的关系。

每当陈磊要考试的时候，他不会像学校老师那样设计出各种计算题和应用题，而是直接扮演各个年龄段的顾客对徐明海提出不同的要求。

秋实见过徐明海上课和写作业时的样子，称得上见者伤心，闻者流泪。可没想到他到了陈磊这里，一下就变成了学习委员外加影帝，特别会举一反三，经常获得陈磊的赞赏。反观自己和衡烨，两人只能全程坐在旁边充当吉祥物，给别人的演技拍巴掌。

而对于徐明海提出的卖服装到底能不能挣大钱的问题，陈磊则笑着说影响成功的因素可就太多了，眼光、机遇、天时、地利、人和缺一不可。但以他的个人经验来看，至少未来的二十年绝对是中国服装业蓬勃发展的二十年。

二十年后，当秋实走在世贸天阶、东方新天地、蓝色港湾时，他依然清晰地记得陈磊说这句话时笃定的语气，徐明海悬悬而望的神情，还有衡烨——这人早就靠着成堆的衣服，张着嘴巴睡着了。

秋实还记得，那些年北京的天特别蓝。二环路上的汽车还可以畅通无阻，豪华饭店、高级写字楼屈指可数，再热门的公园和景点都不用排队，可隆福大厦却一到周末就摩肩接踵，人满为患。

天地转，光阴迫，两年的光阴如水而逝。

周六的下午，高一（3）班的老师拖了将近二十分钟才宣布放学。随即，一个身影如同一发子弹似的从教室里弹了出去。

沉重的书包在他身后一下一下地拍打着脊背，带着迫不及待的意味。他一口气跑到学校大门处，然后精准地捕捉到了自己的目标。

正值春末，校外那棵洋槐上一嘟噜一嘟噜白色花朵挤在一起，开得轰轰烈烈，香气肆虐。而树下的人偏偏一点儿都不懂得欣赏此等美景，只闲得蛋疼地往嘴里扔着花瓣。

16岁的徐明海如今身高已有183厘米，站起来比他爹都高。猛地看上去，没谁会觉得这是个未成年的学生。此刻，质量堪忧的校服裤子被他一直挽到大腿根部，十足的落拓不羁，整个一浪子。

秋实朝着"浪子"大步跑过去，非常熟练地迈腿坐上后座。

"饿吗，果子？"徐明海问，"饿的话咱先垫一口。"

"是你饿了吧？我刚看见你吃花儿来着，苦吗？"

秋实正处在变声期中，嗓音有种低哑质感，听得徐明海老想抓痒痒。

"老外了吧？这花儿就跟咱院里的榆钱儿一样，可好吃了。"徐明海伸手又揪了一朵，头都没回反手就递到后面。

秋实不吃，一个劲儿地躲。

"尝尝，"徐明海坚持不懈地忽悠人，"清甜可口，排毒养颜，吃过一回想两回！"

秋实只好将信将疑地张嘴把槐花叼走，结果刹那间舌尖就被涩住了，清苦的味道蔓延开来，刺激得口腔发麻。

徐明海骗人成功暗自偷笑，不想却听见身后的人说："确实还行，再给我摘一朵。"

"啊？哦。"徐明海抬手又掐了一朵送去身后，"你好这口啊？"

话音未落，他的手指头就被人稳准狠地咬住了。徐明海不由得"咝"了一声，扭头假装瞪人。

秋实这两年个头儿蹿得邪乎，差不多以平均每年 10 厘米的速度疯长着，还不到 15 岁就已接近 178 厘米。与此同时，他柔美圆润的五官也逐渐变得棱角分明、高低错落，身上软绵绵的皮肉全部被迅速发育起来的骨骼抻成了薄肌。

他已褪去了那种可爱软糯的小孩子气，却把所有的漂亮细致都掺糅进了眼角眉梢，就像徐明海说的——"仙儿"得不似人类。

"嘿，这打小儿就爱咬人的毛病怎么还没好？"徐明海挑理了。

"我长这么大只咬你，再没咬过别人。"秋实的嘴角微微上翘，态度颇为认真。

徐明海哭笑不得地说："得嘞，谢主子这么看得起我，那咱能打道回府了吗？"

"起轿"前，他俩跟路边卖冷饮的老太太买了两根雪糕，然后一路向家飞驰。

迎着烧得旺旺的晚霞，徐明海奋力蹬车，嘴上还不忘抱怨："就冲你抽条儿这速度，再过两年我肯定载不动你了。不是，祖宗，您就不能再学学骑车吗？"

"学不会。"秋实拒绝得理直气壮。

其实在小学某年的暑假，徐明海就曾主动拉着秋实学骑自行车。在一处烂尾楼的空旷工地里，师傅让徒弟坐在车座上双手扶把，使劲往前蹬，自己扶着后座帮助徒弟保持平衡。

按说，谁家的孩子都是靠这个方法一路薪火相传地走到今天的。可没想到了秋实这儿，一下子就不灵了，褶子了。

不管徐明海怎么耳提面命，现身说法，只要师傅一松手，徒弟准往下摔。一连学了好几个下午，除了秋实的细皮嫩肉上被涂满星星点点的紫药水外，毫无所获。

看着对方鼓着小脸儿无辜地望着自己，徐明海唯有含恨放弃。

"算了算了，实在学不会就别学了，天生坐车的命。"

他哪里知道，那是年仅 10 岁的秋实小朋友，以伤敌八百，自损一千的方式取得的第一次全面胜利。

回到胡同，徐明海刚把车推进院里，秋实那屋就响起急促的"丁零零"声。

这电话是去年才安的，花了四千多块的初装费，算是极金贵的东西。本来周莺莺说胡同口就有公用电话，没必要花这个钱。但陈磊的意思是，最近这一年他去广州的次数比较频繁，要随时能跟家里联系上心里才踏实。况且俩孩子也大了，装个电话方便跟同学通气。

秋实以为是陈磊，忙跑进屋接电话，结果拿起话筒险些就被里面传出的动静震昏过去。

"驸马！"

秋实初中的时候跳了一级，早一年上了高中，而衡烨则是因为成绩太惨实在读不下去，半道儿被他那个暴发户的爹弄去了一所私立学校。听说那里是北京市第一所国际文凭组织的成员学校，由货真价实的老外授课，读完高中就能直接出国上大学。

衡烨不乐意去，还因为这个跟他爸打了一架，但胳膊拧不过大腿，最终还是灰头土脸地去了。

"我都打了好几遍了！"对面的动静大得失真，"你怎么才接？"

秋实不得不把话筒当对讲机用："老师拖堂，我和徐明海刚进门。"

衡烨在电话那头发出热烈邀请："你俩明天一起来我家吧！"

"啊，你终于被开了？"秋实忍不住笑道。

衡烨气绝："你怎么不盼我点儿好啊？我在那帮丸胯子弟里可算得上一表人才，学富五车，就差评三好学生了。"

"那叫纨绔子弟。"秋实不再逗他，又问，"那你干吗突然回城里？"

"我和高年级的一个同学生日就差一礼拜，我俩想凑一起办个派对。"衡烨的语气听上去挺兴奋，"但她是女孩儿，不太方便往家里招那么多同学。我就说我家地方大，都来我家！"

衡烨他们家是挺大的，他爸亚运会那年在某楼盘买的四居室，均价1500 元一平方米，而当时北京的月平均工资是 220 元，秋实第一次听到时只觉得不可思议。

"你们一定得来啊！咱在生日派对上吃比萨！"说完，衡烨那边挂了电话。

"还吃比萨，派对？"才进屋的徐明海听见衡烨最后吼出的内容，忍不住打趣道，"这帮私立学校的孩子，可真够崇洋媚外的。"

"你不崇洋媚外？是谁卖衣服的时候老跟同学说是美国货？"秋实冷不丁拆他台。

徐明海平白被噎了一下，立刻伸手抓人。秋实早有防备，身体"嗖"的一下划出道漂亮的弧线就躲开了。可惜，屋子里统共就这么大点儿地方，躲得过初一，躲不过十五。

徐明海三两下就把人按倒在床上。铁架子上的单人床板不堪重负，立刻发出"吱吱呀呀"的抗议声。

"翅膀硬了，敢挤对你哥？"徐明海伸手胳肢他。本想闹着玩，结果真搔出对方一连串闷闷的笑。

"你不没痒痒肉吗？"徐明海觉得新鲜，手上不自觉就加重了力道，"好啊！合着这么多年都是骗我呢！"

"没骗你，小时候确实没有痒痒肉。"秋实被迫蜷起身子。

徐明海过足瘾后终于把手拿出来，揉了揉秋实蓬松乌黑的短发，笑着说："现在疼你的人这么多，痒痒肉就长出来了呗。"

"那你疼我吗？"秋实忍不住追问。

"我算知道小烨子为什么老说你是陈世美了。"徐明海的表情宛若要去哭倒万里长城，"小白眼儿狼，摸着你自个儿的良心想想，我还不疼你？"

"白眼狼"则摸着自己的左胸口，一本正经地说："哥，你要真疼我的话……"

"怎么着？"徐明海凑近了问。

秋实抽冷子抓起徐明海的手，张嘴就咬。

这时正赶上周莺莺来叫他们吃饭，结果进门就看见这一幕，吓了一跳。

"果子，好端端的干吗欺负你小海哥哥？"

"给他盖个戳儿，"秋实看着疼得"嗷嗷"叫唤的徐明海说，"我哥对我这么好，以防下辈子找不着。"

13　永远的夏天

周日下午，两人迎着徐徐微风一路奔向"衡府"。这不是他们第一次去，所以熟门熟路就找到了地方。来应门的人不认识，互相一打招呼，秋实才知道是衡烨现在这所私立学校的同学。

"寿星呢？"徐明海问。

"忙着跟人贫呢，今天人多。"对方递给他俩一个笑。

屋子里明显经过精心布置。窗帘紧闭，只留着灯池吊顶泻出的暖黄色光线，一切都显得影影绰绰。

客厅的大号组合音响正放着当下流行的靡靡之音，茶几上搁着健力宝、可口可乐和女士香槟那种果味饮料，还有各种水果和巧克力，品种异常丰富。

部分男生凑在一起学大人的样子吞云吐雾，涂着鲜亮口红的女生则凑在一起叽叽喳喳。不知道为什么，这种场合让秋实觉得有些不自在。

寿星这时终于露面了。他飞奔过来，跟徐明海打完招呼，便大声嚷嚷："驸马，我想死你了！"

旁边有姑娘笑道："这就是那个给你写作业的驸马啊？欸，帅哥，你能帮我写作业吗？"

"你们这帮'小妖精'都别惦记他！"衡烨假装抹眼泪揉胸口，外加仰天长啸，"我秦香莲命苦啊！"

"小帅哥不许惦记，那我们惦记大帅哥行吗？"有人打量着徐明海。

"那可就不归我管了，嘻嘻。"衡烨笑完问秋实，"你是不是又背着我蹿个儿了？"

"嗯，"秋实点头道，"前几天量的，将将过 178 厘米。"

"啊？还有没有王法了？我比你还大半岁呢，才 175 厘米！"衡烨大惊失色，"千万别跟你学！长那么高干吗？做衣服都费料！"

秋实看在他今天过生日的分儿上，非常给面子地随他去闹。待对方撒欢儿完毕，才把准备好的礼物递过去。

"小烨子，干吗把家里弄成这样儿？"徐明海打听道。

"我本来还想包个歌厅玩儿呢！找了几家，都说不接待学生，还假模假式地教育我，说什么'要把心思放在学习上'。"衡烨抱怨说，"嗛，这帮大人可真够没劲的。他们自己年轻那会儿什么样心里没数吗？虚伪！"

徐明海特别赞同地点点头，然后环顾四周："来的人不少啊，一个个瞅着都挺成熟的。"

"学校里关系好的都来了。"衡烨解释说。

这时从别的屋里走出来几个人，他们见来了新朋友就过来打招呼。衡烨于是忙给双方介绍，其中一个打扮入时的姑娘主动跟徐明海搭话："你才 16 岁啊？看着跟 18 岁了似的。"

"你就当他 18 岁呗！"

这时候再度响起门铃声，衡烨跑去开门。一个男生递给秋实一盒软包希尔顿说："弟弟，来根这个。"

秋实忙摆手，表示自己从来不抽烟。对方似乎没料到被拒绝得这么直接，愣了一下后便把烟递给徐明海。徐明海道了声谢，接来用食指在烟盒上轻轻敲了几下，一根香烟就流畅地跑到他手上。对方抬手递火，徐明海低下头，橘红色的微光在他嘴边闪了一下，呛人的味道就顺着袅袅白烟飘了出来。

叼着烟的徐明海太陌生了，简直就像是街边的小混混儿。秋实没过脑子，下意识地就扯了徐明海嘴里的烟。场面一下子变得有些尴尬，大家不禁面面相觑。

"干什么？"当着外人，徐明海不得不拿出大哥的样子来装模作样。

可这回秋实却没给他面子，而是表情严肃，一字一句地说："不许抽烟。"

"嘿，别人不也抽吗？"徐明海有些下不来台。

"我管不了别人。"秋实陈述完事实，又拿数据说话，"再说你知不知道吸烟导致的肺癌人数占全体肺癌人数的85%？"

"喀喀喀……"旁边的人直咳嗽。

"那什么，不好意思啊哥儿几个。"徐明海赶紧把吃了枪药似的人拉走，然后按在客厅的组合沙发上对其进行再教育。

"人家烨子过生日请客，你没事提什么肺癌啊？多丧气。"

秋实不买账说："徐明海，你到底是什么时候开始抽烟的？"

"偶尔才抽一根，我又没瘾。"

"你爹妈知道吗？"

"你可别去告我黑状啊！"

"那东西有什么好？又臭又呛糟践钱，对身体还不好。"秋实纳闷儿地说。

"是没什么好，但人家都递过来了，不接着多不合适。"徐明海耐着性子解释。

"我就没接。"

"我跟你能一样吗？"

"怎么不一样？"秋实追问。

"你都'成仙儿'了，当然想怎么样就怎么样。可我们这种凡人，不得有点儿群众基础啊？"徐明海半开玩笑半认真地说。

"不懂。"秋实摇头。

徐明海趁机挤对他："哎哟，还有我们果子不懂的东西呢？"

秋实作势要踹徐明海。

"行行。"徐明海举双手投降，然后一屁股坐到对方的身边，好言好语地说，"果子小朋友，要说哥哥我也活了16年了，总结出一个道理。这人啊，如果想要特立独行不接地气地活着，首先得有资本。要不，随大流永远是最安全也是最简单的办法。"

秋实这回算是听明白了，对方纯粹是在给自己的堕落做铺垫找借口。蔫不出溜地跟群众打成一片，他徐明海是那种人吗？

半晌，秋实缓缓开口道："我记得咱们小学有一次去陶然亭春游，三个年级，好几百学生。你第一个跑去滑'大雪山'，走铁索桥，跟所有老师对着干……"

忽然被人提及小时候的顽劣事迹，徐明海破天荒地感到些许难为情。他干咳一声："那是小时候不懂事。再说，你后来不也跑上去了吗？"

"可那时候我既不想出什么风头，也不想特立独行，我只是不想让你孤零零一个人站在上面。"秋实陷入回忆，"我记得那个铁索桥特别高，高得我根本不敢往下看，可我知道你在前面，所以就敢豁出命去。"

徐明海愣着不知道该怎么回应。最后他凭着直觉，从肚子里拣了一句最不招人待见的话说了出来："这都多少年前的事儿了。"

秋实的瞳孔急速地收缩了一下，他缓缓低下头，语气却异常凌厉："根本没有多少年！2000多天以前的事儿而已。我要是不提，你这辈子都想不起来。"

徐明海彻底蒙了。从小到大，果子从没用这种语气跟自己说过话。他看着对方压得低低的颈部，似乎感到了某种怨气。

这股毫无来路的怨气让徐明海想起看过的一档节目。电视里的专家侃侃而谈，说十四五岁是青少年的叛逆高发期，很多孩子一到这个岁数就特怕身边的人不重视自己，于是就开始行为反常，态度恶劣，言辞激烈。

徐明海当时听了后以己度人，认为这都是歪理邪说。而此刻，他又觉得这个洋理论可能有几分道理。而且专家还说，面对这种孩子，一不能全面打击，二不能放任自流，而是要安慰理解，支持鼓励。否则，他们很容易关上心灵深处的大门，从而误入歧途，甚至跌进犯罪的深渊！

徐明海在心里哀叹一声，开口说："是我的错，你就当我是属耗子的，撂爪就忘，只记吃不记打。咱改天再去一趟'大雪山'行吗？你帮我好好找一找童年记忆。"

秋实依旧沉默不语。

徐明海只好继续加码："那我以后不抽烟了，不管谁递都不抽，陪着你成'仙儿'。"

秋实满意了，阴霾密布的心情透进来一丝阳光，他刚要开口跟徐明海再约法三章，衡烨就带着刚到的客人走了过来。

"我给你们介绍一下，这是咱今天的寿星！"他的语气听上去兴奋得要命，"哥，赶紧'平身'来认识一下。"

"你们好！我叫江爱芸。"

这个名字听上去有些耳熟。秋实于是缓缓抬头，目光经过她黑色的凉鞋、红色的裙摆、盈盈一握的腰身、修长的脖颈儿，抵达寿星的脸上。

这是个浓眉杏眼、俏丽非常的姑娘。五官组合在一起，有种"明火执仗"的冲击力。

秋实模模糊糊地想，他当年见到江爱芸的时候，怎么没发现她长得这么像王祖贤呢？

对方的闪亮登场果然让徐明海怔了一下，他下意识地开口问："有没有人跟你说过，你长得特像……"

"王祖贤？"江爱芸笑得落落大方，"反正，你肯定不是第一个。"

说完，她的一双眼睛转而与秋实的目光相逢。

"你是不是……"江爱芸轻蹙眉头像是在努力回忆着什么，随后她恍然大悟，"你是冯晓晴春风二小的同桌。咱俩之前在合唱队见过，你还记得吗？"

"你俩见过？"衡烨和徐明海异口同声地问。

秋实站起来说："记得，你变化挺大的。"

江爱芸的脸上满是惊喜："你的变化才叫大，如果走在马路上我肯定不敢认。"她伸手比画了一下两人的身高差距，感叹道："那时候你还没我高呢，现在简直脱胎换骨，变了一个人。"

"你们说的这是什么时候的事儿？"衡烨好奇地问。

江爱芸算了算："大概 6 年前。"她不禁感叹："时间过得可真快。"

几个人说了一阵子话，衡烨便招呼客人们喝饮料吃比萨。秋实咬着比萨，看一群人抢麦克风唱卡拉 OK。其中，要数江爱芸最为出挑。往那里一站基本上就是春晚主持人的架势，不愧是少年宫合唱队出来的。

"这什么啊？"徐明海吃不惯馅儿铺在外面的洋饼，扭头问秋实，"你觉得好吃吗？"

"好吃。"秋实点头道。

"我怎么觉得有点儿臭？"徐明海伸鼻子使劲闻饼上的乳白色碎屑。

秋实也学他的样子嗅了嗅："不臭，挺香的。"

"奇了怪了，"徐明海就坡下驴，"那你受累把我这个也打扫了吧。"

秋实伸手接过他的，然后塞进自己嘴里，半天才小声说："哥，你可真土。"

徐明海没有像往常那样故意标榜自己高雅的品味，而是问："你怎么了？"

"没怎么啊。"

"你心里搁没搁事儿我还看不出来？自打江爱芸一进来你就不对劲。"徐明海自以为拿了秋实的短处，笑着说，"刚才还批评我抽烟呢，自己却满脑子少儿不宜的黄色思想，回头我就去干爹干妈那里给你扎针儿。"

秋实一瞪徐明海："你才满脑子黄色！"

"那你说实话，别蒙我。"

半晌，秋实缓缓开口说："你还记得杨卫安吗？"

徐明海当然记得。当年的有钱人凤毛麟角，杨卫安那可算是蝎子拉屎——独一份。

"杨卫安是江爱芸的小舅舅。"

"嘻，原来是这么回事啊……"徐明海若有所思，继而又想起那个专家反复强调的支持鼓励。

"小舅舅怎么了？那也不妨碍你喜欢人家，等岁数一到把姑娘娶进门啊。"

秋实一听徐明海满嘴跑火车就急了："我没喜欢她！"

徐明海故意大声说："喜欢人不犯法！"

"可我没喜欢她！"秋实恨不得再咬徐明海一口。

"哦哦，果子害羞喽，给果子一大哄哦！"

秋实气得脸都红了，他试图拿饼堵住徐明海的嘴。

"呸呸，臭饼！"

"没你臭！"

卡拉OK机前众人仍在使出浑身解数地抢话筒，从窦唯唱到张国荣。而徐明海和秋实在一旁的沙发上闹得不可开交，两人因抽烟产生的小摩擦渐渐不复存在。

这一日，秋实放学了，像往常一样跑出校门。见徐明海站在大槐树下，两手插兜故作倜傥状，秋实立马两三步蹿了过去。

"一会儿吃八喜去。"徐明海说。

没什么比放学后吃冰激凌更让人开心的事了，秋实兴冲冲地走向一旁的自行车，徐明海赶紧伸手去拦："等等，还有个人。"

"谁啊？"

"江爱芸。"徐明海说完，立马有些心虚地把目光抛得老远。

秋实纳闷儿地问："她怎会来？"

"小烨子帮忙给传的话儿，说江爱芸今天回城里办事，正好有工夫，就想约着咱俩见一面。"

"见面干什么？就为了吃冰激凌？"

"别瞎打听，人家姑娘主动约咱们，你还有什么不乐意的？"

秋实思索了一下，随即沉下脸："徐明海！"

徐明海就怕对方这么连名带姓地喊自己，听着特瘆人。

"你是不是早恋？"秋实问得无比直接。

徐明海急忙否认："这都哪儿跟哪儿啊？你可别给我造谣，不过是同学间的正常交往。咱这都90年代了，又不是在清朝，还男女授受不亲啊？"

"同学？"秋实认真起来，一针见血地说，"江爱芸打小儿上的是'史家'，现在读的是私立。衡烨说，他们学校的人一毕业就出国。徐明海，你跟人家算哪门子的同学？"

徐明海听了，一口老血差点儿喷出来，果子这性子越来越剑走偏锋，也就是自己，换成别人早动手揍他了。

"早恋的危害老师不天天说吗？"秋实盯着徐明海，"你都高二了，现在搞对象，多耽误学习。"

"我的祖宗哎……"徐明海顿了顿，然后长叹一声，"求求你闭嘴吧。"

秋实果然闭了嘴。半晌，两人就这么相顾无言地站着，暑热熏蒸，只剩四周无穷的蝉鸣。尴尬诡异的气氛持续了很久，直到江爱芸打西边走了过来。她径直走到两人面前挥了下手，微笑道："你们好！"

女主角既然已经就位，徐明海只好逼自己重整河山待后生，热情问好。略略聊了几句后，徐明海便提出一起去隔壁街的冷饮店吃冰激凌。

大夏天的，徐明海一面走，一面觉得后脖颈儿阵阵发冷。他不用回头就知道，那是某人怨念化作的"血滴子"在对着他。这孩子岁数不大，思想却极其封建，还特别爱上纲上线，如今又赶上青春期，真不知道怎么办才好。早知如此，衡烨传话的时候自己就不该答应，别说是假王祖贤了，就算是真王祖贤来了橄榄枝，他也惹不起这位动不动就教导主任附体的活祖宗啊。

徐明海一肚子苦水，嘴上说着场面话张罗着江爱芸，余光还得留意着秋实的一举一动，等走进冷饮店时他整个人都快精神崩溃了。

三人挑了个离电扇近的桌子。坐好后，徐明海没话找话："你这裙子挺好看，哪儿买的？"

"燕莎。"江爱芸回答。

"那地方不收人民币吧？"徐明海打听道。

"现在也收，不过我爸说外汇券可能马上就要停止流通了，就带我去买了几件衣服。"

"我周末在隆福大厦帮我干爹看摊儿，你要是有时间可以来逛逛，虽然环境没有燕莎那么高级，但好多货都是出口香港的，我……"

还没等徐明海吹嘘完，秋实便把话接了过来。

"你一定得来，只要是女顾客，上到九十九，下到刚会走，我哥都特热情。而且一般漂亮的就打折，特别漂亮的就白送。"

这种信口雌黄外加造谣不打草稿的行为，顿时让徐明海傻了眼。

江爱芸听了，不禁笑着感叹："那你哥还挺会做生意的。"

"别听这孩子满嘴跑火车！他开玩笑呢！"徐明海有冤无处申。

"嗯，我开玩笑呢，你千万别认真。"秋实一脸无辜，"我哥是好人，真的！"

徐明海的太阳穴开始疼。

"衡烨说你们那里是外教教课，"秋实主动转移话题，"学的东西跟我们的不一样吧？"

"嗯，是不太一样。就拿英语来说，除了学习基础知识，更多的是电影和诗歌鉴赏。"

聊文学谈理想是当下所有优秀青少年的标配。两人说着说着，对话内容就从徐明海听得懂的中国话变成了他听不明白的外国话。

毫无语言天分的徐明海同学，走不进好学生的陌生世界，只得站起来去买冰激凌和汽水。

当老板弯腰从冰柜里拿八喜的时候，徐明海看着一旁聊得越来越热烈的两人，心里开始有点儿不是滋味。这么多年来，果子可从没跟自己聊过这么上档次、有深度的话题。当然，主要原因是自己不学无术。

此刻从旁观者的角度看去，徐明海觉得果子特给自己长脸。他态度不卑不亢，行为举止得体，跟同龄人比起来，简直不是一个物种。

徐明海不禁想，如果当年周莺莺选择了杨卫安，果子如今是不是也可以拿着外汇券在燕莎买名牌，上外教的课，毕业就去国外读书？而不是每天只能坐着二八大杠上下学，为能吃到一个八喜而穷开心半天。徐明海这么想着，然后愣是从中品尝出了周莺莺多年前的两难。

"曲奇味儿的没了，小伙子。"老板翻了半天，直起身子，"你非要的话，我从后面给你拿。"

徐明海赶紧说："我弟就喜欢吃这味儿的，麻烦您受累再帮我们看看？"

老板于是跑到库房，过了几分钟抱出一纸盒冰激凌，把里面曲奇味的递给客人。

徐明海道了谢付过钱，拿着八喜和汽水，转身走到桌边。他这厢刚把东西放到两人面前，就迎来了江爱芸不善的目光，里面映射出明晃晃的四个字——"女性公敌"。

说时迟那时快，对方"噌"的一下站了起来，抓起一瓶开了盖的汽水就冲徐明海泼去。

"真看不出你原来是这种人！流！氓！"江爱芸字正腔圆地给徐明海定了性，然后转身把瓶子"咣当"摞在柜台上，直接夺门而出。

长这么大，头回被姑娘骂流氓的徐明海愣在了原地。冰凉的、带着橘子味的汽水顺着他的额头不停滑落，俩眼珠子煞有介事地镶在眼眶里，像是个摆设。

时间仿佛过去了一个世纪那么长，等徐明海反应过来，秋实正弯着腰拿墩布给人家擦地呢。而冷饮店老板则躲在柜台后面，鼓着脸"扑哧扑哧"地放气。一看就是想笑又觉得挺不合适的，憋坏了。

等收拾得差不多，秋实把墩布还给老板，抬手拿校服袖子帮徐明海擦头拭脸，显得特别懂事。

徐明海才不买账，他一把擒住秋实的手，气道："你甭跟我这儿卖乖！"

"'王祖贤'下的毒手，你冲我这么横干吗？"秋实小声说，"我又没拿你当流氓。"

"你少提'流氓'俩字！你要不给我造谣，人家能泼我吗？好事不出门，坏事传千里。回去被她一传，哥我一世英名就得毁于一旦，半生的事业就得付之东流……"徐明海一面发飙，一面还不忘给自己脸上贴金。

"哈哈哈！"一边看戏的老板终于乐出声来。

他站起来，笑着问："哎，我说，小伙子，你们这冰激凌还吃吗？不吃我收了。"

"吃吃吃！这么贵的东西！"徐明海经人一提醒，顿时想起自己斥巨资买的八喜，于是气鼓鼓地坐回到桌子旁边，一口香草一口巧克力地给自己降火。

半晌，徐明海见秋实还像罚站似的站在原地，心里开始不落忍。他做了半天思想斗争，最后黑着脸说："赶紧过来把你的这个冰激凌吃喽，别浪费东西！"

见有了台阶，秋实赶紧坐到徐明海对面。他拿起木质小勺，一口口吃着自己最喜欢的曲奇味儿八喜。

此刻，晚霞和鲜嫩的夕阳交相辉映。金色的光透过窗户把默默吃冰激凌的少年笼罩住，静得像个白日梦。

过了半天，徐明海气消得差不多了，便开始升堂问案："你都跟王祖，不，江爱芸，说我什么坏话了？"

"没说什么。"秋实低着头专注吃冰激凌。

"没说什么人家会拿汽水泼我？那劲头儿，就差把我当场扭送派出所了！你要不说，以后再也不给你买八喜了。"

秋实只能老实交代："我说你这人特流氓。"

"说点儿我不知道的。"徐明海冷哼道。

"我还说你表面人模狗样的，其实背地里专门利用卖衣服的机会诱骗无知少女。"

"我？"徐明海张大了嘴指着自己，"我诱……诱骗无知少女？"

"嗯，光是无痛人流就带着人家去做过好几回，西城区的各个黑诊所你都熟。"秋实越说声越小。

这些话像是一道闪电，瞬间把徐明海劈疯了，他猛地一拍桌子怒吼道："这些乱七八糟的东西，你都是打哪儿学来的？"

秋实哆嗦了一下，喃喃道："电线杆上贴着的小广告不都这么写吗？我就是借题发挥了一下。"

徐明海不禁气得头顶冒烟，双手打战。在学习这方面，这臭小子还真是百无禁忌。

见徐明海气成这个样子，秋实越发心虚，他垂下眼来继续解释："可后来又聊了几句我才知道，她来找咱俩其实是受了别人的嘱托。"

"别人的嘱托？"

"嗯，她跟杨卫安说碰见我了，对方就让她帮着问问我妈最近过得好不好。哥……"说到一半，秋实还不忘捅徐明海一刀，"人家没想跟你搞对象，是你自作多情了。"

徐明海："……"

秋实仰起脸，怯怯的眼神和徐明海愤怒的目光撞到一起，心里立马没底了。

"这次算我错了，你别生气。"

他小心地碰了碰徐明海仍在颤抖的手，结果被人一把甩开了。

"哥？"秋实有些傻眼。

屋里的气压低到了极点，徐明海缓缓站起来说："你没错，错的是我，我错就错在太惯着你了。"

这是大实话，秋实无法反驳。徐明海确实惯着自己，这么多年下来简直成了像呼吸一样自然的事情，让秋实误以为自己无论说什么、做什么都不会真正激怒对方。

"哥……"秋实害怕了，此刻的徐明海比那天忽然抽起烟来的徐明海还令他感到陌生。

"告诉你，以后我的事儿你少管。你继续当你的三好学生，修你的

'仙儿'。我当我的差生，咱俩井水不犯河水！"

秋实的脸一下子变得煞白，跟徐明海黑锅底似的表情形成了鲜明对比。半天除了单音节的"哥"，他一句整话也说不出来。

"还有，骑车要是怎么都学不会，就抽工夫办张月票，上下学都方便。"徐明海说完，头也不回地就往外走，显得特别冷血无情。可他万万没料到，绝交这事儿吧，一人说了不算。

徐明海双手扶把，端开支架刚要推车走人，后座就被追出来的秋实薅住了。

别人是牛不喝水强按头，这小祖宗是牛不拉车硬上弓。

"松开！"徐明海没好气地吼道。

"不松！"秋实咬牙坚持。

"你别找揍啊！"徐明海气急攻心，凶神恶煞地骂道，"滚！"

这个字像是一把刀，直接剜进秋实心里，让他从里到外结结实实地疼起来。

"就不松！你有本事就把我揍得下不来床，上不了学！"秋实大声喊道。

两人像两头狼崽子，在热浪燎人的街边死死对视，谁都不肯退后一步。最后徐明海二话不说直接蹿上车，一踹脚蹬子，虎口脱险似的往前面奔去。

秋实依旧不松手，拿出体育课耐力跑的架势紧随其后。

于是，在北京某条尘土飞扬的马路上，一个在前面屁股不沾座儿直立狂蹬，一个紧随其后拽着车座撒丫子穷追不舍。惹得部分群众以为是体校学生在备战三年后的亚特兰大奥运会。

跑着跑着，秋实没留神脚下，趔趄了一下便松了手。所谓机不可失，时不再来，徐明海见状立马使出吃奶的劲儿一路狂飙。

途中，他忍不住回头侦察敌情，不想年轻猎手奔跑的姿态就此便活在了自己的记忆里。

好多年后，徐明海总能梦见在烈日下冲自己急奔而来的人。少年的脸上充满青春无畏，眼睛里有种势在必得的光。徐明海见到他，立刻无比激动地伸出手臂试图接住对方，而那人却如幽灵般直接穿身而过，越跑越远，直至不见。徐明海于是陡然惊醒，气息紊乱，形容不出的难受在胃里扭动抽搐。

而此时此刻，尚不能洞悉命运为何物的徐明海，在某个小岔路口猛地一扭车把，直接钻进条陌生的胡同里，成功隐身。

随后几天，这样猫捉老鼠般的剧情总是不定期地上演。从学校到大杂院，从大杂院再到学校。无论徐明海怎么鼻子不是鼻子，眼不是眼的，秋实都能做到拿热脸贴冷屁股，大声喊哥。

最后，连徐明海他们班主任都看不下去了。班主任把徐明海"请"到办公室，批评他不团结低年级同学，何况这个同学还是自己品学兼优的弟弟。而徐明海也不能告诉老师，就是这个品学兼优的秋实造他的谣，说他是流氓，专门诱骗无知少女，所以全程只能哑巴吃黄连，有苦说不出。

这样熬人的日子过了几周，徐明海就在隆福大厦遇见了几个来买衣服的顾客，其中有男有女，是某航空公司的地勤。他们以为徐明海成年了，聊了几句得知对方的实际年龄后都挺吃惊，便一口一个"小孩儿"地叫他。

徐明海虽然觉得别扭，但他觉得是时候扩大自己的交友圈了。和真正的大人们混在一起，才是他这个岁数应该干的，而不是天天被家里那个活祖宗撵得四处逃窜。于是三言两语，几个人就算认识了，成了朋友。

自此之后，徐明海变得鬼祟起来。他彻底改变作战计划，誓要稳扎稳打，不再给那小祖宗任何发挥的机会。

第一次和大人们相约出门玩儿，徐明海拿出地下工作者搞反侦查的劲头儿，打起十二分的精神，换了两次公共汽车，终于顺利抵达公园门口。

对方几个人见徐明海如约而至都挺高兴，其中有姑娘上来便要挽他胳膊。徐明海没见过这阵仗，吓得直躲。姑娘们笑话他，说："没想到小孩儿外表潇洒爷们儿，骨子里还挺纯。"

第二次集体活动也挺顺利，所以到了第三次的时候，徐明海便稍稍放松了警惕，只换了一次车就到了约好的电影院门口。对方几个人远远一露面，徐明海还没来得及抬手示意，身后就传来淡淡的一声："你干吗呢？"

徐明海后脖颈儿顿时一凉，有种考试作弊人赃俱获的感觉。这祖宗是什么时候跟上来的？他定了定神，回头一看，秋实整个人戳在那里，眼中含着明晃晃的愤怒，无声地指控自己。

"管得着吗？"徐明海梗着脖子，表情恶狠狠的。

"你天天都跟什么人瞎混呢？"秋实追问道。

徐明海翻来覆去地还是那句"管得着吗"。

"徐明海，你不学好！"秋实急了。

"嗬，你才看出来？"徐明海干脆摆出一副破罐子破摔的样子。

待"大人们"走近了，见多了个人，便好奇地打听："这小伙子是谁啊？"

"没谁，就我们院儿一孩子，碰巧遇上了。"徐明海敷衍完，没好气地跟秋实说，"赶紧回家写作业去，别满世界瞎跑。"

秋实寸步没移，只下死眼把人盯住。

"轰人家孩子干什么？碰都碰上了。"其中一个叫于紫的姑娘这么说，然后踮脚就要胡噜秋实的头发。

秋实沉着脸猛一甩头，压根儿没让对方碰到自己。

"哟，还是个刺儿头呢！"于紫没生气，反而笑着问徐明海秋实叫什么，多大年龄。

徐明海无奈作答。

"那估计他以后的个头儿能超过你。说起来，你们院儿风水可真不错啊！专出帅哥。哎，我有一朋友，北影的，回头联系联系，让他拍电影去得了。"

徐明海勉强抬了下嘴角。

"徐明海，你别老板着张脸行吗？既然遇上了那就一块儿呗。多张电影票的事儿，这钱我出了。"另外一个男的挺热情，"你弟弟就是咱弟弟！"

"根本不是钱的事儿，"徐明海拧起眉头，瓮声瓮气地说，"我……我跟他不对付！"

这话称得上无情无义、浑蛋加三级。秋实心头陡然一凉，滚滚戾气随之逆流而上，在他喉头猛烈翻涌，带出腥甜气。

这辈子头一回，秋实生起想要杀人的冲动。他狠狠咬住牙关，脑子里的画面一时血光冲天。

"你们这些小孩儿怎么这么逗啊！"众人哈哈大笑。于紫也说："都是一个院儿的，还不对付？真够娘们儿唧唧的。"

最终，徐明海拗不过大家伙儿，又不能把自己的苦衷摊开来说，只好去窗口买了电影票。

看电影的过程没什么可说的。银幕上的林青霞顾盼生姿，身姿灵动；秋实脑子里的徐明海求生不得，奄奄一息。

到了最后，电影到底演了什么徐明海压根儿没记住，只觉得浑身不得劲。

电影结束后大家从放映厅走出来，在大厅买汽水喝。其中三个人说得回机场上晚班，先走一步，嘱咐徐明海送于紫回家。

趁于紫去洗手间，秋实立刻拿自己填满徐明海的视线。

徐明海气不打一处来："学什么不好，学跟踪追击，《智取威虎山》看多了？"

秋实顺杆爬，大声说："天王盖地虎！"

徐明海条件反射地接话："宝塔镇河妖！啊啊呸。"

秋实绷着脸问："你跟这帮人怎么认识的？"

"还有完没完？"徐明海开始耍浑，"你是我爹啊？"

秋实更混："你敢叫我就敢答应。"

徐明海被这熊孩子气得肝颤。

这时，于紫甩着湿漉漉的手回到大厅，正好看见两人斗鸡似的表情，忍不住给他们支招儿："你俩打一架得了，累不累啊？"

两人于是闷不作声地跟在于紫身后往外走，不想三人刚出了电影院门口，于紫忽然反手把徐明海又推了回去。

"欸？我项链好像刚才掉座儿底下了，你去帮我找找。"她着急地摸着自己脖子说。

"啊？"徐明海一愣，问，"项链？什么样儿的？"

"就是一条银的素链。"于紫催促道，"赶紧的，迟了就被人捡走了。"

"哦，成。那你俩在外面等我一会儿。"徐明海扭头就往里跑。

秋实想跟着徐明海进去，不料却被于紫一把拽住，然后生拉硬拽到了电影院外的小广场上。光天化日下，秋实先是得到了一个拥抱，然后对方那只肉乎乎的胳膊就留在了他的腰间。

秋实对陌生人的投怀送抱感到莫名其妙，但那感觉其实不坏，柔柔软软的，像小时候妈妈才有的温柔。

于紫扭头往街对面看了看，然后放开了怀里的人，含糊地说了句："对不住啊，弟弟。"

秋实没明白对方的意思，可刚要开口询问，徐明海就出来了。

"我找了三圈儿也没看见你说的银链子，找打扫卫生的阿姨问，人家觉得我冤枉人，特委屈，差点儿拉我去找她领导。"

"找不着那就算了，也不是什么太值钱的东西。"于紫拢了拢额头上细碎的刘海儿，"我想起还有事儿，也别麻烦你送我了。咱今天就到这儿吧，回见！"

说完，她就像花蝴蝶似的"飞"走了。

秋实以为这姑娘跟徐明海有什么关系，见人走了，便故意刺激他："刚才她趁你不在，搂我来着。"

徐明海冷笑道："你觉得我会信吗？"

"我骗你干？"秋实紧接着又问，"你交的都是什么朋友？"

这种一而再，再而三，类似班主任呲人的经典句式算是彻底激怒了徐明海。

"什么朋友？我交的就是这种社会上的朋友，全是流氓，跟我一样！满意了吗？"徐明海怒了。

"我都说对不起了！每天说好几十遍。"秋实大声责问，"徐明海，你还要我怎么样？"

"我不用你跟我这儿假惺惺地道歉！"

"那你要什么？"

"我就想你离我远远的，最好这辈子都别在我面前出现！"

徐明海不知道自己这句话比板砖还沉，简直把秋实砸得头破血流。

小孩子天生就会寻求温暖和保护。秋实从遥远的密山来到北京的大杂院，徐明海是第一个跟他说话的人，也是第一个跟他动手的人。也正是因为有了徐明海，秋实心底潮湿阴郁的地方最终被烘出了一朵棉花，干松温暖。

秋实身无长物，没什么能回报，唯有浓浓一腔真情，被他拿来毫无保留地泼洒在徐明海身上。可秋实不知道，自己的关心在彼此疯长的年纪逐渐变成了一张网，把人勒得透不过气。

"徐明海！"秋实用手背狠狠擦了下眼角，垂死挣扎，"我是为了你好，你根本就是什么都不懂！"

"你懂？你小屁孩儿一个，你懂个屁！"徐明海对着死倔的熊孩子开始咆哮。

秋实变声中的低沉嗓门儿陡然高亢起来："我就是懂！"泪水从他的眼眶里扑簌簌地掉下来："你凭什么让我这辈子都不在你面前出现？你老天爷啊？"

徐明海深吸一口气说："我当不了老天爷，但我能做自己的主。你要是再跟老师似的这么烦我，我就走！"

"你能去哪儿？"秋实恨恨地道，"登月吗？"

"我又不是嫦娥！"徐明海大声说，"等我一拿到毕业证就奔广州，帮干爹盯进货去！反正我也不是考大学的那块料，我爹妈肯定不反对，以后天南海北大家离得远远的，每年撑死了就见一回。"

秋实没想到徐明海一个大大咧咧、今天懒得想明天事儿的人居然暗地里做了人生规划，顿时如遭雷击。他分明还想说什么，可舌头根儿麻了，半天都没法组织语言。

徐明海见秋实嘴角虽然还倔强地绷着，可眼里已经流露出惧意，就知道自己打在了对方的七寸上。于是他不再说话，转身大步离去。

此时天色晴朗无比，阳光落在徐明海的身上，仿佛溅起片片锋利无比的碎金，看得秋实眩晕不止，心里塞满了无法言喻的委屈。

一场口角过后，两人之间的战争暂时得以偃旗息鼓。最近一个礼拜，徐明海过得既踏实又揪心：踏实的是，秋实终于不再每天缠着自己管着自己了；揪心的是，当两人在大杂院里碰见了，这孩子就像只被割了声带的猫，立即就会无声无息地消失，只是他周身散发出的那种委屈，却在徐明海心里久久不散。

于是，像连体婴似的两人，忽然就生分了起来。搞得大杂院里乌云压顶，人人都挺别扭。当然，徐明海他妈除外。李艳东欣喜地认为儿子大脑二次发育，胳膊肘儿朝外拐的毛病终于得以痊愈。

某天，徐明海和那几个大朋友约好了去吃奶酪魏。进了门，甜*丝丝*

的凉气袭来，徐明海瞅着柜台里的各色小吃开始发呆。

杏仁豆腐、冰镇江米凉糕、桂花小枣、蜜饯金橘都是秋实喜欢吃的，而九爷独爱奶酪。徐明海想，等离开的时候每样都打包几份，拿回去给九爷，再让他老人家转给果子。

这时候，于紫第一个到了。两人点了些吃的，面对面地坐下。

闲聊了几句，徐明海的回答基本上驴唇不对马嘴。于紫喝着酸梅汤问："怎么魂不守舍？没出什么事吧？"

徐明海回过神来："我能出什么事？"

"反正你出来进去的，多留点儿心，真遇上事儿一定告诉我。"于紫态度颇为严肃。

徐明海皱眉道："这话听着别扭，到底怎么了？"

于紫坦言："我之前处过一个男朋友，分了以后他老不死心，没事就跟踪我，还总是找我身边朋友的麻烦。他属于炮局常客，活浑蛋一个。"

"我还以为是什么事呢，"徐明海抎起一勺杏仁豆腐，看着上面颤巍巍的乳白色笑着说，"学习上我虽然差点儿意思，但打架可还没怵过谁。你不知道，我打小就跟果子……"话说一半，徐明海忽然闭上了嘴。

"嗯？"于紫示意对方把话说完。

"没什么。"徐明海赶紧把杏仁豆腐送进嘴里，又端起碗来喝了口桂花糖水。甜爽的冰凉顺着喉咙一路滑到胃里，可不知道为什么，他整个人却不安起来。

一团模模糊糊不成形的影子，开始在徐明海脑子里盘旋，最后形成了一个确凿的念头。

徐明海默默放下碗，看了眼于紫的脖颈儿处，不经意地说："你这链子还挺好看的。"

于紫拈起来笑着说："是，我自己也挺喜欢的。"

"那你不怕又弄丢了啊？跟上次那条银的似的。"徐明海问。

"银的？"于紫一愣，半天才反应过来，"哦，不至于，哪儿能老丢呢？"

气氛顿时凝重起来，死一般的阒寂。

徐明海表情阴沉地盯紧于紫的双眼，直至对方心虚躲闪。徐明海二话不说，起身就走。

于紫一把拽住人："他们还没来呢，你干什么去？"

徐明海甩开对方的手，答非所问："那天咱们一出电影院，你就发觉被人跟踪了。可你却不跟我说实话，而是支开我，然后故意去搂果子，是不是？"

于紫听了这话，咬住嘴唇不发一言。

"你弄这么一出瞒天过海，就是为了让那个神经病转移目标。于紫，我没说错吧？"徐明海步步紧逼道。

"没错！"于紫仰起头，不打磕巴地说，"徐明海，那天是你红口白牙说跟那孩子不对付。我拿你不待见的人替自己解下围，怎么了？"

徐明海差点儿被她撅一跟头。

"果子才多大？你成心让那浑蛋盯上他，这不是害他吗？"徐明海失控地一拍桌子，嗓门儿瞬间高起来。

"你冲我嚷嚷什么啊？"于紫脸上顿时挂不住了，喊完后她又说，"你别自己吓自己，那浑蛋是有病，可他再缺根筋儿也不会跟半大孩子动真格儿的。"

可徐明海心里的懊恼和恐惧丝毫没有减弱，反而像遇水的海绵一样，急速膨胀起来。他站在原地深吸一口气，清清楚楚地说："今儿是咱们最后一次见，以后桥归桥，路归路，大马路上遇见就权当不认识。"

于紫的俏脸儿不由得变色道："徐明海，为这么点儿事儿，你至于吗？"

"至于，太至于了。"徐明海问，"那人叫什么？"

于紫扭过头去不看他。

"你不说我也能打听出来！"徐明海转身推开奶酪魏的门，蹿上车去。

于紫从后面追出来："他叫姜峰。"

"混哪儿的？"

"宣武门。"

徐明海点了点头，然后疯了似的往胡同方向骑去。

北京夏天的风夹着沙砾，蛮横地抽打在脸上，让徐明海又疼又痒。他无暇顾及，满脑子都在想着果子。目前最好的情况是，那个姜峰还没找到人，又或者是他一看是个半大孩子就不较劲儿了。可徐明海又觉得，但凡姜峰是个有脑子知轻重的，也就不会一趟趟进炮局了。

二十分钟后，徐明海进了院。他扔下车就往秋实黑着灯的屋里跑，结果推开门一看，没人。紧接着他又问了一圈儿，谁都说没瞅见。陈磊和周莺莺没在，去店里盘货了。

秋实朋友不多，衡烨也没到回市区的日子，不会来找他玩。而放学不回家根本不是秋实的风格。徐明海这下彻底慌了。他顾不上喝水，也顾不上被亲妈骂刚好了两天就撒癔症，骑上车直奔学校。

傍晚的校园静得很，徐明海翻墙进去，连同教室、礼堂以及犄角旮旯都找了一遍，连个人影都没瞅见。

徐明海没招儿了。他望着熟悉的街道和汹涌的自行车大军，一颗心在盛夏时节滚过阵阵寒意。

马路上的滚滚车轮让他呼吸不畅。徐明海恨不得冲到马路上，伸手让车全部都停下来，集体掉转车头帮他去找人。对他而言，此时这世上除了果子，其他的事儿全是扯淡，没一个钢镚儿的重要性。

徐明海失魂落魄地愣了半晌，然后跑去街边小卖部借电话，给家那片儿的派出所打了过去。

接电话的人正是郭小七。徐明海长话短说，只说好几个小时没见着秋实人了，怀疑被坏人劫了。嫌疑人叫姜峰，混宣武门那边的。

郭小七知道秋实是好孩子，徐明海更不是一惊一乍的性子，于是便嘱咐徐明海别慌，自己这就联系管宣武门管片的同事。

徐明海挂了电话，守在小卖部边上，谁来借电话都被他软硬兼施地轰走了。

过了一会儿，郭小七的电话就打了回来。他说确实有姜峰这么一号人，20岁出头的年纪，天天不务正业，打架斗殴，家里人早就不管他了。这人在宣外有个据点，成天跟一帮不三不四的小流氓混在一起。

"那边的同事答应我去据点扫一眼，"郭小七在电话里嘱咐徐明海，"小海你回家里等电话去，万一果子已经回了呢？"

徐明海觉得七叔说得有道理，于是撒丫子骑上车回到大杂院。秋实依旧没回来，徐明海只得在屋里一遍遍地转腰子等电话。

不一会儿铃声大作，郭小七传来消息，说宣武门的片儿警去了据点。虽然没见着姜峰，但从别的小流氓口中打听出，姜峰今天要去"憋"

个孩子。

徐明海听了后心里狠狠一沉，真是怕什么来什么。可也正是因为最坏的情况已然发生，他反而逼自己冷静了下来。

"叔，放学的时候学生和老师都多，姓姜的不敢直接动手。"徐明海仔细分析，"果子这几天都是从校门口坐大公交车到纸鸢南里，再走回来。我觉得姓姜的要是想劫人，八成会跟着果子，等到了人少的地方再犯坏。"

"果子不都跟你一起上下学吗？"郭小七忽然插话，"什么时候自己坐上公共汽车了？"

这话好似大巴掌呼到了徐明海脸上。

"这事儿赖我，我这几天抽风，跟他置气来着。"徐明海握着话筒的手指关节泛白，"我现在就去车站那边找找去，您……"

"我也带人过去！咱分头行动。敢动我们小果子，对方真是活腻歪了。"

徐明海谢过小七叔，然后撂下电话，骑上车就奔纸鸢南里。

途中，他的眼睛像雷达一样四处扫描。徐明海想，如果他有心要劫个人的话，会把人弄去哪儿？

此刻，正好经过路边的一处荒废工地。徐明海脑内灵光一闪，双手死死捏闸，把车子停了下来。

早年间这地方就说要建楼房，可好些年过去了依旧是一副半死不活的样子。几栋四面漏风的烂尾楼瞅着就瘆人，再加上有大人绘声绘色地吓唬孩子说工地闹鬼，更给这里增添了不少恐怖气氛。

而徐明海那几年正值多动症晚期，又没什么新鲜玩意儿可发泄精力，于是就带秋实跑来这里"捉鬼"。俩熊孩子在漆黑静谧的工地里扮演大侠过干瘾，放肆地疾呼彼此的名字，开心又刺激。徐明海还在这里教过果子骑自行车，可惜好学生这方面天生不灵，回回都摔出一身伤。

现在想起来，就跟上辈子的事儿似的。

徐明海扔下车，穿过破烂的铁皮栅栏，进到工地。眼前荒草弥漫，烂砖头、碎玻璃随处可见。

说来很玄，徐明海的第六感明明白白告诉自己，果子离自己不远了。徐明海于是弯腰拾起一根生了锈的铁棍，紧紧握在手里，快速朝楼群的方向跑去。

等跑近了，在楼宇投射下来的巨大阴影中，他看见了两个死命纠缠在一起的人。徐明海心跳如雷，不由得撕心裂肺怒吼了一声。

然后，他看见一颗血葫芦似的脑袋朝自己转了过来。

这是张标准的流氓脸，过早地被酒色浸透了，走在马路上，无端端会让人退避三舍。

而秋实此刻正被姜峰压在身下，浑身是土，脸颊红肿。

一阵尖锐的痛感扎进徐明海的心头。他来不及想，来不及问，只把自己当成一枚炮弹掷过去。等近了两人的身，徐明海抡圆了手里的家伙便往姜峰的血脑袋上抽去。

要说姜峰也算是打架的行家。他见来者二话不说，上来就是豁出命去的架势，就知此人不是善荏儿，跟今儿这孩子同属一个风格，浑不凛。于是他当即松开身下的人，就地往旁边一滚。

秋实的身子失去禁锢，顾不得头晕眼花，立马拼尽最后一丝力气，翻身死死抱住姜峰的腿。

与此同时，为了避免伤到秋实，那铁棍在徐明海手里堪堪变了走势，最终削上姜峰的左肩。只听"咔嚓"一声，分筋断骨的动静配合着凄厉的惨叫同时回荡在空旷的工地。

徐明海没工夫搭理打着滚儿哭喊的姜峰。他蹲下身，赶紧把秋实扶起来。

夕阳西下，在一片荒烟蔓草中，失而复得的拥抱让秋实觉得自己此时像是置身于小时候的武侠梦里。这是两人最后一次并肩作战铲奸除恶，从此以后便可以傲笑此生无厌倦。

可惜，徐明海带头破坏气氛："他动你哪儿了？"

没等秋实开口，姜峰捂着胳膊开始号丧："我动他什么了？是他带我来这儿的，话还没说两句，抽冷子就拿砖给我开了瓢！我去！这什么世道啊？老子要报警！"

专业流氓头回吃了亏，郁结之情简直冲破天际。

嗯……情况似乎和徐明海想的稍微有些出入。他低头看了看秋实，那双清澈的眼里透出些许心虚。

"你还有脸报警？"徐明海索性三百六十度无死角地开始护犊子，"你一个局子里挂了号的臭流氓，光天化日下跟踪我品学兼优的弟弟，分明是想寻仇杀人。姓姜的，这回你甭想善了！"

"我杀人？我看是你俩要杀我！"姜峰顶着一脸血怒骂，"我就是想吓唬吓唬这小王八蛋！"

"想？"徐明海比流氓还不讲理，"想也不行，想也有罪！"

秋实补充道："他带着刀来的。"

徐明海皱眉问："什么刀？"

"弹簧刀，刚才掉那边草里了。"秋实说。

徐明海点头道："成，凶器有了。"然后他抬手轻轻碰了碰秋实肿胀的脸颊，咬牙说："伤也明明白白地在这儿了，人赃并获！"

"那是我俩后来动手的时候误伤的！我要真下狠手，你弟能伤得这么轻？"姜峰大喊大叫着，语调里全是委屈。

"那我还该谢谢你了？"徐明海冷笑道，"姜峰，别以为谁都不敢跟你玩儿命。人家姑娘既然不乐意跟你好了，再跟谁谈恋爱都不归你管。臭不要脸，你当自己是薛蟠啊？"

姜峰哭丧着脸问："谁是薛蟠？"

"跟你一样是个流氓！"徐明海想，可算碰上一个比自己还没文化的了。

他正说着，远处忽然传来急促的脚步声。徐明海望去，是小七叔带着几个片儿警到了。

"行啊！小海，叔还担心你和果子吃亏呢。没想到流氓被你不费吹灰之力就擒获了！回头所里分你面锦旗——捍卫正义！"

"不是，警察叔叔，警察叔叔您明察啊！"姜峰躺在地上扯着脖子大声喊，"我这脑袋都开花了，膀子也掉了，我才是受害者！"

"得了吧，有长成您这模样儿的受害者吗？"郭小七撇嘴道，"宣武门那片儿谁不'久闻'您的大名啊？天天招猫逗狗，打架斗殴。现如今，居然敢跑到我们西城的地界来祸害人了，胆儿够肥的啊，姜峰？"

"警察叔叔，我，我知道错了……"姜峰没料到自己的底细被人家摸了个门儿清，只得眼含热泪求饶，"您要不，要不先把我送医院去再教育吧，我这膀子还打算要呢。"

徐明海搭茬儿："叔，果子说那边还有凶器呢！"

郭小七忙过去弯腰仔细寻找，最后戴上手套把弹簧刀拾了起来。

"行，姜大爷，咱先送您奔医院，然后再结您这个持刀伤人案。"郭小七示意同事把要死要活的人架起来，然后问秋实，"果子，你伤得怎么样？要不一起去医院？"

秋实摇了摇头，看向徐明海。

"果子没事，就是有点儿吓着了。"徐明海接过话，"叔，您先忙您的，我陪果子去卫生站看看，明儿再去所里找您把该补的手续都补全喽。"

商量好后，几个片儿警就把人带走了。

"回家吗？"徐明海扶着人问。

秋实低下头说："我现在回家不得吓着我妈？"

"那你就不怕吓着我？"徐明海没好气道，"赤手空拳跟人玩儿自由搏击，出息大了你。"

"哥，"秋实缓缓抬头，看着徐明海小声说，"你能陪我待会儿吗？"

"这荒郊野地的……"

秋实见徐明海态度并不坚决，便拉着对方往身后的烂尾楼走去。他们一前一后顺着台阶往上爬，最后肩并肩一起坐到五楼未封的阳台上。

两人迎着热热的风，看着远处蚂蚁一样汹涌的人群，任由双腿悬在半空。

徐明海一肚子心事先结成冰，现在又化成了水，在心里独自荡漾了半天才问："怎么上来就开人瓢？"

"我那是正当防卫。"秋实咬着嘴唇说，"可能……稍微有点儿防卫过当。"

"你看我信吗？"徐明海才不买账。

"这几天心里正憋得难受，谁想到一下车就碰上个找碴儿的。我看他虚张声势的样子不顺眼，正好撒火。"秋实把实话秃噜了出来。

"这也就是初生牛犊不怕虎，乱拳打死老师傅。"徐明海一阵阵后怕，"你干吗不跟他把事情说清楚？"

"不是你让我这辈子都不出现在你面前吗？"秋实轻哼，"我想他要真弄死我倒也干净利索。"

徐明海被噎得直想从五楼跳下去。

挤对完人，秋实才开口问："你干什么这么着急来救我？"

徐明海听了沉默半响，然后深吸一口气："我以后再不跟你置气了。"

"真的？"秋实眼睛都亮了，"你不嫌我烦老管着你了？"

"烦就烦吧，别人想被烦还没这个福气呢。"

大战告捷，秋实整个人如重获新生。他得意起来，开始用力攻击徐明海脆弱的腰间。徐明海一面笑着大声喊"救命"，一面死死拽着秋实，以防对方一不留神掉下去。

嫩黄色的残阳下，烂尾楼里飞舞的灰尘草屑包裹着两人，致使四周弥漫着一股荒草的味道，残阳就这么把两人的侧影放得无比大。

时间一分一秒地过去，西斜的光像双手，温柔地摩挲着两个英俊少年的骨骼轮廓。

"哥，你上次说想去广州……是真的吗？"秋实开口问。

"没事的时候想过，"徐明海把两条长腿晃来晃去，"如今经济形势一片大好，我就琢磨着与其千军万马过独木桥，还不如自己尽早扯起一摊儿来。反正干爹说我做买卖还挺有天赋的，趁着年轻多闯闯，不是坏事。"

说完徐明海直起脖子来："我得给果子同志挣钱！让他天天能吃上曲奇味儿的八喜。"

"你要是去广州的话，我高考志愿就报广州的大学。"秋实也透露出自己的计划。

徐明海吃了一惊："合着您老先生这几天不是颓了，而是越挫越勇，天天琢磨着怎么釜底抽我的薪，打算决胜于千里之外啊？"

秋实眨了眨眼，一脸无辜。

徐明海忽然觉得谁给谁挣钱，这事儿还真不好说。

"不是，这全中国的学生都想来北京上大学。你天时、地利、人和的，干吗往外地跑？"徐明海解释道，"我那次说一年就回来一次是吓唬你呢。就算真去了，也是跟干爹似的，两边跑不耽误。"

"离那么远还怎么管你？搞不好一不留神你又误入歧途了。"

徐明海："……"

"如果咱俩都去了广州呢，就可以租个便宜点儿的房子。我平时住校，偶尔溜出来。你看电影的时候不是老说想尝尝人家那边的肠粉、叉烧包、双皮奶是什么味道吗？咱们闲下来的时候，一起吃一起玩儿，一起挣钱……"秋实努力为徐明海勾勒出自己幻想了无数遍的场景。

经由他这么一描述，影影绰绰的未来竟然一下子变得有迹可循起来。

徐明海听得越来越兴奋，但想了想又犹豫了："干爹干妈能同意吗？放着家门口的现成大学不上，非跑广州去？他俩可就你这么一个儿子。"

"离报志愿还有的是时间，慢慢磨，总能行的。"

天空逐渐变成浓稠的蓝紫色。星星出来了，和草丛中聚集的萤火虫一起明灭闪烁。这如同都市童话一般的唯美画面，两人却只当是寻常景色——他们以为夏天永远会是这个样子。

14　黄泉路上不等人

等两人终于从工地里出来，徐明海找了一圈儿，发现扔在路边的自行车没了。折合成人民币，大概损失了工薪阶层半个月的工资。

"你妈会不会揍你？"秋实不心疼车，心疼人。

小时候，徐明海被李艳东拿着笤帚疙瘩追得满院跑的惨样还历历在目。这就是一起长大的好处，对方什么见不得人的事儿都记得清清楚楚的。

徐明海死猪不怕开水烫，反过来安慰秋实："不至于，我都这么大人了。再说，这世道，谁还没丢过自行车啊？要揍也得揍偷车的，凭什么揍我一个丢车的？"

心大的徐明海带着秋实搭乘"11路"往家走。

"你可真招蚊子，"徐明海借着路灯，看到秋实脖子上起了大大小小好多个红包，嘱咐说，"回家赶紧抹清凉油。"

秋实见徐明海小臂上也被叮红了几处，便问："你不是说蚊子嫌你皮糙肉厚，从来都懒得理你吗？"

徐明海伸手随便挠了挠："野地里的蚊子不挑嘴，捎带手咬两口而已，没事。"

两人回到大杂院时，已接近晚上10点。黑灯瞎火的，李艳东也没发现自行车丢了。她只照例骂了一顿徐明海满世界瞎跑不着家什么的，然后就看见儿子从厨房里找出晚饭剩的松仁小肚、西红柿炒鸡蛋和带着锅巴的米饭，贱兮兮地端去南屋。

李艳东那叫一个上火，赶紧进屋吃了两丸同仁堂的坤宝丸。

秋实和徐明海一面拿剩菜拌饭，一面憧憬着煲仔饭、牛肉火锅、虾饺、凤爪和啫啫煲，心下都是对未来的迫不及待。

吃完饭刷完碗，两人又头碰头地凑一起写作业。

时间不知不觉地流逝，整个院子都静下了来，只剩屋里的老式座钟在"嘀嗒"地读着秒。不知道为什么，秋实从这个声音里感受到一种不祥的意味，像是某种诡异的倒计时。

"都晚上 11 点半了，"秋实开口，"我妈他们怎么还没回来？按说盘货用不了这么长时间。"

"偶尔点不清楚，多盘几遍就把时间耽误了。"徐明海有经验，"而且干爹干妈在一起能出什么事儿？我在这儿陪着你，等他们回来再睡觉。"

话虽这么说，可是两人越等越不踏实，最后连徐明海都坐不住了。他当机立断，站起来说："走，咱奔东四！"

二八大杠丢了，大公交车这个点早已停运。徐明海趁着爹妈睡了，做贼似的推着他爸的那辆"凤凰"，跟秋实一起摸黑出了院子。

徐明海奋力踩脚蹬子，带着人在空荡荡的街上一路向东飞驰。他们经过景山前街、故宫角楼，然后离老远就看见隆福大厦方向有隐隐火光和浓重的白烟。

两人心里同时都是一沉。徐明海不敢耽搁，一面玩儿命蹬车，一面大声安慰秋实："可能是哪儿走了水，让干爹他们碰上了，正帮忙呢！"

他没敢回头看秋实，于是没看到对方逐渐变得煞白的一张脸。但徐明海却能感受到，扶在自己腰间的那双手明显颤动起来。

街上不时有人从家里跑出来，站在大马路上东张西望，相互打听，可谁都不知道发生了什么事儿。

等离得近了，徐明海和秋实率先感受到的是空气里滚烫焦糊的热气，然后就被烟熏得流出泪来。眼前熊熊的烈火早已和隆福大厦分不出彼此。失控的火焰"噼里啪啦"地在半空中扭动叫嚣。这种场面，他们只在战争片儿里见到过。

数不清的消防车正在作业，不停有受伤的人员退下来，又有新的人员冲上前去。人喊车鸣，触目惊心。

徐明海再也说不出任何安慰人的话。他俩第一次见识到了某种远远凌驾于人类之上的可怕力量。

一个消防员从他们面前跑过，徐明海赶紧拦住他问："叔叔！这里头困着人吗？"

"具体的还不清楚，"消防员气喘吁吁地伸手抹了把脸，留下黑色的汗渍，"目前只能先灭火……"

秋实听了撒丫子就往大厦西边跑。

"果子！！！"徐明海大喊一声，飞奔着追上去。

消防员一看这架势就知道，他们八成有亲友遇险，于是也跟着一路狂奔。

秋实跑过去才发现，那些小小的门脸房此刻早被烧没了样儿。乌漆墨黑地一个挨一个吐着浓烟，再也看不出来谁家的货是广州的，谁家的货是出口转内销的。

他顾不得许多，抱头就要往里冲，结果一下子被人从后面死死抱住了。

"烟还没散呢，呛死你！"徐明海大喊道。

"哥！我妈和磊叔都在里面呢！你让我进去！！！"

秋实这声音像是从七窍里活活挤出来的，变了样走了形，带着血淋淋的惶恐。

"果子！"徐明海努力保持着最后一丝的理智，"这儿临街，烧起来他们不可能逃不出来！"

除非，他们被困在了一个更危险的地方。徐明海的脸色凝重得不像活人。他死死抱着怀里嘶吼挣扎的人，冲着跑来的消防员大喊："后楼地下存货的库房可能有人！"

说完徐明海也绷不住了，眼泪止不住地往下滚。

说到底，左不过是俩十几岁的半大孩子，人生中所经历的事情加一块儿，也无法跟眼前的生死攸关相比。

消防员听了马上组织人开始救援。他同时喊来俩同事，嘱咐一定把情绪不稳的家属看住。

徐明海见有人来了能腾出手，立刻蹿上去说自己熟悉地形要跟着进去，不想被人猛推一把，差点儿一屁股坐地上。

"你看见没有？"其中一个黑脸的年轻人指着火的大厦怒骂，"他们吃饱了撑的？修这么多没用的电话亭和护栏。消防车都到不了跟前，水也供不上，连隔热服和呼吸机都不够分的。你上？这不是给我们裹乱吗？"

徐明海张着嘴说不出话。他此刻比任何时候都想成为武侠小说里的大侠，动辄飞檐走壁，救人于水火之中。

跌落回现实里的徐明海能做到的，就是死死抱住几乎要疯掉的秋实，然后眼睁睁地看着面前的庞然大物一点点地被烈火吞噬。

大厦内值班的工作人员不断获救，而陈磊和周莺莺却始终不见踪影。

火烧得越久，希望越渺茫。

秋实最后瘫软在徐明海怀里，只剩些许力气直着脖子喊"妈"。嘶哑的声音在嘈杂的火灾现场几乎听不到，因此更显得凄厉而绝望。

隆福大厦的这场火持续烧了八个多小时才被扑灭。后楼4层的建筑，8000多平方米，被烧毁了3层。西侧营业厅也几乎全毁。

起火原因经过调查是日光灯镇流器过热引燃了导线，从而烧着了地板，酿成大祸。不幸中的万幸，距离火场10米不到的居民区保住了。否则那些稠密逼仄的平房烧起来，后果不堪设想。

当消防员们从一片焦土瓦砾里把失踪了不知多久的两人抬出来时，秋实和徐明海已近乎呆滞。他们触发痛感的神经像是死了，甚至连动一动手指都没有。

两人下意识地认为这不过是一场梦，梦里全是别人的七灾八难，跟自己没有丝毫关系。等醒过来的时候，日子依旧无聊且平淡。

"是在存服装的库房里找到的，身上一点儿没烧着，就……就是吸入了太多的烟。"消防员不忍看俩孩子失了魂的眼睛，轻声说，"发现的时候，男的整个人护在女的身上，抱得死死的，一看就是个顶天立地的爷们儿！两人的面容也都挺安详的，瞅着像没留什么遗憾。"

消防员顿了顿，声音里掺进了哽咽的气息："孩子，别太难受。听叔叔一句劝，命这东西不好说。赶上了，咱就只能认。孩子，你们家里还有别的大人吗？"

秋实盯着消防员一开一合的嘴巴，只听见无穷无尽的"嗡鸣"声，根本没办法去接收和理解里面的含义。他想起昨晚徐明海和自己的对话。

"干爹干妈能同意吗？"

"有的是时间，慢慢磨，总能行的。"

黄泉路上不等人，时间还有，爹妈却没了。

翅膀稍硬的少年才一动念，想要暂时逃离长辈的看护，趁着青春年少奔向远方，看一看外面的世界。可命运却一下子用力过猛，以一种最残忍的方式给了他彻底的自由。

秋实跟学校请了假，但不是他自己去办的。就像联系墓地，联系殡仪馆，申请死亡赔偿金，等等，全是靠大家伙儿帮忙。

陈磊、周莺莺两口子人缘好，胡同里的街坊但凡有点儿路子能搭把手的全都出了力。连宿敌钱大妈知道后都傻了半日，然后含着眼泪第一时间就把各种需要街道居委会盖章的证明弄好了。

平日里的那些鸡零狗碎，被死亡猛一拽开，就显得无足轻重了。人都不在了，还有什么可计较的？

徐明海一连颓废了几日，便逼自己振作了起来。那天那个消防员说得对，命这东西不好说。赶上了，也只能认。不认又能怎么样？果子现在就只有他了。

可秋实就不认。他的不认不是哭闹，而是不哭不闹。他像是拿什么东西把自己罩了起来，安静极了，甚至去太子峪送陈磊和周莺莺那天都没什么反应。

在细密的小雨中，秋实全程看着别人掉眼泪，看那些巨大的烟囱里不停喷出又散去的白烟，怔怔的。街坊将他抱在怀里，说这孩子命真苦啊。

徐明海自始至终都站在秋实身边，肩抵着肩，完全是保护的姿势。他想说什么，可又不知道还有什么道理能拿来讲。

在他们长大的过程中，"死"这个字是忌讳。人们总是尽可能地避免提及，而是用"老了""走了""没了"取代。但意思却都一样，那就是以后再也见不到了。

就这样，两人于无尽的沉默里在一个阴晦的雨天送走了自己的亲人。

而谁也没想到，一场突如其来的争执会爆发在午饭的时候。

北京的规矩，送完人，不能直接各自回家，得在外面吃顿饭。席间，陈家大哥大嫂张罗着，挨个儿敬了大家一圈儿，随后拐弯抹角地点出今天的主题。

两口子一套令人眼花缭乱的组合拳打下来，简而言之就传递出一个意思：生死有命，世事难料。如今白发人送黑发人，陈老太太少了个儿子养老送终，所以，陈磊的遗产和死亡赔偿金得算陈家的。

大家听了后不禁面面相觑。谁也没想到，这夫妻二人居然如此开诚布公，但随即他们就反应了过来。因为绝大多数手续都是有门路的街坊和派出所的片儿警们帮着办的，所以才会这么顺利。陈家大哥大嫂既然想把钱稳稳当当地握在手里，就绕不开这帮人。

至于秋实，无非是半路冒出来的大号"拖油瓶"，便宜儿子外加两姓旁人。现在陈磊一没，那分家的事儿自然是赶早不赶晚。

徐明海第一个站起来。他高声说："大爷——"

谁知后面的话还没来得及出口，就被李艳东一把扯住腕子说："你给我坐下！大人都在，轮得着你个小屁孩儿说话？"

当着外人，徐明海不能跟亲妈犟嘴。他不得不坐下，随后抓紧了桌子底下秋实的手。而秋实只是抬头看了看徐明海，一脸茫然。

李艳东骂完儿子，便问陈鑫两口子："您二位是怎么个意思？把话说清楚。"

"大杂院的房，没的说，那是老陈家的祖业产，以后是住是租得我们说了算。"陈鑫有备而来，理直气壮，"再者，事儿是在人家大厦出的，所以才落着的赔偿金。那服装店既然是我弟的买卖，钱自然也得归到我们家老太太那儿去。"

李艳东听了冷笑一声，张口就戳人肺管子："赔偿金是按人头给的，你家老太太是死了吗？"

陈鑫顿时垮下脸来："你家老太太才死了呢！"

"死好多年了，不劳您费心惦记着。"李艳东仰起脸说，"既然你们两口子张嘴了，那咱们就清水下杂面，把话说清楚。我告诉你，陈石头和莺子虽然走得急，没留下只言片语，但果子也不是任你们老陈家欺负的小猫小狗。想占孩子的便宜，有本事先过你姑奶奶这关！"

徐明海头一回觉得自己妈吵架吵得这么英姿飒爽，他顿时觉得小时候那些骂统统没白挨，权当是给李艳东练嘴皮子了。

唱红脸的陈鑫媳妇赶紧和稀泥："哎哟喂，大妹妹，咱这不是商量吗？"

"商量是吧？"李艳东冲着郭小七抬了抬下巴，"七儿，给他们普普法。"

郭小七咳嗽一声，字正腔圆地说："《中华人民共和国继承法》第十条，遗产第一顺序继承人先是配偶，然后是子女，最后是父母。"

"这姓秋的算哪门子子女？"陈鑫狠狠地"呸"了一声，"没记错的话，他亲爹还在东北蹲大狱吧！还有，他不是管我弟叫'叔'吗？"

李艳东慢悠悠地喝了口茶水："叫什么也拦不住陈石头拿他当亲生儿子看啊！"

"反正我们老陈家的东西休想落外人手里！"陈鑫急了眼，"就没这个道理！"

李艳东才不怵比嗓门儿大："有没有道理你跟政府说去！跟十几岁的孩子争东西，你也算是个站着撒尿的老爷们儿？"

"话可不能这么说！"陈鑫媳妇不干了，一拧身子加入战局，"我冷眼瞅了半天，是大妹妹你惦记着吧？姓秋的这孩子要是个丫头，我看你连夜就得收了当童养媳！"

"你要乐意，也可以给我当童养媳啊！"李艳东叉腰冷笑道。

徐明海高声打岔："我不乐意！"

似乎是由于双方的争吵声太大了，把秋实的罩子震开了一道缝儿。他默默听了半晌，大约总结出一个"钱"字。

眼前急赤白脸唾沫横飞的两人，他逢年过节时见过，是陈磊的大哥大嫂。他们对自己和妈妈的态度永远是不尴不尬的，眼睛里无时无刻不流露出那种防备的目光。

他继而扭头看了看身边的人。徐明海脸上的肉越发少了，眼底是浓重的青色，胸口正随着两厢的骂战而激烈起伏。事情发生后，徐明海几乎不吃不睡地陪着自己，其实，他也不过才 16 岁。

凝固的意识一丝一缕地化开，让秋实逐渐清醒过来。似乎直到此刻他才反应过来，今天是去送了妈妈和磊叔最后一程。

他们既然走了，留下的担子就只能自己来扛。而且，他不光要扛自己的，还要扛徐明海的。两人约定过，要一起去南方，去读书去挣钱，去吃去玩，努力活出一个像样的未来。

想到这里，秋实开口打断了三人对彼此祖宗八代的热烈问候。

"大爷大妈。"

秋实木讷消沉的时间过长，致使所有人见他突然张嘴说话都吓了一跳。徐明海赶紧问："果子，怎么了？"

"没事，"秋实低声说，"我缓过点儿来了。"

徐明海的眼睛里布满血丝："别怕，有我们。"

"嗯，不怕。"

秋实缓缓站起来，对着陈鑫夫妇俩说："大爷大妈，叔的房子既然是陈家的祖业产，凭您怎么处理，我都没意见。但这次意外的赔偿金是按照人头算的，叔的那份儿我不要，留给奶奶养老。但我妈的那份儿我得留下。另外……"

秋实顿了顿说："据我所知，我叔生意上的钱都压在货上了。除了一把火烧没了的，剩下的都在广州的供货商那里。只有重打鼓另开张，才可能把货一件件变成钱，短期内是没指望了。"

秋实简明扼要地说完后，陈家两口子不免有些发愣。他们见陈磊这个便宜儿子的次数不多，只拿不爱说话的秋实当锯了嘴的葫芦，没想到他小小年纪居然嘴皮子挺溜，难道过去都是装的？

"如果您还觉得心里不舒服，"秋实提出第二个方案，"那就请律师打官司。"

"打官司不麻烦！"郭小七在一旁搭茬儿，"我认识好多律师呢！"

秋实感激地冲小七叔点了点头，继续说："大爷大妈，到时候法院怎么判，自然就是另一番道理了。"

陈鑫当然明白，自己今天办的事儿好说不好听，传出去不免让人捏鼻子。但面子是假的，里子是真的，值得他撕破了半辈子的老脸争出个子丑寅卯。但真要说去法院的话，他可退避三舍。老百姓最怵上衙门，什么这法律那法律的，不认血缘远近只认黑白条文，自己未必能比现在多占便宜。

他下意识地看了自己媳妇一眼，女方挑起一双细眉道："就我们弟弟那辆车……"

徐明海听了火直接蹿了上来。他猛一拍桌子，再也顾不得什么长幼规矩："你们还要不要脸？一辆二手车也惦记着？"

秋实一把拽住徐明海的胳膊，跟陈鑫媳妇说："大妈，这车带着我们全家人死里逃生过，您当是给我留个念想吧。"

陈鑫赶紧就坡下驴："念想归念想，你搁心里不就完了吗？不是大爷非得跟你掰扯，反正你岁数小也考不了本儿，不如让我开走，送我们家老太太去个医院什么的也方便。"

李艳东刚要开骂，郭小七"噌"的一下站起来："您二位要是不嫌弃，我开警车带老太太上医院行吗？到时候再给您哇啦哇啦弄个警铃，长安街上一跑，那感觉就跟《追捕》似的！没治了！"

陈鑫的脸上陡然变色："嘿！七儿，我也是打小看你长起来的！你可别拉偏架！"

"小时候你还少欺负我了？要不你以为我立志当警察是图什么？"

眼瞅着两拨人越吵越凶，七叔脱下警服就要动手。秋实深吸一口气，大声说："大爷，这车就当是我跟您买的，等赔偿金到了我把车钱给您。叔叔阿姨们忙前忙后都累好几天了，您让大家伙儿吃了饭早点儿回去吧，行吗？"

台阶有了，陈家夫妇互相交流了下眼神，便为难地表示要回去"跟老太太商量商量"。随后，他们又说了几句不痛不痒的场面话，先一步离开了。

这顿饭吃得大伙儿喉咙里全都像肿起个大包，噎得难受。世间的事情大都如此，人一落难，豺狼虎豹就闻着味儿来了。

回去的路上，李艳东忍不住跟秋实掏心窝子："傻孩子，你干吗答应得那么痛快？你虽然不姓陈，可法律上你板上钉钉是你磊叔的儿子！不用觉得当着他们老陈家的人直不起腰来！"

"房子和钱给出去，就不欠他们什么了。而且，"秋实低声说，"我一个人睡不了两间房，也花不了什么钱。"

李艳东叹了口气，拿出一个当家女人的毕生智慧来教育不谙世事的少年："你还小，不知道人这一辈子有多难。往后的日子里，上学、毕业、找工作、搞对象、结婚、生孩子……一桩桩、一件件全都是长着嘴'嗷嗷'叫唤的王八蛋！哪一样不需要真金白银地往里填？"

徐明海忽然插嘴道："那要不结婚不生孩子，不就什么糟心事都没有了吗？"

"滚一边去！"李艳东没好气地呵斥道。

"阿姨，"秋实反过来安慰对方，"钱……我以后能挣。"然后又加一句，"我哥也能挣。"

李艳东哼了一声，丢给亲生儿子一记白眼："我指望徐明海？打生下他的那天起，我就看出来这臭小子是个娶了媳妇忘了娘的东西！这儿子，我就是给别人养的！"

这话徐明海耷拉着脑袋假装没听见。

到了晚上，秋实终于后知后觉地感到疲惫。于是连澡都没洗，早早就上了床，脑袋一挨上荞麦皮枕头就彻底沉入长夜。

徐明海在院子里快速地冲了个凉，然后兑了盆温水，端进南屋。拧干的毛巾被徐明海拿在手里，一点点蹭去秋实脸上的汗渍。这种照顾人的细致活儿，他以前压根儿不知道怎么干，可突然间就无师自通了。

秋实看上去依旧是安稳的样子，仿佛他们一起嘻嘻哈哈地逛庙会，去北戴河吃海鲜只是昨天的事情。

灼人的痛楚在徐明海心底翻涌，当他拿着毛巾擦到对方腰窝处时，那块猫爪形的浅疤露了出来。徐明海想，也许再过几年，这块印记就会彻底消失，可果子心里那道伤口，却需要用余生去养。

徐明海仔仔细细地把人从头到脚擦了两遍，然后仔细放下蚊帐。按说这个点，自己也应该回屋睡觉了，可他又放心不下秋实，怕这没了父母的孩子半夜醒了害怕。于是徐明海坐在一旁的椅子上，歪头靠墙休息，随着黑夜从四面八方包围过来，他就这么睡着了。

次日早上天光未亮，秋实醒了过来。他隔着蚊帐看着徐明海发了会儿呆，然后小声喊"哥"。

徐明海一下子惊醒了，急忙起身一把扯开蚊帐问："怎么了果子？"

"没事，"秋实顿了顿，小声说，"哥，我想喝水。"

徐明海赶紧从桌上的凉水瓶里倒了杯白开水，端到秋实嘴边。

"好不容易睡个囫囵觉，这么早就醒了？"

秋实把杯子还给徐明海，忽然没头没脑地说："哥，以后我给你买车，买好车，比'王祖贤'舅舅的车还好。"

少年沉甸甸的心事让徐明海一阵鼻酸，他强迫自己咧嘴笑道："行啊！就这么说定了。一会儿你给我签字画押，省得以后发财了不认账。"

"我还要给你买房。你爸妈一套，九爷一套，咱俩一套，都挨着。"

"有车有房，我都快忘了自己姓什么了。"徐明海伸手把秋实额头上、脸上密密的细汗擦干。

"还要一起去看千禧年奥运会的开幕式，去香港和澳门旅游，咱们说好的……"

徐明海正全神贯注地听对方描绘着他们的未来，手背就被打湿了。

秋实哭了。从开始的呜咽逐渐变成抽泣，最后，他拿额头用力抵住徐明海的肩膀，终于剜心剔骨般放声大哭起来，为周莺莺，为陈磊，为自己和徐明海，为所有戛然而止的生命，为那些猝不及防的离别。

1993 年的北京发生了很多事情。

9 月 23 日，萨马兰奇在摩纳哥的蒙特卡洛宣布，澳大利亚的悉尼最终取得 2000 年奥运会举办权。北京仅以两票的细微差距败落。

当晚，全体市民失望得想砸电视。而秋实和徐明海那个一起在北京见证奥运会开幕式的希望，也因此落空。

12 月 1 日，北京城区内正式禁放烟花爆竹。

到了年底，连衡烨都前来与两人告别，他要出国了。鸡年的除夕夜变得静悄悄的，胡同里再没了响声震天的二踢脚和拖着长长尾巴的窜天猴。

一年就这么过去了，大杂院变得物是人非。幸亏，他们还有彼此。

15　空中楼阁

1995 年，初秋。

"吃烤羊肉串儿喽，正宗内蒙古仔羊！"

"鸡蛋糕，刚出炉的蜂蜜鸡蛋糕！"

"炒饼炒面，实惠量大！"

在傍晚喷香的空气里，一辆车身老旧的拉达于黄昏中驶来。到了地方，从一左一右的车门口跳下俩小伙子。他们个头儿看着差不多，都穿着靛蓝色牛仔裤，上身是白 T 恤，简简单单的，倍儿精神。

"哟，小海，带着果子来啦？"一旁摆摊儿的大妈招呼两人，顺便塞给他们两根煮好的玉米。

"谢谢阿姨！果子，来，垫一口。"

徐明海把玉米棒子塞到秋实手里，自己利索地把后备厢支开，挂上几件展示用的衣服，然后跳过一切铺垫，直接扯着脖子熟练地吆喝道："走过路过不要错过，出口转内销的健美裤、超短裙、套头衫！"

无数躁动的大学生正从校门口涌出。这群自带光环的天之骄子白天被困在宿舍、食堂、教室三点一线的空间里，此刻急需尝鲜解馋以及开展一下丰富多彩的业余生活。徐明海这厢还没喊上几句，摊位前立刻人满为患。

"老板，给我看看超短裙！"

"墨镜我试一下！"

"围巾能便宜点儿吗？"

"女士丝袜怎么卖？"

徐明海负责卖货招呼主顾，秋实负责收钱找钱记账。两人配合默契，效率惊人。

短暂的营业小高峰终于过去，秋实给徐明海拿水喝。

"又瞎琢磨什么呢？"徐明海灌了几口凉白开，瞅着身边欲言又止的人问。

两年前那次意外后，秋实向学校提出休学。班主任和年级组长知道他家的情况，再加上他跳过级岁数本来就小，休学一段时间倒也不耽误什么，便要求监护人在申请书上签字就同意办理。秋实左思右想，最后把"监护人"这顶帽子戴在了九爷脑袋上。

九爷越发老了。虽然他身子骨儿还算硬朗，生活上也能自理，但糊涂的时候却越来越多。

秋实拿着申请书，鼓足勇气把事情从头到尾复述了一遍，越说动静越小，到最后几乎失声。可九爷却难得地清醒了，他把青筋凸起的手抚在秋实肩头叹了口气，不说不问，直接大笔一挥，认了这个监护人。

而徐明海也跟爹妈正式摊牌，说毕业后想直接"下海"。对于自己儿子压根儿不是学习的这块料，李艳东算是认了命。反正高中毕业也是说得过去的学历。东边不亮西边亮，保不齐徐明海就是个经商奇才呢？这么一想，她也就不较劲儿了。

徐明海有陈磊广州那边供货商的电话，联系上以后交代了北京这边的情况。对方知道后唏嘘不已，看在后生仔孤苦伶仃的份儿上，同意把原来订的"做货"换成价值相当，但更好脱手的低档"大货"。

等到第一批货发过来，徐明海开上车就带着秋实和成捆的衣服直接奔向海淀区各大高校门口。陈磊在世时手把手教导的心血没有白费，徐明海清楚地知道如今不比隆福大厦的时候了，现金流比什么都重要。他仗着口才好、脸皮厚，采取薄利多销的原则，上来就取得了开门红。收摊回家，两人点着他们真正意义上赚到的第一笔钱，鼻子却是酸的。

拼命想长大的日子里，时间总是缓慢得如同蜗牛爬；可如今不想长大了，却要被生活逼着一步步往前走。

此刻，秋实仰头望着天上烧得旺旺的晚霞，脸颊被映成淡红色，半天才说："哥，9 月我就该上学了。"

"我知道啊，老师不都上家堵你好几趟了吗？每次都苦口婆心的，就差泪洒当场了。"徐明海笑道，"去年就让你回学校接着读书，可你这拧劲儿一上来死活不干，白耽误这么长时间。"

"我要是回去上学，就不能再跟着你卖货了。"秋实低声说着显而易见的事实。

"本来这破活儿也轮不着你干。无冬历夏，进货卸货，天天跟各种各样的人打交道耍嘴皮子，光荣啊？"

"我觉得挺光荣的，劳动又不分三六九等。"

徐明海抬手擦了擦脑门子上的汗，伸手一指校门口："告儿你果子，这才是你该待的地方。国家养着莘莘学子为什么？不就为了让你们为中华之崛起而读书，早一天实现四个现代化吗？"

秋实这回没搭茬儿，因为他知道有些话说出来就得挨骂。全天下的学子多自己一个不多，少自己一个不少，社会怎么都能发展，人类怎么都能进步。可陪在徐明海身边，能帮他管钱记账的，只有自己。

他于是拐弯抹角地说："哥，你总念叨想在西单找地方盘个固定摊儿，最好是带库房的，不用每天赶大集似的东跑西颠。我想多帮帮你，然后……"

"歇菜吧你！"徐明海立马把路堵死，"特别特、百花儿、劝业场、民族大世界……这些地方都多少双眼睛盯着呢？咱这小打小闹的，不认识人，没后门根本进不去。"

秋实泄了气。

徐明海反过来安慰对方："其实'游击队'也没什么不好。小本买卖，灵活度又高，自由自在。"

"可就是得被城管追着满大街跑。"秋实故意戳徐明海的肺管子，"上次咱俩站在马路上吃冰棍儿，你见着个穿灰制服的，条件反射差点儿把棍儿吞嗓子眼儿里。"

"嘿！"徐明海抬手掐住秋实的鼻尖，"说好了不许外传，怎么又提这茬儿？"

两人正傻乐呢，面前来了个明显不是学生的男人，对方指着后备厢挂着的一件皮搂儿开口问："这多少钱？"

"980块。"徐明海报价道。

"忒贵。"对方直摇脑袋。

这件皮搂儿被徐明海攒了好久，是意外捡漏的高档货。从广州那边发来的时候，秋实见徐明海喜欢就让他自己留着穿，可徐明海却舍不得。于是这衣服干脆被他挂起来充门面，效果就跟吉祥物差不多，偶尔有人询价，也都是只问不买。

徐明海热情地招呼对方："您要不瞅瞅别的？"

那人环顾一圈儿，似乎没看上别的货："你还是把那皮搂儿拿给我看看吧，能不能便宜点儿小伙子？"

肯讨价还价的才是买卖，徐明海觉得自己今天可能要开笔大单。他把衣服取下来递给对方："这价我都不挣钱。您看看，正经的山羊皮，拉伸性、挺括性、塑形性都没话说，再过两个月天凉了穿正好。"

"摸着可不软和。"那人把衣服拿在手里，一面捏一面挑毛病。

"绵羊皮软，可不禁造啊。"徐明海说，"您去商场看看，同样的品质，差不多的版型，少说要您1500块往上。"

"可你这不是摊儿吗？"那人流露出纠结的神情，"许试吗？"

徐明海见对方身上挺干净，便点了头。那人穿上皮搂儿，又顺手抄起一副墨镜架在鼻梁上。随后，徐明海举起一面大号镜子，夸道："真别说，这衣服穿您身上就跟长您身上似的。"

男人不停地左转转、右扭扭，自我欣赏。

"您觉得合适吗？"秋实忽然开口询问。一般来说，徐明海做买卖的时候他从不打岔。可不知怎的，自己的第六感此刻却发出警报，要怪就怪当年被"黄牛"诈骗的经历，导致他现在瞅哪个陌生男子都不像好人。

"这样吧哥们儿，一口价，200块我收了。"

"什么？200块？"徐明海当即被气得眼前发晕，"您快给我脱了吧。"

"要不再给你加50？"那人继续磨叽。

徐明海懒得再搭理这个二百五，刚要再次催他脱下来，远处突然传来撕心裂肺的一嗓子："城管来啦！跑啊！！！"

一时间，小商小贩们推着车四面八方地逃散，速度绝对秒杀国足全体队员。

对秋实和徐明海来说，这不算是什么大场面。两人一句废话没有，前者关后备厢，后者伸手就要去扒男人身上的皮挼儿。偏这时，那人却如同点着捻儿的炮仗，"嗖"的一下就跑远了。

徐明海顿时气得破口大骂，可除了骂人，此刻也别无他法。比起损失一件皮挼儿，被城管擒获的下场更为严重。除了罚款扣货，最主要的是徐明海的驾驶本还没正式拿到手呢，多罪并罚，还不得活活要了他的命？

而就当徐明海要拉住秋实"风紧扯呼"的时候，那孩子已经飞奔追去。

"哥！你开车先跑！我追他去！咱老地方见！"

"果子你给我回来！"徐明海急道，"一件破衣裳，咱就当打发要饭的了！"

话音未落，秋实和那人却已齐齐消失在某个狭小的胡同口。而随着市容监察大队的土黄色面包车越来越近，徐明海只好蹿上车，点火后猛踩油门，逃命似的往相反方向驶去。

晚霞渐渐暗淡，马路重新变回铅灰色。

秋实脚下生风，眼睛死盯住那人，心中发狠，一口气愣是追出七八条胡同。16岁的少年还不习惯生活里一些人赤裸裸的无耻，无法把整件事当作吃一堑后生出的那一份智慧。

对方一鼓作气，再而衰，三而竭，此时已是越跑越慢。秋实眼瞅着就大功告成，人赃俱获，不想那人猛地向西来了个急转弯，结果和一个刚巧出门倒垃圾的老太太撞到了一起。

一瞬间，土簸箕飞出八丈远，垃圾满天散花。老太太"嗷"的一声，整个人四仰八叉地躺倒在地。可那人脚下却一点儿磕绊都没有，继续抱头逃窜。

"你个挨千刀的王八蛋！"老太太虽然一身一脸的土，但容光焕发，面不改色，她声音洪亮地大骂，"出门不看路，撞了人就跑！缺了你八辈祖宗的大德！哎哟……我的老腰！"

秋实见状立刻刹住脚步上前去扶人。

"您怎么样？"

"怎么样？我快死了！"

老太太布满青筋的手一下子抓住秋实的胳膊，如同抓住一根救命的稻草。

天渐渐黑了，荒地中的烂尾楼里渐渐沁入了秋日的凉意——这就是秋实口中的老地方。

装满货物的车被徐明海停在楼下一个隐蔽的地方，自己则在五层未封阳台的屋子里来回转圈。两人分开已经快两个钟头了，徐明海心里越来越慌。他担心果子一言不合跟人打起来吃亏，可又不知道去哪儿找人，急得都快神经了。

那时候手机不叫手机，叫大哥大，只出现在电影或电视连续剧里，被各路"大哥"拿在手里耀武扬威。徐明海想，等什么时候发达了，第一件事儿就是给两人一人整一个。失去联系的滋味太难熬了，魂儿像是飘在半空中，心里没着没落的。

就在他焦躁得恨不得抓墙的时候，楼梯外终于传来脚步声。徐明海精神上一放松，顿时出了一身冷汗。他蹿到门口，伸脖子一看，那熊孩子正垂头丧气地往上走呢。

"我的活祖宗哎，你可急死我了！怎么这么长时间，西天取经去了？"徐明海把人拽进屋，然后前前后后检查了一遍，"没跟人动手吧？"

秋实轻轻摇头道："压根儿没追上。"

徐明海彻底踏实了："早就跟你说了别追！非不听！你跟那种人较什么劲？丫早晚横死街头，用不着你出手。"

秋实像是累了，身子一歪靠墙坐在地上，半天才哑着嗓子说："哥，我没用，衣服没了。"

"没就没了！旧的不去新的不来！"

"你可喜欢那件衣服了，"秋实喃喃道，"自己都舍不得穿。"

徐明海单膝半跪在秋实的面前："求求你了祖宗，别自己跟自己较劲儿了行吗？衣服重要还是人重要？一千，不，是一万件衣服也没你值钱啊！"

秋实坐着没动，把脸深埋在两个膝盖中间，半天没吭声。

徐明海瞧他这个样子，赶紧转移话题："饿不饿？估计家里也没留什么饭。这样，为了庆祝我没被城管抓住，哥带你吃你最喜欢的臭饼去，怎么样？"

"吃不下。"秋实依旧保持着逃避的姿势蜷在那里。

徐明海不禁有些傻眼，他小心翼翼地凑近了问："到底怎么了，果子？是不是……出了别的什么事？"

"就是觉得自己挺没用的。"秋实的声音闷闷的，带着压抑过的哽咽。

"你还没用？"徐明海急了，"谁说的，告儿我，我这就撕丫嘴去！"

"我有什么用？被人抢了衣服都追不回来，白吃那么多饭，白长两条腿。"秋实开始自我批评，"成事不足，败事有余。"

"真不赖！全天下的坏人那么多，你又不是变形金刚，还能拯救地球是怎么着？"徐明海恨不得把秋实的天灵盖掀开，看看这异于常人的脑细胞都是怎么排列生长的。

"果子啊，"他低声下气地哄人，"要是你肯放下身段，跟我们普通人比比，就知道自己多好了。"

"那你说我哪儿好？"秋实小声问。

"你从小学习就牛，科科都是状元！"

"死读书，没用。"

徐明海被噎住了，只能换个角度："那，那个……你脾气好模样好，个儿又高，走马路上老有人瞄你，照这个趋势再发展下去，保不齐哪天就被人哭着喊着拉去拍电影！"

"肤浅。"秋实轻哼道。

徐明海："……"

"你就不能夸点儿有深度、有层次的？"秋实不满地提要求。

"有深度……"徐明海搜肠刮肚了半天不得要领，无奈只好求助评书艺术家单田芳老先生，"我们果子文能治国，武能安邦；拳似流星眼如电，鸟随鸾凤飞腾远；扫地不伤蝼蚁命，爱惜飞蛾纱罩灯……"

还未等徐明海拍下醒木，大喊一声"预知后事如何，且听下回分解"，秋实的肩膀早已抑制不住地颤抖起来。徐明海以为他哭了，吓得赶紧使劲摇晃他。

"果子，果子你怎么了？"

秋实缓缓抬起头，黑白分明的眼睛里确实含着两眼泪，但面部线条却是上扬的，充满了奸计得逞的喜悦。

徐明海："……"

"哥，"秋实把笑哭出来的眼泪统统抹在徐明海的衣服上，"我最喜欢听《七杰小五义》，你给我来一段。"

徐明海佯怒："耍我啊？我这白揪了半天的心！就差给你磕头了！"

秋实笑够了，看着徐明海小声说："哥，对不起，让你着急了。我就是想逗逗你。"

"你今儿到底怎么了？"徐明海追问。

秋实卖关子偏不明说，而是祭出一招儿驴唇不对马嘴："你知道1911年历史上发生了什么大事吗？"

这问题问得徐明海丈二和尚——摸不着头脑。当年的历史课都拿来补觉和看武侠小说了，谁知道猴年马月发生了什么？

秋实只好改变策略："那建宁公主你知道是谁吗？"

"知道！"徐明海顿时来了精神，"韦小宝他老婆！"

"西单那边原来有一处地方，明初的时候是常州会馆，明末的时候是一个大学士的住宅，到了清初成了建宁公主府。"

"懂，改朝换代，谁抢着归谁呗。"徐明海高度总结。

秋实娓娓道来："雍正年间，那里被拿来作为皇家贵族子弟学校，传说曹雪芹也在那里做过教习。乾隆年的时候，这地方又被赏赐给某个大学士为住宅。纪晓岚的《阅微草堂笔记》里也提到过，说那里闹鬼。"

"听着怪瘆人的。"过堂风徐徐吹过，徐明海胡噜了一把胳膊上竖起的汗毛，"可你说的这地方跟咱俩有什么关系？"

"好好听讲，发言先举手。"秋实曲起手指，轻轻敲了敲对方的脑门子，"这地方后来做过贝子府，又当过祥公府。1911年辛亥革命后，有个蒙古王公为了改善少数民族的教育，把那地方改设成了蒙藏学堂。"

徐明海举手打岔道："我越听越糊涂，果子老师，你这历史教得可不咋的。"

"马上就到重点了。"秋实强调，"中华人民共和国成立后，中央民族学院拿那做过一阵子学校。20世纪80年代，本来要拆除旧址建个大厦的，但计划被搁置，后来为筹集建大厦的资金，那地方就成了……哎，哥，你听着没有？"

"听着呢！听着呢！"徐明海赶紧揉眼睛问，"成什么了？"

秋实笑着大声宣布："西单民族大世界！"

徐明海愣住了："啊？"

一小时前，秋实把被撞倒的老太太半搀半扶地送回家，陪她待了一会儿后，见对方并没伤筋动骨就准备告辞离去，赶到烂尾楼和徐明海会合，谁承想老太太这下不干了。

"怎么屁股还没坐热就要走啊小伙子？要不是你帮忙，我估摸着这会儿还睡马路上呢！"她急赤白脸地问，"你是不是怕我讹人？"

秋实赶紧摆手说："真怕您讹，我就不会扶您进来了。"

"这不结了？多坐会儿，喝口水。好久没有你这么顺眼的小伙子陪我聊天儿说话。"老太太顿时眉开眼笑。

反正衣服也追不回来了，秋实一时又不得脱身，索性坐在搭着天棚、搁着鱼缸、种着石榴树的小四合院里听老太太痛说革命家史。

对方越聊越高兴，最后还把秋实拉进屋子里，指着墙上自己年轻时候的照片给他看。只见那上面的女子浓眉大眼，顾盼生姿，通身的贵气。

"小伙子，你别看我现在只是个普普通通的胡同老太，搁过去，咱出身可显赫了，家里面出过亲王！还是开明的改革派，维护祖国统一，反对民族分裂，建学堂，办工厂。远的不提，就说近的，西单民族大世界知道吧？"

"知道。"提起那个遥不可及的火爆市场，秋实不免心生向往。

"那里的前身是蒙藏学堂，我们那位亲王提议设立的！"

随后，秋实便被迫了解了一番民族大世界的前世今生，老太太口才不错，讲得跌宕起伏，秋实听得津津有味。

"小伙子，你说是不是冥冥中自有注定？兜兜转转，如今我最小的儿子就在大世界上班！"

秋实一愣，随即追问："是摆摊儿卖衣服吗？"

"他一身抻不开的懒筋，哪儿受得了那个累？挣得了那份钱啊？我儿子在市场管理处上班，算个头儿。"

八竿子打不着的故事听到这里，徐明海总算听明白了。

"我去！"他弹簧似的从原地跳起来，"果子，你可千万别跟我说你找到了传说中的后门，我非晕过去不可！"

"你等我说完再晕。"秋实也站起来，双手按住徐明海的肩头，不让他四处瞎蹦跶。

"再后来，老太太的儿子就下班回家了。我跟他打听了一下，其实国家本来就有鼓励毕业生从事个体经营的政策，不过肉少狼多，不认识人确实排不上号。老太太为我说了不少好话，最后她儿子实在拗不过自己亲妈，就给我指了条明路，说让咱去找街道居委会开封介绍信，再带上你的毕业证去大世界管理处找他。他给咱们安排上，俩月内就能见分晓。"

就像黑黢黢的屋子里忽然射进一缕曙光，徐明海整颗心都亮堂起来。再三确认自己不是在做梦后，他当场放肆地冲着阳台的方向又笑又叫，恨不得给那个偷衣服的二百五送面锦旗。

"哥，以后要真有钱了，你想干什么？"

最后两人喊累了，精疲力竭地坐在地上，一齐遥望远方。

"当然是买房啦！你那屋子，一下雨就滴水。还有我妈，这辈子最大的心愿就是住上楼房。"

未封的阳台在深夜里如同巨大的望远镜，把天上密密匝匝的繁星拉近在眼前。远处是七百多年的白塔寺，脚下是棋盘格子一样的马路。北京这些年到处都在修路盖房，可不知道为什么，这里却一直无人问津。

"果子，"徐明海开口说，"以后这儿要是建成居民楼了，对面给我爹妈住，咱就住这户，好不好？"

听着徐明海的计划，秋实的鼻子忽然酸了一下。他站起来伸手比画着："行，说好了，咱就买这一套。那边是客厅、厨房、洗手间，这边是书房、卧室……"

两人像是经验丰富的设计师，在水泥地面上走来走去，幻想着前卫的、华丽的、欧式的、美式的，各种从报纸杂志上看来的装修风格，拼命装点着自己的空中楼阁。

一年后。

周五放学，秋实在学校门口坐上大公交车，一路来到位于西单小石虎 33 号的民族大世界商场。

这里美其名曰"商场"，其实更像是大卖场——以经营价格低廉的时尚服装、鞋帽为主，各种流行的小玩意儿为辅——是那些手里闲钱不多，但又爱臭美的年轻人来西单最喜欢逛的地方。

秋实下了车，跟随着乌泱泱的人往北走。自从去年正式开始实行双休日后，每到周末这里就沸反盈天的。

走在人群里的秋实比别人都高出一截，条儿顺，模样又出众，称得上是鹤立鸡群，不时惹得姑娘们的目光跳起，弹在他的脸上主动示好。只是被看的人浑然不觉，白瞎了阵阵秋波。

此刻正值卖货高峰期，徐明海那厢正在被迫"舌战群儒"。

"哥们儿，真便宜不了。我又不是老板，就一看摊儿的，给你便宜了，工资就没了。月底喝西北风啊？"——这是应付砍价的。

"姐，那一般的我就不给您推荐了。你看看这个，出口转内销的。"——这是碰上了挑剔的主顾。

"试不了，我这一亩三分地转身都费劲，怎么让你试裙子？"徐明海百忙之中连喝了好几口水，皱着眉说，"妹妹，你要不拿一件去西口的公共厕所试吧。不满意再拿回来，我给你换。"

嗯……这是碰上要宽衣解带的了。

"帅哥，这不是有帘儿吗？帮我挡着点儿不就得了。厕所里人那么多，我要一不留神磕着碰着，你不心疼啊？"妹子开玩笑道，"你这人怎么这么保守啊？"

这时，一旁传来熟悉的声音："我帮她挂帘子吧，你忙你的。"

个体户徐老板盼了一天，终于听见秋实的声音。他扭头，见秋实背着书包出现在视野内，没好气的脸上立马泛起一层厚厚的冰糖渣子，差点儿把那位闹着要试裙子的妹子齁一跟头。

"今儿够早的，"徐明海忙接过对方沉甸甸的书包放在一旁，"没上晚自习？"

"嗯，老师开恩。"秋实走进去弯腰拾起封门用的白布，一抬胳膊就挡住了妹子，里面随即传出窸窸窣窣的声音。

"都开始上棉服了？"秋实低头看了看地上刚到的货。

"天气预报说这两天有雨，"徐明海说话间就卖出两件 T 恤，"一场秋雨一场寒，天也该凉了。"

这时赶巧卖饭的推着小车路过。徐明海赶紧招呼阿姨，又问秋实："想吃什么？"

秋实老实不客气地说："想吃肉。"

于是徐明海要了四个荤菜盒饭。

里面的妹子终于换好裙子走了出来。她挺胸收腹，征求意见："好看吗？"

"好看好看，仙女下凡。"徐明海忙着给人家付盒饭钱，连头都没抬。

"喊，"妹子不买账，冲着秋实问，"你说呢？"

秋实认真点评道："挺有气质的，像刘若英。"

妹子倒吸一口凉气说："呀！你可真有品位，我就喜欢刘若英！觉得她特文艺，特有范儿。"

徐明海赶紧就坡下驴："合适就穿着走呗！"

这话正中妹子下怀，她点头说："成，我就不换回去了，老板给个袋儿。"

秋实帮她把换下来的裤子装好。妹子连价都没砍，十分痛快地付过钱，然后拎起袋子，嘴里唱着"想要问问你敢不敢，像我这样为爱痴狂"，神情愉悦地走了。

"果子你可以啊！"徐明海端着盒饭说，"我以后就拿'刘若英'这仨字儿当夸人的话了。这位是干吗的？唱歌的？"

秋实接过盒饭："双栖。"

"懂，"徐明海概括总结，"一个人挣两份钱。"

两人正说着，外面淅淅沥沥下起雨来。看来天气预报没蒙人。

民族大世界没有顶儿，只有一小间一小间密密麻麻的平房。行人被雨一浇，没处躲也没处藏，立马四散逃窜，几分钟后便只剩一地泥泞。

"唉，老天爷真是见不得我挣钱。"

这边的排水系统历来堪忧。徐明海一面埋怨老天爷，一面非常有经验地在门口堆起沙袋，反手关门挂帘。刚刚还喧嚣扰攘的市场一下子变得无比静谧，屋里也暗了下来，唯有雨声愈来愈大，渐有瓢泼之势。

这一时半会儿买卖是做不成了，两人于是找了些报纸铺在地上直接坐下。秋实打开四个白色塑料泡沫餐盒，杂乱的斗室立刻被饭菜的浓郁香气填得满满当当的。

"也挺好，咱能踏踏实实吃个饭。"徐明海把一次性筷子替对方掰开，蹭了蹭上面的毛刺，"上了一天的课，饿了吧？"

"嗯，下午就饿了。"秋实猛扒了几口饭，然后啃着红烧鸡腿，笑着说，"徐老板真大方，盒饭都四盒四盒地买。"

徐明海瞅着狼吞虎咽的人发愁地说："半大小子吃穷老子，再这么长下去可怎么是好。"

秋实抬起头笑道："那你就叫我哥，我疼你。"

徐明海"啧"了一声，这孩子，真讨厌！

"哥，"秋实往嘴里继续送饭，"陈老师今天跟我提报志愿的事儿了。"

"这么早？"徐明海问。

"我以前跟她提过想去广州上大学，学校正好有 Z 大的保送名额，所以她就跟我聊了聊。"秋实解释。

"你跟她说不去了吧？"

"嗯，说了。"

时过境迁，秋实如今自然要留在北京，不光能帮徐明海，照顾起九爷来也方便。

说起九爷，如今他老人家的健康状况迅速恶化着。他们带着老头儿去协和医院看过医生，也去同仁堂问过诊。人家检查了一溜够，都安慰说没什么大毛病，只是老了。"老了"简简单单的两个字，蕴含着无力回天的惆怅。俩小的不禁想，人要是不老不死，永远年轻多好？

"那就行，踏踏实实准备高考。反正你学习上从不用人操心。"徐明海往嘴里塞进一大口饭。

秋实愣了片刻，放下手里的盒饭，把早在心里捂烂了的话一个字一个字地往外倒："哥，我其实……"

"其实什么？"徐明海嚼着饭含糊地问。

"不想念大学了。"

饭粒瞬间从徐明海嘴里鼻子争先恐后地喷射出来。他一面疯狂地咳嗽，一面不可置信地瞪着眼前的熊孩子。秋实见了，马上心虚地给他递水。

徐明海连喝了好几口凉白开，才缓过来一些。

"果子，你没发烧吧？"徐明海这个气啊，刚还说不让人操心呢，这孩子就抽上风了。

秋实不敢看徐明海的眼睛，低头小声说："没，挺健康的。"

"那你又闹什么幺蛾子？这大学，别人想考都考不上，你倒好，还摆上谱儿了。"

"哥，我没摆谱儿，只是现在越来越觉得你当年说得没错儿。"

"我，我当年都说什么了？"徐明海短暂性地失忆了。

"你说学校教的东西都没用……"秋实开始了鹦鹉学舌，"造导弹的不如卖茶叶蛋的，拿手术刀的不如拿剃头刀的。"

"放屁！"徐明海气得口不择言，"我那纯粹是出于赤裸裸的忌妒心理！吃不着葡萄说葡萄酸！"

"可葡萄就是挺酸的，一吃至少要吃四年。"秋实惆怅地看着屋顶昏暗的日光灯管，"哥，咱说过要买房要换车，还要给九爷请个靠谱儿的保姆，能二十四小时照顾他的那种，只靠你一个人太难了。"

古人云，万般皆下品，唯有读书高；雅斯贝尔斯说，教育意味着一个灵魂唤醒另一个灵魂。可现在这个灵魂太年轻了，也太穷了，想要的却又太多。秋实忘不了两人那个买房梦，只是随着房价日益的上涨，这梦变得越来越遥不可及。

这不光是他俩的梦，也是芸芸众生的梦。大家于世纪末紧赶慢赶，都想尽早过上闪亮新生活。猛地看上去，就像一群拼命追赶脑袋顶上胡萝卜的小毛驴，狼狈的同时又都觉得充满希望。

"这些都不是你该考虑的，"徐明海挥手打断对方，"告儿你果子，以后放学了就回家温书去，少往我这儿跑，省得分心。"

秋实瞅着对方这副独裁者的样子就来气。他明明可以耐心一些，跟自己好好谈一谈，问问看自己到底有什么打算，假如真不上学了想做些什么。可徐明海偏要摆出张老子爹的脸来指手画脚。

秋实反驳道："你能毕业就出来摆摊儿，我不行吗？"

"你跟我比？"

"怎么不能比，你不就比我大两岁？"

"果子！"徐明海急了，"只要现在咱还吃得起饭，不用睡大马路，你就给我好好上学，准备高考，其他事儿跟你一毛钱关系都没有！"

"徐明海！"秋实也倔起来，"我要真铁了心不往下读了，高考那天你还能把我绑到考场去，还是怎么着？"

话音未落，响亮的耳光就像突发的闪电一样击中秋实的脸颊。这一巴掌打下去，像是按下了整个世界的暂停键，半晌两人谁都没说话。

年少轻狂不知进退的岁数，拳头永远比脑子快上一步。

徐明海的手垂在身体的一侧，微微颤抖着。

秋实任由脸上的火辣感蔓延，直到烧出眼里一层薄薄的泪。他用隔着这层水雾的眼睛直视徐明海。

"哥，我只是想出份力。"

随后，秋实站起来转身推开门就往外跑，险些被门口的沙袋绊倒。

"果子！"徐明海大喊一声，可惜这嗓子并没有把人留住。秋实的背影已经被茫茫的白色雨雾吞没，速度之快像在逃命。

大雨持续发威，路面上的积水越来越深，一些没带伞的行人被迫缩着身子，集体挤在路边的房檐下躲雨。

此时，一人在他们面前飞奔而过，溅起的水花堪比急驰中的小汽车。

"哎哟喂！这话儿怎么说的？"某位被波及的大爷不乐意了，立马开始发挥首都人民的碎嘴子精神，扯着脖子嚷，"大下雨天还练短跑？小伙子，你这水上漂的功夫可没到家！"

"您老什么眼神儿啊？这一看就是失恋了！"旁边的人一针见血，"人家正痛苦呢！"

"再痛苦也别跟自个儿的身体过不去啊！再着了凉，不更崴了吗？"大爷以过来人的身份振振有词，"留得青山在，不怕没柴烧！"

"没事，年轻人身体壮，不怕浇。"其他人也跟着一起捡乐，"不把这点儿邪火撒出去，您说，这晚上能睡得着吗？"

身后隐约爆发出的哄笑声让秋实跑得更快了，等他冲刺似的把全身的力气耗尽，心情也逐渐从愤怒变成怅然。还没等他进院，忽然在门口瞅见个同样狼狈的人。

"九爷！"秋实大喊一声，忙跑过去把老头儿扶住，"您怎么出来了？"

"我找人！"九爷挺有理。

"咱先回去，回头我帮您一起找。"秋实只得先按下一肚子烦心事，顺着对方往下说。

"不介！"九爷梗着脖子拒绝道。

秋实也学他梗脖子："那我以后不去北新桥的泰华斋给您买萨其马了。"

九爷这下立马服软了。一老一小两只落汤鸡回到屋里，秋实顾不得收拾自己，赶紧伺候九爷换衣服。

"你多早晚帮我找人？"九爷没忘这茬儿。

"明儿就去。"给九爷换上干净衣服后，秋实拿着毛巾帮他擦头发。

"可别骗我。"九爷不错眼珠地盯着秋实。

"骗您是狗。"秋实说完这话，不由得想起徐明海，继而想起平日里他对自己的那些好和刚才那一巴掌，眼里忽就一热。

秋实下意识地抬手擦眼睛，却发现擦不擦其实没什么区别，现在自己头上、脸上还都是未干的雨水。他吸了下鼻子振作起精神想要继续，手里的毛巾却被人接了过去。随后，他脸上残存的水珠就被轻轻地蘸干了。

"谁给你气受了？"

秋实见九爷问得认真，便使劲挤出个笑来说："没谁，迷眼了。"

"嘁，不说拉倒。"九爷孩子气地撇了撇嘴，"不和你好了。"

秋实这回是真笑了，心情也稍微轻松了些。他找来吹风机把九爷半湿的头发吹干，再用梳子仔细弄好。九爷爱干净，向来都是个利落人。

"这么些年过去了，您都没告诉我要找的人是谁。"秋实低声说，"可我从来没说过不跟您好了。"

半晌两人谁都没说话，屋里安静极了。当年那些蝈蝈儿啊，油葫芦啊，鸟儿啊什么的早没了。九爷精力不济，小一辈的既不懂怎么养，也不懂怎么遛，现如今也就只有那只老白猫会偶尔来转一圈儿。

"我要找的是个朋友。"九爷忽然开口道。

秋实听到这里，不禁停下手里的活儿追问："朋友？"

"嗯，很要好很要好的朋友。"

"那人长什么样儿？"

"一头半长的鬈发，瞳仁儿是棕绿色的，睫毛特别长。可嘴唇却薄得很，天生一副无情的样子。"九爷仔细描述道。

"外国人？"秋实不禁诧异，但一想那个年代马上就释然了。

"算是吧，中葡混血。"九爷点头，"后来……就失散了。"

"为什么会失散？"秋实得到答案后还不甘心，继续追问。

"年轻的时候心高气傲，把很多事情看得太沉太重。殊不知，那些死活过不去的坎儿，丢不掉的面子，放不下的里子，在命运和时代面前，简直比羽毛还轻，风一吹就散了。等醒悟过来，展眼一看，几十年就这么过去了。"

听了这话，秋实久久没出声。他站在原地，直到身上滴答落下的雨水逐渐在脚下洇出一个水窝儿。

"小果子。"九爷轻喊。

秋实循声抬头，九爷的眼神已经聚焦，这是老头儿偶尔清醒的标志。

"您好点儿了？"

"我压根儿就没事！"

依旧是扭脸不认账的经典风格，秋实早已习惯，也不生气。

"小果子，"九爷没头没脑地问，"那你呢？"

"我什么？"秋实把身上早就湿成了葱皮一样的白衬衫脱下来。

"你为什么跟小海生气？"

秋实一愣："您怎么知道我是跟他生气？"

"我又不瞎，除了他你还能跟谁较这么大劲？"九爷叹了口气说。

秋实鼻子猛地一酸，开始告状："他刚才抽了我一巴掌。"

"嘿！"九爷一拍桌子，"反了他了！敢动我们果子？回头我给你出气！"

"其实他下手也不重，"秋实打完小报告又赶紧替徐明海找补，"我话说得也直了点儿。"

"唉，你俩啊。"九爷笑着摇了摇头，又问，"小海不是不讲理的孩子，肯定是你因为什么事儿逼人家来着，对不对？"

秋实低着脑袋半天没言语。

"不乐意说就不说吧，只是好多话你们现在不说清楚，将来可不一定有机会。"

秋实刚想问未来那么长，怎么可能没机会呢，九爷那厢却没头没脑地唱上了——

我好比哀哀长空雁，我好比龙游在浅沙滩。

我好比鱼儿吞了钩线，我好比波浪中失舵的舟船。

思来想去我的肝肠断，今夜晚怎能够盼到明天……

秋实听着这如泣如诉的唱词，心里更乱了。

就在一老一小关上门说悄悄话的时候，徐老板那厢已经收摊儿了。他没像往常那样着急往家跑，而是沉着脸，一路溜达到市场东门的音像店前。

"哟！海爷来了。"正在放卷帘门准备打烊的男人看见他，喊了一声。

徐明海点了下头，直接弯腰钻进屋里，然后背着手开始东瞧西看。那架势，跟市场领导视察工作似的。

这家音像店的小老板是徐明海高中时的同学，名叫冯源。同样毕业后没上大学，在社会上混了两年也不见有多大起色，后来赶上个机会，被徐明海介绍到大世界卖盗版光盘来了。

1996 年以后，经济发展迅猛。碟片机从早期高不可攀的奢侈品变成了家庭必需品。当年出没录像厅午夜场的人，如今早就窝在家里舒舒服服地看片儿了。于是，影碟光盘的买卖也借着东风日益红火。冯源挺感激徐明海的，两人关系倍儿铁。

"你来得正好，我给你弟留了几张碟。"冯源进屋找出一摞光碟，"什么《爱在黎明破晓前》《廊桥遗梦》《重庆森林》……反正名儿一听就是特闷特没劲的那种。果子一准儿喜欢。"

"得，费心了。"徐明海心不在焉地接过盘，然后依旧背着手转腰子。

冯源纳闷儿地问："大晚上你不赶紧回家睡觉，跑我这儿拉什么磨啊？"

"烦，"徐明海发号施令，"陪我待会儿。"

"得嘞，那咱奔后面。"

徐明海于是跟着冯源来到店面后身的小库房。这里收拾得挺干净，有试盘用的碟机和电视、绿帆布马扎和歇脚用的钢丝床。

"说说吧，谁招你烦了？"冯源变魔术似的拿出几听北京啤酒，打开后递给对方。

"还能有谁？果子呗。"

"不能吧，果子多省心啊。不像我弟，奸懒馋滑坏，成天不着调。"

"听话的弟弟都是相似的，不着调的弟弟各有各的不着调。"徐明海感慨道。

"深刻！"冯源笑着跟徐明海碰了杯，然后打听，"果子怎么不着调了？"

徐明海仰脖喝了口清苦的液体："闹着不高考不上大学了。"

"嘻！我以为多大的事儿呢，不考就不考呗，咱俩不都是高中毕业的文凭吗？也没饿死啊。"冯源站着说话不腰疼。

"果子跟咱这号的能比吗？"徐明海说着又要急眼，"他打小读书就好，科科都名列前茅。这么好的料子不考大学，不就糟蹋了吗？"

"那牛不喝水你也不能强按头啊，"冯源旁观者清，笑着说，"他要是王八吃秤砣——铁了心了，你还能绑着他上考场是怎么着？"

徐明海："……"

"要我说啊，这各人有各人的命数，你操心也没用。电视里报纸上不天天说吗？平等自由，互相尊重。"冯源又问，"你没好好跟果子聊聊到底是因为不想上学了？"

"还能是因为什么？学烦了呗，想赶紧出社会挣钱。"

"要说这想法也没错，读书读不出万元户。就那个谁，去广东倒腾了批水货回来，发了！还有那个谁，搞什么化妆品，现在每天躺着就有进项。果子聪明，真要不打算念书，早点儿出来闯闯也未必是件坏事。"

"这还不是坏事？这简直是天大的坏事！"徐明海扯着脖子嚷嚷，"整个儿一瞎胡闹！"

"哎哟，你小点声儿。"冯源被震得直捂耳朵，"就看你这态度，后来你俩肯定谈崩了。你跟人家孩子犯浑没有？"

徐明海咳嗽一声，含含糊糊地问："那什么，我……"

"劳驾您大点声儿！"冯源把手拢在耳朵上，"大点声儿不费电！"

"我抽了果子一巴掌。"

"我去！海爷你可真行啊，果子这么大小伙子，你居然动手抽人家？"

"行了，我都自责半天了，家都不敢回，不知道怎么跟果子张嘴道歉。"

徐明海郁闷极了，他不由得想起他和果子1993年在烂尾楼聊天儿的时候。那个傍晚就像是一道分水岭，把人生隔成了两部分。

在那之前是冒着傻气的少年，鸡飞狗跳的青春期。而那之后，他俩忽然就被推进了成人的世界，被迫长大，被迫与俗事钱财纠缠，被迫去茫然地筹划未来。

如果可以选，徐明海宁愿时间永远凝固在荒草遍地、晚霞漫天的那一刻。少年初诉衷肠，骨肉尚未别离。

"总之啊，有什么话好好跟果子说，别老装大尾巴狼，拿人家当不懂事的三岁孩子，要懂得彼此尊重理解。"冯源学电视上的专家范儿，耐心相劝。

"唉……"

酒越喝越少，话越聊越多，最后徐明海干脆睡在了冯源的小库房。

第二日天光乍亮，徐明海揉着晕沉沉的脑袋醒来，简单收拾了一下便出门朝自己的店走去。不想离得远远的，他就看见有人正在店门口坐着，低首垂肩，孤单的身影在熹微的晨光中显得非常寂寥。

"果子！"徐明海扯开嗓门儿大喊一声，然后看见秋实瞬间抬起头来。

徐明海三两步跑过去，一把将人拽起来问："这么早你过来干吗？大星期六的怎么不多睡会儿？"

秋实眼里的光一阵明灭。他愣了愣，开口问："哥，你晚上怎么没回家，干什么去了？"沙哑的声音听起来像被砂纸狠狠打磨过。

徐明海不知道该怎么解释，只含糊地回答："哦，冯源那边有点儿事儿，我过去搭了把手，完事挺晚的了，就在他店里凑合睡了。"

见对方的神情放松下来，徐明海赶紧主动为自己昨天的表现道歉："果子，就昨天……"

"昨天什么？我都忘了。"秋实没接这茬儿。

"啊，忘了？"徐明海傻眼。

"嗯，真忘了。"秋实垂下眼，"是我不好。哥，对不起！让你操心了。"

道歉的话居然被秋实先一步说出口，徐明海恨不得找块豆腐一头撞死。

"我也有错，我……"

还没等徐明海结结巴巴地把意思说清楚，额前乱糟糟的头发就被秋实梳理好了。对方随即露出一个浅笑说："我先走了，今天还有一大堆的功课要复习呢。哥，你好好卖货，咱晚上家里见。"

学习大过天，徐明海只得作罢。

和上次落荒而逃的背影比起来，秋实这次走得很踏实，中间还回过头来用力挥了挥手，留下一个灿烂无比的笑容。

而徐明海不知道，因为自己昨晚没回家，秋实支棱着耳朵等了半宿。他越等越心焦，脑子里各种可怕的念头不受控制地此起彼伏。

秋实曾在漫长的等待中失去过至亲。跟别人比起来，他对时间的流逝极其敏感，根本无法承受类似的煎熬。挨到凌晨三四点，秋实已经认定徐明海不回家是因为这辈子都不想见到自己，于是直接跑去市场找人。而当他见到徐明海紧紧锁着的店门后，彻底慌了神。秋实不知道徐明海还能去哪里，只好在黑暗中一遍遍大喊对方的名字。

而当时徐明海正睡得昏天黑地，所以压根儿没听见外面有什么不同寻常的动静。

秋实嘶哑的叫喊声饱含着某种近乎病态的执拗，在深夜的市场里显得尤为骇人。最后，徐明海没喊来，却招来了管理员。

秋实被勒令不许再"抽风""撒癔症"，否则就喊联防的人来抓他。秋实别无他法，唯有惶惶不安地守株待兔。眼见天色破晓，他终于听见了徐明海的声音，看见对方朝自己大步跑来。

那颗悬着的心一下落回到秋实的肚子里。他看着对方不太好的脸色，只能自己给自己吃定心丸。

路漫漫其修远兮，对付他的小海哥哥，不能太着急。

16　负荆请罪

徐明海最近的小日子过得很滋润，弟弟不再作妖，生意欣欣向荣。可是这日子越平静，他心里却越没底。"人无远虑，必有近忧"这八个字，总是时不时地从自己脑袋里冒出来，简直如同某种难以解除的诅咒。

这一天，徐明海隔壁的几间店铺装修施工，搞得焊花四溅，噪声逼人。半天不到，徐老板整个人就被搞得灰头土脸，心烦意乱。他没辙，只好拿塑料布把货都遮盖好，然后关了店门，打算去找个大众浴室洗个澡。

就在徐明海独自在马路上溜达的时候，他忽然灵机一动，想着在外面洗澡还得花钱，不如去他爸厂子里蹭一个。之前徐勇一直说男浴室改造，徐明海琢磨这都好几个月过去了，怎么也应该改完了。于是他怀着有枣没枣打一竿子的心态，步行前往灯泡厂。

到了地方，迎接徐明海的依旧是熟悉的大铁门。他熟门熟路地走进去，朗声跟传达室的大爷打招呼。

"赵叔！"

"哟，小海怎么来了？"

"来占个便宜。叔，男浴室能用了吗？"

对方被问得一脸问号："男浴室一直都能用啊。"

"啊?"徐明海愣住了,"那我爸怎么告诉我厂子里浴室翻修呢?都好几个月了。"

对方像是被噎了一下,然后立马从抽屉里摸出一张澡票,嘱咐道:"那什么,去吧孩子,这个点人少。"

徐明海狐疑地接过澡票,一步三回头地往厂子里面走去。等他走到浴室门口时彻底没了洗澡的心情,一个逐渐成形的念头迫使他扭身直奔后勤科室。

正赶上中午,办公室里没人,估计都去食堂吃饭了。徐明海在里面转了一圈儿,觉得这地方和以前比似乎空旷了一些。办公室南墙上贴着淡粉色的考勤表,他走近从头到尾读了一遍,唯独没看见徐勇的名字。

"小海。"

徐明海心里咯噔了一下,回头看去,来者姓李,是他爸的同事。

"你怎么跑来了?"

徐明海急中生智:"我……我替我爸拿个东西。"

"是不是这个?"对方从办公室一侧的架子上取下几本书,"老徐收拾东西的时候没拿走,有人给搁起来了。"

徐明海伸手接过书,所有疑云瞬间消散,一切变得清晰无比。

"跟你爸说,踏踏实实的,别多想,想多了反倒成了心病。"那人剔着牙说,"这几年厂子的效益越来越不好,与其在这儿死熬着,还不如重打鼓另开张。外面机会多的是,只要肯拉下脸弯下腰,满世界都是人民币。你说对吧?"

徐明海心想对个屁!这么好的机会,你怎么不主动请缨啊!

"李叔,要是让我说的话,整个厂子就属您的能力最强。干脆您也别在厂子里喝瘪子了,广阔天地,再创辉煌!"

"嘻,我也想啊!"对方笑着摆手,"可后勤这一大摊子事儿,离了我就转不开磨了。我也只能为大家舍小家,为人民服务嘛!"

"叔,"徐明海不再和对方逗咳嗽,而是挺直后背,笑着说,"那就只能辛苦您再干上个十几年了。反正我爹是提前退了,如今踏踏实实在家享清福,他用不着拉什么脸弯什么腰,我能挣,比他上班可强多了。"

"哦,呵呵。我差点儿都忘了,你也是大小伙子了。"对方不尴不尬地坐回到椅子上,打开杯盖抿了口水,一面嚼着茶叶梗,一面念叨,"要说啊，还是你爹有福气。不像其他人，家里小孩儿才刚会走，自己就下岗了，还有那个谁……"他还想说什么，一抬头，发现徐明海已经走了。

一大早，徐勇照例夹着公文包，推着自行车出了门。他一路朝灯泡厂的方向骑去，然后在半路掉了头，来到一个公园门口。

这个公园绿化不错，外加不要门票，是附近老人晨练、父母遛娃的首选之地。徐勇锁好车溜达进去，先是跟小贩买了串冰糖山药，然后独自坐到公园一隅的石凳上。

不远处有小孩们在追跑打闹，放声大笑，一副没心没肺的样子。徐勇不禁想起小时候的徐明海，然后轻轻咬下一口冰糖脆片，心里暗自感叹时间流逝的速度简直残忍，不为任何人停留。

"爸。"

脑海中的小男孩儿，忽然变成了大人模样出现在面前。一瞬间，浑身的血全部都涌到了徐勇的头部。他涨红了脸，嘴里含着糖，吐也不是，咽也不是，凉丝丝地噎在喉咙里，近乎窒息。

徐明海跟了他爹一路，直到此刻才现身。眼前这个公园他小时候常来，当时觉得好大，花草树木多得很，半天都逛不完。只是如今再一看，仿佛记忆出了错。

徐明海叫完"爸"，也没再说别的，两父子一高一低地相顾无言，谁都不知道该怎么打破此刻尴尬的沉默。

半晌，徐勇终于缓过来一些。他默默地把身边的公文包放在地上，给徐明海挪出个空位，然后示意儿子坐到自己身边。

"没去看摊儿啊？"

"嗯，不着急。"徐明海坐下，看到徐勇手里的冰糖山药，故作轻松地问，"您不是不爱吃甜的吗？"

徐勇笑了笑，眼角的纹路皱成深深的沟壑。他咬下一口冻得瓷实的山药，边嚼边说："其实你爹我小时候最爱吃甜的了，可家里穷，兄弟多，又赶上自然灾害，哪儿有闲钱买糖吃啊？你奶奶顶多拿省下来的副食票去商店里买些渣儿回来。"

徐明海不解地问："渣儿？"

"哦，就是点心脱落的酥皮儿、碎末儿什么的，直接拿勺儿扪着吃特解馋。不过吃的时候得当心，没准儿里面掺着耗子屎呢。"

徐明海："……"

"有一回，我看邻居家的三儿拿着块水果糖，馋得不行，求他让我舔舔。他说我学狗叫就给我舔，我就学了，结果正好被你爷爷瞅见。他骂我没出息，不给他作脸，拿鞋底子把我从家门口一路抽到胡同口。"

徐明海倒吸一口凉气问："这三儿现在在哪儿？爸，我替你抽他去！"

徐勇摆手道："那次之后，我就再不吃甜的了。说来奇怪，老不吃，等再吃到嘴里的时候就不是那个味道了。"说完，他把手里的冰糖山药递给徐明海，问道："我的事儿是果子告诉你的？"

"什么？"徐明海的后脑勺儿像是被人打了一闷棍，"果子他知道？"

"嗯，那孩子心细，不知怎的就被他看出来了。"徐勇顿了顿，苦笑道，"他见我早出晚归一直瞒着你们，就要把手里的赔偿金给我，好让我每个月有工资上缴'国库'。"

一阵绞痛侵袭了徐明海的心口，他想起自己给秋实的那一巴掌，恨不得当场抽回到自己脸上。

"好孩子啊，"徐勇感叹，"命怎么就这么苦呢？"

父子俩沉默了片刻，各自无语问苍天。

"果子没跟你说，你是怎么知道的？"徐勇又问。

"我昨天去您厂子里蹭澡，结果一打听男浴室压根儿就没改造，后来跑到您办公室一看，就明戏了。"徐明海追问，"爸，这到底是什么时候的事儿？"

"都快半年了。"徐勇依旧报以苦笑。

"都半年了？"徐明海傻眼了，"您每天都来这儿？"

"开始的时候，我每天夹着包儿去'下岗人员安置再就业'那儿找工作。可登记的人越来越多，工作方面却没有任何消息。再后来，我就跑这儿来了。"

徐勇朝着周围扬了扬下巴："看看风景，想想人生，反省自己一把年纪了，居然一无是处。厂子里一经济体制改革，就先把我'革'了。唉，前一秒好歹还是颗社会的螺丝钉呢，下一秒就成了阻碍企业发展的垃圾，被人撬下来随手就扔了。"

"爸……"

那时候，"中年危机"这个概念还没开始流行，所有人都毫无防备地在时代的洪流里翻涌，分分钟有人暴富，分分钟有人下岗。而徐明海作为一个 20 岁正当年的小伙子，他无法百分之百地理解这份焦虑，只能拼命给徐勇打强心针。

"爸，我当时就跟李叔叔说了。您不是下岗，是提前退休，现在每天在家享清福，不知道有多滋润！"徐明海大声强调，"我能挣，比您上班强！"

徐勇眼眶湿了，他抬起手，无声胜有声地拍了拍儿子结实的肩膀。

"要不您干脆跟我妈交底吧，这么瞒下去总不是事儿。"徐明海给他爹出主意。

徐勇摇头说："暂时还不能让她知道。"

"您怕我妈急眼？"

"不光是，"徐勇解释，"你妈盼着我们单位分房都盼了半辈子，结果到头来房没分成，我却下了岗，你妈还不得原地爆炸？"

徐明海想想也是，"楼房"俩字早成了自己亲妈的心魔。俗话说，破山中贼易，破心中贼难。要是被她知道自己男人下了岗，李艳东估计敢一把火把灯泡厂点了。

"行，那就先瞒着我妈。"徐明海逼自己稳住心神，同时快速地想了个折中的办法，"不过您也别再每天来公园吹风了，我托人给您找个点货的活儿，虽然钱不多，但起码是个营生，朝九晚五。"

徐明海饶是有天大的本事，现在也只能使出一招拖字诀："咱走一步看一步。"

父子俩在暗地里达成约定。那情景就像是徐明海小时候考试不及格或者调皮捣蛋被请家长时，徐勇总是帮他瞒着李艳东。现在倒好，两人的角色掉了个个儿，成了徐明海罩着他爹。

"你赶紧顾摊儿去吧，别再耽误时间了。"徐勇站起身做挥手状，"世界是你们的，也是我们的，但是归根结底是你们的。"

徐明海只好咧开嘴笑了笑，而随着对方的身影越走越远，他隐约又听见了那首《太平歌词》。

"闲来无事我出了城西，瞧见了别人骑马我骑驴，回头看见了推车的汉，我比上不足比下有余。"

当徐勇彻底消失在视线内，徐明海才发现，那根冰糖山药还死死地捏在自己手里。

周五傍晚，莘莘学子三五结伴陆续走出校门，然后他们眼尖地发现马路对面的大槐树下正站着个陌生帅哥。

学生们对潮流最为敏感，什么阿迪达斯、耐克如数家珍。这帅哥身上虽然一个标识没有，但不管是鼻梁上架着的宽边墨镜，还是身上的破洞刮痕牛仔裤，一看就是东洋的舶来品，穿在他身上倍儿时髦。

如今校园历经多次"改朝换代"，当年的海爷早已成了传说。

女生们拿眼瞄他，忍不住窃窃私语；男生则暗暗记下这身又飒又有范儿的搭配，打算周末去西单淘淘；更有几个刺儿头故意走过去照眼儿。那意思再明显不过——懂不懂规矩？这可是我们学校门口！

而徐老板根本懒得搭理这帮小屁孩儿。最近一个星期，各种杂念在他心里开碰碰车，搞得整个人从早到晚五脊六兽的。秋实绝口不提那一巴掌的事儿，搞得徐明海也不知道怎么主动开口。

白天的时候，他俩一个做买卖一个上学，见不着面。等晚上徐明海回来，秋实还在挑灯夜读。由于南屋的学习气氛过于严肃认真，徐明海作为一个"有口皆碑"的差等生，也不好意思去打搅优等生蟾宫折桂。

这么算起来，除了几年前的那次冷战，两人从小到大还没这么生分过。这么一天天地耗下去，饶是徐明海有颗铁打的心也扛不住了。这哪儿是人过的日子啊？

所以，今天天色刚一擦黑，徐老板就麻利地关了店，压根儿不管盈门的客人，熟门熟路地开车跑来母校。

这种等人放学的感觉真是久违了，徐明海不由得想起那些青葱岁月，头一回感慨起自己为啥不是块读书的料。

就在这时，某个跟周遭的欢快气氛格格不入的人终于出现。徐明海见了立刻摘下墨镜使劲挥手，同时用大嗓门儿掩饰胸膛里"咚咚"的心跳声："果子！"

秋实正被一肚子的烦心事坠得抬不起脖子，倏地听见熟悉的声音，他猛一抬头，于是看见了那个在大槐树下振臂高呼的人。

徐明海就站在那儿，神情姿势甚至脸上张扬的笑都和十六岁时没什么不一样。

于是秋实在众人诧异的目光中一路疯跑，就在堪堪要撞进对方胸膛的前一秒，他猛地刹住车，近距离看着忽然跑来的徐老板。

清澈见底的眼神像羽毛一样，飘到徐明海内心的最深处，平息了那里涌动着的所有紧张和难为情。只这一眼，连话都不用说，徐明海就笃定两人已经和好如初。

半天秋实才问："你怎么跑来了？"

"来负荆请罪。"徐明海回答。

秋实故意为难对方："荆呢？"

徐明海早有准备，他毕恭毕敬地递上一根槐树枝："荆条实在是找不到，您用这个凑合着抽我一顿吧，祖宗。"

秋实严重怀疑对方是吃了蜜蜂屎才来的，他忍住马上要溢出嘴角的笑，拿槐树枝轻轻敲打着徐明海的额头："朕赦你无罪！"

"谢主隆恩！"徐明海伸手接过秋实肩上死沉的书包，为对方打开车门。

秋实一探身子坐到副驾驶，然后打听道："买卖不做了？"

"不做了！带果子同学欢度周末去。"徐老板手握方向盘，一脚油门便开始自由驰骋。

在请客这个问题上，徐明海想不出什么惊天动地的创意，于是便带人去吃当时还属于高消费的必胜客。他在西单路口停好车，不料秋实却站在红彤彤的餐厅门口不肯进去。

这种馅儿铺在外面的大饼秋实很喜欢吃，可他更心疼徐明海。每天起早贪黑卖衣服，这活儿有多累他很清楚，一点儿都不比祥子拉车来得轻松，何苦拿血汗钱来买嗷嗷贵的洋馅饼？

秋实使劲拽着徐明海的胳膊说："咱还是去吃加州牛肉面大王吧。"

"我才不吃王八呢！我就要吃必胜客！"徐明海仿佛熊孩子上身，抓住秋实的手左摇右晃，就差一屁股坐地上哭了。

"你最不喜欢吃臭饼了，"秋实拆穿他，"有一回衡烨请客，你只咬了一小口就不吃了。"

徐明海把胳膊搭在对方肩上说："那怎么了，你爱吃不就得了吗？"

秋实感动之余依旧坚持己见说："等以后再吃也一样。"

"绝不一样，这个我特有经验。小时候喜欢吃的东西，等长大了再买来吃就不是那个味儿了，也不是那个心情了。"说完，徐明海使劲把人往餐厅里推，"祖宗，行行好，给我个面子让我过一回大款瘾行吗？"

未来在哪儿呢？不在明天，不在后天，就在此时此刻。

最后，两人还是坐到了餐厅落地窗旁的软沙发上。徐明海点完菜，自觉进入到正式道歉的环节，他紧张得直掰自己的指关节，"噼里啪啦"的。

"点鞭炮呢？"秋实看出徐明海的窘迫，故意活跃气氛。

"对不起，果子！我那天不该跟你动手。"徐明海看着对方的眼睛问，"疼不疼？"

"能不疼吗？"秋实故意夸大其词，"脸都肿了，耳朵也'嗡嗡'的，第二天上课都听不清老师讲的是什么。"

"啊？"徐明海低头看着自己的手，纳闷儿道，"我居然使了那么大劲儿？不能吧？要不你现在抽回来得了。"

"我才不像你这么浑呢。"秋实忍不住笑了。

服务员这时端来比萨、意面、薯条、汽水，食物浓郁的香气飘散蒸腾，两人同时深吸一口气，仿佛那个雨天的龃龉已不复存在。

"果子，"徐明海趁机问，"你怎么不告诉我我爸下岗的事儿？"

秋实脸上的笑一下子就消失了："你知道了？"

"还能瞒一辈子啊？"徐明海叹了口气，"你真行，还要把赔偿金拿出来做贡献，我爸他能要你的钱？"

秋实咬了咬嘴唇说："可叔叔真的挺难的。"

"有我呢，"徐明海拍着胸脯说，"不管是我爸我妈还是你，有一个算一个，都踏踏实实的。我徐明海今儿把话搁这儿，肯定能让你们都过上好日子！"

"我信你……"秋实刚要往下说，就被对方打断了。

"信得过我就行，果子，好好读你的书，准备高考。上大学，读研究生，出国读博士！一准儿前途无量！"

秋实这回学乖了，他听着对方设计出的美好蓝图直点头，脑子里却在考虑上大学后兼职的事儿。

"对了，提起出国，我就想起小烨了。"徐明海问，"他去新西兰以后联系过你吗？"

"没有。"秋实摇头道。

"他可真够神秘的。新西兰不是老牌资本主义国家吗？写信打电话又不费劲，怎么就杳无音信了？"

每个人的人生轨迹各不相同，秋实还记得衡烨离开前特地来大杂院找两人道别。他笑着说："哥，驸马，我要去新西兰放羊啦！你们都好好的！"

秋实此时想起那个眼睛细长、总是在笑的男孩子，顿了顿说："希望他在那边平平安安，一切顺利。"

"嗯，等以后有机会咱过去找他玩儿！"徐明海用叉子挑起细细的长面，催促说，"快吃快喝，吃完咱去看电影。美国大片儿，特火！"

本来好好的气氛，被徐明海这赶景点似的口气一催，就不剩什么了，可秋实还是很开心。他咬着烫舌头的臭饼，看着面前的人吃意大利面愣是吃出了打卤面的气势。

秋实似乎可以勾勒出两人老了以后的光景。那时，自己肯定已经咬不动饼了，而徐老板想必依旧可以英姿飒爽地吸溜面条儿。

吃完必胜客，两人直接跑到不远处的红楼影院。听冯源说，这里正在上演《碟中谍》。

两人在最后一排找到对应的号码，刚坐下全场就熄了灯。派拉蒙影业的片头闪过，还没等观众反应过来就听"砰"的一声，大银幕上有什么人被炸得血肉横飞。与此同时，隔壁座位上的孩子"哇"地哭了出来。

这严重刺激耳膜的号叫让周围的人集体哆嗦。

"爸！爸我不看了！我要回家，我要找我妈！"孩子哭得撕心裂肺。

"找什么妈？"当爹的急了，"电影票一张25块呢！不许号了！给我安静！"

这么一来，两人只好在三不五时的号哭声中艰难观影。徐明海的心情那叫一个郁闷，于是在散场时狠狠瞪了瞪那个不着调的爹。

他俩随着人流走出放映厅。徐明海一摸兜却发现车钥匙不见了，于是说回去看看是不是掉座位底下了，而秋实则想去上洗手间。两人约好一会儿在电影院门口会合，便分头行动。

大厅的卫生间门口全是乌泱泱排队的人。秋实于是向路过的工作人员打听还有没有别的厕所，人家抬手往贵宾厅的方向一指，秋实快步前往。

另外这个洗手间明显干净不少，里面只有一个男人在洗手。秋实进去后不做他想，直接对着小便池开始放水。没一会儿，刚刚离去的男人又折返回来，他冲进最后一个隔间看了看，然后直接来到秋实身边。

"哎，你看见我钱包了吗？"

秋实洗着手摇了摇头说："没看见。"

"不可能！"对方高声威胁道，"你赶紧给我拿出来啊，我不跟你计较。"

不知道为什么，这人看着竟有些眼熟。秋实一时想不起这份似曾相识的感觉来自哪里，于是面无表情地回答："抓贼拿赃，你瞅见我捡着钱包了？"

"这里面就你一个人，难道是被鬼捡走了？"

"那你去问鬼好了。"秋实甩干手，扭身要走。

"小丫挺的装蒜是不是？"对方指着秋实的脑门子，"哪个学校的，信不信我让你打今儿起读不下去？"

"那我可真是谢谢您了。"秋实冷笑道。

"嘿！"对方伸手便狠狠掐住秋实的颌关节，"小子挺猖狂啊！"

还没等秋实抬腿攻向对方的下三路，门口忽然传来一声愤怒的狂吼："你大爷的！松开他！"

说时迟，那时快。

男人还没反应过来，就被蹿上来的人薅住了衣服领子。他重心不稳往后一仰，当即屁股着地，发出惊天动地的"哐当"一声。

倒在地上的男人试图反抗，无奈徐明海的拳头劈头盖脸而来，每一下都似有千斤之重，砸得他眼冒金星，耳鸣不断。混乱中，他只得用手紧紧护住头部，大声问："你们混哪儿的？"

"混你祖宗坟头的！"徐明海狂怒道，"敢动我弟？今儿我非花了你丫的！"

紧接着又是一顿乱拳。

就在两人打得不可开交的时候，看厕所的大爷哼着曲儿晃了进来。

老头儿一看就是见过世面的，对于年轻人打架这事儿丝毫不着急不上火，反而打趣道："哟呵，我说您几位这电影看得够上头的啊！还没出厕所呢就比画上了？"

被人这么一打岔，男人趁机原地打了个滚儿，起身给了徐明海腰间一拳，扭头就跑。

这一刻，秋实忽然想起他是谁了。这人竟然就是那个趁着城管执法在他们摊儿前顺手牵羊的王八蛋！

"哥！是他！"秋实大喊道，"那个偷咱们皮搂儿的贼！"

徐明海被这么一提醒也想起来了，新仇旧恨一起涌上心头。

"孙子！你别跑，还我皮搂儿！"

两人一前一后从电影院里追出去，如同往日重现般，在北京的夜色里展开了又一轮的追捕。

清晨 6 点的四九城一派祥和景象。

上班的人们坐在尚未满员的大公交车里昏昏欲睡；卖早点的支出摊儿来开始炸油条；提笼遛鸟的大爷趿拉着千层底的内联升布鞋四处晃悠，见面就互相问"吃了吗您"，然后他们经过某个老字号澡堂子，相约过几天一起来泡澡修脚。

大清早的老字号没什么人，只有几个在大堂过夜的外省客还未醒来。而最里面的淋浴房却水雾氤氲，热气缭绕。徐明海和秋实两人各占一个喷头，前者打架在腰间留下的痕迹分外扎眼。

昨晚，那人被擒获时咬死牙关不承认当年偷衣服的事儿。结果三人混战到一半被路过的民警及时制止，随后便集体进了派出所。

在做笔录的过程中，一方说是为了维护自身财产不被侵害，一方则说是正当防卫并与恶势力搏斗。公说公有理，婆说婆有理，听得民警脑仁疼。

后来派出所一调查，那人的钱包确实是掉了，不过是掉厕所外面了，早有拾金不昧的观众捡到并上交了保卫科。

搞清楚是乌龙一场，对方却依旧大吵大闹要去医院验伤赔偿。而徐明海也没放过他，主动向民警提供线索，说这小子手脚不干净，肯定平日里没少干小偷小摸的事，一定得好好查查他的底。

双方扯了一夜的皮，天快亮的时候那男的困得不行，整个人都蔫儿了，最后也不再闹着要赔偿，而是签了调解协议书灰溜溜地走了。

徐明海和秋实报了陈年旧仇，心情分外明媚。

"你今天还去店里吗？"秋实问。

"去啊！大礼拜六，正是赚钱的好日子。"徐明海快速冲去身上的泡沫，"一会儿咱俩吃完早饭我把你送到胡同口，你补个回笼觉，今儿在家里好好学习。"

路上的时候，秋实瞅见稻香村的招牌，便指挥徐明海停车："你把我搁那儿吧，我给九爷买些好嚼的点心带回去。"

"成。顺便给哥带几块桃酥，还有……"

"还有山楂锅盔、果酱盒、起子馍。"秋实如数家珍。

徐明海胡噜下对方的头发，夸赞道："果子上道！"

"徐老板过奖！"秋实从副驾驶蹦下去，在稻香村的门口特意回头冲着徐明海露出灿烂的笑。

徐明海挥了挥手，一打轮便往市场开去。他一面哼着歌，一面听着电台里俩主持人不着四六地胡侃，当他被一个无聊段子逗得哈哈大笑的时候，忽然乐极生悲，腰间传来一阵痛。

嘿，把这茬儿忘了。徐明海赶紧敛起笑，小范围活动了一下身子骨儿，然后以一个别扭的姿势继续开车。

而秋实这时已经买好了东西，他拎着满满一袋子糕点往大杂院走。进门后拿着点心就跑到九爷屋里。

老头儿此刻正坐在木头椅子上。他手里捏着张照片，可人却睡着了。秋实没惊动九爷，而是蹑手蹑脚地把吃的放在桌上，然后蹲下身子歪头看照片。

这上面的年轻男人身着浅色西服，面容清俊，眼神明媚，浑身都透着一股子旧时代特有的贵气。看尺寸应该是张合影，可惜，只有半边儿。

"果子来啦？"上方的人缓缓打了个哈欠。

秋实抬起头，指着照片问："九爷，这谁？"

"谁？"九爷挑理道，"小小年纪什么眼神儿啊？这是九爷我风华正茂的时候。"

秋实吃了一惊。于是他赶紧把照片拿到手里，验钞似的看了半天，又放在九爷脸边比照了几下，迟疑道："您要非说是您……"

"什么叫非说是我？"九爷不乐意了，被迫扶着桌子摆出一模一样的姿势，"瞧一瞧，看一看，真金不怕火炼！"

这么一来，倒是和照片上的世家公子有了七八分的神似。秋实不禁感叹道："您年轻时候可真帅！"

老头儿挺美，坐下后乜斜着眼开始出难题："比你和小海还帅？"

秋实听了，嘴上马上哄老头儿："我俩摆一块儿也不是您的个儿。"

"哼，"九爷得意地仰起下颔，"算小果子你有良心。"

秋实把点心拿出来，又倒上茶："您身边的……是那个朋友吗？"

九爷把一块松仁枣糕掂在手里，然后装傻："啊，哪个朋友？"

"您上次跟我提过，"秋实打听老皇历，"卷发，棕绿色的瞳仁儿，睫毛特别长的那个。"

这些形容词足以清晰勾勒出某个昔日友人。九爷用为数不多的牙咬了口点心，眯着眼细细品味着口中枣泥的醇香，最后点头微笑道："是。"

秋实无限神往地说："真想看看。"

"我也想再看看，"九爷晃了晃脑袋，"可惜啊，当年脾气一上来，铰的铰，烧的烧，身边就只留下这么一张。再后来……开始闹运动，几个半大小子把我住的地方翻个底儿朝天，照片就这么被发现了。他们逼我自首，让我承认里通外国，是特务。"

秋实听着，恨不得冲上去打一架。

九爷冷笑道："我的东西我自个儿毁，行；别人要毁，我偏就不干！"

"后来呢？"

"后来我就干脆装起疯来，阎王小鬼儿地一通喊，吓跑了那几个浑小子。我怕连累住在一起的其他人，狠心把照片剪成了两半，那一半烧了。"

世界之大，相熟的人不得复见；世界之小，容不下一张旧年合照。

秋实吸了吸鼻子问："九爷，拍这照片儿的时候您多大？"

"也就是你现在这个岁数。那时候，自觉年少风流，其实不过每日斗蛐蛐儿，养鸽子，玩物丧志，业荒于嬉。有一次，我在琉璃厂遇上了个中不中洋不洋的人，便跟掌柜的合伙骗了他一出……"九爷谈兴渐起，

"可偏偏造化弄人，后来我们就成了好朋友，一起去东交民巷的照相馆拍了这张合影……"

晚上9点多，徐明海关店回家，进门先找秋实。一看南屋没人就知道他肯定在九爷那里，一老一小又说什么悄悄话呢。

徐明海决定先祭五脏庙。他跑到厨房扫荡了一圈儿，好嘛，空空如也。简直不拿他这个壮劳力当家庭的一分子！

"妈！"徐明海扯着脖子喊院子里看电视乘凉的两口子，"有饭吗？"

李艳东正全情投入地看《一帘幽梦》里费云帆大战楚濂的狗血戏码，于是指挥徐勇："你给你儿子弄口吃的去！"

"得嘞！"徐勇跑到厨房问，"吃什么，儿子？"

徐明海不挑食："随便，别是热的就行。"

"那爹给你来碗芝麻酱凉面拌黄瓜丝，再搁点儿现炸的辣椒油。"

"地道！"徐明海一舔嘴唇，"您先发挥着，我找果子去。"

徐明海跑到东南屋，一看秋实顶着两只通红的眼睛，神情居然跟外面看琼瑶剧的李艳东差不多。而九爷正眉飞色舞地说着什么，但随着自己一迈腿进来，立马不言语了。

嘿，这也太区别对待了！

"小海子请九爷的安，"徐明海模仿连续剧里小太监的做派，给老头儿打了个千儿，"你们聊你们的啊，当我不存在。"

"不存在？"九爷轻哼道，"你老大的个子，跟座山似的戳在这儿，我怎么当你不存在啊？"

"果子他也高啊！"徐明海心情一好，嘴上就贫，"不是我说，您老这心眼儿，偏得都没边儿了。"

"我就偏心眼儿，回头我还准备给果子保个大媒呢！"九爷冷哼道。

"啊？什么大媒？哪儿的大媒？"徐明海纳闷儿地问。

九爷信口开河道："就西边隔两条胡同的妙妙，还有锦什坊西里的翠儿，那天手拉着手来看我，没想到都对我家小果子一见钟情！"

秋实忍不住在一旁扶额。

徐明海听了挠头道："九爷，这一个个儿听着……可都不太像是新中国成立以后的女性名字啊。"

"怎么着？你不信！"九爷眉头一竖。

徐明海赶紧服软："信信！您说的我都信！回头您让妙妙啊、翠儿啊也去我店里捧捧场，给我增加点儿营业额。"

"你卖的东西人家才瞧不上呢！"九爷撇嘴道，"人家只认水獭、貉绒、黄狼皮、灰鼠皮和上好的绸缎。"

"这妙妙和翠儿怎么回事？日子过得也忒不艰苦朴素了！"徐明海看着秋实，"果子，你听哥的，千万别被这俩败家娘们儿忽悠了。"

秋实见面前这二位越说越没谱儿，只好轰人，让徐明海先去吃饭。

徐明海于是"嘿嘿"笑着跑出去。一问饭还没得呢，他就先脱了上衣对着水管冲头发。

这时，电视里的爱恨大战告一段落，李艳东终于得空把一颗心从费云帆身上撕下来分给儿子，嘱咐他别感冒。

"你爹厂里的澡堂子还没弄好呢？都好几个月了吧。"

徐明海心头猛地一跳，嘴上只说："先凑合洗洗，又不脏。"

李艳东借着院子的灯光看见儿子腰间有伤，立刻皱眉问："你昨天跟人打架了？"

"没有，"徐明海立马否认，"摔了个屁股蹲儿。"

李艳东站起来，上来扯徐明海的裤子："摔屁股蹲儿摔到了腰上？"

"哎！妈！"徐明海湿着头发拼命躲，"我都20岁了！您干吗啊？"

"20岁怎么了？"李艳东随即使出一招"青龙摆尾"，接着又是一招"黑虎掏心"，"你是我身上掉下来的肉！还忌讳这个？"

"那也不行！"徐明海抓着亲妈的手，死命反抗。

正闹着，只听"咣当"一声，吓得两人同时一哆嗦。他们闻声看去，却见徐勇愣愣地站在屋里，一碗浇了辣椒油的芝麻酱凉面被他失手整个儿扣在了地上。

"你说说，让你干点儿什么行？"

李艳东见状一扭身进屋把碗捡起，又拿东西收拾泼了一地的面条儿。

徐明海也赶紧走过去，看着他一脸菜色的爹问："爸，怎么了这是？"

徐勇回过神来，忙摆手道："没事，手滑没拿住。那什么，我再给你煮一碗。"说完，逃也似的回到厨房。

没过多一会儿，徐勇重新端出碗面来，搁在树下的临时茶几上。徐明海饿极了，他捧着碗，一面陪李艳东看电视里的紫菱嗷嗷大哭，一面夸他爹的手艺真是京城一绝。

"慢慢吃，"徐勇笑着嘱咐他，"我先回屋了。"

李艳东打趣道："哟，不看你的萧蔷大美女了？"

"萧蔷要算是美女，那我妈必须是北京市前三名！"徐明海竖起大拇指。

"呵呵，"徐勇跟儿子打配合，"北京市前三？那是你妈谦虚，咱们的目标从来都是冲出亚洲，走向世界！"

千穿万穿马屁不穿，李艳东被父子二人捧得那叫一个舒坦。

夜里临睡前，徐明海照旧跑到南屋跟秋实瞎聊了会儿天儿。直到临睡前，徐明海才出门往自己屋去。

"儿子。"

黑暗中传来动静。徐明海扭头一看，自己爹正挨树下面站着呢。他溜达过去问："爸，您这是想萧蔷想得睡不着觉，跑出来抽闷烟啊？"

"什么乱七八糟的？"徐勇吐了口白雾说，"刚上完厕所回来，趁着天儿好，看会儿星星。"

"浪漫！"徐明海边说边揉眼睛，"那您慢慢看吧，我睡去了。明儿星期天，又是一场恶战。"

"那什么……"徐勇欲言又止。

"怎么了？"徐明海不解，于是压低声音问，"您那个班儿上得不顺心？"

"顺心，白天也不忙，记记进出货而已，这点活儿你爸脑子还够用。"

"那就行。"徐明海放下心来。

"都这么晚了，果子还没睡呢？"

"嗐，他一高三生，睡什么啊？"徐明海笑道，"也该让这帮学习好的熬熬鹰了。"

"行，那你赶紧睡去吧。"徐勇说，"我这就回屋。"

"得嘞！"儿子跟爹道了晚安，回去倒头便睡。

转眼天就冷了，服装大世界里卖的衣服也逐渐变成了厚厚的冬装。

又是礼拜一，徐明海不到晚上 6 点就关了门，准备去接秋实放学。只是他还没走出市场大门，一个熟悉得不能再熟悉的身影便出现在了他前方。

"爸？您怎么来了？"徐明海一愣。

徐勇踟蹰一阵，问道："今儿这么早就收了？"

"去接果子，他说学校今天会发好多补习材料和书，我怕他一人坐公交车拿着不方便。"

"哦，那不着急。儿子，有件事儿我琢磨了好久了，还是想跟你商量商量。"

"要不咱进屋说吧。"徐明海见他爹穿得少。

"没事，我不冷。"徐勇顿了顿，然后没头没脑地问，"你还记得……那晚我在家把碗给摔了吗？"

"记得，我还以为您得帕金森了呢！可转念一想，您这岁数不至于啊。"徐明海开起了玩笑，可当他看见徐勇脸上不自然的表情，心里不由得紧了一下，"爸，怎么了到底？"

"我当时从你妈包儿里看见了诊断证明。"

"诊断证明？"徐明海一惊，"我妈病了？"

"嗯，是肝癌，三期了。"徐勇的声音细不可闻。

亲爹带来的这个消息就像是从天而降的巨石，一下子就把徐明海砸蒙了，浑身的血涌到头顶，又顺着四肢流得干干净净，身体倏地凉成了冰块。

过了好久，徐明海才结结巴巴地问："爸，会不会搞错了？我瞅着我妈的身体比我都好。真的，饭能吃两大碗，那天在胡同口跟钱大妈吵架，底气足得我隔着二里地都听见了。"

"白纸黑字，哪儿能看错呢？我这些日子没闲着，分别找了不同的大夫咨询，人家都说三期等于判了死刑。而且我见过你妈偷偷吃药，药外面的包装都撕了，肯定是怕咱爷儿俩知道。"

徐明海这下彻底成了哑巴。他呆滞地望着徐勇，然后伸手掐了下自己的胳膊。

"我早掐过了，每天早上一醒就掐，都紫了，没用。"徐勇苦笑道。

徐明海瞅着自己爹面孔泛出土色，不知道这些天他到底是怎么熬过来的。

"我瞒着你妈下岗的事儿，你妈瞒着我生病的事儿。这么看，我俩还真是天造地设的两口子。"

徐明海仗着自己聪明，总觉得凡事都能搞定。而此刻，一万个念头在他脑子里同时起伏，却没一个靠谱儿的。

人活着，怎么就这么难呢？

"爸，咱别往绝路上逼自己！不就是得病了吗？是病就能治！打今儿起我玩儿命挣钱！但凡有一丁点儿希望，咱就不放弃我妈。"徐明海的语速很快，似乎只有这样才能证明自己还没被现实击溃。

看着眼前红了眼睛的徐明海，徐勇不由得想起那个为了颗水果糖哭了半宿的孩子。自己当时暗暗发誓，长大后要出人头地，要买得起全世界最贵的糖。可如今，还不是被柴米油盐锤成了另外一个人？一个没用的丈夫和父亲。

"我也是这么想的，不管花多少钱都治。再不济，咱卖了房，回你奶奶那儿住去。"徐勇叹了一口气，看着徐明海说，"但是儿子，你也得做好心理准备。这病，不是小打小闹的发烧感冒，可能治到最后……"

"爸，您就直说吧，我扛得住。"徐明海哆嗦着说。

"也就多续你妈两三年的命罢了。"

两三年，眨眼就没了。徐明海愣了半晌，直到脸上的酒窝变成多余的阴影。

"爸，要是这样的话，咱更得两条腿走路。"徐明海深吸一口气，强迫自己稳住心神，"病该治得治，但同时也得让我妈把每一天都过得开开心心的。"

"咱怎么做？"

"您从现在起就开始铺垫，跟我妈说分房有戏。等到过完年，我找朋友租套楼房，你就说是厂子里分的，跟我妈搬进去，让她好好圆了自己的梦。"

"能行？"徐勇犹豫地问，"会不会有破绽？"

"能行，破绽等到时候真有了咱再描补。"徐明海咬了咬牙，嘱咐道，"还有，这事儿您千万千万别让果子知道。之前因为您下岗的事儿，他就跟我闹着不读书，要赶紧出社会挣钱。要是再让他知道我妈病了，那臭小子轴劲儿一上来，敢真撂挑子不上学了。"

"这孩子，仁义啊。"徐勇无奈地叹气，然后又问，"可这么大事儿，怎么可能瞒过他呢？果子那么聪明，有什么风吹草动肯定立马就反应过来了。"

徐明海听了他爹的话，觉得自己整个人像是个靶子，被迫站在喧嚣的十字路口，而前后左右却没有一条路能够逃出生天。

半晌。

"我让他走！"

徐勇愣住了："走？走哪儿去？"

17　井和鬼沼泽

秋实还一个人站在校门口等徐明海。只是等的时间有些久了，冻得他直跺脚。这时，传达室的大爷探出头来，喊他进来坐。

秋实想也许徐明海碰上了什么难缠的顾客，一时半会儿赶不过来，便谢过人，跑进烧着旺火炉子的室内，从包里摸出书来打发时间。

这还是北京亚运会那年衡烨送的那本《挪威的森林》。当时秋实正是热衷看武侠小说的年纪，只略略翻过几页，觉得看不太懂就放下了。

由于那天两人不经意间提起这位远在新西兰的旧日好友，秋实回家后便又找出了这本书。没想到再看时，似乎总有一股孤独和悲伤在心头萦绕。

于是，在小小的传达室里，大爷听单田芳，秋实读村上春树，谁都不打扰谁。

秋实从第一页再次细细读起。这次，直子提到的那口荒郊野外的水井，让他想起了密山屯子里的"鬼沼泽"。他记得自己刚来大杂院的时候，就跟徐明海描述过这东西。

"夏天的时候我们就在草甸子里玩。那里有傻狍子，一吓唬它就跑得老远了。有时还能遇见小狼崽子，其实就跟小狗一样。甸子里有花脸蘑，捡了回家能当菜。但是也要当心，大人说草长得矮的地方千万不能去，是鬼沼泽……"

"孩子。"

秋实听见有人叫他，立马从回忆里醒来。

"吃饺子吗？"大爷拿出长方形的铝制饭盒，打开一看，又白又胖的饺子一个个排列得很整齐。

"猪肉白菜的，倍儿香！"

秋实赶紧摆手。

大爷坚持说："别见外，尝尝你大妈的手艺！"

秋实于是不再客气，直接上手拈起一个放进嘴里，汁液顿时飞溅而出，果然美味。秋实舔着手指赞叹道："皮儿薄馅儿大，好吃。"

"再来俩！"大爷挺高兴。

这时，门外缓缓驶来一辆车。秋实站起来一看，是徐明海。

"不吃了，多谢您。接我的人来了。"

"那走吧，回头什么时候想吃饺子了就过来。"

秋实背起书包，再三向大爷道谢，然后撒丫子就跑。上车后他坐在副驾驶，伸手碰了一下徐明海的脸，感觉像是摸到了一块硬邦邦的石头。

"怎么这么凉？"秋实问，"冻着了？"

徐明海扯出个笑说："刚才站在外面跟人聊天儿来着。"

"那饿不饿？"秋实把书放进包里，"刚才蹭了赵大爷一个饺子，把我馋虫勾起来了，咱要不吃饺子去吧？"

"果子……"

"或者吃面条儿也行，"秋实提议说，"热乎乎地吃上一碗你就暖和了。"

"果子，果子你听我说。"

秋实的碎碎念被徐明海打断。

"嗯，我听着呢，怎么了？"秋实这时才察觉到对方的状态似乎不太对。

被秋实这么一问，徐明海张了张嘴反而没了话。他踩下油门，一路向前开。

"行，去吃面条儿。"

两人来到街边一个饭馆，面对面坐好后叫了两碗西红柿打卤面。而秋实瞅着徐明海泛白僵硬的脸，心里没着没落的。

过了半天，徐明海终于下了决心，他缓缓开口说："果子，就你之前跟我提过能保送去 Z 大那事儿，还有戏吗？"

由于这问题过于莫名其妙，秋实不禁一愣问："什么意思？"

"我想……你要不再找老师问问，明年 7 月才高考呢，现在办手续什么的肯定还来得及。"徐明海眼神开始游离，"果子，你要不去广州上学吧，学费、生活费我给你出。"

周遭的气氛骤然降至冰点，秋实呆呆地看着徐明海，整个人像毫无防备间一脚踏进了那口井，坠入了看不见的鬼沼泽。好好的，这是怎么了？

徐明海盯着桌子上已经快坨了的面条儿，不敢去看，也不敢去想象对方此刻的表情。他清楚地知道，自己这话因为缺乏前因后果，所以听上去突兀极了。

秋实愣了好久才回过神，他问："哥，你怎么了？"

徐明海在来的路上已经想好了。他绝对不能让果子掺和到这些糟心事里，这孩子已经够可怜了，他比谁都值得去拥有一段心无旁骛的大学生活。

"嗐，"徐明海一边拿筷子拌面条儿，一边胡诌，"其实那天你一跟我说学校有保送去 Z 大的名额，我就开始琢磨这事儿了，越琢磨越觉得是天上掉馅饼的好事儿，只是不知道该怎么跟你张嘴。"

"好事儿？"秋实怔怔地重复徐明海的话。

"是啊，当然是好事儿！你也知道，现在咱进货纯粹就是靠运气，对方发什么，咱就卖什么，向来是好坏掺在一起，没得挑，更没机会发展新的进货渠道。"

徐明海的口齿逐渐流利起来："可如果你能去广州上学呢，我就等于是多了个驻外联络办公室。等你学习不忙的时候，就去那几个批发市场感受一下最新的流行趋势，挑挑货练练眼力。咱兄弟同心，其利断金，四年一过，你书也读了，咱买卖也做了，钱也挣了，这不是好事儿是什么？"

徐明海仍在喋喋不休，努力为自己的理由锦上添花。忽然，秋实轻声问："哥，你逗我玩儿吧？"

徐明海心里狠狠地"咯噔"了一下，立刻咧开嘴笑道："我吃饱了撑的啊？拿这事儿逗你干什么？况且咱俩原本不就有这个打算吗？我觉得挺好，老在北京窝着多没劲啊！"

"可当年的计划是咱俩一起去。"秋实不得不提醒徐明海。

徐明海赶紧补充道："对，是一起。你就当是先去打前站，蹚蹚路，学学广东话。等寒暑假一到，我就去找你。你带着我这个老外地去'饮早茶'，去……"

只可惜，对方不吃这套。

"不，"秋实的拒绝清晰明确，不留余地，"你休想赶我走！"

"什么叫赶你走？"徐明海哄孩子似的胡噜对方的脑袋，"我多不容易才琢磨出这么个两全其美的法子。"

可徐明海越是轻描淡写，秋实越往牛角尖里钻。他将那只在自己头发上乱动的手一把钳住，再狠狠甩开说："徐明海，这算哪门子的两全其美？这大学是我上，不是你上！我凭什么听你摆布？要自己跑到那么远的地方去？"

"你上你上，我想上也得有那个本事啊。"徐明海身上的每一个细胞都鼓胀得要炸了，可笑意却僵死在脸上，"这不是商量吗？你急什么？"

秋实一方面瞪着对方，恨不得把那条儿碗扣徐明海头上。另一方面，他仅余不多的理智在拼命提醒自己，徐明海忽然表现得如此不寻常，最大的可能是他遇到坎儿了。现在不是两人吵架的时候，他得知道到底发生了什么。

秋实强行把一肚子火儿压下去，逼自己冷静开口说："哥，我不是成心要跟你拧。你要是遇到了什么困难，告诉我，我肯定跟你站在一头儿！"

真是怕什么来什么。徐明海此刻最担心的，就是秋实要和自己站在一头儿。他拌面条儿的手因此微微发抖，半天都不能把食物顺利拖进口中。

"我能遇到什么困难？"徐明海硬撑，"困难看见我都绕道儿。"

见徐明海软硬不吃，秋实只好近乎卑微地恳求道："哥，可三年前我就没家了，你家就是我家。你现在非让我一个人去广州，我就真成野孩子了。"

徐明海听了这话心中狠狠一疼。他不再强迫自己和面条儿作斗争，而是放下筷子，看着秋实一字一句地问："果子，我对你好不好？"

"好，从小就好。"秋实用力点头回答道。

"那我现在明明白白地告诉你，你必须给我去广州上学，这事儿没得商量。"徐明海的脸色彻底阴了下来，这是暴风雨来临前的征兆。

"我不走，死也不走！"秋实也急了，红着眼睛大声指责对方，"徐明海，你自私，你无耻！"

徐明海气急攻心，当着倔起来无药可救的熊孩子一把将桌上的面条儿碗狠狠摔在地上。瓷器坠地的脆裂声大得惊人，吓得正伸着脖子看热闹的客人们集体一哆嗦。

"去广州的事儿，你要是愿意呢，就当是帮我一把，不愿意就拉倒。"徐明海缓缓站起来说。

"哥……"秋实扬起一张煞白的脸，"我在北京帮你忙不一样吗？"

"别叫我哥，"徐明海做了个"暂停"的手势，"也别老自作多情地拿我家当你家。果子，我提醒你，咱俩压根儿不是一个姓。"说完，他扔下5块钱扭身就往外跑。

徐明海最后那句话杀伤力太大，秋实像是被一柄长剑戳在原地，他愣了好一会儿才反应过来。可当他追出去的时候，就只看见一个冒着烟的车屁股。

这烟太大了，不仅呛出了秋实的眼泪，也遮住了天上的月亮。这烟把一轮玉盘变得时隐时现，天上人间，就这么一齐黯淡了下来。

那晚过后，秋实彻底成了一个霜打的茄子。他不再主动袒露心声，也不再做任何激烈的对抗，更不想去搭理徐明海那个浑蛋。都谣传1999年是世界末日，可秋实恨不得现在就飞来一个小行星把地球撞了。这样两人就可以尘归尘，土归土，同归于尽，互不相欠。

而徐明海也知道自己的话说得太狠了些，可不狠又不行。果子心思本来就重，要是再知道了实情，还怎么踏实地准备高考？保送Z大这条路，虽说不是最理想的，却是他们眼下为数不多的选择中最看得到未来的一个。徐明海暗自琢磨，实在不行就先冷上一阵子，到时候再舔着脸软磨硬泡一阵，他不信果子还能这么倔。

这么一来，两人分别竖起了一面冷战大旗，每天各自早出晚归，像是谁先开口，谁就先服输了一样。

人活在世上，日子再难也得一天天地过，事儿再棘手也得一件件地办：徐明海已经开始趔摸谁手里有富余房子，明年能腾出来租给自己；其次就是玩儿命挣钱。

现在不光是房价在涨，物价在涨，连读书的费用也在涨。今年大学开始并轨招生，同时吹出风儿来，明年就要全面并轨，学费涨个 30% 甚至 50% 都是有可能的。不管怎么说，徐明海要靠自己把这钱给秋实提前准备出来。

还有李艳东的病。他也去咨询了医生，得到的答案和徐勇的一样，四个字——"拿钱续命"。所以李艳东以后的日子，徐明海得让她过得舒舒服服的，想干吗就干吗。除了住上梦寐以求的楼房，还要去国外旅游——最次也得是新马泰，省得李艳东老觉得矮钱大妈一头。

心态一变，徐明海做买卖的风格也跟着变了，再不是从前那个酷帅小老板。顾客胆敢往他店里瞅上一眼，不花钱就甭想走。几周下来，整个人就被巨大的工作量和沉甸甸的心事剥蚀得瘦了一大圈。

某天晚上，徐家吃炸酱面。徐明海坐在桌旁，一句话不说，甚至连炸酱都忘了往碗里搁，只呆呆地盛了些菜码儿就闷头开吃，傻了似的。

李艳东虽然嘴上天天骂儿子，可瞅见徐明海这个魂不守舍的样子立马慌神了。她拼命冲徐勇努嘴，谁想对方一点儿反应都不给。还号称跟儿子关系好呢，真是没用。李艳东无奈，只得亲自上阵问："儿子，你是不是……"

徐明海浑浑噩噩地叼着面条儿抬起头："啊？"

"没事，妈是想问问你最近到底怎么了，一下子瘦了这么多？"李艳东不得不把平日里的大嗓门儿压下来，逼自己当知心大姐。

徐明海三两口吞下面，然后敷衍道："哦，没怎么，天儿热吃不下饭。"

李艳东听着院子里呼啸而过的北风，一颗心更没着落了。

"你跟妈说实话，是不是那个……失恋了？"

徐明海终于清醒过来："什么跟什么，我压根儿没恋怎么失？"

李艳东不信，他觉得大小伙子吃不下饭去还能因为什么？因为姑娘呗！徐明海根本就被自己戳中了心事，只是面薄不承认罢了。

"这有什么不能跟妈说的？分就分了！模样漂亮、身家清白的丫头满大街都是，咱再谈一个不得了，至于这么吃不下睡不着的吗？要不，妈给你当红娘，介绍个方方面面都靠谱儿的？"

"那什么，"徐勇开口和稀泥，"吃饭吧。"

"我吃得下吗？"当妈的把筷子一摔。

徐明海怕李艳东着急，只好安抚她说："您别瞎操心了。我屁事儿没有，您自己多注意身体。"

"我身体棒着呢！带孙子没问题！"李艳东赶紧举手表态，然后又忍不住打听，"你俩谁跟谁吹的啊……"

就在徐明海拼命忍住不拿脑袋撞墙的时候，秋实刚刚来到东三环的喜来登长城饭店。

这是北京 20 世纪 80 年代最早兴建的那批五星级酒店之一。造型先锋，镶满镜面玻璃的建筑气势如虹，白天能活活闪瞎人眼，上面悬挂着的巨大金属色徽标流露出另外一个世界的味道。

秋实跟着人走进酒店大堂。只见吊在头顶的巨大飞天水晶灯流光溢彩，把室内的光线渲染得温柔似水。工作人员则统一穿着颜色淡雅的制服站在前台，操一口流利的英文或日文，为各国宾客办理入住。

"想吃什么？这里有法国菜、粤菜还有意大利菜。"说话的人穿西服，打领带，头发稍有些长，鼻梁上架着副金丝眼镜。

秋实的心思压根儿不在吃上，只说随便，都可以。

"听说他们拿来烤比萨的炉子是从那不勒斯运来的，跟那种连锁店卖的比萨味道不一样，咱们试试看。"男人边说，边带着秋实往大堂左手边走。

途中，他们经过一个酒吧似的地方，里面有外国面孔的乐队在做现场表演，长头发的女主唱把一首陌生的情歌唱得肝肠寸断，催人泪下。

到了名为"丝绸之路"的餐厅门前，领位小姐将二人带到里面，并请他们在一处安静的角落坐下。

秋实被热气一烘，便脱下厚厚的羽绒外衣，露出里面深蓝色的条纹校服。他整个人青春洋溢，只是显得跟周遭的气氛格格不入，不由得被长着双富贵眼的服务员多看了几下。

"喝酒吗？"男人坐好，拿起面前的酒单翻看。

秋实摇头。

男人笑着打趣道："细路仔。"

"我不是小孩儿。"虽然嘴上这么说，秋实心里却只想当个傻乎乎的孩子，遇见什么事情都能躲到大人身后，不用去直面那些无常和意外。

"跟我比起来，你就是小孩儿。"男人努力模仿秋实那带有强烈地方特色的缥缈尾音，又强调说，"我大你差不多八岁。"然后他跟服务员点了可乐、比萨、沙拉、牛排等物。

服务员记下东西后转身离去。

男人又问："其实我还不知道你的名字。"

秋实便把自己名字是哪两个字告诉对方。

对面的人尝试说了两遍，遂微笑放弃："s 和 sh 我分不太清。不如，我喊你阿秋，可以吗？"

秋实遇见华嘉辉是在纸鸢胡同的路口，当时后者正在用不太标准的普通话问路。

街坊听见对方问陈磊家是哪一户，不免脸露难色。他一歪头正好看见了放学回来的秋实，于是赶紧抬手一指说："那什么，他们家人来了。您问孩子吧，回见。"说完，骑上车就走了。

华嘉辉顺着那人手指的方向看过去，当即就被路灯下高高个子的年轻人镇住了。他愣了片刻，然后一脸诧异地问："细路仔？你都这么大了？"

多年前似乎也有谁这么喊过自己。秋实带着疑问一步步走近这个陌生人，直到看见对方右耳上那颗小小耳钉。

"你是……"某些记忆在秋实脑子里瞬间复苏，他脱口而出，"华嘉辉？"

"冇大冇细（没大没小），喊嘉辉哥啦。"男人笑着纠正，然后又感叹，"到底是北方仔，几年不见比我都高。你好吗？陈哥好吗？"

突如其来的悲怆打进秋实的内心，他多想笑着大声答一句"我们所有人都很好"，然后就带着这个曾经跟他们出生入死过的人走进大杂院，让妈妈和磊叔猜猜这是谁。可惜，天不遂人愿。

当华嘉辉听说了三年前的那场意外后，表情逐渐从震惊变成唏嘘。

"家里现在只剩你了？"他追问，"我记得当时还有个男仔。"

秋实想起徐明海那晚的话，于是自虐般地说："没有……只剩我了。"

华嘉辉提出吃饭叙旧，两人便一起来到长城饭店。

此刻，秋实坐在华嘉辉对面，听对方问能不能喊自己"阿秋"，他便点头接受了这个新鲜的称呼。

"那次真是惊心动魄，"华嘉辉举起酒杯和秋实碰了碰，"可惜后来一直都没有机会再来北京。只记得陈哥说过你们住纸鸢胡同，别的一概不知道。"

"嘉辉哥，你这次还是跟老板回来探亲？"秋实问。

"这次是我自己来的，有个棘手的客户需要我出面搞定。"

秋实喝了一口可乐，不经意地问："追债吗？"

华嘉辉猝不及防地咳了一声，然后放下杯子，认真打量起眼前的后生仔。

"你当年送的那块筹码我还留着，"秋实解释道，"那时候小，不懂事，后来打打杀杀的港片看过一箩筐，就明白了。"

"明白什么？"华嘉辉笑着拿起膝盖上的餐巾抹嘴。

"你是……"秋实左右看了看，压低声音说，"澳门黑社会。"

"哈哈哈……"华嘉辉差点儿飙出眼泪，"果然打打杀杀的片儿看得蛮多。"

"不是吗？"秋实问。

"博彩业在澳门是正经行业，我们合法纳税，受保护的。"华嘉辉解释说。

这时热气腾腾的比萨被人端上来，华嘉辉拿起一块放在秋实面前的盘子里。

口中薄而脆的比萨和之前吃过的完全不一样。可是秋实还是更喜欢必胜客那种厚厚的饼，此刻他想起了臭饼，自然也就想起了那个努力吸溜面条儿的人。

秋实不由得走了下神儿，然后开口说："赌博不是好事。"

"抽烟喝酒都不是好事，"华嘉辉从口袋里掏出万宝路和打火机，放在桌子上，笑着问，"又怎么样呢？"

秋实不置可否。

"不过，你猜得很准，我确实是来收账的。"华嘉辉帮秋实切牛排，露出里面嫩红色的血肉，"做我们这种工作的人，在当地叫叠码仔。"

这远远超出了秋实的知识范围，他摇头表示不懂。

"看过发哥演的《赌神》吗？"华嘉辉问。

"讲他失忆的那部？"

"对，里面刘德华演的陈小刀就是叠码仔，靠人家赌钱来'抽水'。"

随即，华嘉辉便给一脸懵懂的秋实简单普及起澳门的发展史和博彩业文化。而由于九爷提过自己的那个好朋友是中葡混血，秋实也借此问了下"葡人"的事情。

"你明年就要考大学了？"

话题逐渐转移到秋实身上。

得到肯定答案后，华嘉辉不禁感慨道："读书是好事。我十几岁就出来揾食，没怎么上过学，是粗人，所以很替你开心。"

"可嘉辉哥你看起来斯文又气派，像是大老板。"秋实讲心里话。

"傻仔，这个时代，总是先敬罗衣后敬人，不打扮得衬头些，怎么跟那些豪客周旋？无端端自己先矮上三分。"华嘉辉说着取下金丝眼镜，拿在手里笑道，"不过是做造型用。"

没了镜片的刻意修饰，华嘉辉像变了个人，那双和徐明海莫名有些相似的眼睛显得炯炯有神。

秋实似乎看到了几年后意气风发的徐老板，不由得愣住了。直到华嘉辉的手在眼前挥了挥，秋实才反应过来，于是赶紧拍马屁："嘉辉哥，你比发哥帅。"

"把口好似浪过油，好识氹人开心。"华嘉辉笑着讲起秋实听不懂的异乡话。

这顿饭吃得很愉快，秋实压抑了好些日子的心情也稍微轻松了一些。餐后，华嘉辉把人又送回纸鸢胡同，然后拿出一个精致的纸盒。

"上飞机前特地买的蛋挞，味道没有刚出炉时好。但是份心意，试下味儿。"

"多谢嘉辉哥！"秋实接过来。

"还有，"华嘉辉又掏出张名片，"这上面是我内地手提电话的号码，如果有需要帮忙的地方，不要怕麻烦，随时给我打。"

秋实拿起来一看，上面写着"××旅游公司"，有华嘉辉的名字、电话和职位。他猜这应该只是个空壳公司，于是点点头，小心地把名片放进书包里侧的口袋里。

"这次我在这里的事做完了，要赶回去。如果下次有机会再来，你带我在北京到处看看，可以吗？"华嘉辉问。

"没问题，"秋实承诺，"我来做导游。"

分别之际，华嘉辉把头探出车窗："嘉辉哥最后再同你讲一句，如果……你不嫌烦的话。"

秋实忙摇头。

"阿秋，我觉得你有些不开心。其实我像你这么大的时候，每天过得也很痛苦。不过现在想想，很多事，退一步才能海阔天空，希望我下次再见到你的时候，你能开心起来。"

秋实此刻听见"退一步"三个字，心里滚过一阵难以言喻的疼。

"好，我念完了。"华嘉辉挥手道，"细路仔，bye-bye！"

"Bye-bye！"

秋实注视着华嘉辉的车离去，然后转身向家走。一进大杂院，正好看见在树下抽烟的徐明海。两人毫无防备一个对视，眼神都四六不靠的，像雾。

徐明海刚张开嘴要说什么，秋实立刻垂下眼，拿着蛋挞径直走进九爷屋里。里面的人正抱着话匣子闭眼听折子戏，秋实逼自己整理好心情，献宝似的把盒子打开捧给老头儿。

"九爷，您知道这是什么吗？"

老头儿微微睁开眼，见到面前的东西后立刻愣住了，然后神情恍惚地喃喃道："Pastéis de nata."

"啊？"秋实蒙了，"您说什么？"

九爷接过盒子，用手颤巍巍地拈起一只蛋挞问："果子，打哪儿弄来的？"

秋实没说来龙去脉，只强调是从澳门打"飞的"过来的，让九爷快尝尝。

老头儿端详了一会儿，表情像是在鉴定某件古董，然后他千回百转地把这只蛋挞送入没什么牙的口中，闭上眼，细细地去抿去咂去回忆。

秋实还没来得及把"好吃吗"仨字问出来，只见两行清泪已从老头儿眼尾顺着皱纹缓缓流下。秋实没想到九爷吃蛋挞愣是吃出了这个效果，不由得呆住了。

于是屋里一下子就安静了下来。过了半天，老头儿才用手背抹了下脸，撇嘴道："哼！都冷了，而且缺了肉桂的那股味儿，不正宗！"

听见九爷用平日里的挑剔口吻做谴责状，秋实这才放下心来。他又陪着九爷天南海北地聊了会儿，起身打算回屋写作业。临出门前，秋实听见九爷轻声喊自己："小果子。"

他回头，见九爷嘴角上扬的纹路让他看起来像个纯真的老小孩儿。

"九爷谢谢你！"

不知道为什么，秋实觉得心酸。他努力挤出笑说："您喜欢吃，我下次再托朋友给您带。"

说完秋实推门出去，没想到徐明海还站在树底下，一副竖着耳朵又漫不经心的矛盾姿态。秋实权当看不见，低头便往南屋走。

两人擦肩而过，若有若无的一股子香水味打徐明海鼻尖前飘过。

他下意识地拽住秋实的胳膊，眉毛竖起，口气不善地问道："大晚上的哪儿疯去了？"

"松开！"秋实才不想告诉徐明海当年那个华嘉辉刚刚来过，挣扎着要走。

徐明海不放人，他压低声音，用冷飕飕的语气逼问："说清楚！"

"说清楚什么？"秋实明知故问。

"你到底去哪儿了？"

"我跟人去长城饭店吃饭了！"

这如雷贯耳的名字让徐明海不禁纳闷儿地问："跟谁去的？"

秋实忍不住开口讽刺："咱俩又不是一个姓，你管得着吗？"

这话轻轻巧巧却又深入骨髓，一落到徐明海耳朵里就把他浑身的力气抽走了。前一秒还急赤白脸的人顿时僵在原地，手缓缓松开了。

秋实一言不发，丢下徐明海转身进屋。在奋力摔上门的一刹那，他尝到一种难以言喻的畅快淋漓。

秋实就这么心不在焉地写完作业，然后一股脑儿地把自己扔到床上，盯着墙上的挂钟，直到指针慢慢地指向凌晨3点。

这时，门口传来轻之又轻的敲门声。秋实当然知道是谁，他甚至是在焦躁地盼望对方的到来。可终于等到了，却又踟蹰了。

秋实翻了个身，拿棉被把脑袋严严实实地蒙起来，然后跟自己说那是只没良心的大灰狼，活该被冻死。可这细微的动静却坚持不懈，伴随着寒风一直持续，大有不死不休之势。

秋实终于忍不住跳下床。门缓缓打开，外面的"大灰狼"立马迫不及待地挤了进来。

"你来干什么？"秋实没好气地问。

徐明海态度诚恳地说："来认错。"

"你有什么错？错的是我，人嫌狗不待见的野孩子一个，留在这里，白白碍你的眼。"秋实咬住嘴唇，低头不看对方。

"果子！我知道我那天把话说重了。"徐明海连声道歉，"我自私自利，厚颜无耻，卑鄙龌龊……"

听着对方不停地自我抨击，秋实的心软一阵又硬一阵，难受极了。

"让你去广州上学这事儿，真不是我异想天开故意要赶你走。我只想趁着咱还年轻把生意做大，往后才能过上好日子。"徐明海这瞎话说得他自己都快信了，"除了你，我身边还有谁？我还能信谁？要是你都不肯帮我，谁还会真心实意地帮我呢？"

看着徐明海为难的样子，秋实不禁想起自己第一次帮周莺莺包饺子。他和面总是掌握不好比例，于是只能面多了掺水，水多了掺面，最后弄得一塌糊涂。

他和徐明海就像是两株藤蔓幼苗，纠纠缠缠、相依相伴地长起来，刀砍不断，火烧不开。事到如今，根本无法去丈量谁亏欠了谁一分，谁又对不起谁一厘。徐明海话都说到这份儿上了，秋实无法再坚持己见。

过了好久，他终于下了决心，闷闷地开了口："那你答应我一件事儿，我明天就去找老师申请保送的名额。"

"一百件也答应！"徐明海如蒙圣恩。

"我……我担心九爷。他的精神越来越不好了，我把我妈的那张折子留给你，你请个保姆来照顾他，要尽心尽力的那种。"

"不用干妈留给你的钱，钱我有的是！"徐明海夸下海口，又强调，"再说还有我呢，我会看着他老人家的，你放一百二十个心！"

用四年的时间来换一个积极光明的未来，赢面似乎很大。秋实看着眼前信誓旦旦的徐明海，心想，自己愿意赌上一把。

18　如梦初醒

1997 年对很多人来讲是个极特殊的年份，因为这一年发生了很多大事。比如世界第一只克隆羊多莉在苏格兰诞生，香港在人们的热烈盼望下顺利回归，戴安娜王妃出车祸去世。

而不管成绩理不理想，莘莘"考鸭"都在 8 月初陆续得到了奋斗了三年的答案。

有的人喜上眉梢，有的人黯然神伤，有的人准备复读：人生选择各不相同。而与此同时，秋实也开始为离家做准备。保送手续早已办好，那所 2000 多公里外的大学很欢迎他的到来。

徐明海十分紧张地准备秋实的远行，不管是用得上用不上，反正各种东西弄了一行李箱。仿佛对方去的不是改革开放的前沿都市，而是某个边远山区。

除了近在眼前的离别，他心里另外悬着的一块石头就是亲妈的病。李艳东虽然精神看上去还可以，但比起去年这个时候明显消瘦了不少。徐明海多方托人，终于找了处靠谱儿的楼房。只待秋实去上学，便可以跟李艳东宣布房子"分"下来了，一家人立马"乔迁新居"。

他自以为一切尽在掌握，没想到亲妈忽然开始闹幺蛾子。

"啊？您说什么？"

徐明海正在院子里洗脸，听见李艳东的话当场愣在了原地。

"别一惊一乍的，"李艳东皱眉道，"还不是因为你去年那会儿成天跟丢了魂儿似的？我这才舍着老脸，托我们工会主席给你踅摸个靠谱儿的姑娘。人家前前后后一连介绍了好几个，妈都不是太满意，所以没跟你提。不过，这次这个可真不一样，女大学生，年轻漂亮，在报社工作，有编制，是正式工。家里条件也好，父母都是知识分子。"

"歇菜吧您！"徐明海把脑袋摇得像拨浪鼓，"这么好的姑娘应该找高干子弟去啊。找我干吗？扶贫？"

"嘻！人姑娘哪儿哪儿都不错，就是稍微有那么一点儿矮，所以打小儿就立下志愿，要找个大高个儿结婚，从科学的角度改善下一代的基因。"李艳东解释，"她听介绍人说你 186 厘米，又看了你的照片，就挺乐意的，说可以见见。"

"不是，您干吗没事拿我的照片四处招摇撞骗啊？"徐明海立马急了，"您这是侵犯我那个……那个，对！肖像权！"

"权你奶奶个攮儿！"李艳东抬手就给了徐明海脑袋一下，"约都给你约好了，下周一下午 2 点，美美咖啡厅。"

"美不了，不见！"徐明海一口回绝道，"我忙着呢！"

"忙忙忙！"李艳东也急了，"你比国家主席还忙？"

徐明海一梗脖子，脱口而出道："您不忙您去啊！这不是有病吗？"

话音未落，李艳东的脸色"唰"地就白了下来，额头呼呼冒出冷汗，身子像是被谁狠狠拽了一把，摇摇欲坠。

徐明海看了，一颗心立马提到了嗓子眼儿。他赶紧扶着亲妈坐到院子里的小马扎上，同时恨不得抽自己一巴掌，什么浑蛋儿子。

李艳东捂着胸口，一面捯气儿，一面继续苦口婆心地说："妈知道你不是七八岁的孩子了，你有自己的主意。你就当是给妈个面子，走个形式，我跟介绍人那儿也好有个交代。这是我当初求人家办的事儿，不能到头来，反倒成了人家上赶着求我。"

徐明海低着头不说话。

李艳东哀哀地说："什么时候我一蹬腿儿，你也就不用烦了。趁我现如今还活着，能不能别这么气你妈啊？"

这话说得徐明海差点儿哭出来，他狠狠一吸鼻子说："什么死啊活啊的，您成天都瞎琢磨什么呢？"

"你就去跟人姑娘聊聊呗。"李艳东见事情有缓儿，赶紧补充说，"至于成不成的，谁也不能按着你俩的脑袋领证啊。"

徐明海算听明白了，他妈其实也没抱什么希望。毕竟"胡同串子"跟人家"知识分子家庭"差着阶层呢，只不过碍于介绍人的面子让他去走个过场。

徐明海左思右想，最后无奈投降："行，那我到时候去照个面儿。不过，您千万别跟别人提。"

"神神秘秘的，不知道的还以为你是去杀人放火呢。"李艳东纳闷儿道。

"我……我脸皮儿薄行不行？什么年代了，还相亲？多臊得慌啊！"徐明海大声说，"您要是满世界说，我死都不去了！"

"成成，真够假纯的！"李艳东点评完徐明海心情转好，于是笑着嘱咐，"记得到时候穿得人模狗样点儿，让姑娘看看我儿子有多帅！"

星期天晚上，徐明海在秋实屋里一面传授"人生经验"，一面拿红笔在日历上打叉。随着报到的日子越来越近，这上面的红色也越来越多。

这时，秋实忽然开口说："明天下午咱们带着九爷去琉璃厂逛逛吧，他这两天老跟我念叨来着。"

徐明海刚要点头答应，忽然想起相亲的事儿。他心里反感，嘴上就没提，只问："改天成吗？"

"可你不是就周一不忙吗？我明天参加完中午的同学聚会，估计下午3点左右就能到家。"秋实纳闷儿地问，"还是说你已经有别的安排了？"

徐明海默默在心里盘算：下午2点他在咖啡厅跟人相亲，顶多磨叽上十分钟就能开溜。路上满打满算，二十分钟怎么也够了，刚好可以赶在果子之前回来。完美！

"没安排，就这么着！"徐明海大手一挥说，"那我下午2点半回来，然后带九爷去琉璃厂，咱俩也跟着开开眼。"

一夜无话。

第二天的同学聚会秋实本来不想参加，他在班里不活跃，各种课余活动、人情往来向来都是能躲就躲。用徐明海的话说，属于那种劲儿劲儿的好学生。

但不管怎么样，同学间的基本情谊还在，8 月一过，可能这辈子都不会再有机会见面了，所以当班长被大家伙儿撺掇着来邀请他时，秋实就点头同意了。他觉得自己需要一个场合来提前练习离别。

聚会不铺张，费用也是 AA 制，就约在离学校不远的餐馆。当日，现场的气氛热烈又伤怀，大家都举杯互相祝福前程似锦，就这么边吃边聊又笑又哭，一顿饭足足吃到下午 2 点半才散。

与同学告别后，秋实独自一人坐上大公交车。此刻的车上没什么人，售票员有气无力地歪在座位上，再不见早高峰时声嘶力竭地劝人往里挤一挤的劲头儿。

秋实打开车窗，任由滚烫的风一股股喷在自己脸上。他不知道广州的公交车长什么样子，也不知道那边的风是什么味道。他努力尝试着想象，却怎么都感觉不到与那个地方哪怕一丝的联系。

他生在密山的屯子里，8 岁不到时被周莺莺带来北京。在这里生活的十年间，他得到了很多，也失去了很多，现在又要只身去往一个完全陌生的城市。秋实不明白，为什么自己的人生总不能安稳下来。

外面太阳高照，强烈的日光让秋实感到晕眩和不安。

大公交车把一肚子心事的人撂在了纸鸢南里，而胡同口却并没有徐明海的车。秋实没多想，直接跑进胡同，接着跑进了大杂院。天气热得吓人，他先就着院子里的水管喝了几大口冰凉的地下水降温，然后扭身去找九爷。

门一开，秋实见老头儿又窝在椅子里眯着了。而他枯瘦的手里，照旧捏着那张只有一半的合影。秋实走到九爷身边，看着他满头蒲公英似的白发，想着去完琉璃厂再带老头儿去剪剪头发。

说起这三千烦恼丝，九爷才不肯去街边的美发店，他只认四联。为此，九爷曾特认真地跟秋实强调四联的前身是上海的华新、紫罗兰、云裳、湘铭。京剧界的那些名角儿，什么梅兰芳、马连良啊，都经常光顾。

真是个讲究又挑剔的老头儿。秋实笑着叹了口气，然后弯下腰小声说："九爷，您醒醒盹儿。徐明海就快回来了，咱还得一起去琉璃厂呢。"

九爷睡得挺熟，完全没反应。于是秋实伸手微微晃了晃对方嶙峋的肩。

"九爷？"

回答他的是那半张残照。它从老人手里轻飘飘地跌落在地，上面那个英俊漂亮的年轻人冲着秋实微笑。

"你叫果子呀？"

"走运的话，你下辈子投胎就能当个猫啊，鸟儿啊，蛐蛐儿，蝈蝈儿，油葫芦；不走运的话，还得当人哪……"

"只要两人心不散，离着再远都没关系。"

下午 3 点半，徐明海还在路上飞驰。而此刻距他承诺到家的时间，已经整整晚了一个小时。徐明海千算万算，连路上堵车的时间都考虑进去了，却独独忘了相亲这事儿压根儿不能一人说了算。

刚才在咖啡厅等人的时候，焦急的徐明海就像只超大号狐獴，一直支棱着脖子盯着门口。可随着时间一分一秒地过去，眼瞅着都快下午 2 点半了，那个传说中的相亲对象却连个鬼影子都没有。

最后，徐明海决定爱谁谁，小爷还不伺候了！不料他刚一起身，还没来得及挪窝儿，三个一瞅就是一家子的人翩然出现。

"你就是徐明海？"姑娘保持一个踮脚仰头的姿势问，得到肯定回答后她便介绍说，"这是我爸妈。"

徐明海后脖子一凉，简直不敢相信眼前这位短小精悍的姑奶奶这么有创意，居然带着老子、娘一块儿来相亲。

"如今这世道，是个犄角旮旯就藏着个坏人。"姑娘振振有词，"我爸妈得替我把把关。"

"别费事了，我坦白我交代，这世上就没有比我再坏的人了。"徐明海脚底抹油准备开溜，"那什么，我这就去派出所自首。"

结果姑娘她爸一把拉住徐明海，态度大方地表示来都来了，怎么也得聊聊，否则介绍人那边不好交代。而女方妈妈则要喝些饮料休息一下。

介绍人真是天底下最不招人待见的玩意儿！

徐明海迫于无奈只好坐下，然后立刻开始全方位无死角地批判自己。前前后后耽误了十多分钟，他才终于让对面三人相信自己坏得彻头彻尾，坏得无可救药。严打那几年没被抓进去，纯粹是撞了大运。

"'心牢'这词儿您三位一准儿明白，"徐明海真诚地指着自己胸口，

"我可不能耽误谁家闺女！"

女方一家人刚开始面面相觑，最后竟被徐明海感动了。姑娘她爹说："那你今后可得洗心革面，好好做人。有空多读书，读书使人进步。回头我跟介绍人说彼此见过，但没感觉，这事儿就结了。"

徐明海感激涕零，结完账脚丫子不沾地就跑了。

此刻，他在胡同口狠狠踩住刹车熄了火，屁滚尿流就往家跑。就在他冲进大杂院的前一刻，一个没留神，跟同样急奔而来的民警郭小七撞在了一起。

徐明海口干舌燥，站在院门口喘着粗气问："叔，您吗来了？"

"你还不知道？"郭小七诧异地问。

徐明海一头雾水："我知道什么？"

"张大妈刚才报了派出所，说你们院儿那个关老头儿人没了。"

徐明海听见这话，只觉得一股浓烈的腥甜气直冲上喉头，双腿忽就软了。幸亏郭小七手疾眼快地扶了一把，徐明海才没一屁股坐地上。

"还有，张大妈打电话的时候说什么果子也傻了，我没听明白。"

徐明海反应过来，撒腿就往院里跑。一看，东南屋的门大敞着，张大妈战战兢兢地站在门口，而秋实正煞白着脸僵坐在屋里的椅子上。身边的九爷挺安详——就像睡过去一样。

徐明海一个箭步飞跨进屋，摇晃着秋实，嘴里不停地喊"果子"。

"你们可算来了！"张大妈猛地一拍大腿，"我刚才买菜回来，见这屋开着门就往里瞅了一眼，结果看见这孩子跟丢了魂儿似的！我问他干吗傻坐着不说话，一连问了好几遍，他才说什么九爷走啦，想陪他多待会儿。我吓得进去探了探老头儿的鼻息，果然没气儿了！"张大妈哆嗦着拉起郭小七的手："这才给你们派出所打的电话。"

一般来说，人快不行的时候，家属会打120，拉去医院还能再试着抢救一下。但如果发现时人已经没了，就得联系派出所。民警过来负责勘查现场，开死亡证明，之后才能联系殡仪馆。胡同里老人多，一年怎么都得走几个，流程大家伙儿都懂。

郭小七叹了口气，进去确认了老人的状态，然后从制服口袋里掏出笔和本，用嘴咬下笔帽说："那什么，大家对九爷的死亡原因都没什么疑问吧？那照规矩来一步步处理。"

这时，秋实忽然开口："我有疑问。"

"啊？"郭小七有点儿蒙，"果子，你有啥疑问？"

秋实抬起头，直勾勾地盯着徐明海："你答应我下午 2 点半到家，刚才干什么去了？"

徐明海一时心跳如雷。他想要解释，可舌头却不像自己的，一点儿都不听使唤。

"小海早回来晚回来，结果……结果不都一样吗？"郭小七知道秋实跟九爷亲，一时肯定接受不了，于是赶紧打圆场，"果子，别跟你哥置气，他心里也难受。这事儿要怨，咱就只能怨老天爷。果子，你说是吧？"

老天爷虚无缥缈，秋实看不见，也摸不着。可活生生的徐明海却近在咫尺，可以拿来掏心挖肺，饮血啖肉。

血色一点点回到秋实脸上。他缓缓站起来，忽然后退一大步，然后抬起腿，毫无征兆地往徐明海身上踹去一记窝心脚。

徐明海猝不及防，直接从屋里摔到屋外。尾骨瞬间撞到坚实的门槛上，隐约间传来骨头碎裂的骇人动静。

张大妈从来没见过秋实动手打架，没想到揍的居然还是徐明海，吓得连连后退。

徐明海跌倒在地，整个人都是蒙的。他这辈子第一次意识到，原来疼痛是有形状的。像是龟裂，从一处开始，迅速布满全身，密密麻麻，有始无终。

"你跟你哥抽什么风？"郭小七吓得把手里东西一扔，赶紧去拉徐明海，"当着我的面下这么狠的手，真不拿你叔当警察看啊？"

徐明海分明疼得都快吐了，却拽着郭小七强调自己没事。

"能没事吗？我都听见声儿了！"郭小七气得冲秋实大喊，"谁家亲人走了不难受？靠打人老头儿能起死回生还是怎么着？九爷要真能活过来，你先揍我一顿！"

秋实听了，脸上却连一丝波澜都没有。道理谁不明白？他比任何人都懂事，比任何人都知道要体谅对方。可直到此刻秋实才发现，自己心里那些委屈，那些隐忍压抑、无处宣泄的情绪从来没有消失过。它伺机而动，终于以一个无比丑陋暴虐的方式彻底迸发出来。

秋实迈出房门，装作要搀扶徐明海的样子，却再次搞起突然袭击。他把身着警服的人狠狠一推，弯腰薅起徐明海的衣服领子，握紧右手，毫不留情地挥拳朝他脸上抡去。

徐明海生生受着对方的拳头，连吭都没吭，可他却无法阻止淋漓的鲜血从鼻腔里喷涌而出。

郭小七蹿上来，使出吃奶的劲儿从后面钳住忽然变得力大无穷的秋实，让徐明海快跑。不想徐明海却跟死了似的，整个人直挺挺地瘫在地上，一副任杀任剐的样子。

秋实胳膊动不了，腿还是自由的。他把泼天的戾气倾注在脚上，狠狠地往徐明海身上踹去。

"徐明海！你说你下午2点半回来！你说咱俩带九爷去琉璃厂！徐明海！你还我九爷！你把九爷还给我！！！

"徐明海，你为什么要赶我走，为什么让我独自面对死亡？

"徐明海，我恨死你了！"

随着落在徐明海身上的拳脚越来越轻，来自秋实单方面的攻击终于偃旗息鼓。

郭小七一个见惯了各种打斗场面的资深民警，刚才愣是被秋实那几下惊着了。此刻他仍不敢松手，只连连问地上的人："小海，怎么样？去不去医院？"

徐明海略略一动，身下立刻传来强烈的痛感。尾骨处像被刺入一块镶满尖刺的千斤巨石，坠得他根本站不起来。他忍不住龇牙咧嘴了一阵才强撑着开口："哪儿至于？就这么点儿小伤，我才不去给人家白衣天使添乱呢！"

"贫吧你就！"郭小七无奈道。

"七叔，您放开果子吧，我俩没事了。"徐明海催促他说，"您赶紧把证明开好，咱得抓紧时间给殡仪馆打电话。天儿热，我怕……怕九爷等不了太久。"

郭小七觉得怀里的人听见这话后，浑身的力气像是一下就被风吹散了，这才慢慢把秋实放开。

徐明海抬起一条胳膊，赁出个比哭还难看的笑："果子，拉哥一把。"

秋实没什么反应。倒是郭小七特别紧张，生怕这孩子又抽风。

徐明海盯着秋实，把无以名状的哀求一半搁在眼神里，一半搁在话音里："腿麻了，站不起来。"

半晌，眼见秋实真弯下腰去拉徐明海，小七不禁纳闷儿这哥俩什么情况？这唱的到底是挥泪斩马谡，还是萧何月下追韩信？

就在他俩的手堪堪要握在一起的时候，大门口忽然传来一声惊呼。众人一扭头，只见李艳东飞奔而来。

徐明海心里狠狠"咯噔"一下，秋实则直起腰来，静候审判。

李艳东跑近一看儿子的惨状，立刻母狮护崽儿般地把人往怀里狠狠一揽。这下，饶是徐明海铁打的也受不住了。他扯着脖子"嗷嗷"叫唤："啊啊啊！疼！！！"

"怎么了这是？"李艳东急红了眼，边掉眼泪边喊，"碰上抢劫的了还是遇上强拆的了？小七，这谁干的？"

徐明海赶在事态失控前大喊："没谁！我刚才一不小心摔了狗吃屎！"

他不扯谎还好，这么一说李艳东反而瞬间就明戏了。从小到大，徐明海肯自己吃亏也要死命护着的，从来就只有一个人。她一抹眼泪，立即将矛头对准站在一旁的秋实："果子！你跟你哥动手来着？"

"没有！"呈半身不遂状的徐明海拼命和稀泥，"都是误会！"

"小王八蛋给我闭嘴！"李艳东恨恨地骂完儿子又问，"七儿！你跟我说，这到底怎么回事？"

郭小七无奈，只好硬着头皮跟着一起和稀泥："关老爷子刚走了，果子一时接受不了，就……唉，姐，其实没什么，俩孩子闹别扭来着。"

"闹别扭？"李艳东倒吸一口凉气，指着徐明海五彩斑斓的脸问，"你管这叫闹别扭？七儿你还是人吗？你对得起自己这身警服吗？"

民警郭小七同志无言以对。

"不是，我就不明白了。那老头儿没了跟小海有什么关系啊？人又不是他杀的！"李艳东哑着嗓子质问，"果子，你还有没有良心？徐明海打小儿对你比对我这个亲妈都好！你干吗下这么狠的手？"

"他，他回来晚了。"秋实不知道怎么解释自己刚才的失控。

"啊？回来晚了你就往死里抽他？"李艳东的语速又急又快，连珠炮似的，不给任何人留余地，"你哥下午相亲去了！早就约好了的！"

"妈！"徐明海顿时急了，恨不得一把捂住李艳东的嘴。

李艳东则不以为然，还跟另外几个人强调："人家那姑娘模样和条件都特好！我估计徐明海这臭小子跟人家一见就钟了情，所以就多耽误了些工夫呗。"

随后她又向秋实解释："果子，你还年轻不着急。可徐明海已经到了处对象娶媳妇的岁数了，这是正经事儿！"

"您别造谣！我压根儿没跟她钟情！这分明是您交代给我的'政治任务'！"徐明海大声反驳道。

"你们瞅瞅，处个朋友还害臊呢！"李艳东气道，"永远长不大！以后怎么成家生孩子？"

"我拿什么成家生孩子？您净异想天开！白日做梦！"

"嗐，果子反正也要去外地读书了，我寻思那屋子空着也是空着，如果你有了合适的对象，不正好当婚房吗？"李艳东趁机打蛇随棍上，不再追究徐明海的伤势，而是问秋实，"你说是吧，果子？等你寒暑假回来的时候，就住徐明海现在那屋去，齐活儿！你哥和你都方便。"

一根被日头烤得酥脆的稻草就这么飘下来，轻轻巧巧地落在秋实肩上，发出巨大的轰鸣声。

"妈！您别胡说八道！"徐明海不知道李艳东什么时候开始在这个问题上打歪脑筋，一身的血瞬间凉了个透。

"我胡说什么了？这叫不浪费土地资源！"李艳东说得挺有理。

秋实看着眼前这对母子，终于后知后觉地明白了现实的处境。原来，徐明海让自己去广州，并不是为了开疆辟土，而是未雨绸缪。

成家生孩子需要房，只要自己走了，地方就能腾出来了——如此简单清晰的逻辑，他竟然没有想到。秋实看着眼前激烈对抗的母子，忽然意识到自己是一个多么不受欢迎的外来者。周莺莺就不该把他带回北京，带回大杂院来给这家人添堵。

"阿姨，我明白了。"秋实开口打断李艳东的喋喋不休，"我错了，我浑蛋。我对不起您，也对不起我哥。您抽我一顿吧。"

"果子！"

徐明海太了解秋实了，他极力想阻止对方此刻的胡思乱想。可秋实却置若罔闻。

"我刚才把他尾骨伤了，我抱他进屋，您先检查检查，看需要不需要去医院。"

说着，秋实便伸手把徐明海从李艳东怀里接过来，打横抱起。然后扭头跟郭小七说："叔，刚才我跟您也耍浑蛋来着，您别往心里去。死亡证明开好我就签字，然后联系殡仪馆上门。"

郭小七连连点头。

"张大妈，"秋实补充说，"刚才也吓着您了吧？回头我一起登门赔礼道歉。"

张大妈急忙摆手说："这孩子，这么见外干吗？赶紧忙正事儿去！"

秋实一一交代好，抱着徐明海走进屋子里，李艳东紧随其后。

"果子，你别听我妈瞎说，我从来没有……"

"你先养着吧，"秋实将人小心翼翼地搁在床上，"我先把九爷的事儿办妥。他老人家还在的时候，嘱咐过骨灰绝不入土，一定得给他撒海里。趁着离开学还有时间，过些天我去趟天津。"

"我跟你一起去！"徐明海说着就想来个鲤鱼打挺，结果下一秒就疼得浑身哆嗦上了。

"去你大爷！"李艳东急吼吼地喊了一嗓子，"伤筋动骨一百天，你给我好好待着！"

徐明海一脸焦躁，明明还要说什么，李艳东已经开始动手脱他的裤子。秋实立刻转身出来。

当他回到东南屋时，证明已经开好了。郭小七说电话打了，殡仪馆的人马上就来。

秋实签了字谢过对方，重新坐回九爷身边，静静陪他等车。

"小果子，难受吗？"

"不难受。"

"不难受干吗掉眼泪？"

"后悔没能再带您去趟琉璃厂，去四联剪头发。"

"嗐，九爷不怨你，时候到了而已，谁没这么一天呢？你也别怨小海，你俩都是好孩子。太好了，所以就难。"

"我不怨徐明海，再也不怨了。过几天我就带您去海边，送您上路。"

绿色殡葬的概念，虽然国家自 1994 年开始就大力提倡，但绝大多数老百姓还是觉得人活一世最后要入土为安。所以墓地也顺应市场经济，价格一直飙升，很有欲与房价试比高的劲头儿。

　　秋实拿到九爷的骨灰后，殡葬大厅里正好有志愿者在发放关于海撒的宣传单。

　　"去塘沽的往返路费都是政府补贴的，还管一顿饭呢。一家子能去六口人！"穿着黄色制服的阿姨头发已然花白，声音却很洪亮，"我都有心提前给自己订好喽，省得到时候拖累孩子！现如今一个墓地好几万，又占用土地资源。我吃苦耐劳了一辈子，睡里面可不踏实！"

　　这话听上去没心没肺，可又透着某种心酸的大智慧，让周围不少心情低落的群众都笑了出来。

　　秋实于是走上前去，打听相关事宜。

　　"每周都有大巴从海淀那边统一出发。小伙子，你跟我这儿登个记，再签一份《骨灰撒海服务协议》就齐活了了。"阿姨认真地介绍着，"到时候坐上车直奔天津港！船上有仪式有花圈，什么都不用你操心。"

　　秋实当场便把所有手续办好，然用书包背着九爷的骨灰盒回了家。

　　徐明海此时已被亲妈押送至奶奶家"坐牢"。在这之前他去医院照了片子，诊断结果证明是尾骨骨折。医生的意思是不严重，吃点儿消炎药、止疼药在家静养个三周左右就行了。但到最后，大夫还是在李艳东的威逼下无奈地指天发誓，说徐明海这岁数肯定不会落毛病。

　　秋实从李艳东口中得知徐明海无恙，终于放下心来。

　　"果子，"李艳东看着秋实问，"哪天走啊？"

　　"把九爷的事儿安顿好了就走。"秋实回答道，"早点儿去报到，正好能熟悉熟悉环境。"

　　"这么远的路，春节还来回折腾吗？"李艳东追问。

　　"阿姨，"秋实和李艳东坦然对视，"寒暑假我都不回来了。您说得对，这么远的路，火车一来一回耽误工夫，机票又贵。我想，还不如跟同学去周边玩玩，或者到时候找地方打个短期工，当是提前接触社会，锻炼锻炼。"

　　李艳东眼里闪过一丝难以掩饰的惊讶。她愣了半晌，似乎不知如何是好。最后，她用浓重的鼻音嘱咐："也，也好。你一个人在外面照顾好自己，注意安全，别亏嘴。果子，好好学，最好以后能出国，见大世面长大本事。你……你跟徐明海不一样。"

"嗯，我知道。"秋实笑了笑，"您和叔叔也多注意身体！"

到了海撒的日子，秋实于清晨独自一人坐上前往天津港的大巴。车里人不少，都在聊天儿。

"哦，您是送您父亲。我送我妈，不怕您听了笑话，我们一大家子四世同堂，八口人挤在10平方米里过了十好几年。所以我妈咽气前千叮咛万嘱咐，说一定给她撒海里，她要去住龙宫，好好痛快痛快。"

"嘻！我们家老爷子早年间当过海军，最后这些年糊涂了，天天在床上吐泡泡，愣说自己是鲸鱼，要回大海。您说我们做儿女的能怎么办？就当是给他老人家圆梦吧！"

秋实一路听着，觉得挺有意思。似乎比起传统的土葬，选择海撒的人身上全是故事。

两个多小时后，一行人浩浩荡荡地抵达目的地。上午的天津港略有薄雾，天气不算热。咸咸的海风拂面而过，潮湿温柔。

秋实跟随众人一起走进轮船的一层大厅。上午9点半左右，轮船拔锚起航，缓缓驶离港口。伴随着汽笛的鸣响，秋实忽然想起小学上课时背诵过的那篇课文："我们登上一只浅蓝色的海轮。马达发动了，海轮随着海波荡漾，在海港里静静地航行……"

转眼十年过去了，人和事变得面目全非。如果自己回到过去，对那两个小的描述起今天发生的一切，可能会被骂神经病。

"什么乱七八糟的？别理这疯子，哥带你到别处玩儿去！"

"嗯！"

秋实仿佛可以看到徐明海翻着白眼把另外那个小屁孩儿护在身后的场景。他忍不住笑了笑，笑过之后，嘴巴里泛起苦味。

又过了大约半个小时，大家在工作人员的带领下走出船舱，来到船舷。

四周的大海依旧波澜壮阔，也依旧状同深渊。但秋实这次却没有感到那种来自内心深处的恐惧，也许就像佛偈里说的那样，由爱故生忧，由爱故生怖，若离于爱者，无忧亦无怖。

轮船上的仪式庄严又简单。被叫到名字的家属就去把骨灰放进撒海桶，从此尘归尘，土归土。

"关世君……关世君的家属在吗？"

工作人员喊了两遍，秋实才反应过来关世君就是九爷，他忙走上前去。

对方递给秋实一双白手套，示意他做最后的告别。秋实戴上手套，打开盒子，将细腻的灰握在手里。他轻声呢喃着："九爷……我现在送您去找他。可能，他也在找您。等见了面好好叙旧，俩老头儿就别再互相赌气了。"

说完后他慢慢撒手，瞅着轻飘飘的骨灰随着白缎子似的浪花翻卷着漂向远方。

九爷，再见！

海撒仪式顺利结束，全部人返航。根据行程安排，吃完饭后大巴会再统一把他们拉回北京。

秋实吃不下，他找到负责人，说第一次来这边，想在本地逛逛。

"也成，那麻烦你给我签个字。回北京的话，有火车有长途车，都挺方便的。"人家嘱咐他。

秋实签好字，谢过对方，然后背着彻底瘪下去的书包沿港口漫无目的地溜达。他不知不觉走了足有七八公里，渐渐有些力不从心。这时，他看见路边有个小卖部，便进去买了几瓶本地饮料。

再往前走是个无人的野海滩，那里竖着个老大的牌子：禁止游泳——一副公事公办的严肃派头。可秋实偏朝着它走过去，然后一下坐到粗沙密布的沙滩上，随手把身上的书包扔去一旁。他仰头灌入几大口饮料，冰凉的液体顿时沁人心脾。

送九爷这件事就像一口吊在他喉咙里的气，一吐出来，秋实整个人就放松了。只是松得有些过分，四肢都像化了似的。他顺势躺下，看着天上厚重的云层，听着海浪低沉的叹息。这一刻，他竟然体会到了晴雯在补完那件雀金裘后的心情。

终于完了啊。

想起刚才对人家说"第一次来，想四处转转"时的虚伪样子，秋实不由得笑起来。他骗得了别人，却骗不过自己。他哪里是要当游客？不过是因为知道此番回去后，便再没了停留的理由，所以故意拖时间罢了。想想，真是无耻又下作。

不知不觉，黄昏来临。这样的海边天色让他想起那个无比幸福又无比惊险的北戴河之行。他想到了妈妈、陈磊，自然也无可避免地想到了徐明海。

十年的记忆像一组电影长镜头，纤毫毕现地将过往一幕幕呈现出来。秋实跟着喜一阵，怒一阵，哀一阵，乐一阵，直到他听见一个尾骨猛烈撞击门槛的声音。电影戛然而止，无边无际的黑色中浮出三个字——"全剧终"。

秋实被这样的画面吓了一大跳，心里胃里顿时如同有千把钢刀在一起搅动，直疼得他滚下泪来，浑身都是汗。

伸手一摸，饮料早没了，连最后的支撑也干涸枯萎。秋实干脆听从了潜意识的指挥，他把身上的衣裤三两下扒下来远远丢开，只着内裤，奋力朝大海跑去。

皮肤被海水打湿的感觉好极了，有种湿漉漉的温柔。秋实一步步往里走，祈求得到更多的抚慰。

随着他越走越深，被温柔包裹的感觉陡然凌厉起来。一个浪头打来，秋实的口鼻同时呛进一大口咸苦的海水——就是这种肉体上的刺激，忽然唤醒了秋实记忆深处某个被遗忘的片段。

应该还是很小的时候，周莺莺把他放在盆里洗澡。可洗着洗着，妈妈就哭了，泪水从那双漂亮的眼睛里不断流出，滑过布满青紫痕迹的脸。绝望的气息感染了小小的秋实，他抬手想帮妈妈擦眼泪，可不知道怎么回事，自己却一下子被按进水里。

温热的液体不停地灌入鼻子和喉咙，他想哭想喊，却发不出一丝声音。濒死的感觉持续了三四秒，他忽然又被抱了出来。空气重新充盈在肺部，他开始剧烈咳嗽，耳朵里的水声和妈妈的哭泣混在一起。

"对不起，果子，妈对不起你。妈再也不犯傻了，妈能扛下去……"

秋实如梦初醒。

他一直认为自己回到北京是个错误，但其实，他的出生才是一个天大的不应该。周莺莺被迫嫁给一个她根本不爱的浑蛋，又无奈生下了孩子。自己是靠一个母亲天性中对骨肉的怜悯和不得已才长大的——宛如一条可耻的寄生虫。

他如果能在那天就死去，周莺莺回城后就能早一天嫁给陈磊，早一天得到幸福。他们也许会有自己的孩子，一个真正因为爱情出生的孩子。他们也许会躲过那场意外，一家三口，永永远远地幸福下去。

秋实正胡乱想着，一个浪头狠狠地拍过来。他脚下一软，整个人瞬间消失在海面上，就像没有存在过一样。

19 千山我独行，不必相送

　　头疼，疼得像是有人拿着锤子在往里面持续地揳钢钉。一下两下，最后那下惊天动地，摧心震肺。秋实努力睁开眼皮，却只看见一片惨白。浓烈的消毒水味紧随其后，充斥在鼻腔里，让他忍不住要坐起来咳嗽。

　　"别动，医生怕你肺部感染，在给你吊水。"

　　秋实茫然间循声一看，身边的人竟然是华嘉辉！

　　纷乱的回忆碎片瞬间蜂拥而至。他想起自己送完九爷后独自走了好远的路，又累又渴就买了些饮料坐在岸边喝。谁知喝着喝着忽然抽风似的往海里跑，结果被浪头拍倒，再往后就彻底断片儿了。

　　秋实捂住脑袋使劲晃了晃。

　　"对，快甩干。"华嘉辉在一旁打趣，"我终于知道那些北方客为什么总喜欢骂人脑子进水了。"

　　头疼稍稍平息，"死而复生"的秋实开口问："嘉辉哥，你怎么在这儿？"

　　"飞来救人啊！"华嘉辉做了个超人的招牌动作。

　　这时有护士进来查房。她见昨天被送来急救的小帅哥已经清醒，正傻傻地看着身边的人表演超人，立马开始发挥天津人民的传统技艺。

"哎，你介（这个）人眼睛长这么大，喘气用的啊？海边立着那么大的牌子，蓝地儿白字清清楚楚写着'禁止游泳'，你非得过去。多亏了人家联防的姐姐眼观六路，耳听八方，一直在暗处盯着呢！瞅见你终于按捺不住下了海，立刻冲过去罚款。好么，要说人这姐姐也是倒霉催的，碰上你这么个不识水性的愣子。把你救上来又是人工呼吸，又是胸外心脏按摩，还找车给你拉医院来。你回头可得好好谢谢人姐姐啊。对了，出院的时候别忘交罚款！"

一段流利的单口说完，护士小姐扭身潇洒走开，留给秋实无数个余音绕梁的"姐姐"。

"他们没找到能证明你身份的证件，只从书包的口袋里翻出了一张我的名片。"华嘉辉敛起开玩笑的神态，耐心解释，"亏我当时人在深圳，接到电话一听对方形容溺水人的样貌，就知道是你，所以连夜赶了过来。"

秋实这时才想起，身份证还在组织海撒的负责人手里，压根儿忘了要回来。他看着只有两面之缘的人，心中万分过意不去。

"嘉辉哥，是我自己不小心出了意外，却连累你放下所有事飞过来，会不会给你惹麻烦？"

华嘉辉轻轻摆手说："阿秋，做人呢，不能不为别人想，可也不能全为别人想。我的麻烦我自己会搞定，你只要告诉我，刚刚醒过来的时候，看见比发哥还帅的嘉辉哥，有没有开心一点点？"

秋实愣了愣，然后用力点头回答："很开心！"

"对嘛，开心比什么都重要。"华嘉辉伸手帮他整理了一下乱糟糟的头发，"不过，我不信你是因为'不小心'才出的意外。上次我见你时，就觉得你有心事。阿秋，到底怎么回事？"

秋实想起去年冬天的时候，自己还一本正经地跟华嘉辉强调赌博不是好事。结果一扭头，自己就敢拿出全部身家性命来跟徐明海赌。这世上，简直没有比这更讽刺的事情了。

当着华嘉辉，秋实干脆大方地承认："是。我赌了一把，可局还没开始，就已经输得一败涂地。"

而华嘉辉似乎很欣赏秋实的坦诚。他以过来人的口吻说："输就输咯。在澳门，天天有人连底裤都输掉。可投海这种事就连最污烂的赌鬼都不会去做。只要人在，总有重新来过的机会，你这么年轻，人又醒目，道理要嘉辉哥教？"

话虽这么讲，可秋实却不知道自己还有什么本钱可以拿来博。他想起徐明海，心中又是一阵剧痛。

"不讲这个了，"华嘉辉转而问，"之前吹自己书念得很厉害，考试考得如何？"

"我没参加高考，直接保送广州的Z大。下个月1号开学。"

"去广州，这么远？"华嘉辉愣了下，随即笑道，"也好。到了以后嘉辉哥找人罩你，你无脚蟹似的，偏偏又是个靓仔，小心被人家欺负。"

那双和徐明海有些相似的眼睛弯起来，让秋实想起当年有人曾拍着胸脯跳着脚地保证："你以后就是这院儿的人了，胡同里有哥罩你！"

十年一梦，恍如隔世。

忽然，一个念头从秋实脑子里跳出来，带着近乎疯狂的诱惑力。

"嘉辉哥……"他心跳加快，嘴里发干，"我，我不想去广州了。"

"有书给你念都不念？"华嘉辉揶揄道。

"不念，"秋实点头说，"我是认真的。"

"那我能帮你做什么？"华嘉辉摊手问，"我人都已经在这里了，想要什么，直接同我讲。而且讲的时候，想果别想因，想自己别想别人，否则这辈子都不会太好过。"

"果子，去见大世面长大本事，你跟徐明海不一样……"李艳东的话言犹在耳。

"嘉辉哥，"秋实深吸一口气，一字一句说，"我想你带我去澳门。"

这次对方倒是一副没想到的表情。

"我知道有很多人都去那边打工，我英文不错，肯拼也肯吃苦。"秋实像是在经历人生中第一次面试。

"真不要去广州读大学？"华嘉辉再次询问道。

秋实咬了咬嘴唇，坚定地说："不去了。"

"是为了躲开谁吗？"

秋实心头一震。

"好了，当我没问。"华嘉辉站起来伸了个懒腰，"条条大路通罗马，你先同我去珠海，我找家专业的公司帮你做劳务合同。到澳门后，不用你打工，也不用你吃那些我吃过的苦。没有高考成绩就先读一年预科，然后在澳大挑个你喜欢的专业。不管怎么讲，书总是要念的……"

秋实没想到，对方居然在短短几秒钟内就为自己铺出了一条笔直的大路。他刚要开口说话，就被华嘉辉抬手打断了。

"不用觉得不好意思，没有你们一家，我18岁那年就客死他乡了。这个大学，你就当是替嘉辉念。我手底下人不少，但学历高、有文化、能真正帮衬上的却少得可怜。再两年，澳门也就回归了。到那时，当地的经济肯定会风生水起，正是你我大展拳脚的时候。细路仔，有书读，有钱花，把日子塞得满满的，就不会再那么痛苦了。"

秋实点头，光是华嘉辉最后那半句话就足够了。

"我记得那一次陈哥他们喊你果子，这是你的细名对不对？"

秋实猜细名就是小名，便答："是。"

"OK，你说之前输得一败涂地，那嘉辉哥现在就重开一局给你。"华嘉辉清了清喉咙，一字一句地问，"细路仔，你告诉我，你是要继续当果子去广州念大学，还是要跟我去澳门做阿秋？机会不多的，这次你一定要想清楚再买定离手。"

片刻之后，躺在病床上的秋实清晰作答道："嘉辉哥，我想清楚了。从这一秒开始，我不再是果子，我是阿秋。我要跟你去澳门，绝不后悔。"

徐明海被困在奶奶家已一周有余，眼瞅着距离秋实出发的日子越来越近，电话打回去却一直没人接，徐明海急得眼睛冒血。

为了尽快让自己好起来，他非常配合地每天被姑妈和奶奶轮番灌骨头汤。喝到最后，恨不得一张嘴，汤汤水水就从胃里漾出来。

除此之外，退休前身为医院妇产科护士长的大姑妈徐智，愣是走特殊渠道给侄子弄了点儿紫河车来包饺子。徐明海在得知自己吃的究竟是什么馅儿后，直接吐了个昏天黑地。他觉得自己再这么下去，尾骨还没恢复，胸部倒可以产奶了。

这两天徐明海感觉稍好了些，起码能自己下床走上几步路不再疼得冒冷汗，便闹着要回家。不想颤巍巍地刚站起来，就被徐智一个二指禅摁倒在床。

"李艳东内退那事儿不是黄了吗？你现在回去，家里也没人伺候你啊！"

徐明海心急如焚，一个脑子劈成两半用，一半琢磨着怎么才能从姑妈手里逃出生天，一半嘴上还得配合聊着："什么内退？什么黄了？我不用人伺候。"

"你还不知道？"徐智一脸吃惊，随即感慨道，"李艳东的嘴是真严！我嘱咐她要保密，一切都得按照真的来，她就愣是连自己男人和儿子都瞒住了。行，是个干大事的女人！"

徐明海听着姑妈这话，隐隐觉得哪里不对，便央求对方把话说清楚。

"嗐，就去年秋天那会儿，你妈厂子忽悠一部分职工办内退，说什么效益不好呀，不想拖累大家呀……其实说穿了，不就是想给个仨瓜俩枣就把人扫地出门吗？所以我当时就给你妈出主意，让她装病！"

"装病"俩字一落在徐明海耳朵里，一股凉飕飕的寒气瞬间顺着他的尾骨直冲向天灵盖。徐明海只觉得脑子里"轰隆"一声，他当场愣住了，然后结结巴巴地重复着："装……装病？"

"是啊！你姑妈是谁啊？我给你妈弄了肝癌三期的诊断证明。虽说不吉利，可咱社会主义国家也不信那邪！"徐智眉飞色舞地说，"你妈一拿到证明就去跟她们领导死磕，说'反正自己也活不长了，要么厂子里就可怜她，再多留她几年；要么舍得一身剐，今儿大家就同归于尽！'"

不用说，徐明海也能想到当时的场面有多么惨烈。

"结果一路拖到现在，内退这波就算是躲过去了！"徐智竖起大拇指自夸，"我是帅才，你妈是将才，我俩配合起来可真是——苍茫大地无踪影，天兵天将难提防！"

"可……可我爸说看见我妈偷偷吃药，我妈……我妈她这半年也瘦得挺厉害的……"徐明海的舌头开始抽筋。

"傻孩子，那是我给她弄的特效减肥药！你见着谁家癌症病人成天容光焕发的？

"她还动不动就出汗，就跟水里捞出来似的……"

"说你傻你还就流上鼻涕了，那是更年期闹的！"徐智"哈哈"笑完又开始叹气，"说起来，女人这一辈子是真不容易。年轻的时候每个月'哗哗'流血；等生了孩子好不容易快熬到头了吧，又开始自主神经系统功能紊乱。一茬儿接着一茬儿，永无宁日。"

徐明海听着姑妈絮絮叨叨的抱怨，整个人僵坐在床上，双眼失神地喃喃地说："这也太荒诞了……"

"谁说不是呢？这也就是我们女的天生扛造。要指着你们男的，人类早灭绝了！"

徐明海此刻毫不关心人类的未来，他只想大哭一场。可是他没时间哭，他要去见果子，哪怕是爬也要爬回去。徐明海要亲口告诉对方，这是个误会，天大的误会。就像两人看过的那个什么昆汀的电影一样，太黑色了，太幽默了，也太残忍了。

此时铃声大作，徐智抬起屁股去接电话，嘴里还念叨着："准是你奶奶跟街坊打麻将把钢镚儿都输光了，让我送钱去。"

徐智前脚刚出门，徐明海立刻一个鹞子翻身从床上下来。双脚沾地的瞬间，尾骨处传来的刺痛差点儿让他膝盖一软跪地上。可徐明海什么都顾不得了，他咬着牙，愣是以某种强大的意志力，三两步蹿到门口，一把抄起奶奶的备用拐杖当成第三条腿，跌跌撞撞地奔向街边。

此时，打不远处驶来一辆亮着"空车"的红色小夏利。徐明海拼命招手，车停下后他刚一钻进车厢，徐智就从后方"追杀"过来。

"徐明海！你个小兔崽子——"

"师傅，求求您快给油！"徐明海顶着一脑门子冷汗大声催促道，"我妈惦记人家房子，非逼我娶街坊家的傻闺女！"

"啊？都1997年了，怎么还有这种事儿呢？"司机一听就急眼了，"小伙子，坐好喽！大爷这就带你逃离包办婚姻的牢笼！"

就在徐智堪堪摸到车门的刹那，小夏利"噌"地就冲了出去。眼瞅着身后的人影越来越小，逐渐消失，徐明海终于放下心来。结果精神上刚一放松，疼痛便如排山倒海般袭来。

"不是，怎么你家里人还舍得对你下如此狠手啊？"司机从后视镜里看着直接躺倒的人问。

徐明海只好继续胡编乱造："我，我不乐意！不乐意他们就把我往死里打。重庆渣滓洞那些刑讯逼供的玩意儿，一点儿没糟践全使我身上了。那什么，师傅，麻烦你再开快点儿……"

路上不堵车，小夏利一路畅行无阻，狂奔着抵达纸鸢胡同。司机既热情又仗义，不但不收徐明海的钱，还把他一路搀扶至院门口，临别前特地鼓励他，生命诚可贵，爱情价更高，若为自由故，两者皆可抛！

徐明海谢过司机师傅，然后瘸着腿，趿拉着鞋一步步往院子里挪。所谓近乡情怯，当他看到南屋挂着的蓝色窗帘时，所有熊熊燃烧的勇气在一瞬间灰飞烟灭。

李艳东的乌龙绝症，他自以为是的深谋远虑，还有那场哭笑不得的相亲，一桩桩一件件，让徐明海不知从何说起。特别是九爷的骤然离世……果子是失去过至亲的孩子，在那种节骨眼儿上，他根本无法独自承受。

徐明海想了想，还是先回到自己屋里，然后龇牙咧嘴忍着疼，从铺底下掏出个小盒子来。

这里面是他早就准备好的东西。一台摩托罗拉的汉显BP机，花了将近3000块。专卖店的人说："汉显的要比数字的方便，想跟对方说什么直接告诉服务台就行，传呼小姐会帮忙打成文字发到上面。"

徐明海当时还追问："说什么都能给发过去？"

"能，只要别是反动黄色的就行。"销售猛拍胸脯保证道。

除了BP机，还有一张中国银行储蓄卡，里面存着整整2万块钱。徐明海拿着盒子走到南屋门前，抬手轻拍木门。

"果子，是我，我逃回来了。"

里面毫无动静。

"果子，我骨头上裂着个大缝儿，呼呼地往里灌风，可站不了太久。快开门！"徐明海无耻地祭出撒手锏。

谁知这下一用力，门"吱呀呀"就开了。他往里一探头，脑子顿时和这屋子一样，干干净净，一片空白。

墙上那张周莺莺和陈磊拍婚纱照时照的四人全家福不见了。连同那个拉着自己的手，笑得腼腆又可爱的果子一起消失了。

桌子上一摞摞的高考资料和武侠小说也没了。多数时候，果子就坐在那里挑灯夜读，而自己就歪在床上看金庸、古龙、梁羽生，谁都不打扰谁。

徐明海把盒子搁在一旁，哆嗦着打开衣柜。这里面空荡荡的，那些他亲手给果子置办的四季衣裤全部失踪，只剩下一股子浓郁的樟脑味。

徐明海还不死心，转身去拉书桌抽屉。他知道果子偷偷藏了好多小玩意儿在里面，比如陈磊给他们买的猴子脸面具，那块用橡皮刻的圣火令，天坛公园的门票，第一次吃肯德基的垫盘子纸，从北戴河带回来的贝壳，等等。而此刻，这些浸透了两个人无限回忆的东西，统统不见了踪影。

徐明海这下彻底慌了，甚至一度怀疑自己进错了屋。他于是连连后退，一直退到外面的院子，然后迷茫环顾自己生活了二十多年的地方。

没错，就是这棵榆钱树。十年前的腊八，这里忽然出现一个小孩儿，他长得好看，也很凶，没说两句就上来咬了自己一口。徐明海抬起胳膊，呆呆地看着左手。可惜虎口处的那块疤早好了，没留下任何痕迹，根本无法证明小时候发生过的事。

这时，徐明海忽然想起来，就算什么都没了，自己床头那辆大号电动吉普车还在呢！那可是果子在白云观庙会上套圈赢回来的，自己喜欢得不得了。

徐明海跌跌撞撞地跑回屋，可床头柜上早没了什么吉普车，取而代之的是个俗气的水晶八音盒。最后一丝力气也消失殆尽，他一屁股坐在地上，尾骨再度传来剧痛，可徐明海整个人却像丧失了感应神经，彻底糊涂了。

人呢？明明离约好出发的日子还有一个礼拜。况且，就算果子提前走了，他只是去上个学而已，至于把所有东西都带走吗？

而就在徐明海"越狱"后不久，李艳东在厂里就接到徐智的线报，得知儿子成功逃走。她于是忙不迭地就往家赶，谁知刚一进门，就被地上那个脸色苍白、形容枯槁的人吓坏了。

"臭小子，你吃饱了撑的坐地上干吗？骨头还没好利索呢，赶紧床上躺着去！"说着她赶紧弯腰搀人。

可徐明海却不挪窝儿，好半天才开口问："妈，果子呢？"

"果子他走了啊，说早点儿报到，提前熟悉熟悉环境。"

"真提前走了？"徐明海急忙追问，"那他走之前说什么了吗？给我留什么话没有？"

李艳东叹了口气说："留了。"

"他说什么了？"徐明海的眼睛就像被打火机点着了似的，一下就亮了。

"他说，'千山我独行，不必相送'。"

9月的广州闷热无比。徐明海刚一下飞机，传说中的亚热带气候就虎视眈眈地扑了上来，浑身上下每一个毛孔里都汪着水的感觉令人抓狂，让徐明海觉得自己正在经历更年期。

对，就是这要命的更年期。在得知秋实不告而别后，如遭雷劈的徐明海终于前言不搭后语地把整件事向李艳东和盘托出——包括徐勇下岗，他如何逼果子去外地上学，自己玩儿命挣钱，为的就是要让自己妈舒舒服服走完最后的日子。

这前前后后的乌龙事件串起来，听得李艳东又骂又哭，最后她有气无力地嘱咐徐明海，等见了果子一定让他春节回家过年，别一人在外面漂着。经过这么一遭，李艳东彻底放弃了自己一厢情愿的盘算。儿孙自有儿孙福，未来怎么样，让孩子们自己奔去吧。

而为了出行顺利不折在半道儿上，徐明海足足在家养了二十天的骨头。其间，他想过要给学校打电话，问问果子是不是一路上都平安顺利，然后再把一切说开。

他想说，果子，我不该自以为是，什么都瞒着你，结果把事儿全办砸了。可隔着千山万水，徐明海总觉得电话不足以传递出自己过于复杂的情绪和十足的诚意。最后，他决定一不做二不休，干脆直接飞过去，站在那所大学宿舍的楼下负荆请罪。

他想，果子也许会当场傻掉，也许会假装看不见，也许会抬手就让他滚。但徐明海笃定，只要两人的目光能再次碰到一起，果子在心里就会原谅自己。

徐明海为这样的重逢场面激动不已。所以在空姐宣布距离降落白云机场还有三十分钟的时候，他举着啤酒主动跟隔壁的大哥碰了个杯。

"靓仔，欢迎你来广州！"对方很热情。

此刻，被汗水层层包裹的徐明海，正跟着一群人往外走。出机场后，触目所及全是生机勃勃的浓绿，一看这地方就没遭受过沙尘暴的摧残。

"先生，要不要坐车？价钱很平啦。"有人主动过来揽生意。

徐明海觉得这都是宰外地人的黑车，于是老老实实地去排队坐机场巴士。他之前特地查过地图，A线可以到什么江大酒店，然后步行就能到Z大的校区。只是这些话，他都没来得及嘱咐果子，也不知道那傻孩子会不会下了飞机就被人骗？徐明海心里不安起来。

车开了三个多小时，天色逐渐暗淡，闷热感也随之减退。徐明海下了车，然后一路问人，终于来到校区大门口。看着眼前这郁郁葱葱的南国学府，他长出一口气，迈腿就往里进。

"哥们儿，那什么，你知道今年新生的宿舍楼在哪儿吗？我找人。"徐明海在校园中左顾右盼了片刻，最后伸手拦住了一个路过的黑瘦小伙子。

"哪个专业？"小伙子仰着脖子，扶了扶鼻梁上瓶底厚的眼镜。

徐明海不自觉地骄傲起来："对外汉语。"

"咁巧（好巧）！我也是对外汉语的。"他改用不太流利的"广普"说，"顺路，我带你去喽。"

徐明海没想到随随便便都能钓出来个同专业的来，真是大大的吉兆！他连声道谢，随后两人便一起向校园南侧走去。

路上，徐明海不忘旁敲侧击："对了，你认不认识你们专业的秋实？北京人，跟我差不多高，双眼皮，皮肤倍儿白，人倍儿帅。用你们这儿的话讲，就是特别地靓仔。"

徐明海满嘴的儿化音听得对方直挠头："才开学没多久，除了一个寝室的，我都唔（不）太认得。不过，印象里专业课上没见过咁（这）个人……"

徐明海心想，自己也是难为人家四眼儿了，他八成什么都看不清楚。

两人一路来到宿舍楼下。"四眼儿"挺热心，让他在楼下等，自己上去帮忙找。

徐明海连连点头，还特意嘱咐对方先不要透露自己的长相。待"四眼儿"走后，徐明海四处看了一圈儿，便站到一棵叫不出名字的树下蓄势待发——就像高中时他每次接人放学那样，只缺一辆锃亮的永久二八大杠。

可惜十几分钟过去了，徐明海也没看到那个熟悉的身影出来。又过了一会儿，"四眼儿"再度现身。他跟徐明海比手画脚了半天，大意是各个寝室都问了一遍，还特意找了生活委员，他们都说对外汉语专业没有秋实这么个人。

徐明海一愣，然后急赤白脸地追问："怎么可能没有呢？秋实是我弟，亲弟！北京保送来的，提前好久就过来报到了！"

"四眼儿"只好重申调查结果，还说新生里要是真有这么个一米八几的超级靓仔，走到哪里都会像个灯塔一样，肯定是个人都知啦。

"是不是搞错了？""四眼儿"开始挠头问。

片刻之后，徐明海终于恍然大悟。他咬牙切齿地自言自语："我明白了！他不想见我对不对，所以才让你出来骗我！"

"四眼儿"不知道对方到底明白什么了，满头冒问号。

"行，臭小子够狠。"徐明海气得跳脚，"我自己动手，丰衣足食！"

说罢，他立刻冲向宿舍楼。偏这时，从里面出来四个男生，他们一看徐明海人高马大、来者不善的样子，还以为是什么校外黑道前来寻仇，立刻拦住人开始盘问。

谁知两拨人谁跟谁都说不清楚，效果犹如鸡同鸭讲。徐明海脑子一热，失去理智，断定这几个人根本就是秋实派来故意阻拦他的，于是狠狠推搡开对方就打算硬闯。

正所谓强龙不压地头蛇，徐明海这下算是捅了马蜂窝。一时间，南拳大战北腿，几个人打得虎虎生风，场面顿时乱成一锅粥。

"四眼儿"在一旁看着干着急，可谁都不听他的，无奈只好跑去找宿管老师。

徐明海以寡敌众，见闯进去的希望近乎渺茫，不得不立刻改换战场。他一步步退到楼外，一边和人叮当五四地动手，一边冲着楼上放声大喊。

"果子！我来找你了！你出来！

"你再不下来，我今儿可就死在这儿了！果子！

"果子！你下来吧，哥给你认错！"

这么一来，楼上纷纷开窗，无数个脑瓜子钻出来看热闹。

就在徐明海分神找人之际，一记直拳迎面袭来。他条件反射侧身一闪，一脚踩中石头导致整个人往后跌去。而这次落地的位置，好死不死又是尾骨。旧伤处迸裂的痛瞬间放大了数百倍，让人动弹不得。

幸亏这时"四眼儿"带着宿管老师赶来，及时喝止了那四个还欲动手的人。楼上的学生们见再无热闹可看，非常失望地纷纷关上了窗户。

而从头到尾，徐明海都没有看到果子。他一颗心像是漏了气的皮球，那股子横冲直撞的怒气全部消失殆尽。徐明海反应过来了——果子是真不在，但凡他在，不可能到了这节骨眼儿上都不露面。可如果他不在学校，又能在哪儿呢？

徐明海被"四眼儿"搀扶起来，忍着疼掏出身份证主动跟老师说明前因后果。对方几人得知是误会后，也觉得刚才四打一未免难看了些，赶紧道歉。一场莫名其妙的"南北大战"就此偃旗息鼓。

来的这个老师很和气，普通话也说得清楚标准。再加上之前"四眼儿"做了铺垫，她便嘱咐徐明海先去来访室登记，自己这就去查查这个对外汉语专业的秋实的情况。

随着时间一分一秒地过去，瘫坐在来访室的徐明海越来越绝望。答案已经隐现，可潜意识却依然拒绝相信。

门开了，徐明海死死地盯着那个老师脸上的表情，心里期待又害怕。

"有，北京 × 中保送过来的，对外汉语专业。可是他一直没来校报到……"

"可是"后面的话让徐明海如坠冰窖。半晌，他开口问："他……他要是过些天再来……"

"不行，"老师摇头说，"现在超过了规定注册时间一周，而且也没有跟学校说明情况。该生信息已经被校方注销，视为自动放弃学业。"

徐明海谢过老师，昏昏沉沉地拖着两条腿从来访室走出来。外面天色已黑，路灯亮起，把他高高瘦瘦的影子撂倒在石砖地上。徐明海眼神迷茫地四处张望，却始终找不到来时的那条路。

这时，有女大学生嬉笑着路过，她们湿漉漉的头发在空气中散发出清甜的水果香气。她们几个手挽着手，你一句我一句大声唱着首歌。

　　……为何总是这样，
　　在我心中深藏着你。
　　想要问你想不想，
　　陪我到地老天荒。

……
如果爱情这样忧伤，
为何不让我分享。
日夜都问你也不回答，
怎么你会变这样。
……
想要问问你敢不敢，
像你说过那样的爱我。
想要问问你敢不敢，
像我这样为爱痴狂……

徐明海目光呆滞地看着她们逐渐远去。

忽然间，尾骨、心脏、脑袋同时疼起来，使他不得不蹲下身，两手紧抱住头来抵御这一波波活活能把人撕裂的痛苦。

果子，你现在人在哪儿？果子，你出来，再给哥一次机会行吗？这回咱俩哪儿都不去了，就在北京，在大杂院里好好待着。

20 此生无憾

2000 年 7 月。

此时的人们已经顺利挺过 1999 年和千禧虫危机，离传闻中的下一个世界末日还有十二年。

徐明海早早逛完广州荔湾区的十三行服装街，在黄老板的盛情邀请下一同去往附近某个酒楼饮早茶。

两人坐下后，黄老板举起杯子以茶代酒，称赞道："听同行讲，现在连沈阳五爱和西安小寨的批发商都要跟你徐老板拿货，真要说句'恭喜发财'啦。"

"大家发财，"徐明海忙和对方碰杯，客气地说，"都是靠黄老板提携我们晚辈。"

徐明海如今早已不在西单的民族大世界练摊儿，而是去了北方区最大的批发市场——北京动物园批发市场，俗称"动批"。陈磊说过的那句"未来的二十年绝对是中国服装业蓬勃发展的二十年"不光留在了他脑子里，还刻在了他的骨子里。所以，徐明海总是比别人敢干，遇上好东西就豁出去下狠手控货，半件都不给别人留。慢慢地，就像黄老板说的那样，部分批发商想要某个牌子的货，都知道要去找"动批"的徐老板。

上礼拜，他控了某个日本街头潮流牌子的 300 件刺绣 T 恤尾单。货到了"动批",早上7点前就被前来上货的买家抢购一空。成本价100块,批发价260块,一出一进就有4.8万的利润进账。不得不说,这生意做得漂亮极了。

两人又聊了一阵,黄老板想起什么,从随身的包里掏出一张票递给徐明海:"差点儿忘了,你要的Leslie演唱会门票。"

徐明海赶紧接过来道谢:"北京那边实在买不到,麻烦了。"

"洒洒水啦,"黄老板摆手说,"不过我记得你尾骨有旧伤,一场演唱会前前后后听下来要两个多钟头,顶不顶得顺(住)?"

"还好,"徐明海笑着说,"人家又唱又跳都顶得顺,我只是在下面坐着,怎么样都能撑住。"

"那就好。"黄老板的目光不经意地落到徐明海虎口处的黑蓝色图案上,"其实很早我就想问,只是觉得有些唐突。徐老板手上的刺青是……牙印?"

徐明海点点头。

黄老板笑了起来:"左青龙右白虎我见得多了,牙齿印还是第一次,有创意。"

徐明海将门票小心地收好,回忆道:"三年前刺的时候,文身师傅一个劲儿地推说自己没做过这样的图案,怕搞砸。我鼓励他说搞砸就搞砸,大不了洗掉重来,直到文成功为止。"

"所以……是老婆咬的喽?"黄老板是过来人,很懂男人的心思。他笑着打趣说:"肯定是徐老板出去花天酒地不小心被抓包,文上个牙印哄人用。其实,何必搞得这么大?拿个A货包包给老婆就好了嘛,比真品都真!"

徐明海笑着摆了摆手,可往事却一股脑儿涌上心头。这三年,他报警,登报纸,贴寻人启事……各种手段用尽,对方的消息却始终石沉大海。

整个过程把徐明海折磨得够呛。但他就是拒绝接受果子出了意外这个推断,一是凭直觉,二是因为那句"千山我独行,不必相送"。

他后来细细想过,这话根本就是对方拿来诀别的,只怕从北京离开的时候,果子就已经打定主意不去广州上学了。

只是中国这么大,茫茫人海,一个人存心要躲起来的话,大罗神仙也没辙。一千多天的时间，说快就是一眨眼，说慢就像是钝刀子割肉，能把人磨出一身老茧。可希望再怎么渺茫，徐明海的虎口却始终保有一处未愈的新鲜伤口，提醒他欠果子一个道歉。

于是他跟爹妈咬定果子肯定会回来。无论是十年还是二十年，只要活着，自己就能等到那天。事情发展到这一步，李艳东只好没事就拉着徐勇在家给俩孩子诵经，保佑他们平平安安。

看着眼前忽然沉默了的人，黄老板也不好再深问，只嘱咐说："从广州东搭广九，可以直接到红磡的。你通行证有带吧？"

次日中午，徐明海顺利抵达红磡火车站。他办好过关手续，步行来到一座倒立金字塔似的建筑物前。

他还记得自己和果子第一次看到赫赫有名的红馆，是在《94摇滚中国乐势力》的VCD里。他俩当时在电视机前面，和上万名香港观众一起，跟着窦唯、张楚、何勇、唐朝乐队他们合唱，嘶吼，跳跃，沉浸在激动又澎湃的情绪中。

"等以后香港回归了，哥带你去红磡看张国荣演唱会！"徐明海当时这么承诺秋实。

"可他已经退出乐坛了。"秋实不无遗憾。

"走了也会再回来的，"徐明海安慰他说，"他那么喜欢唱歌，肯定舍不得歌迷。"

果然被徐明海说中了，所以他这次来广州，表面上是订货，实际上是假公济私特意去红馆看张国荣开唱的。为此，徐明海在北京时就托旅行社的人办好了商务签证。

现在的他明白了一件事，与其把希望寄托在虚无缥缈的未来，不如此时此刻尽力做到能力的上限。

门口处一阵人声鼎沸，徐明海一眼望去，发现已经开始检票了。他抚摸着自己的左手虎口，轻声说："走，果子，哥带你看演唱会去喽。"

黄老板帮忙买的票位置绝佳，徐明海坐在看台上可以鸟瞰整个舞台。随着倒计时开始，来自全国乃至世界各地的歌迷的尖叫声此起彼伏。

淡蓝色的巨型光柱天幕骤然出现在观众的视野内，张国荣站在里面。他身着笔挺的白色西服，双肩缀满羽毛，风华绝代。

当，留在唇上说话，
像，在嘴边拈花。
爱，是阔是窄都不用代价，
分与合，都不用惊怕……

徐明海用他北京味的蹩脚广东话跟着张国荣一起哼唱。果子留下的那些磁带都快被他听烂了，每首歌都熟得要命。

其间，张国荣身后的屏幕不断播映他主演的那些电影片段：《阿飞正传》《白发魔女》《风月》……

当看到《倩女幽魂》时，徐明海不禁笑了，他想到自己年少时对王祖贤女士的莫名眷恋。

整场演唱会精彩极了。音乐、灯光和气氛，所有的元素融合在一起，为徐明海营造出一种近乎真实的幸福错觉。

唱完《共同度过》后，台上的张国荣哭了，台下的徐明海也哭了。他想，假如果子在，那果子也会哭的。

演唱会的最后一首歌是《我》。张国荣穿着白色浴袍赤脚站在舞台上，被光束温柔地笼罩其中。随着最后一个高音结束，整个舞台便彻底暗淡了下去。

场下掌声如潮，大家不遗余力地赞美着这位用歌声、演技、一颦一笑来抚慰世间寂寞心灵的伟大艺术家。

徐明海觉得今晚过得很圆满。他扶着前排座椅慢慢站起，舒展了一下全身的筋骨，然后跟着大家退场。仗着个儿高，人群里徐明海可以轻松呼吸到上层较为新鲜的空气。

不经意间，他瞥见前方一个人的背影。对方个子很高，简直跟自己不相上下，上身穿着白色T恤，肩膀线条流畅，脖颈儿挺拔。

徐明海的心脏蓦然胀大，一股热辣辣的熟悉感从腰间一直倒流至后脖颈儿，最后放烟花似的在他脑子里炸开。

是果子！是他！！！

徐明海大喊一声，同时使出吃奶的劲儿拼命往前挤。可惜这撕心裂肺的动静不停地被淹没在一万多人制造出的嘈杂音浪中，没能溅起一点儿水花。

徐明海这时只恨自己不会水上漂的功夫，不能踩着人脑袋一路追过去。他只好一面号着："果子，是我！等等我！"一面不停推搡着周围的人："开水！开水，让一让！警察抓贼，麻烦配合！"

"发癫啊！"

"脱线！"

"有没有搞错？"

"夭寿咧！"

徐明海在众人白眼的夹击下，终于突出重围。待他跑到馆外时，已是一头一身的汗。徐明海双手叉腰，连呼吸都来不及调整就伸着脖子四处找那个让自己心跳如雷的"白T恤"。

果子，我知道是你！你来看演唱会了对不对？果子，难道你没有去广州，是来了香港？这中间到底发生了什么？忽然，徐明海的目光扫到3点钟的方向有个白色的人影。他立刻飞奔上去，一把钳住对方的肩膀，手指几乎陷进骨缝里。

"果子！！！"

那人扭过头。

不，不是果子。这人压根儿和果子八竿子打不着，也远没有刚才看上去那么高。徐明海倒吸一口凉气，难道是自己眼花？不可能，就算眼花，感觉总是骗不了人的，那是相处了十多年才滋养出的默契，不可能错。

"先生，你抓得人家很痛哎！""白T恤"哭丧着脸。

徐明海讪讪地松开手，失望之情溢于言表："不好意思，认错人了。"

"算了，看在你这么帅的份儿上，人家原谅你啦。"那人眨眨眼，问道，"北方人？"

徐明海没空搭理对方，转头便往人多的方向继续跑。他一面跑，一面放肆地大喊，恨不得把自己的心、肝、脾、胃、肾等全部零件都掏出来，让它们一齐去找人。果子，你明明就在，你出来吧！这里不是北京的那个烂尾楼，咱不玩捉迷藏了，好不好？

"阿秋？"

红磡体育馆的露台停车场内,华嘉辉见对方迟迟不上车,便问:"是不是把东西落在馆里了?"

"没有。"秋实摇头,神情流露出一丝茫然地说,"我好像听见有人在喊我。"

"就跟你讲读书不要太用功,会很早就眼花耳聋的。"华嘉辉笑着说。

是啊,怎么可能是徐明海呢?秋实不由得在心里苦笑。那个人只可能出现在自己一个又一个的梦里,一会儿在"大雪山"上呼朋唤友,一会儿赶着去相亲,每天都忙得要死。

秋实于是探身坐到副驾驶的位置上:"是我听错了。我第一次来这里,不会有人认识我的。"

华嘉辉发动车子问:"演唱会好不好看?见你哭得那么凶,都不敢同你讲话。"

秋实想起自己刚才的失态,感到有些难为情。他点头说:"好看,我十几岁的时候就想来红磡看张国荣的演唱会。今天终于如愿,多谢嘉辉哥!"

"小意思,奖励你有好好念书拿到奖学金。等毕业那天,一定让嘉辉哥试试扔那个帽子过下瘾。"

"整套学士服送你都冇(没)问题。"三年时间,秋实的广东话已经讲得很流利了。紧接着他又问:"明天你要去找郑梓良的叔公?"

"对,他是我这次来香港最主要的目的嘛。"华嘉辉说,"郑梓良空心大佬一个,居然还敢来澳门跟我赌台底,玩儿一拖三。如今,冤有头债有主,他不还钱,只好去登门拜访他叔公喽。"

"那带上我好不好?"秋实央求道。

"你当是什么好差事?"华嘉辉笑着说,"我放你去海洋公园自己玩一天怎么样?"

"多我一个虽然帮不上什么忙,但总比你孤零零的好。"秋实坚持。

"那好,明天咱们一起去郑府收账,嘉辉哥带你见世面。"

次日一早,华嘉辉驱车带人前往太平山。他环山而上,一面开,一面告知身边的年轻人,这些动辄上亿的物业都是哪些商人或明星持有的。

秋实记得三年前自己离开北京的时候,当地的房价徘徊在三千块左右，只有非常黄金的地段才会卖到四五千人民币。但这已经让绝大多数人，包括徐明海在内都叫苦不迭。

"毕竟全港只有这里才能俯视整个维多利亚港和中环。"华嘉辉说着抬手一指，开起玩笑说，"怎么样？阿秋，是不是忽然就有人生的奋斗目标了？来，挑一栋做自己的梦之屋！"

而秋实看着窗外一栋栋造型前卫的顶级豪宅，心中却并不艳羡。他其实早已有了自己的梦之屋。

那是一座烂尾楼的五层。在那里，他可以短暂地允许阿秋做回果子，然后一点点构建自己的小世界。从厨房、洗手间，到客厅、书房、卧室，每个角落都力求想象得巨细靡遗，逼真无比。

屋里最舒服的地方要数阳台的落地窗前，晚上只要拉开窗帘，两人就能看见满天的星星和不远处的白塔寺。而那样的夜景在果子看来，比绚丽的维多利亚港要漂亮一百倍。

车子抵达郑宅，电动铁门缓缓开启，华嘉辉把车开了进去。

跟别的豪宅比起来，这栋的外观虽然简约低调，庭院却颇具纵深。车刚一停下，便有管家似的人迎上来问好。华嘉辉说明来意后，两个人便被请了进去。

别墅内日照光线充足，家具色调淡雅古朴。管家请用人给他们倒上茶后，人就消失了。这一切在秋实看来，很有那种老式港片的调调。

"郑梓良的叔公真的肯帮他还钱？"秋实趁传说中的神秘老头儿还没现身，小声问道。

华嘉辉回答说："据我所知，郑鸿卓是孤老，没有儿女。所以哪怕郑梓良再败家，好歹也是自家兄弟留下的血脉，不会真的眼睁睁看那个衰仔去死。更何况，郑鸿卓既然肯见咱们，我就有九成把握。"

"那剩下的一成呢？"

华嘉辉耸耸肩说："也许是他一个人日子过得太无聊，所以找人过来骂一骂，过过家长瘾。"

秋实："……"

两人正小声嘀咕着，管家推着轮椅再度现身。

上面坐着的那个老人看样子已是耄耋之年，但所谓船烂还有三千钉，从骨相上仍能追溯出他年轻时的英俊相貌。特别是鼻梁，比一般东方人高出不少，嘴唇很薄，一副不留情面的样子。

华嘉辉毕恭毕敬地跟他问好，秋实也有样学样。

这时，老头儿犀利的目光刺破耷拉着的眼皮射过来，秋实仿佛看到两簇棕绿色的光芒。

"Leung 这小畜生还没在澳门被人砍死？老天爷真是不开眼！"

秋实当场愣住了。他惊讶的倒不是这位郑鸿卓开门见山毫不客气，而是对方居然会讲普通话，且声调里有一种过分强调字正腔圆的努力，听上去像在刻意模仿谁。

华嘉辉只好也跟他讲普通话："郑生，我做叠码仔，是服务性行业，不是社团黑社会。今日上门叨扰，也只是想请郑生给条路走。毕竟 Leung 欠下 100 万，私下又跟我一拖三，输了 300 万。他现在躲起来不见人，是坏了规矩。"

"规矩？"老头儿冷笑道，"你明知道 Leung 滥赌还不断签泥码给他，无非是想把活生生的人改造成一台抽水机来敲骨吸髓。这会儿，你们两个挨千刀的叠码仔居然有脸登堂入室，站在我郑鸿卓的地方上跟我讲规矩？真是前门楼子搭把手——好大的架子！"

秋实心里哀叹一声，果真被嘉辉哥讲中。这老头儿养精蓄锐，为的只是给他们上课，教他们做人。郑鸿卓根本不会理解华嘉辉从码头的扒仔做到跟数，再到叠码仔，现在正式入股贵宾厅，是怎样一番人间血泪史。

而老头儿今时今日能坐在这里高声训人，无非是因为他命好，没托生在一个大寨姑娘的肚子里罢了。他又凭什么扮上帝，对别人指指点点？秋实气不过，开口打断对方："郑生……"

郑鸿卓眉头倏地皱起，同时刻薄道："怎么，伤到小叠码仔的自尊了？"

"不会，"秋实剑走偏锋，"只是想提醒您，'登堂入室'作谓语、宾语、定语一般用于夸奖别人，是褒义。原意是先登厅堂，后入内室，用来形容学问或某种技能从浅至深，从而达到很高的水准。出自《论语·先进》。"

郑鸿卓："……"

"如果您想拿来造句，"秋实语气诚恳，循循善诱道，"可以说，你们两个叠码仔追债的功夫还远未登堂入室，来见我郑鸿卓根本是药王庙进香——自讨苦吃。"

华嘉辉这时干咳一声，笑着打圆场道："郑生，不好意思。后生仔，不懂事。"

郑鸿卓没说话。他一脸阴郁地开始上下打量秋实，过了好一阵才驴唇不对马嘴地问："北京来的？"

秋实颔首。

"北京人……好端端的怎么会跑到澳门做这行？"郑鸿卓摇身一变，又改做人力资源总监。

华嘉辉忙代为回答："阿秋是我故人的仔，在澳门念大学。今天只是陪我，还请郑生见谅！"

"你，"郑鸿卓颤巍巍地抬起一只手，然后召唤秋实，"过来，离我近一些。"

秋实看了华嘉辉一眼，见对方无奈地点了点头，便径直走过去，然后挺直身板，不卑不亢地站到郑鸿卓的面前。

"多讲些地道的北京话给我听。"老头儿发号施令。

由于这个要求过于莫名其妙，秋实不免有些傻眼。

华嘉辉开口："郑生，他……"

"你要再张嘴，就一个子儿都甭想从姓郑的口袋里要到！"老头儿恶狠狠地发出最后通牒。

形势比人强，华嘉辉十分干脆利落地做了个给嘴巴拉拉链的动作。

郑鸿卓斜眼看着秋实说："怎么，还要不要'先登厅堂，后入内室'了？"

秋实很想帮华嘉辉的忙，可自己总不能上来就给老头儿朗诵"我爱北京天安门，天安门上太阳升吧"？

"故事、方言俗语，哪怕脏话都行。"郑鸿卓倒是不挑剔。

什么顺口溜、俏皮话，还有各种稀奇的小故事，那完全是徐明海同学的专长。秋实在这种时候被迫想起那个人，心头涌起一阵酸涩。他想了想，说："小时候，我从家里老人的话匣子里听过一个故事，是关于明朝开国皇帝朱元璋的。您要是感兴趣，我现在就讲给您听。"

郑鸿卓愣了愣，然后缓缓点头说："好，你讲。"

"……单说这朱元璋一人单枪匹马，落荒而逃。跑了足有二三百里地，实在支持不住就晕倒在一座破庙门口。过了一会儿，来了俩要饭的。这俩要饭的到这庙门口一瞧，这儿怎么躺着一个人啊？再一看这人的模样儿，长脑袋，大长下巴颏，活驴似的……"

秋实不由自主地回忆起那个大杂院的冬日午后。

当天，因为徐明海偷偷黑了压岁钱想去买蛋糕，结果"出师未捷身先死"，被李艳东发现后狠狠抽了嘴巴。后来，九爷就拿煮鸡蛋帮徐明海疗伤。他们一老俩小凑在一起，听的就是这段被刘宝瑞大师重新演绎过的单口。

只是没想到第二天，自己就真的吃到了人生中第一口生日蛋糕，还喝到了广告里才有的高级咖啡。他当时笑得开心极了，然后就听九爷说："以后多乐，先把自个儿骗过去，这日子也就不苦了。"

似乎直到此刻，秋实才对这话有了更深一层的感悟。年轻人看谜面，老年人看谜底。而九爷最可爱可贵的地方就是，他分明已经知晓了人生残酷的真相，却依然不吝拿出最乐观、最坦荡的态度来与之相处。

故事讲完，秋实眼中已积了薄薄一层雾气，他忽然不再反感眼前这个不近人情的古怪富翁：他不是华嘉辉，不懂叠码仔陪客户厮杀于一盘盘赌局中的艰辛；而自己也不是他，体会不到独守于富丽豪宅里一天一天老去的寂寞。

曾经，九爷用这个段子哄过自己和徐明海。那么，今天就让他来哄一哄面前的这个老人吧。

秋实笔挺的身段变得柔软起来。他蹲下身子，仰头看着轮椅上银发微卷的人，耐心解释说："郑生，我刚刚说的是传统单口相声中的一个段子，叫作……"

"珍珠翡翠白玉汤。"郑鸿卓缓缓开口道。

秋实没料到眼前这个深居香港太平山的老人，居然可以准确无误地说出这个段子的名字。他很想问问对方是不是之前听过，但张了张嘴，又闭上了。

郑鸿卓似乎看出了外来者的好奇心，于是抬手示意管家离开，然后毫不见外地指挥秋实把他推到窗边。

秋实只好遵命，慢慢地推着老头儿来到巨大透明的落地玻璃前。外

·314·

面阳光灿烂，花园里全是开至荼蘼的红蔷薇，把远处的维多利亚港点缀得浓艳妩媚。

"年轻的时候，有一个人……"郑鸿卓把目光放得很远，一字一句地说，"他总嫌弃我没吃过好东西，时不时就在我面前掉书袋。有一次，我干脆把人带去我家后厨，让他把那些听上去好吃得不得了的东西做出来。他当时的架势看上去很唬人，但半天只端出一碗黏糊糊的羹。我问他这是什么，他的表情非常高深莫测，只说这个很有来历，皇帝才有资格喝，叫作珍珠翡翠白玉汤。"

秋实不由自主地想象出当时的场面，觉得温馨又有些好笑。

郑鸿卓脸上紧绷的线条渐渐放松："我第一口刚喝下去的瞬间，差点儿要去见上帝。他又捧腹大笑，得意极了，随后便给我讲了你刚刚说的那个故事。"老头儿说到一半，忽然紧张起来："怎么样？有没有很无聊？"

秋实忙摇头。

郑鸿卓放下心，继续说："再后来，我就给他做了 Pastéis de nata。这是我母亲家乡里斯本的一道传统点心。我父亲很喜欢吃，所以她经常做，这也是她唯一教会我的东西。"

"Pastéis de nata"这个词莫名耳熟。秋实觉得自己肯定是在哪儿听过，只是一时想不起来了。

"我动作很熟练，从擀面皮到调蛋奶糊全都一个人完成，看得他整个人傻眼了。"郑鸿卓笑着说，"东西送进烤炉没多久，香气就飘出来了。他就很没有骨气地站在旁边，伸着鼻子使劲闻，像个小孩子。"

被郑鸿卓这么一形容，秋实似乎也闻到了那股又香又浓的甜味。

"东西出炉后，我撒上糖和肉桂粉，趁热拿给他。他非常喜欢，根本顾不得烫嘴，一口气吃掉了四只。"

"再后来，他经常要我做 Pastéis de nata。而我却仗着奇货可居，总要让他满足我一些很过分的要求才肯下厨。"郑鸿卓长长叹了一口气，"岁月催人老，几十年转眼而逝。这些年，无论我多想再给他做一次，都没机会了。"

突然，一股麻意从秋实的脚底蹿出，瞬间蔓延至头顶。在这间冷得奢侈的豪宅里，他额头和鼻尖上沁出的汗珠却如同小虫，蠕蠕而下。

"当然漂亮。一头半长的鬈发，瞳仁儿是棕绿色的，睫毛特别长。可嘴唇却薄得很，天生一副无情的样子。"

"外国人？"

"算是吧，中葡混血。"

秋实觉得自己在不经意间窥探到了郑鸿卓的过往，知道了对方口中的他是谁。但这太巧了，太不可思议了，秋实甚至因此感到了某种令人战栗的惊悚，浑身的鸡皮疙瘩此起彼伏。他再次对上郑鸿卓的眼睛，心跳完全乱了节拍。

"郑生……"秋实开口问，"您说的这个人，是不是叫关世君，家里排行老幺？"

话音未落，秋实的手腕瞬间便被郑鸿卓钳住了。那只嶙峋的老手状若枯骨，却有着泼天的力气。正是这过于尖锐的痛感，证实了秋实的猜测。

郑鸿卓两只眼睛瞪得几乎要从眼眶中脱落，棕绿色的眼珠像被汽车的远光灯晃过一样，瞳孔还没来得及调整过来。他用特别可怕的目光狠狠剜着秋实，然后扭头质问华嘉辉："这人是你专门从北京找来的是不是？你们为了讨债，特地调查过我？"

秋实想郑鸿卓肯定是由于太过心焦，糊涂上了。说起来，如今的北京连旧时的城门城墙都不复存在了，何况是尘世间某一段早已湮没其中的往事？怎么查？去哪儿查？福尔摩斯也无力回天。

未等华嘉辉开口，秋实忙轻声安抚几乎失控的老头儿说："郑生，九爷后来吃到 Pastéis de nata 了。"

"你说什么？"郑鸿卓再次震惊地问。

"是真的，我没骗您。"秋实指了指完全不知现在是何状况的华嘉辉，"还是嘉辉哥从澳门坐飞机带去北京的。我把一整盒蛋挞都拿给了九爷。九爷吃到就哭了，但我还是能看出他其实很开心，只是……"秋实笑了笑，"他嘴上却嫌东嫌西，一会儿说凉了不好吃，一会儿又说缺了肉桂粉，不正宗。"

"是他！他总是这样，口是心非！"郑鸿卓激动起来，惨白的双颊一下子透出久违的血色。但他还是不肯松开秋实的手腕，仿佛只要一松开，眼前的一切就会立刻消失不见。

"你带过去的是玛嘉烈还是安德鲁？"郑鸿卓扭过头，急匆匆地问华嘉辉。

华嘉辉赶紧作答："郑生，是安德鲁，玛嘉烈有些过甜。"

"好好，"郑鸿卓连连点头说，"安德鲁好，好……"除了接连不断的"好"字，他再说不出更多的形容词。

半晌无语。

"世君他……"郑鸿卓看着秋实，眼神里除了盈盈的期盼，更多的是忐忑和不安，"还在吗？"

秋实极力去避免回忆那一幕，可还是被迫浮现出来。他轻声说："郑生，九爷三年前就走了。走得很安详，看上去就像是睡着了。"

郑鸿卓一下子松开秋实的手腕子，整个人像是被针戳破的气球，整个瘪在了轮椅上。

秋实随后从外套内侧口袋里掏出一只黑色钱夹，这里藏着两张照片：一张是缩小版的四人全家福，另外就是九爷临去世前握着的那半张残照。他把后者递了过去。

"九爷走的时候，手里还攥着它。"

郑鸿卓颤巍巍地接过来，盯着照片看了老半天才说："跟我讲讲吧，你们怎么认识的？"

于是秋实便从那场初遇说起。过程中，他敏感地察觉到自己每说一句，郑鸿卓就会立刻贪婪地吸收掉，拿来填补两人的真空岁月。于是秋实就尽可能慢些讲，把能记起来的细枝末节全都告诉对方。

时间就这么过了好久，谁都不觉得饥渴。而当郑鸿卓听到九爷说要把骨灰撒去海里的时候，他整个人终于泪水如瀑，不能自己。秋实知道，不用自己解释，郑鸿卓也能明白对方的心。

今生的苦我吃完了，难挨的日夜我熬过去了，远隔山海的朋友啊，我终获自由，可以去找你了。

"是你送的世君最后一程？"郑鸿卓抽泣着问。

秋实忍着鼻酸回答说："是的。在天津港，那天天气很好。"

"谢谢！"郑鸿卓喃喃道，"谢谢你，阿……阿秋？"

"是，我叫阿秋。"秋实点头应道。

"好，阿秋。"郑鸿卓深呼吸，用手背抹去眼泪，开口说，"Leung 欠下的债，我会吩咐人直接打去贵宾厅的账户，至于私下他赌台底的 300 万，"他看向华嘉辉，言简意赅，"我不会让你难做。"

"多谢郑生！"华嘉辉郑重道谢。

"但从此以后，Leung 的死活我不会管了，所以你不要再签泥码给他。"郑鸿卓强调说。

"我明白，"华嘉辉说，"请郑生信我，以后凡是我手下的人，都不会再碰郑梓良。"

郑鸿卓叹了口气，再次看向秋实说："最后这些年是你一直陪在世君身边，肯定是因为他很喜欢你，所以才会在冥冥中遣你过来告诉我他的消息。阿秋，你有什么想要的，只管同我讲，我会尽全力满足你。这样我见到世君后，也有底气些。"

秋实刚想开口，华嘉辉那边忽然传来一阵高高低低的咳嗽声，翻译过来就是——细路仔！梦之屋啊！少奋斗五十年！给我想清楚再讲话！

秋实忍不住笑了笑，然后看着郑鸿卓认真地说："郑生，您当年走了以后，九爷就把照片全烧了。所以，我只有一个心愿，就是想看看你们当年的样子。"

一辆黑色的奔驰沿着太平山中速下行，车内是痛心不已的华嘉辉和神情淡然满足的秋实。

"你个傻仔。"华嘉辉感慨道，"他郑鸿卓从阿拉丁神灯里跳出来要你说心愿，结果你居然只要看一眼他们的照片？你不要再念什么中文系了，明天就去找老师，改专业去读会计，好好学一学怎么算账。"

秋实笑而不语，任华嘉辉在一旁继续长吁短叹。

跨海追债以这么一个方式顺利落幕，谁都没想到。而更令人意想不到的是，大约一周后，秋实就在澳大的图书馆内接到华嘉辉的来电。随后，他得知香港某份报纸已于今晨登出了郑鸿卓的离世讣告。

讣告内容大致有四点：一、根据郑鸿卓的遗愿，不做遗体告别，不举行安息仪式，火化后并日直接海葬；二、郑鸿卓与郑梓良脱离一切关系；三、其全部遗产捐赠予某基金会，旨在帮助海内外因战乱失联的华人建档存档、发布启事、DNA 查询比对、骨灰回乡等事宜；四、郑鸿卓位于太平山的物业，以无限期免除租金的方式交予香港青年 × 剧学院，用以举办与京剧相关的文化推广活动。

"而且，"华嘉辉补充道，"郑鸿卓的律师已经到了，指明要见你本人。"

秋实赶忙从学校门口搭穿梭巴士来到华嘉辉的公寓。核对过身份后，不苟言笑的律师从随身的黑色文件包里掏出一个信封，说是郑鸿卓临终前特地委托他要送来澳门。

秋实接过拆开，没想到又一次见到了这张摆在郑鸿卓卧室床头的黑白合影。

这上面的九爷年少翩翩，风流韵致；而旁边的那个人，东方皮，西方骨，五官恰到好处地杂糅在一起，英俊得近乎灼眼。

"郑生真的肯把照片留给我？"秋实悲喜交加。

"是，"律师严肃的表情中流露出一丝柔情，"郑生在弥留之际说见到了旧时友人，所以照片留给你作为纪念。还有……"律师从包里又掏出了一沓文件。

紧接着，他便当着秋实和华嘉辉的面，宣读了一份郑鸿卓的遗嘱。大意是感谢秋实对关世君晚年的照看，现赠予港币 500 万。希望秋实可以不用太拼命就能购一间屋，用来和生命里最重要的人厮守一生。

秋实被飞来横财吓了一大跳，而华嘉辉则泰然自若，主动替身旁的傻仔谢过律师，并亲自开车送人去机场。回来后，华嘉辉调侃秋实说："有没有很激动，一转眼变百万富翁？"

"感觉太不真实了，郑生平白给我这么多钱。"秋实整个人还是蒙的。

"钱嘛，生不带来死不带去。他留给你，总比留给郑梓良那个败家子要好。"华嘉辉给他算账，"500 万港币，虽然够普通人在九龙新界这种地方买屋置业，却不够烂赌鬼输一个晚上。你在澳门这么久了，这个道理总该明白。"

"可是……"

"不要可是。阿秋，命运才稍微对你好一些，别太着急赶它走。"华嘉辉拍了拍对方的肩说，"'好人有好报'这句话虽然老土，但我始终相信。"

当天晚上，秋实就在学生宿舍里做了个梦。

在梦里，郑鸿卓身下的轮椅突然散了架，他猛地站起来，整个人瞬间脱胎换骨变回了年轻时的样子。

于是他大步向外跑去，穿过开得轰轰烈烈的蔷薇花丛，一路经过琉璃厂的如意斋，北平天桥红巾市场的凤鸣茶社，天津"德租界"的起士林西餐厅，最后在东交民巷清晨的薄雾中，郑鸿卓见到了当年那个风流俊俏的世家公子。

对方身着云山灰的贴身长衫，眉清目朗，笑意盈盈，张嘴就是一口地道的京片子。

"我挨这儿等你等得黄花菜都凉了，怎么才来？"关世君仰头看着郑鸿卓，感慨道，"你一点儿都没老。"

千言万语在郑鸿卓的喉咙里跌宕，最后化作一句喃喃的"世君……"

"你啊，这一下就偷了六十多年的懒。"关家小爷依旧是不饶人的口气，"郑公子，别感慨了。麻利地给我烤蛋挞去！要多加糖和肉桂粉。"

"好，现在就做！"

郑鸿卓擦干眼泪后，两人便一齐朝前方亮着光的地方走去。秋实于梦中望着二人远去的背影，泣不成声。

"小果子，怎么又掉眼泪了？"

"九爷，我替您和郑生开心！"

"开心是好事，但千万别学我们这样。果儿，听九爷一句劝，等念完书就回北京吧，小海一直在找你呢。"

"靓仔，不是阿叔不帮忙，茫茫人海，人真的很难找啊。"

在香港某处的大厦单位里，徐明海看着黄老板介绍的这位前香港皇家警察张 Sir，觉得他和《刑事侦缉档案》里的张大勇督察一点儿都不像。

"张 Sir，我发誓，上个礼拜我真在红磡见到他了。"徐明海恨不得把自己的眼珠子抠出来，放进对方眼眶里让他瞧瞧。

"不是我不想做你生意，"张 Sir 从办公桌上拿起今晨的报纸晃了晃，"人家有钱人过世，可以整个身家捐出来搞个基金玩儿。你有几多钱（多少钱）可以拿来找人？万一他只是同你一样来看场演唱会，其实根本还在内地呢？"

这么听上去，张 Sir 确实很有职业操守，至少比那些一拍胸脯什么都敢答应下来的二百五靠谱儿。

徐明海只好继续央求道："张 Sir，你说得有道理，但香港我也不想放弃。看在咱们都是黄老板朋友的分儿上，你帮帮忙。他说每季度你都会从他那里订限量款包包送太太，跟你很熟的。"

"喀喀，"张 Sir 心虚地看了眼外面，"唉，真是怕了你。资料给我，我先帮你联系报社登寻人启事好了。"

徐明海赶忙道谢，然后把随身的照片、个人资料统统交给对方。这时，他兜里的摩托罗拉 V998 响起，一看来电是冯源，徐明海忙说了句"不好意思"，然后就跑去门口接电话。由于这几年国家打击盗版的力度越来越大，冯源改行跟着徐明海一起倒腾衣服了。

"喂？有事儿快说，我这儿忙着呢。"

"我的徐老板，不是急事儿我也不敢招你。'动批'那新楼今儿正式开始招商了！"冯源语速极快。

"招呗，咱之前不都铺好路了吗？一摊儿二万，咱一口气拿十个，签十五年。"徐明海揉了揉太阳穴说。

"但架不住他们丫的坐地起价啊，现在一个摊儿张嘴就要四万。您还别嫌贵，您不要，有的是人要！"

徐明海听了心里顿时"咯噔"一下。

虽说他这几年生意做得顺风顺水，可绝大部分现金流都压在货上了。钱刚一进来马上又得出去，才能实现一波波的良性循环。可现在说好的二十万陡然变成四十万，他又不是印钞机，上哪儿一下子变出这么多钱来？

"到底怎么着啊，"冯源在那边焦急地催促，"要不……咱少拿几个？"

而"少拿几个"这个选项，对徐明海来讲同样不甘心。就在五六年前，"动批"一个摊儿才四千，如今飙到四万，怎么算，利润空间也远比倒卖服装强。

"你，你容我琢磨琢磨。"徐明海一时也拿不定主意。

"那我就站在招商办公室门口等你信儿啊——哎，说你呢，你丫长眼睛喘气的啊？没看见这儿都排队吗？"冯源那厢一边骂，一边挂了电话。

徐明海揣着重重心事回到屋里，见张 Sir 已经拿出一式两份的委托协议。托小时候看过各种盗版漫画的福，徐明海对繁体字毫不陌生。他大致浏览了一遍，然后签字道谢。

"很纠结啊？"张 Sir 忽然开口问道。

"什么？"徐明海愣了一下。

"刚刚不小心听到你讲手提电话。"张 Sir 做了个接电话的手势。

"哦，是。"徐明海也不藏着掖着，"谈好的摊位价格现在坐地起价，涨了一倍，打得我们有些措手不及。"

"如果你问我意见，肯定是要十五年的摊位啦。"张 Sir 起身送徐明海，"北京，那可是首都！靓仔，你信阿叔。内地不管是住宅房地产还是商业地产，未来的发展肯定会惊掉人下巴的。喏，香港就是例子喽。你别看这些年有些低迷，但我对两边都有信心。"

"您这都是打哪儿来的信心？"徐明海忍不住问。

张 Sir 笑说："1997 大限，我身边很多人都移民了。但我没走，那些大佬也没走。人，本身就是信心。"

徐明海从冷气十足的大厦来到热气滚滚的街边，他看着那些衣着光鲜的都市男女走来走去，看着一座座琉璃宫似的写字楼刺破云端，看着路面上各种高档的私家车首尾相连。

片刻后，他掏出自己的摩托罗拉，"啪"的一下翻开手机盖，给冯源拨了过去。

只响了一声，那边瞬间接起："徐老板，怎么着？"

"拿。"徐明海做出了决定。

"拿几个？"冯源追问。

徐明海深深吸了口气："二十个。"

"多少？"冯源惊了，"咱拿什么买？砸锅卖铁吗？"

"对，"徐明海点头说，"砸锅卖铁。"

"徐老板，你可想清楚喽。万一'动批'这个新楼不如那几个老楼火，过不了一年，咱就得活活被拖死在这上面！"

"冯源，我想清楚了。这二十个摊儿哪怕是卖血，我徐明海也得给拿下来！"

21　好好的

2003 年 6 月 25 日，一架从澳门飞来的空客 A318 平稳降落在北京机场。

此时的 T2 航站楼和前一阵比起来，明显热闹了不少。书报栏里摆着当天的《京华时报》。一份份喜庆的大红封面上印着醒目的"北京'双解除'"字样。配图是两个人激动地举着"真牛""胜利了"的标语。

在刚刚过去的半年里，几乎所有人都感觉像是活在梦中。从年初开始，关于"怪病"的各种消息就甚嚣尘上，搞得人心惶惶。一直到 3 月 12 日，WHO 正式发布 SARS 全球警报，再到昨晚，WHO 宣布撤销对北京的旅行警告，并将北京从"非典"疫区名单中删除。

消息刚一发布，身在澳门的秋实就向华嘉辉提出要回京，他迫切得宛如扑棱着翅膀要归巢的鸟儿。

华嘉辉万分无奈，只好问他："六年前你说不做果子，要做阿秋。现在你书也念完了，手里的机会越来越多，前途一片光明，何必赶在这个时候回去呢？"

正如华嘉辉所说，秋实已于 2001 年从澳大中文系毕业，同时也拿到了国际综合度假村博彩管理的学位。这两年他帮了华嘉辉不少忙，两人合作起来默契十足，很多项目都进行得事半功倍。

现在疫情终于过去，且从下个月开始，内地就要开始实施试点个人港澳自由行。华嘉辉没想到这么紧要的关头，秋实却非闹着要回一趟北京。

"我真的只是去看一眼就回来。"秋实央求他说，"嘉辉哥，你信我。"

"最多准你打通电话问问看。"华嘉辉没好气地说，"祸害活千年，那个当年逼你背井离乡的徐明海怎么可能中招？"

猝不及防听到这个名字，秋实白了脸。半晌，他才喃喃说："我其实早就打过了。"

华嘉辉："……"

秋实坦白说："但家里的座机打不通，胡同杂货店的公共电话也没人接。"

"打不通正好。"

"嘉辉哥，我真的只是去看看。"秋实自知理亏，只好车轱辘话来回说。

"唉，被你气死！"华嘉辉长长叹了口气，然后沉着脸下令，"明天去，后天回，只许过一晚。"

此刻，终于回到北京的秋实拿起一份《京华时报》，看着上面红彤彤的封面，眼眶不禁一热。他大致读了下报道，然后仔细将报纸折好，放进随身的包里。

从机场出来后秋实排队打车，十分钟后坐上一辆崭新的富康。秋实还记得自己走的那年，北京最多的就是红色小夏利，车子里没空调，永远是冬冷夏热。

"哎，小伙子，咱奔哪儿？"师傅习惯性地将行腔吞字归音，透着一股子拿谁都不当外人的劲头儿。

"麻烦您，纸鸢胡同。"秋实回答道。

"西单那个？"在没有电子导航的年代，师傅的脑子就是活地图。

"对，"秋实浅浅地顿了一下，"是那儿。"

"得嘞，您坐好。"师傅一抬表一给油，车子便蹿了出去。

秋实坐在后排，看着窗外的景色一路从荒芜变得繁华。尤其是市区内一栋栋拔地而起的写字楼，简直让人目不暇接。

富康车从东二环开到建国门内大街，秋实终于无可避免地看到了北京站。回忆猛然袭来，十六年的光阴联合起来一齐"围剿"秋实，让他无法"回头是岸"。

华嘉辉总说人生是一条河，而秋实却觉得人生更像是早点摊儿上的一碗豆腐脑——再怎么清白如玉，也逃不过被勺子搅得支离破碎的命运。

车在纸鸢胡同的西口停了下来。他付过钱推门下去的一刹那，小腿竟有些发抖。而下一秒，脑海里久别重逢的画面就被厚实的蓝色铁皮围挡住了。

走在空无一人的胡同里，秋实有些不知所措。但随即他就反应了过来，这里应该是快要拆迁了，老街坊们都已搬走，怪不得电话一直打不通。

秋实转了几圈儿，发现连居委会都没了踪影，只好来到片区的派出所。一问之下，小七叔和那几个他熟悉的片儿警调走的调走，升迁的升迁，再没一个熟人，秋实只好问接待自己的民警纸鸢胡同原来的街坊迁去了哪里。

"哟，这可是小孩儿没娘，说来话长。"对方笑着回答。

原来三年前，某个房地产商拆迁时私自降低拆迁补偿费用，遭到当地居民起诉。官司最终胜诉，地产商被法院取消了开发资格，相关责任人也受到了严肃处理。可谁都没想到，后续却一直没有下家来接盘。

而当年拆迁工作启动后，居民们为了腾退房屋，都自行找了临时周转房。虽然户口都没迁走，但如今谁具体住在哪儿，派出所也不知道。

秋实听明白了。原来这场所谓的拆迁根本就是竹篮打水——一场空。末了，连篮子都没了。

"您认识原来住在23号院的徐明海吗？"秋实继续刨根问底。

"嘻，那能不认识吗？"民警顿时乐了，"刚开始就是那小子带头当钉子户，铁骨铮铮的，说给多少钱都不搬！他那个妈更牛，见天儿挨屋顶上坐着，说谁敢拆就跳下去。"

秋实听对方这么说，却一点儿都不敢把徐明海当钉子户的原因往自己身上揽，那样未免太自作多情了。

"不过嘛，这毕竟不是他一家能说了算的事儿。他们不乐意，多的是人乐意。再后来，他实在扛不住街坊和居委会的压力，也就签字同意了。听说他这几年买卖做得越来越大，是标准的成功人士。这不，前些日子我还在王府井碰上他了呢。"民警笑着说，"小伙子看着确实比当年稳多了，一副老板派头。"

秋实在对方的描述中渐渐勾勒出一个成熟稳重的徐明海，心头不由得一阵猛跳，老半天才稳下来。他谢过热心的民警转身离开，可最后到底不死心。秋实站在门口想了想，鼓足勇气扭头问："那您知道徐明海他……"

"啊？"民警支棱着耳朵问，"什么？"

"没什么，"秋实生生把话又咽回到了肚子里，"给您添麻烦了。"

"不麻烦，有困难找民警嘛！"对方摆摆手，又问，"你是不是想联系他啊？我电话本里好像有他手机号，要不我给你找出来，你试着打一个？"

"不用了，我俩只是……是小时候的朋友。我平时不在北京，这次回来路过胡同，想起来就问一问。"秋实再次致谢，然后头也不回地离开了派出所。

人只要健康平安就好。剩下的，早已不重要。秋实此行目的达成，一个人便在纸鸢胡同附近闲逛。当路过街边的冷饮店时，他停住脚步，进去跟老板买了一个曲奇味儿的八喜。

北京的变化堪称惊人，可他手里的冰激凌似乎依旧是过去的味道。冰凉的口感缓解了夏至后的暑热，秋实不由得想起自己刚到澳门的那年，有一次华嘉辉给他买哈根达斯。他尝了后说没有八喜好吃，结果当场被对方笑老土。

秋实边走边吃，不知怎的就漫步到了一个飘扬着彩旗的售楼处。这里的门面看上去挺挺人，其身后是几栋错落矗立在草坪上的淡灰色住宅楼。夕阳西下，橙红色的余晖使整个小区看起来宛若一个闹中取静的公园。

这样的场景让秋实觉得莫名熟悉。当他把最后一勺冰激凌送入口中的时候忽然意识到，眼前这个地方竟然就是当年的那片烂尾楼。

而当秋实听见有人问好，才发觉自己已经站在了售楼处明亮空旷的大堂里。面前说话的人是个年轻姑娘，虽然身着黑色制服，神情气质却难掩青涩的学生气。

"先生，珍铎公馆的楼盘您想了解一下吗？"

秋实扫了眼对方的名牌，上面写着"实习生"。

"请问，"秋实顿了顿问，"这个楼盘是什么时候建好的？"

"早就建好了，只是手续上一直有些问题，所以年初的时候才开始正式对外销售。可谁都没想到，还没卖上几个礼拜就赶上了疫情，您要是昨天来我们都没开门。"

说着，秋实被她带到了沙盘前。

"这是楼盘的鸟瞰模型，咱们现在在这里。"对方拿激光笔在上面一指，"因为楼盘南向的房间可以看到阜成门内大街路北的妙应寺，而在明朝小说《长安客话》里，蒋一葵对白塔风铃有过'珍铎迎风而韵响，金盘向日而光辉'的描述，"小姑娘一字一句仿佛在背课文，"所以我们这里就叫珍铎公馆。从小区名称到建造品质，方方面面都力求彰显业主的品味和文化底蕴。"

看着眼前精致无比的微型景观，秋实梦里那两个孩子就跑了出来，然后手拉手站在里面看着自己，脸上全是期待。

秋实心头一颤，然后指着其中一栋矮楼模型问姑娘："这里五层南向的房间……我能去看看吗？"

如此言简意赅且不走寻常路的要求让对方一愣。她不解地问："您不需要了解下价格和目前的优惠政策吗？"

秋实意识到自己的唐突，赶紧就坡下驴问了问相关信息。姑娘介绍得格外认真，一看就是工作压力不小。

"总之，珍铎公馆升值潜力巨大，不管是自住还是投资，都是不二之选！"培训内容妥妥背完后，她终于长出一口气，然后略带小心地问，"您看我说得行吗？"

秋实微笑着连说很好。

"您这是安慰我呢，"姑娘也笑了，紧绷的神情终于放松下来，"我们经理老嫌弃我说话说不到点上，人又笨，怎么教都教不会，见天儿挨骂。"

"实习只是给自己一个接触社会的缓冲期而已，别紧张。"秋实安慰她说，"何况你讲得确实挺好，不是谁都有耐心把资料背得滚瓜烂熟的。"

姑娘听了挺受鼓舞。实习以来，这还是第一次碰上这么顺眼有耐心的客人。不像有些男的，正经话还没说上两句就色眯眯地打听："哎呀，小姑娘多大啦？毕业多长时间啦？干售楼小姐累不累呀，赚得多不多呀？""先生来先生去的太见外了，不如就叫大哥吧！"听着就让人作呕，她恨不得拿高跟鞋在"大哥"头上戳个洞。

"您要是感兴趣，我带您去看看样板间。"姑娘主动推荐。

秋实趁机把话题兜回来："我还是想看看这栋楼五层南向的房子，具体原因……实在抱歉，不太方便讲给你听。如果需要的话，我可以把身份证暂时押在这里。"

秋实坦诚的态度让姑娘颇为动容。她于是请秋实稍等，然后走回前台。片刻后，她从电脑前把头抬起说："不好意思，先生。2 号楼的 501早卖出去了。"

秋实愣了下，一股冲动蓦地淹没了脑子。他脱口而出问道："买家姓什么？"

"啊？"姑娘一脸为难，"实在对不起，我们不可以透露业主信息的。"

理智即刻回归，秋实不由得为自己瞬间的反应感到可耻。过去那些信誓旦旦的豪言壮语早被过往一巴掌拍得稀碎，怎么还能期待别人对那些渣滓浊沫念念不忘？他费力地牵动了一下嘴角说："抱歉，那就带我去样板间吧……那边也能看到白塔吗？"

而姑娘却被对方此时过于落寞的神情刺激得心头一颤。她咬了咬牙，小声说："不过 501 的业主一直没过来办理收房，钥匙还在呢。您要是特别想看，我……我就偷偷带您过去一趟。不过您可千万别说出去，要不我实习儿就没了。"

忽然间的柳暗花明，让秋实对姑娘感激不尽。他再三保证打死也不说后，对方便从抽屉里找出钥匙，又伸着脖子前后左右看了一圈儿后，便带着秋实出门一路往 2 号楼走。

小区内的绿化做得很好。草坪齐整，垂柳蓬茸，赶上月季开放的时节，花香盈鼻，处处都透露出高档社区的样子。当年荒芜破败的气息因此荡然无存，半天了，连蚊子都没飞来一只叙旧。

两人走到 2 号楼，然后乘坐电梯直接抵达五层。随着电梯到达后发出"叮"的一声，秋实的心跳也狠狠漏了一拍。

眼前一梯两户的设计使得楼道看起来宽敞明亮，和大杂院逼仄的进门处形成了鲜明的对比。再没了那堆积如山的蜂窝煤、冻得硬邦邦的冬储大白菜和各种压根儿不值钱又没人舍得扔的破铜烂铁。

姑娘拿出钥匙，对准 501 的锁眼探进去。随着胡桃木色的房门缓缓打开，秋实重新踏入到那场陈年旧梦中。

"501 的户型是南北向的两居室，128 平方米。精装修，实木地板，进口壁纸，整体厨房……"姑娘还在逐一介绍着屋内的硬件设施，秋实却已经站到南侧的落地窗前。

这里视野依旧开阔极了，天空迸射而出的霞光把云朵统统抹上厚重的殷红，远方的白塔蛰伏于夕阳下。男女老少在棋盘格似的马路上走走停停，仿佛一切都没有变，充满了绵绵的旧日情意。

"果子，以后这儿要是建成居民楼了，咱就买这户，好不好？"

秋实相信此刻眼眶的湿润是因为夕阳焊花般的光线，他费了好大力气才把泪水逼回去，不让其有机会流出眼眶。他想，自己这六年其实过得很好，踏踏实实念完了书，阴错阳差地替九爷了了心愿，甚至还得到了一笔意外之财。嘉辉哥拿他当家人，一面照顾他，一面教他做事，搞得某些新入行的叠码仔见面都会主动喊他"秋哥"。

他不该再惆怅，也许这才是生活的本来面目。正如李碧华在《胭脂扣》中所说的那样："大概一千万人之中才有一双梁祝，才可以化蝶，其他的只化为蛾、蟑螂、蚊蚋、苍蝇、金龟子，就是化不成蝶，并无想象中的美丽。"

是啊，这世上，又有几个九爷和郑生？

秋实的心跳终于趋于平稳，恢复了往日的节奏。他回过神，微笑着道谢。

姑娘热情地问："您要不再看看卧室和洗手间？洁具都是科勒的。"

"不用了，"秋实站在客厅环顾了一圈儿，"够了。"

待两人回到售楼大厅后，秋实开口请对方再帮个忙，只为了心中最后的桃花源和永无乡。

"您说，"姑娘一摊手说，"反正快下班了，我也没别的事儿。"

"方便替我联系一下业主吗？我想问问看对方愿意不愿意转手，价格方面好商量。"说完秋实又补充道，"我也知道希望不大，但没试过总是不甘心。"

姑娘不明白这位客人怎么就一门心思认准了 2 号楼的 501，这事儿可真够怪异的。不过她实习这些日子，奇奇怪怪的事情早已见过一箩筐：有带着小三来买房被老婆抓包，当场打起来的；有婚没结成，订金退不了就要砸售楼处的；还有号称自己是某某领导的亲戚，非得嚷嚷着房价必须打五折的。这么一比，眼前这个帅哥提出的要求也不算特别令人匪夷所思了。

她想了想，决定说实话："先生，我也不瞒您。其实疫情期间的房价一直都在阴跌，说不定……业主还真乐意出手呢。送佛送到西，房子我都带你看了，就顺便帮您问一嘴得了。"姑娘说着利索地抄起电话，然后根据系统里的记录拨出一串号码。

接通后的嘟嘟声传来。等待的感觉让秋实莫名紧张，如同临刑。

过了老半天，电话终于接通，一个男人的声音随之响起："喂？"

香港上环兴记海鲜酒楼。

张 Sir 和徐明海刚一落座，后者的手机便开始响。徐明海一看来电是冯源，知道是生意上的要紧事，忙按下接听键。

偏这时，他另外一只手机也凑热闹似的"丁零零"响个不停。徐明海见是个陌生号码便顺手丢给张 Sir，让对方帮忙接一下。而由于张 Sir 这几年持续不断地被徐明海骚扰，普通话练得越发不错。他信心满满地按下了接听键。

"喂？"

那边说了什么，张 Sir"嗯嗯啊啊"了一阵，答了句"请稍等"便捂住手机收音的位置冲徐明海说："有人想买你北京什么公馆的屋。"

电话里的冯源还在叨叨个没完，徐明海只好使劲跟张 Sir 摆手。

张 Sir 于是替他拒绝道："暂时不考虑出售，不好意思啦。"

半晌，他又对徐明海说："人家讲价钱好商量，只要你肯开价。喂，我都有些心动了，你要不要考虑看看？"

"考虑个鬼！这么有钱，买新的去啊，跟我这儿较什么劲？"徐明海紧接着就做了个杀鸡抹脖子的手势，示意张 Sir 赶快挂。

张 Sir 无奈，只好再次回绝对方。最后两厢都收了线，徐明海踏实坐好开始点菜。

"我真的服你了。"张 Sir 长叹一声说，"香港才解禁就跑来，邮件和电话里又不是不能讲。"

"我一北京来的我怕什么？"徐明海十分潇洒地跟张 Sir 碰杯，"咱俩一对难兄难弟，先庆祝一下劫后余生。来，饮胜！"

一杯冰凉的生力啤酒被张 Sir 灌进胃里。他坦言："讲真，我这把年纪从没见过满街的人全部戴着口罩的样子，好恐怖！"

"谁说不是呢。"徐明海点头说，"平时动不动就堵得跟王八蛋似的北京二环路，一眨眼就空了。开车的时候我就在想，反正我不能死，果子还没找着呢，到了阎王殿我也得撒腿跑回来。"

张 Sir 被他逗笑，忙说："衰仔，快摸木头！"

菜陆续上来，其中一道是徐明海最爱的避风塘炒辣蟹。他每次点的时候都想，兴许下回就能带着果子一起来吃了。就如同这些年里，他去到任何漂亮的地方，见到任何好玩儿的东西，总想要第一时间和对方分享。正如九爷说的，只要两人心不散，隔着再远也没关系。徐明海拿这句话当真理。

张 Sir 说："我动用关系都查过了，香港这次挂了的人里没有他，你放心吧。"

徐明海郑重其事给对方敬酒："多谢！这几个月全靠你帮忙，我才不至于被困在北京干着急什么都做不了。"

"阿叔不是故意要泼你冷水，还是当年那句话，也许他根本就没在香港。"张 Sir 叹气道，"你年纪也不小了，找他找了这么多年，又花了不少钱在这上面，有没有想过要收手？"

徐明海缓缓咽下口中的酒说："也不是完全没想过……六年，就这么白天一个太阳，夜里一个月亮地熬着。可如果你让我现在放弃，我整个人立马就得废喽，从今往后一点儿奔头儿都没了。张 Sir，奔头儿你懂吗？"

"懂，就是人生目标！"张 Sir 很上路。

"对，"徐明海笑着说，"不枉这些年我拿你当心理医生看。"

"喂，心理医生收费很贵的！"张 Sir 开玩笑，"听说一个钟头要七八百块港币，吓得我每天心态都超正，生怕哪天这个钱被人家赚走。"

徐明海哈哈一阵，继续袒露心声："我每次来这边，都像是离他近了一些。这种感觉没逻辑也没道理，可我就是知道。"

两人再次碰杯，无限唏嘘尽在不言中。

"对了，这些日子生意上怎么样？受没受影响？"

"说不受影响肯定是假话，但摊位是我自己的，损失总比那些租户小。我还给他们免了三个月的租，大家共进退。"

"够义气！"张Sir称赞道。

"说起来，还要多谢你当年的点拨，我才敢砸锅卖铁借钱买下'动批'的摊位。"徐明海提起旧事感慨万分，"不过经过这次疫情，在家闭关了几个月我又有了更深的体会。"

"怎么讲？"

"我无聊网上冲浪时看到一些帖子，原来现在有的年轻人会上网买各种好玩儿的东西，包括衣服鞋帽，价格极度透明。"徐明海轻轻捏着啤酒罐，"我觉得……这可能会是未来的大趋势。如果全国物流再能发展起来，那么一批从工厂进货，二批、三批再进行本地分销零售的经营模式，迟早会被打破。"

"那你接下来有什么打算？"张Sir问。

"具体的想法还没成形，况且互联网我也不太懂，目前也就只能把招子放亮些才能不被时代的洪流拍死。"徐明海笑道，"至少，我得确保自己找到果子那天整个人是风风光光的。"

"没戏，"售楼处的小姑娘放下电话，"那边态度挺强硬的。"

电话里的人声不小，秋实隐约也听到了，是广东腔。如此一来，他也就彻底死心，总不能牛不喝水强按头。秋实于是再三道谢。

"嘻，没事，我……"

姑娘话还没说完，忽然闪进来一个西装革履的中年男子。对方横挑鼻子竖挑眼的气势非常浓重，一看就是领导。

"单雯，我刚才在大堂没看见你，吗去了？"

"胡经理，我带客人去看房了。"姑娘赶紧找补，"这位秋先生对咱们的楼盘很感兴趣。"

"你好！"秋实主动伸手打招呼。

可惜眼前这位胡经理并没有要寒暄的意思。他把什么秋先生、夏先生当空气，继续黑着脸瞪着自家员工说："我刚才可在经理室的电话里听见了！单雯，你单线联系业主，往小了说是违反公司制度，往大了说就是骚扰行为。咱这里是正经的房产销售中心，不是马路边边黑中介。你还想不想要自己的实习成绩了？"

"实在不好意思，这事儿责任在我。"秋实忙把话接过来，"我很喜欢 2 号楼 501 的房子，所以就麻烦单小姐联系了对方业主。如果害她违反规定，我道歉！"

胡经理斜着目光做不屑状，语气不善地说："我们开公司，水电、煤气、人员成本每天都真金白银地往里搭。今儿您过来麻烦一下，明儿他过来麻烦一下，到年底我们都喝西北风去？"

不等秋实说话，胡经理抬手指着单雯像训狗似的呵斥道："都已经卖出去的房子你跟着捣什么乱？平时我让你热情点儿、活泼点儿，别接待客户时老板着张脸，你不听。原来只要碰上年轻的，赚不到钱的买卖你都肯倒贴。"

姑娘当场气红了脸，结结巴巴说不出一句话，眼泪瞬间就要飙出。

而胡经理这厢持续发作："你回头找人事部写检查，扣 20 实习分儿！扣光了就给我走人！"

秋实一步站到姑娘身前，语气中抱歉的意味不复存在："这么处理，是不是有些过分了，胡经理？"

"她上班时间不干正经事，我就有权力处置她！这也是对公司和业主负责。"胡经理挑眉瞪眼地说，"我怎么做，不需要跟您一个外人交代吧？"

"单小姐还是实习生，能不能再给次机会？"

"实习生怎么了？只要能卖房，拿到的奖金跟正式销售一样多！"胡经理梗着脖子，"她就是又笨又懒！"

秋实不再说话，而是扭头问姑娘："单小姐，2 号楼 501 下面的房子卖出去了吗？"

姑娘强忍着鼻酸走到前台，然后快速查了一下系统，摇头说："没有。401 带个'4'，好多人忌讳，都不乐意买。"

"单雯，你到底会不会聊天儿啊？"胡经理听了这话又开始发飙。

"我不忌讳，"秋实从随身的包里掏出身份证和钱夹，"购房合同我现在就可以签，订金的话需要先付多少？"

姑娘张大了嘴，一脸惊诧地问："您，您没开玩笑吧？"

"我没开玩笑。这个楼盘跟我有缘分，况且你刚刚的介绍特别好。"秋实笑了笑，然后拿没有温度的眼神扫了一眼胡经理，"当然，管理层要是能再有人味儿一点儿，就更好了。"

胡经理："……"

接下来便是千篇一律的购房文书流程。秋实拿到合同，逐一看过条款，签字确认，然后亲手在销售人员那栏写下单雯的名字。

等财务部的人用 POS 机成功划走秋实卡里的 15 万作为订金后，胡经理终于相信了眼前发生的事情。疫情过后开门第一天就卖出套房去，这简直就是天上掉馅饼的事！

"秋先生，哎哟，这真是，真是……"胡经理语无伦次起来。

"现在我能以业主的身份和你说话了吗？"

"您说……不不不，是您吩咐，吩咐！呵呵。"胡经理激动得直搓手。

"实习生才刚接触社会，肯定需要时间来调整心态和熟悉整个行业。想必您刚入行的时候也吃过不少苦，如今做到中层的管理人员就更应该体恤员工。最起码也要懂得尊重女性，不要三两句话就往男女关系上发挥，这样很猥琐，也很龌龊。"

"您说得对，我太不应该了！"胡经理大力拍着胸脯说，"我回头就写检查，好好反省！单雯的实习分儿有您这套房垫底，我就敢给她打100 分，您放心吧！"

秋实也知道自己的话对方听不进去多少，但小姑娘至少能躲过这场无妄之灾。

最后，相关手续全部顺利办完，后续汇尾款事宜也沟通清楚了。秋实装好购房合同和收据离开售楼中心，单雯送他的同时一个劲儿地道谢。

"真是太谢谢您了！没想到我没被扣分儿，还能有一大笔奖金拿！不瞒您说，我们都小半年没发过实习费了。"姑娘感动极了。

"别客气，"秋实笑着说，"单小姐，你是热心肠的好姑娘。好人有好报。"

"您也是好人，"姑娘大声说，"祝您心想事成！万事胜意！以后有我能帮上忙的地方，您一定别客气。"

两人挥手告别。

此时天色已暗，秋实步行至附近的一家酒店。办完入住进到房间，他一下就把自己丢在软绵绵的大床上。想起明天要回澳门，华嘉辉若得知他在北京连价都没砍就买了套房，肯定又要骂自己傻仔。秋实忍不住笑出来，整个人顿时轻松了不少。

　　虽然没能买到当年四面漏风的那间屋子，但401的风景想必也是一样的。秋实把脸深深埋在白色枕头里，在心中嘱咐那俩孩子："从今往后，你们就好好地待在那儿，别再闹别扭了。"

　　眼泪忽然迸出，秋实这次没有再憋着，而是痛痛快快地哭了一场。

　　徐明海，咱俩都好好的。

22　相遇的人会再相遇

2008 年，北京。

私家车单双号出行的政策自奥运前就开始实施，这让白天的三环路畅行无阻。徐明海把郑小军一路送回到他家小区门口，然后一松手刹准备离开。

"哥！"郑小军站在车门外喊他。

徐明海踩了脚刹车，侧过头："啊？"

"没事，我是想跟你说，"郑小军挠头，"你别老成天心事重重的，我瞅着都替你难受，咱得往积极的方面想不是？或许……他明儿个自个儿就蹦出来了。古人说，众里寻他千百度，蓦然回首，那人却在灯火阑珊处。"

徐明海心头一酸，嘴上却笑道："别操心大人的事儿了，赶紧回去写作业吧。"

郑小军挥了挥手，"嗒嗒嗒"地跑走了。徐明海看着对方年轻的背影不由得感慨，小屁孩儿安慰起人来还一套一套的。

郑小军是徐明海两年前认识的。有一次他去"动批"办事，正好赶上自己档口上一个小姑娘肚子疼，徐明海赶紧让她回去休息。

"我走了，摊儿怎么办？"小姑娘挺敬业。

"我盯会儿不得了吗？下午3点关门，这也没几个小时了。"徐明海看了眼时间。

"您一大老板，多不合适啊。"

"得了吧，"徐明海笑着轰人，"脸都白了，打车走，车费算我的。"

小姑娘谢过自己英俊帅气又热心肠的老板，捂着肚子走了。

多少年没自己上手练过摊儿了，徐明海看着周围堆得满满当当的货有些感慨。他想起多年前某个大雨滂沱的午后，有个人凑在自己跟前不停地讲笑话。就在徐明海低头沉浸在往事里的时候，忽听有人问："哎，老板。这牛仔裤怎么拿？"

哪有做买卖人快关门了才跑"动批"的？徐明海都懒得揭穿。他抬起头来直接报了个零售的价格："120元。"

谁知对方听了呵呵傻乐了半天才说："老板，你长得真像我哥，要不我认你当哥，你算我便宜点儿呗。"

徐明海一抬手说："滚。"

可当时这位才上高二的90后郑小军非但没滚，反而厚着脸皮缠上了70后的徐老板。

其实，也不是完全躲不开。可对方喊"哥"时候的神态语气让徐明海想到了果子，想到了不知是不是还在新西兰放羊的小桦子。或者说，郑小军让徐明海想起了他们呼啸而过的青春岁月。

所以，他干脆拿郑小军当成一个缺心少肺的傻弟弟。看他高兴起来就"哈哈哈"一阵，难过了又"哇哇哇"一阵，还挺有意思。

晚上回到家，徐明海和爹妈一起吃饭。李艳东和徐勇这些年眼瞅着老了，但身体还都不错。

"今儿钱大妈来电话了，"李艳东给徐明海夹菜，"她说区政府打算把咱胡同那块儿划成文化街。公家出钱，恢复到民国时期老北京那样儿。等弄好了，原来的居民可以搬回去住；不想搬回去的，工商给办照，能租出去做买卖。"

徐明海愣了一下问："真能搬回去？"

"听说是能，"李艳东说，"就是时间上没谱儿。我估摸着，至少得再有个两三年。"

话说，大杂院放出风儿来要拆迁那年，正是徐明海最难的时候。为了那二十个摊儿，他欠下了一屁股的外债，睁开眼就满世界找钱去。

可饶是这样，徐明海愣是死活都不同意拿了拆迁款拍屁股走人。徐明海害怕，他怕自己走了，院子拆了，胡同没了，果子回来找不着家。

李艳东知道儿子的心思。于是，这个盼了半辈子能住上楼房的女人，愣是在居委会来动员腾房的时候，蹿上了屋顶，然后扯着脖子喊开发商敢动手拆，自己就敢往下跳。看得所有人傻了眼。

不过，胡同里的街坊都认为徐家这么做，无非是为了多讹些拆迁款罢了。有人支持，觉得就该这么闹；有人反对，觉得这么办事不地道。

最后，居委会的钱大妈直接跑来给李艳东下跪，哭着说临死前想过上几天不用倒尿盆的日子，求徐明海一家子差不多得了。

总之，场面非常狗血，也非常悲情。芸芸众生，大家都是无权无势的平头百姓，谁不想把日子尽可能过得舒心点儿？徐明海想，他们的幸福不该被自己的私心拖垮。最终，徐勇这个挂名的一家之主，还是在拆迁同意书上签了字。

只是后来开发商掉链子的事情，完全在意料之外。纸鸢胡同的居民集体上诉，官司倒是打赢了，可各自的家也早被拆得七零八落，再也回不去了。

现在回想起来，那阵子就跟世界末日没两样，徐明海整夜整夜地睡不着觉，站在出租房的窗边抽烟。他想，自己说什么也得撑下来，否则就算果子回来了，他也没脸见对方。

幸亏，第二年徐明海就缓了过来。

"动批"的那个新楼名气越来越大，生意也越来越火。不光各地批发商趋之若鹜，学生、上班族、来京游客，甚至连个别明星都把这里当成淘衣胜地。每天人潮汹涌，特别是周末，就跟打仗似的。

这么一来，大厦内的摊位费也开始原地飙升。这二十个档口被徐明海攥在手里，如同二十只会下金蛋的母鸡，看得同行眼热得不行，都夸他智勇双全有远见。

徐老板这把赢得堪称惊心动魄。

后来，他在离西单不远的宣武门附近买了套大三居。2003年初，又在珍铎公馆开盘后，第一时间买下了2号楼的501室。徐明海只是不知道501什么时候能真正住上人。

"儿子，儿子，"李艳东轻拍徐明海的肩问，"琢磨什么呢？"

"哦，没事，听您提起大杂院就恍神了。"徐明海把碗里的饭快速扒进嘴里，站起来往厨房走，"两三年而已，一晃就过去了。等真弄好了我第一个搬回去。我可跟您不一样，我就喜欢住平房！平房多好啊，冬暖夏凉接地气……"

后面的话明显掺进了哽咽的气息，变得含糊起来。李艳东知道，徐明海这是又难受上了。她叹了口气，转而给徐勇夹菜，小声说："你儿子啊，驴粪蛋儿表面儿光，可这心里头都快恘烂了。唉，也不知道这果子现在到底在哪儿呢。你说，咱还能不能等到他回来那天啊？"

"儿孙自有儿孙福，"徐勇轻轻抿了口牛栏山，"等呗，咱现在……不就只剩时间了吗？"

徐明海刷完碗，回到自己屋，顺手拿起桌子上一本封皮泛黄的《挪威的森林》。

听说现在流行的小说不是盗墓就是宫斗，可他都没兴趣。这本书是果子留下的，当年对方有一阵子老抱着不撒手。徐明海是最近才开始看的，书写得平平淡淡挺没劲的，可放下后，心里又不免惦记着。

此刻，当他歪在床上慢慢翻页，读到"迷失的人迷失了，相遇的人会再相遇"时，心脏和手机同时都是一哆嗦。徐明海放下书，掏出自己的 N78 一看，原来是郑小军同学发来的骚扰彩信。

"哥，这是今天我在北京那第一家 KFC 里留下的倩影，特帅吧？"

对这种在大庭广众下搔首弄姿的自拍行为，徐明海特别不理解。他扫了一眼就把手机丢去一旁，懒得打击小屁孩儿的自尊心。

随后，晚饭吃咸了的徐明海去客厅喝了两回水，上了趟厕所，又被徐勇叫去给电脑杀了杀毒。整个过程中，他老觉得浑身不得劲。

一种古怪又隐隐熟悉的感觉始终笼罩着徐明海。直到他再次躺到床上抓起书，忽然，一小股电流在他的脑子里炸开，然后一路往尾骨铺泄。

他知道是哪儿不对劲了！

徐明海一把抄起刚刚被自己扔下的手机，重新按开那条彩信。沙漏状的图标转啊转，徐明海就在这空当儿里起了一身的鸡皮疙瘩。

图片终于打开，透过郑小军占满屏幕的笑脸和剪刀手，徐明海在肯德基的落地窗前，看到一个模模糊糊的人影。

这个影子在 2.4 英寸的屏幕上陡然变大，然后一点点地填满了他整个胸膛。

晚上 9 点多的前门肯德基依旧灯火通明，顾客络绎不绝。

突然，玻璃大门"哐当"一声，闯进来一个人。他脸色煞白，神情紧张，如同一只夯了毛的野猫，直接蹿到柜台前。这下，人民群众立马不干了。

"欸，排队嘿，我这儿等半天了！"

"哎呀，这是什么素质啦？这样子怎么迎接奥运啦？"

"我说，您挨黄土地上刷新成绩呢？"

要说还是工作人员见多识广。站在柜台里的姑娘看来者十万火急，赶紧抬手一指道："那边！厕所在那边！"

"不是，我找……找人！"徐明海双手撑住柜台，喘得上气不接下气，"下午有……有个人来过您这儿，我……"

旁边的顾客听了又开始搅乱："这是肯德基，一天到晚不净有人来吗？你要找人去派出所啊！"

"不好意思各位，我真有急事儿……"徐明海双手抱拳，给大家伙赔不是。

"老子吃饭还是急事儿呢！"其中一个汉子踮起脚来，手指着徐明海的鼻子，"把我饿出个好歹来，你负责啊？排队去！"

对方这话效果惊人，瞬间让徐老板重返年轻气盛的 16 岁。他以迅雷不及掩耳之势一把攥住对方的手指头就往下撅，毫不留情。

"再说一句，信不信我今儿就让你丫当个饿死鬼？"徐明海的眼睛简直要滴出血来。

"啊啊啊，疼！"

姑娘一看顾客干起架来，立马扯着脖子用海豚音飙了声"店长！"随后，就见从后厨跑出来个打领带的小伙子。

"什么情况这？那什么，有话好好说！别动手！大家都是中国人！"

店长强行上价值，然后把看上去要杀人的帅哥拉去一旁。那个汉子也知道自己出门没看皇历惹了瘟神，于是揣起差点儿折了的手指头，不再叽叽歪歪。

"先生，您先冷静一下。"店长急忙安抚徐明海，"我姓周，您有什么事跟我说，这儿我负责。"

徐明海急忙掏出手机，指着屏幕里模糊的人影解释说："哥们儿，这是我弟弟，丢了好多年了。下午的时候被别人拍到在您这儿来着，您帮帮忙，让我看眼监控行吗？"

店长先是仔细看了看照片，确定背景是自己这一亩三分地，然后便尝试用理智的方式和对方交流："不是我不帮您这个忙，现在规定查监控必须得报110。有民警的批准我才能给您调。而且，就算调出来一看真是您弟，咱也不知道他现在在哪儿啊？"

"我明白，哥们儿，但好歹先让我瞅一眼，就一眼！"徐明海使劲拽着对方的胳膊，就像抓着根救命稻草，"瞅一眼我心里就踏实了。"

"那您就只能报警了，"店长无奈摊手说，"我是真想给您开这个后门，可最近不是赶上奥运吗？什么都特严。我真担不起这个责任，您也不忍心看我失业吧？"

"报警……"徐明海急得团团转，"报警的话，他们人来得快吗？"

"难说，而且您这个理由……我个人觉得不是特别充分。"店长说了大实话，"您弟弟又不是未成年人，所以人家到底能不能出这个警，咱得打个问号。"

徐明海听了只想一猛子扎进炸薯条的油锅里。办点儿事儿怎么就这么难啊？

"或者，您弟弟当年丢的时候报警了吗？要不你试试联系下管片的警察，让他们过来一趟。只要是穿制服戴警帽的，我都认！"店长给他支招。

这话简直让徐明海醍醐灌顶。他立刻抄起手机给小七叔拨了过去，对方如今在西城区厂桥刑警队当副手，这么多年跟自己一直没断了联系。

郭小七那边接通后一句废话没有，直接就从家开车来到肯德基。亮过证件，店长赶紧将两人带到办公室，然后就开始倒下午的监控。

"刚听你说果子回来了，吓我一大跳！"郭小七这时才腾出工夫细问徐明海，"你又说你当时也在，那怎么没看见啊？"

徐明海抽自己的心都有，他哭丧着脸："叔，别提了，我瞎呗。要不是我一朋友吃饱了撑的拍了张照片，我现在都不知道果子在北京呢。"

说着，徐明海把手机递给对方。郭小七一看，倒吸一口凉气，不停拿手机的放大镜功能猛点那张照片："小海，不是……你到底是怎么认出这是果子的啊？我撑死了能看出是个男的。"

"一定是！肯定是！百分之百是！不是我把这桌子吃喽！"徐明海急赤白脸地说。

"那什么，您等会儿再吃。"店长开口，"下午的监控都在这儿了，我按您照片上的时间往前倒了一个小时，您二位过来看看。"

只见电脑荧幕上同时播放着九个小小的分格画面，徐明海两只眼睛不够使，恨不得把脸贴上去。当看到 13：49 的时候，他"嗷"的一声大喊："停！"吓得店长和郭小七同时一抖，前者赶紧点了下鼠标。

门口处的摄像头成功捕捉到一个人。他个子很高，身材清瘦而挺拔，穿着淡蓝色的衬衫，下身是深色的休闲裤。

"哥们儿……能，能给放大点儿吗？"徐明海哆哆嗦嗦地问。

店长赶紧把 1 号机的图像切成主画面。时隔十一年，徐明海终于清晰地看到了秋实。

他的果子大了。少年时的毛躁被年岁抚平，英俊稳重得恰如其分，有了成熟男人的韵味和气质。徐明海透过荧幕，感受到了一种奇妙的化学反应，他甚至能在对方没什么表情的脸上辨认出这些年全部的哭泣和欢笑、快乐和伤悲，以及对家乡的隐秘渴望。

他的果子回来了。此时此刻就在北京，两个人呼吸着同一座城市里的空气。

可看得久了，徐明海渐渐对自己的判断和眼前的画面产生了怀疑。他心里再一次没着没落起来，只好扭头求助于一旁的郭小七。

"叔，这是果子吧？我没眼花吧？"徐明海怔怔地问。

郭小七也愣了半天，最后才使劲一拍大腿："是他！小海你没看错，是果子，如假包换！"

徐明海的四肢一下就软了。七叔是警察，还是刑警，刑警说话向来最讲究真凭实据。他既然说是，那就一定是！这相当于盖过公章，没跑儿了！

"哟呵，还真是啊？"店长听了也替两人高兴，于是按下播放键让画面继续。

随后，徐明海就看见果子去柜台点餐，然后拿了杯咖啡，走到落地窗旁坐下。一个人静静地望向窗外，像是在缅怀什么。

"果子研究什么呢这是？"郭小七问。

"看前门楼子呢！"徐明海笃定的口气宛如人家肚里的一条虫，"他在想 1990 年的 9 月 22 号。"

店长和郭小七听了这话都有点儿蒙。

紧接着，徐明海就看见自己带着郑小军走了进来。过了会儿，他颤巍巍地抬起手，冲着镜头里那个跷着腿吃冰激凌的人骂："傻子！"

"傻子"和郑小军离开后，秋实依旧不声不响地坐在那里。过了十几分钟，他喝光杯子里的咖啡，站起身，径直往门外走。

店长此时不等人吩咐，非常熟练地就把画面切换至户外。

只见秋实在街边仰头站了一会儿便朝北走去。他越走越远，没有停留，逐渐消失在镜头里。

悔意在徐明海的胸口扩散，他恨不得钻进去从背后一把将人薅住，就此不撒手。什么叫咫尺天涯？这简直是这世上最要命的词儿！

他痴望片刻，然后扭头看向小七叔。那眼神忽明忽暗的，充满了哀求的神色。

郭小七愣了愣，随即就领悟了对方的意思。他立马摆手说："小海，你别害我，这可是犯错误的事儿！"

"叔，您看在干爹的分儿上，就当我快死了，现在见义勇为救我一命，成不成？"

要说徐明海也是 30 岁的人了，愣是当着已长出白发的小七叔流下了两行热泪。两人的目光碰到一起，一软一硬，让刑警队副队长的拒绝毫无落脚之地。他最后一咬牙迈地说："走，跟我回大队！"

徐明海听了这话，如同吃了太上老君的还魂金丹，整个人立刻活了过来。

店长让警察在调阅记录上签了字，随后把他俩送至大门口。

"祝您早日找到您弟弟！"分别前，店长特别真诚地对徐明海说，"做兄弟的，有今生没来世。刚才看您着急的那样儿，我都快跟着一起掉眼泪了。等回头找着你弟弟了，带他来我这儿，我请您二位吃老北京鸡肉卷！"

"哥们儿，借您吉言，我肯定能找着他。到时候一起找您来蹭饭！想当年，果子请我在这儿花光了自己的小金库。24块8毛，那可是笔巨款啊！"徐明海心情大好，开始展现商人锱铢必较的本色。

两人跟店长挥手道了再见，然后一起上了郭小七停在门口的车。车子掉头，一路向西。开了一阵，谁都没说话。车内很安静，窗户大开着，夜风呼呼地往里灌，带来马路两侧植物修剪后的清香。

车开到大队门口，小七直接把人带到了自己的办公室。

"身份证号？"刑警队副队长一屁股坐到电脑前，抬头问。

"我只知道他第一代身份证上15位的号。"

"没事，能查。"郭小七一挥手。

徐明海连磕巴都没打就报出了一串数字来。

"真够溜的，"郭小七竖起大拇指说，"可我怎么记得你上学那会儿连圆周率都背不利索啊？天天被你妈揍得满院子跑。"

"嘻，我学习不好在咱胡同又不是什么新闻。"徐明海振振有词道，"我虽然不灵，可果子能背到后面好几百位呢！"

郭小七笑徐明海不以为耻，反以为荣，然后用力按下回车键："有了！昨儿夜里10点21分，果子入住了王府井的东方×悦。"

要不说人家是干刑警的。一句话，时间、地点、人物都交代清楚了！徐明海只觉一股浓浓的暖意自丹田升起，瞬间贯穿于四肢百骸之中，如同打通了任督二脉。那感觉，真是太爽了！

"我这就堵门去！叔您早点儿歇着吧！"徐明海撒腿就往外跑。

"我歇？我歇个屁！"小七一把抓住人说，"平时做事瞅着倒是挺稳的。怎么遇上事儿就这么不冷静？你当人家五星级大饭店是澡堂子啊？去了以后你是不是要站在大堂喊，'果子，你给我出来！'"

而徐明海的表情明明白白地告诉对方，他确实打算这么干。

"算我倒霉，"郭小七无奈地起身说，"我还是换上衣服跟你一起去吧。这节骨眼儿上，你要是被人保卫部的抓喽，我还得费心捞你去。"

徐明海身边有刑警队副队长跟着，这下更有底气了。只是刚出发的时候，他还有闲心开两句玩笑，再拍拍他七叔的马屁，可随着车子离目的地越来越近，坐在副驾驶上的人开始紧张得手心脚心同时冒汗。

车在东方×悦的地库停好，两人乘电梯直接来到酒店首层。这里人不多，大堂的光线柔和，空气中弥漫着淡淡的香薰味儿。

郭小七带着人走到前台，客客气气地对工作人员掏出证件亮明身份，说需要他们帮忙查一个住店客人。对方二话不说，非常配合地开始敲电脑键盘。

徐明海无比庆幸小七叔此刻在，要是换作自己，八成又得打起来。

"QIU……SHI……"前台在系统中输入拼音，然后点头，"是，郭队。这位客人是昨晚入住的。"

"几……几号房？"徐明海的牙齿微微磕出了声响。

"1609，可他已经退房了。"

"什么？他走了？"徐明海的号叫瞬间响彻静谧的大堂，惹得西装革履的客人纷纷侧目。

前台吓得赶紧翻出一份账单说："这是那位客人的消费记录，上面有具体的离店时间。"

徐明海抢过来一看，马上推断出秋实从肯德基离开后便回酒店退了房。而那个时候，自己还在家傻呵呵地做着搬回大杂院的白日梦呢！

"急什么？"郭小七赶紧安慰脸色骤然变白的人，然后问前台，"客人入住的时候应该留手机号了吧？"

"是，留电话了。请您记一下？"

徐明海觉得这事儿简直太刺激了，起起落落犹如坐过山车。他忙掏出手机，按下对方口述的号码，重复了一遍才敢打出去。

果子，接电话！果子，是我，快接电话！

可惜，通信系统不会读心术，手机里传来毫无感情的声音："对不起，您呼叫的用户暂时无法接通，请稍后再拨。Sorry……"

中英双语的应答音在徐明海听来，无异于一种充满恶意的残酷嘲笑。一整个晚上纷乱复杂的情绪顿时化作巨浪，毁天灭地地朝他袭来。徐明海喉头一热，红着眼睛把手机从耳朵边上拽开，使出吃奶的劲儿往地上摔去。

要说还是诺基亚扛造。N78被主人无情地砸在地上后，愣是屁事儿没有，话筒里隐隐还能听见语调平静的冷漠敷衍。

"……please redial later."

"戗儿？我让你丫再戗儿！"

徐明海彻底失去理智，抬脚就往上踹。郭小七见了，赶紧上前抱住抽风似的人。

"打不通就再打，你跟手机置什么气？"他一面骂，一面给在一旁看傻眼的前台道歉，连说耽误人家工作了，要是再有这位客人的消息一定第一时间联系自己。

前台连连点头，并认真记录。而徐明海就这么狼狈地被人拖着，一路从大堂回到地库。郭小七把磕掉了漆的手机狠狠扔回给徐明海说："刚才在人家大堂又闹又叫的，现不现眼？"

"我还怕现眼？"徐明海依旧沉浸在懊恼沮丧的巨大负面情绪里，"我死都不怕！"

郭小七知道人在气头上说什么都没用，要不怎么那么多刑事案件都是脑子一热犯下的呢？他索性点上两支烟，没好气地塞给徐明海一支，然后就陪他默默在车边站着抽烟。

看着这位如今也称得上大款的徐老板，郭小七心里却感慨对方这浑不凛的劲儿一上来，和小时候根本就没区别，依旧是自己管片儿里那个让人火大的臭小子。

过了许久，徐明海终于缓过来一些。他哑着嗓子说："叔，麻烦您给我捎到刚才那家肯德基去，我车还在那儿呢。"

"想清楚了，不闹腾了？"郭小七开门上车前还不放心地问道。

"想清楚了，还是得保存实力。"徐明海坐在副驾驶上咬牙切齿，"只要果子还在北京，我就不信找不到他人！"

"对，这才是解决问题的态度。明儿一上班我就给你扫听去。"郭小七放下心了。

徐明海在肯德基门口跟他七叔挥别，然后转移到自己那辆白色牧马人上。他这会儿不想回家，怕回去被爹妈问，他实在没力气再把今晚的事儿复述一遍。

于是徐明海给李艳东发了条短信，只说人暂时还没找到，自己跟七叔多待会儿。交代完后，他又一个人在车里坐了好久，最后发动车子一路向北来到珍铎公馆。

接近凌晨3点的小区绿树荫翳，万籁俱寂，徐明海沿着小径慢慢往里走。这些年，他烦了、闷了、压力大了就会来这边，自己躲起来喝些酒抽根烟，算是某种独特的解压方式。

此刻，徐明海站在2号楼下面抬眼望去，一片浓黑阒寂中就只有401还亮着灯。看来此刻睡不着的人，不止自己一个。

当走进501，徐明海看着眼前空空如也的家，眼底又是一热。

这块地二次开发的时候，听说有个什么手续一直没批下来，开发商无法进行加建。所以2号楼作为整个楼盘唯一的低层建筑，被设计成了更加私密的住宅产品，售价也贵出20%。徐明海买到的时候简直开心到爆炸。价格既然低不下来，他便大施谈判手段愣是让人家送了顶层的露台。徐明海想，夏天的时候自己和果子坐在顶层，烤着串儿，喝着北冰洋看星星，那种日子，想想就没治了。

而就在几个小时前，他还幻想着能把人带来，然后无比骄傲地跟对方说："果子，这是哥为你打下的江山！当年说过的话我做到了！"

可是现在，徐明海能做的只是叼着烟，默默推开阳台的窗户，看着远处身披月色的喇嘛塔叹气。然后，他莫名想起李艳东在家常诵的一个什么经。

观自在菩萨，行深般若波罗蜜多时，照见五蕴皆空，度一切苦厄。

度一切苦厄……

徐明海下意识地读了几遍，心浮气躁的情绪似乎真的得到了些许缓解。他坚信，果子不管此刻在哪儿，都会和自己一样，凝望着同一个月亮。

第二天一早，郭小七打来电话。N78轻伤不下火线，卖力抖动。

"小海，果子电话还是没打通？"

"没，"徐明海颓然回答，"我猜他昨天退房后就直接飞了。"

"也不一定，没准儿人还在北京呢？反正他只要用自己的身份证住店，咱就能抓着他！"郭队差不多已经把秋实的"待遇"提高到江洋大盗那个级别了。

"而且，你昨儿不是跟我说，果子这些年有可能在香港吗？我打算私下找找关系，看能不能调到果子的出入境记录。为了你们这俩小兔崽子，犯错误叔也豁出去了。"

徐明海听了真想远程给他七叔磕一个头。

"小海，既然果子这回能鬼使神差地被你瞧见，就证明你俩的缘分压根儿没断。所以别老魂不守舍的，给叔打起十二分的精神来！"郭小七给他打气，"争取见面那天，让果子以为你还 16 岁呢！"

徐明海这次不想磕头了，他想哭。

转眼两天过去了，一直都没有秋实的消息。而时间却一分一秒地流逝，不为任何人做停留。

2008 年 8 月 8 日是个万众瞩目的日子，第 29 届夏季奥林匹克运动会将在国家体育场举办开幕式。徐明海本来计划带上爹妈一起去看，可老两口儿却嫌人多天气又热，宁可在家里吹着空调看直播。

徐明海明白，李艳东和徐勇是心疼那 5000 块一张的票。"吃苦耐劳"四个字就刻在他们的骨头上，轻易抠不下去。

其实，徐明海手里的票何止 5000 块？他可等不及官网一轮又一轮抽签似的售票方式，而是直接从某个靠谱儿的黄牛手里搞来了 A 类票。对方说是内部票，位置特棒。

在北京看奥运开幕式，是他跟果子打小儿就许下的心愿。徐明海上初中那会儿就拍着胸脯承诺过，等长大了，要用自己挣的钱买票看。所以，哪怕他这几天心情再抑郁，也不能食言。

当晚，由于不允许私家车开往奥运场馆附近，徐明海便早早地搭乘地铁来到奥体中心。出站后，他一路跟着人群步行前往体育场。

离着老远，人们就能看到绚丽的红光从"鸟巢"内部亮起，再透过仿若树枝的门式钢架腾起，使其戏剧化的弧形外观更加斑斓异彩。而不远处的"水立方"则蓝汪汪水盈盈的，如同一个玲珑剔透、外柔内刚的巨大泡沫。两个融合了科技感与美感的宏伟建筑一暖一冷，交相辉映，为北京这座古老的城市注入了全新的活力。

徐明海曾在 13 岁那年和果子一起畅想过北京的未来。可饶是他再天马行空，也不曾预见这样的场面。

此刻，周围等待安检入场的观众全都是一脸的兴奋。那个哼"北京欢迎你，有梦想谁都了不起"，旁边就有陌生人接"有勇气就会有奇迹"，最后渐渐变成了集体大合唱，场面特别和谐。

当走到大门口的时候，徐明海忍不住也跟风买起了纪念品。他挑中了头顶莲花的福娃晶晶，只因为它在五个小萌物里长得最像盼盼。

等徐明海终于进到里面，只见碗状分布的坐席紧紧环抱着赛场，红白两色的看台排列得错落有致。新闻里说，在"鸟巢"，无论观众坐到哪个位置，和赛场中心点之间的视线距离都在 140 米左右。

徐明海怀抱着晶晶，被前后左右的人流夹着往前走。幸亏在场的志愿者们热情又有耐心，为无头苍蝇般的观众们指明方向。

"先生，票给我看一眼。"有个小伙子主动招呼徐明海，"哦，您是 F 区第三排。您的座位……"他抬手一指，"就在穿白色 T 恤的那位先生旁边。"

当徐明海的目光顺着志愿者的手指落在穿白色 T 恤的那位先生身上时，整个人顿时僵在了原地，血液几乎不可遏制地沸腾起来。

是他！！！

"先生，先生？"志愿者催促道，"找到了就赶快过去吧，别妨碍别的观众进场。"

可坐在那儿的那个人，就像是徐明海梦里的一个影子。脆弱得很，缥缈得很，一惹他，他就要烟消云散。

徐明海蜗行牛步，脚下踩的仿佛是人生中最短也是最长的一段路。他努力调整呼吸，告诉自己，不能慌，不能乱，要冷静。这是奥运会的开幕式现场，周围有全世界顶级的安保措施，对方就算是插上翅膀也飞不出去。

徐明海长久地望着那个人，他的侧影没有任何变化，从颧骨到下颌的弧度依旧流畅。场内橙红色的光芒不停地照在他光洁的额头和纤长的睫毛上，看上去很美好。

就在徐明海和对方相距不到二十米的时候，兜里的手机忽然疯狂振动起来。他直接按了，可还没半秒又振了起来。徐明海饿狼似的盯着自己的目标，同时掏出手机。

"喂？"

里面传来七叔的大嗓门儿："小海，查到了！果子是 8 月 4 号入的境，但不是从香港，是从澳门！到目前为止没有他的离境记录，人应该还在北京！"

"叔，"徐明海在喧嚣嘈杂的背景音中说，"我看见他了。"

"啊？你说你看见谁了？看见果子了？你那边怎么听着这么乱啊，他在哪儿呢？"

　　徐明海眼含湿气，嘴角却禁不住地上翘，露出了腮边久违的招牌酒窝。

　　"他在灯火阑珊处。"

23　一万年太久，只争朝夕

秋实为了回北京看奥运开幕式，特地向上司请了五天年假。

自2003年澳门博彩权正式开放，华嘉辉手中的几个贵宾厅也都逐渐步入正轨。之后，他便要安排秋实去做一份跟赌场没什么瓜葛的工作。

"总不能真跟着嘉辉哥当叠码仔。你好好的大学生，样子靓，英文又棒，做一份清清白白的工才是正经。"华嘉辉强调说。

秋实则持不同的意见反驳说："在澳门还有不沾赌的工吗？赌场每年纳的税里，70%都来自有合法牌照的叠码仔。要我说，整个澳门就属这份工最清白，最正经。"

"话虽这么讲，可说穿了还不是捞偏门？很损阴德的。"华嘉辉吓唬他说。

在对方的坚持和鼓励下，秋实最终决定去当地的旅游发展局应聘。

随着这几年自由行政策的实施和不断调整，澳门的客源市场已从最初的日本、韩国扩大到有地利之便的香港、广东等地，又逐渐向内地大举延伸。如今，华北地区的游客成了澳门的消费主体。所以，秋实的成长背景给了他很大优势，再加上读书时成绩优异，语言能力强，自然在一众求职者中脱颖而出。

于是，他从最基层的旅游专员干起，四年时间做到推广处的主管。

工作内容包括协助制定并推行特别行政区的旅游政策，致力为澳门建立优质的旅游形象。

澳门从回归之日起，一步一步走出了自己崭新的繁荣路径。2006年，澳门博彩业总收入超过拉斯维加斯。2007年，澳门人均 GDP 超越新加坡，成为亚洲"首富"。

而当秋实站在当地标志性建筑物大三巴牌坊前，看着身边讲普通话的游客和远处莲花造型的新葡京时，却始终忘不了 2001 年 7 月 13 日那晚得知北京申奥成功的激动。

"好，准你假期回家乡看奥运。如果时间来得及，顺便可以去见见北京的同事。"秋实的上司谭先生人很和善，笑着嘱咐他。

而他和华嘉辉说了自己的安排后，对方却一脸防备地问："好端端的又回北京？不会是想去找那个衰仔吧？现在你在澳门什么都有，又得老板器重，千万不要发起癫来把前途事业统统都丢掉。"

"在北京看奥运开幕式是我小时候的一个梦。"秋实重申道。

"哼，我看顶多算是半个。"对方挑眉道，"和徐明海在北京一起看开幕式才是'一个'梦。"

秋实不知该说什么了。华嘉辉永远能稳准狠地打中自己的七寸。

"门票不好买吧？听说澳门本地已经炒到几万块了。"华嘉辉又问。

"去年官网一公开发售我就注册了。不过，发展局刚好有派发来的 A 类票，上司转送给了我。"

最后，华嘉辉无奈投降，顺便威胁他说："敢不回来，我就找人去你家门口泼油漆！"

久违的假期即将来临，秋实却死活订不到酒店。北京的住宿在奥运会前后价格原地飙升，一房难求。最后，他唯有求助长期合作的旅行社，但也只订到东方×悦 8 月 4 号一晚。

于是，秋实干脆在抵京的第二天上午就去了趟宜家。在那里，他看上了一张造型简单的黑色钢架床，很像原来自己在大杂院睡的那张。随后他又买了床垫、被褥、枕头和其他一些用得上的东西。秋实等不及预约宜家的送货服务，直接叫了门口趴活儿的黑车，把大大小小的纸箱直接拖去珍铎公馆。

有了能过夜的地方，秋实下午从肯德基出来后就回到酒店办了退房。到了晚上，他独自在 2 号楼的 401 按照说明书组装家具，一直忙到深夜。待一切安装完毕，淡蓝色的素色床单铺上去后，空空荡荡的地方一下子就变得像个"家"了。

秋实起身洗了个澡，然后走到阳台开窗通风。马上就要立秋了，知了的叫声听上去越发凄切无望，而月色则像是要从天上淌下来般浓稠。

秋实望着远处的白塔，无端端闻到一股烟味儿。这淡淡的味道让他一下子想起了很多事。秋实忽然意识到，8 月，似乎天生就是易出事儿的月份。它在自己的生命里总是浓墨重彩地出现，带来甜美的希望与离别的感伤。

次日一大早，秋实去看望周莺莺和陈磊。这么多年没回来，这里却丝毫不显破败。秋实跟人要了金漆和毛笔，重新描了一遍上面的字迹，并在碑前放上凤凰卷、杏仁饼和肉脯等物。

"妈，磊叔，儿子来看你们了。"秋实静静地伫立在清晨时分的墓地里，他对着碑上两人的合影说，"当年咱们一家人计划要去澳门旅游，可你们走得急，没能成行。反而……我这些年一直在那里生活工作。我一切都好，你们不用担心。"

照片上的人微笑地听着归乡游子的倾诉。

从墓地回来后，秋实哪儿都没去，独自在 401 待了一天。8 月 7 号，他去拜访了旅游发展局的北京办事处。

同事们对秋实非常热情，尽管大多数人他只在澳门年会上见过一两面，平时全靠电话和邮件联系。秋实给同事带来各式零食伴手礼，大家便忙里偷闲，一起坐在会议室喝下午茶外加小叙。

"阿秋，我没记错的话，你其实是北京人对吧？"办事处的负责人Frank 打听道。

秋实也不知道该如何界定自己是哪里的人。他于是回答："算是。我快 8 岁来的北京，后来去澳门念的大学。这次回来，很多地方已经不认识了。"

"这些年的北京，一闭眼再一睁眼就是另一副样子。节奏快，压力大，空气也不好。"对方主动拉起家常，"我一跟太太抱怨，她就催我去珀斯跟她和孩子团聚。"

"老大，你可别走！你走了我们就没主心骨儿了！"

"哎哟，珀斯就是个大农村！俗称珀村儿！哪儿有咱这儿好啊？"

"Frank，你可是家住二环里的老北京，怎么都要'投敌叛国'？"

气氛变得热烈起来，同事们夹杂着儿化音的叽叽喳喳，让秋实听了倍感亲切。而 Frank 只是微笑着说："爱人在哪儿，家就在哪儿。"

秋实本来还打算趁公园关门前去趟天坛，结果生生被同事拉去南新仓吃大董烤鸭。在他印象里，提起北京烤鸭，不是全聚德就是便宜坊。谁知一代新人换旧人，连鸭子都如是。

享誉京城的新派烤鸭果然名不虚传，秋实用鸭皮蘸了些方粒白糖放在舌间，几乎不用咀嚼便能自动化掉。吃到最后，大董的服务人员上前询问鸭架如何处理，北京办事处的同事便征求"客人"的意见。

"阿秋，吃椒盐的还是做汤？"

"我想，"秋实顿了顿，笑着说，"直接吃。"

不知不觉中，年假已经用掉四天。最后一天，秋实早早就来到"鸟巢"，跟着大家伙儿一起排队进行安检，然后在志愿者的引导下顺利找到 F 区。

当他坐下后眺望场内飘扬着的各色旗帜时，心中涌起无限感慨。秋实想起那两个没票却混进了工体里的小屁孩儿，想起那一顶顶绽放于空中的巨大降落伞。

"哎，画着棵树的是哪个国家的国旗？"

"黎巴嫩。"

"那个跟大公交车似的呢？"

"新加坡。"

"那大皇宫是哪儿？"

"柬埔寨。"

"哎，果子，你不是欺负我学习不好糊弄我吧？"

"果子……"

秋实觉得自己产生幻觉了，他仿佛真听见徐明海在喊自己。

"果子。"

这轻轻的呼唤似乎来自右方。

在秋实的大脑发出警告前，身体便已循声转了过去。与此同时，奥运彩排焰火倏地蹿升，流光溢彩地绽放于"鸟巢"上空。

秋实呆坐在椅子上，一双眼睛怔怔地看着徐明海，除了一颗心跳得濒临失控外，大脑和身体半天都没能给出任何反应。

可能因为"二十三，蹿一蹿"，徐明海看上去比自己离开那年又高了几厘米。他的五官被时光雕刻得深邃且锋利，如那个民警所说一副老板派头。可再往上看，头发却乱糟糟的，两个眼圈潮湿通红，眼底乌青一片，胡子茬儿也冒出来了，像是连续几日都没休息好。

秋实想要收回此刻过于贪婪的目光，然后站起来，像多年未见的老朋友那样去主动握一握徐明海的手，再礼貌地询问一下对方的近况。

"太巧了，没想到能在这里碰见你。"

"叔叔阿姨的身体怎么样？"

"你好吗？嫂子好吗？小朋友几岁了？"

可各种百结愁肠的寒暄之词热腾腾地卡在喉咙里，让他一个字都问不出口。最后，秋实饶了自己，他只是冲着徐明海笑了笑，轻声说："哥，你来啦。"

十一年了，徐明海终于再次听到这个称呼，一时悲喜交加，形容不出的复杂情感在胸口起伏。可还未等他作答，身后就有其他进场的观众开始连声催促。

徐明海忙抬手胡乱揉了几下眼睛，然后同手同脚地走到秋实身边。坐下去的时候，两人的肩膀不经意挨上，过电似的，都是一哆嗦。

死活找不到人的时候，徐明海有一卡车的话要讲。而此刻，分明近得可以感受到对方身上成熟的气息，徐明海却蒙了，完全不知该如何细说从头。

而一旁的秋实同样进退失据，心里像揣着一万面锣，"哐哐哐"地兀自响个不停。

于是，在谁都是一脸喜气洋洋的"鸟巢"里，有两个人却正襟危坐，紧张严肃得如同下一秒就要去主席台致辞。

最后，还是徐明海率先行动。他以一个献花的姿势把怀里的晶晶猛地递过去——徐明海觉得久别重逢总得送点儿什么！

秋实愣了一下，不得不顺势接过吉祥物，然后拿在手里捏了捏，小声说："好像比盼盼瘦点儿。"

半晌，徐明海终于开口。他说："祖宗……"

秋实身子猛地一歪，像是想要避开这个带有巨大杀伤力的称呼。

"这么多年，你到底跑哪儿去了？"徐明海的牙齿微微发颤。

秋实的心头当即被剜去一块，血流不止。可他毕竟不是当年那个顾头不顾腚的愣头青了，做不到把伤口翻出来供人参观。于是，秋实刻意略过其间的一切阴错阳差，只说："我在澳门。"

徐明海想起刚才七叔也说果子这次是从澳门入境，表情不由得更加茫然地问："怎么……去那边了？"

"一言难尽。"秋实企图用这四个字的万能句式蒙混过关并转移话题，"刚才坐地铁来的时候差点儿迷路，我记得北京当年就只有 1 号线和环线，2 块钱可以随便坐。没想到，现在都变成自动售票了。我不太会用，工作人员帮……"

还没等他感慨完日新月异的高科技，徐明海的左手忽然出现在两人视线的相交处。一个黑蓝色的刺青就咬在虎口上，清清楚楚，触目惊心。这样的痕迹让秋实一下哑了火。徐明海这是做什么？

"这些年，每当我快撑不下去的时候，就看着它。只要想起你小时候咬住我不松嘴的狠样儿，我立马就能回血！特管用。"徐明海提起二十一年前的事，语气就像在说昨天。

而"昨天"恰恰是秋实此刻最想逃避的话题。这个口子只要一撕开，尘封的汹涌往事再现，免不了让人肝肠寸断。其中的痛，他尝过，至今都未痊愈。

多亏这时场内的 LED 巨屏上闪过嘉宾们笑意盈盈的大脸。秋实忙抬手一指："萨马兰奇！"

徐明海："？"

"我记得亚运会那年他就已经 70 岁了，老爷子身子骨儿真硬朗！"秋实强压住如雷的心跳，顾左右而言他。

在这种节骨眼儿上，徐明海怎么可能轻易被带跑？他生生把话题从萨马兰奇身上拽回来说："果子，其实那天我也在肯德基。后来看到别人拍的照片才知道你回来了。这些天，我不吃不睡，一直在找你……"

秋实刚想说什么，忽然，整个"鸟巢"的灯顷刻间全部熄灭，一束金色的火焰在环形穹幕上被点燃，飞速绕场一周，最后激活了日晷和场馆内的 2008 面巨缶。

北京奥运会开幕式马上就要开始了，这是徐明海和秋实小时候许下的心愿。此刻，他们在现场眼睁睁地看它成真。

伴随着击缶者们的击打，巨大的光影数字骤然现身于一片浓黑之中。

这是北京的倒计时，世界的倒计时，也是徐明海的倒计时。失散的人终于有血有肉地从照片里、梦里、镜头里走了出来。

60、50、40……

徐明海实在绷不住了，他哭了。

如果人生可以重来，他会在得知李艳东"生病"的那晚和果子一起去分担那份巨大的恐惧；他会鼓励果子去考自己最喜欢的大学，读自己最感兴趣的专业；他会更加勇敢地面对内心，面对那些他试图逃避的艰辛和苦难。

秋实也哭了。他曾无数次梦到过两人意外重逢的场景，可没一个是此时此刻这种局面。原来，徐明海没有忘记小时候的约定，他来了。这样跨越经年的履约，足以抵消心中所有尚存的不甘和怨艾。

5、4、3、2、1……随着最后一个数字的到来，无数烟花奔向万丈苍穹，天上人间，一齐欢呼！

随着周围再次安静下来，徐明海终于得以向秋实诉说当年的那场乌龙，包括他怎么自以为是地运筹帷幄，怎么因为相亲耽误了时间，怎么意外发现亲妈的"绝症"竟是无中生有，以及后来他怎么去广州找人，又怎么发现人丢了。

秋实听着听着，渐渐失去了理解能力。他只是从徐明海的话里重新看见了自己的 10 岁、13 岁、16 岁……最迟是分开时的 18 岁。对方热烈真挚的眼神唤醒了那些刻意模糊过的记忆，一帧一帧逐渐地清晰起来。

当他听到徐明海说到他在 Z 大的宿舍门口和广东仔打架时，秋实的眼泪又无声无息地流了下来。

"你怎么这么傻啊？简直傻到家了。"

"我要是不傻，考试能老不及格吗？"

这样的对话把他俩一下子拉回到了小时候。1990 年到 2008 年，十八年的光阴恍若一梦。误会如雪消融，一笔勾销，他们终于跨过那些残酷得不露声色的岁月，重新走到一起。

四个多小时的开幕式结束，观众们在志愿者的引导下有序离场。轮到F区时，徐明海咬咬牙一伸腿，愣是没能一下站起来。

　　秋实看在眼里，心中立马"咯噔"一下："哥，我害你落下病根儿了是吗？"

　　"跟你没关系，"徐明海强忍着身下传来的阵阵刺痛，开起玩笑，"是老天爷专门跟我尾骨过不去。"说完他看见对方脸色发白，赶紧给秋实宽心："平时真的屁事儿没有，只是偶尔坐久了才觉得别扭。"

　　秋实一只手拿着晶晶，另一只手架住徐明海，帮他慢慢站起来："当初……九爷的事儿跟你没关系。我完全是迁怒，对不起！"

　　"果子，我从来没怪过你，连一秒钟都没有。你信我！"徐明海再三强调。

　　秋实点点头，小心地搀着他，跟着黑压压的大部队从体育馆里走到外面。此时已接近凌晨1点，空气中还残存着礼花绽放过后的火药味儿。

　　"去坐地铁？"秋实征求徐明海的意见。

　　"地铁人太多了，排队进站都要半个小时。要不，咱俩轧会儿马路吧。从这儿往马甸溜达，走出这片儿也就好打车了。"徐明海伸了伸腰。

　　"你的伤……"秋实犹豫了。

　　"走路不碍事，正好活动活动。"

　　两人于是便踩着月光一路向南。随着周遭的行人越来越少，便道上最终就只剩下他俩和两条长长的影子。

　　人间别久不成悲。这样静谧的都市夜晚，适合被重逢的人拿来追忆过往。

　　"你一个人在外面过得好不好？"徐明海看着对方的侧脸关切地问，"有没有被人欺负？"

　　"没有，我吃喝不愁。"

　　秋实笑了笑，把这些年在澳门的发展娓娓道来。正说着，打远处来了辆亮着灯的出租车，还是专门为奥运打造的无障碍款。长得圆头圆脑的，十分讨喜。

　　"哎哟，这一看就是老天爷派来给我这个残障人士的！"徐明海赶紧伸手打车，同时笑着宣布，"果子，跟哥走，带你去个地方！"

　　车子稳稳地停在路边，两人上车。

"您哥儿俩奔哪儿？"师傅问。

徐明海扬起下巴，十分嘚瑟地看了秋实一眼，然后说："师傅，麻烦您，西×大街18号珍铎公馆！"

秋实不禁一愣，心头随之一阵跌宕："那是……什么地方？"

"等到了你就知道了。"徐明海卖起了关子。

深夜不堵车，十几分钟后师傅就把客人妥妥地送到了目的地。

徐明海谢过师傅，下车后揽住秋实的肩，抬手一指小区门口的题字："'珍铎公馆'，名字取自一首诗。什么金盘带响儿的，特有内涵。"

"带我来这儿干吗？"秋实此时已隐隐有了猜测，可还是不敢信。

"黑灯瞎火的你是不是没认出来？"徐明海揭晓谜底，"傻果子，这是咱小时候那片烂尾楼！"

说完，他不等对方有所反应，拉着人就往里跑。一直跑到2号楼下，徐明海才停下来喘了口气问："这里总记得吧？"

秋实点点头，心说怎么能忘呢，自己下午才打这儿出来。

徐明海一脸兴奋地掏出门禁卡，带人坐电梯直达顶层。时隔五年，秋实终于再次踏入空荡荡的501。

"这儿刚一开始动工就被我盯上了！开盘当天一大早儿，我过来堵门签合同付订金，生怕被人抢走。"徐明海得意极了，"怎么样，哥当初答应你的话，没骗你吧？"

秋实明白，人在年轻时之所以敢口出狂言，是因为他们相信命运一定会掌握在自己手里。这不傻，也没错。如果硬说错了，那错的也是白云苍狗，世事无常，而不是当初两颗少不更事的心。

但他没想到，徐明海居然把空中楼阁似的约定当了目标，然后努力实现了它。这其中的辛酸血汗，怕是怎么说，都难以言尽。

"那……那怎么一直没入住？"秋实无法控制自己颤抖的声线。

"我平时跟老两口儿住，照顾他们方便。"徐明海笑着说，"不过心情不好的时候，总会过来待上一会儿。这些天死活找不着你，我就没少在这儿抽闷烟。"

秋实望向阳台，果然见到几个散落在地的烟头。打死他也想不到，那晚闻到的淡淡烟味儿居然来自邻居徐明海。

秋实下意识地在脑海中描绘出两人于深夜一起眺望远方白塔的画

面，如同看到一出百结愁肠的八十集电视连续剧。这是什么烂导演加烂编剧，他不禁感叹道。

"果子，你8月4号回来只住了一晚东方×悦，第二天下午就退了房。这几天你到底躲哪儿去了？"

人活生生地押来了，徐明海的一颗心终于踏实下来，于是便开始升堂问案。

秋实好奇发问："你怎么知道的？"

"那你就别管了，"徐明海忽悠道，"反正你现在的处境呢，跟国际通缉犯也差不了多少了。老实交代的话，兴许我还能替你跟组织上求求情；要是牙崩说半个'不'字，呵呵，哥哥我可是管杀不管埋。"

"……"

秋实猜，徐明海搞得这么神神秘秘的，无非是找公安系统里的人摸了自己的底——八成是小七叔。但是也没太摸清，否则怎么会不知道自己名下有房产？

徐明海得意扬扬，摆出一张神鬼莫测的侦探脸，殊不知落在秋实眼里简直呼呼冒着傻气。

"哥，"秋实只好态度特别端正地交代问题，"我就在你下边啊。"

"我知道澳门在北京的下边，我就地理学得还行！"徐明海压根儿没反应过来。

秋实无奈，只好把拿了一路的晶晶放去阳台上看月亮，然后笑着揭晓谜底："我的意思是，这几天我就住在你下边。徐明海，你害我买不到自己的梦之屋，当年打电话过去又不肯让。现在……要怎么补偿？"

"你说什么？"徐明海结巴了半天都没能组织出一句像样的话，最后都快急了，"果子你可别骗人！你哥打小儿想象能力就有限，写出来的作文天天被老师骂……"

"说点儿我不知道的。"秋实忍不住笑了。

徐明海急了："你真住在401？"

秋实从兜里掏出串钥匙，拿到徐明海眼前晃了晃，让这清脆的金属撞击声给对方招魂。

"什么'金盘带响儿'？让你住这儿可真是牛嚼牡丹。"秋实笑完之后又强调说，"我那年带走的东西都好好留着呢，回头搁在这儿，也算完璧归赵了。"

一瞬间，徐明海毫无文化底蕴的脑袋成了"鸟巢"，无数的烟花在上面噼里啪啦地绽放。原来，天上的月亮没变，远处的白塔没变，他和他都没变。

两人原地坐下，无休无止地谈论小时候的日子，谈论失之交臂的这许多年，聊到眼皮打架都不肯睡去。在一片漆黑阒寂中，秋实仿佛又看见了童年那翻卷无边的草甸子。这一次，他和徐明海大步往前跑，绕过"鬼沼泽"，跃过深井，跑啊跑，一直跑到天边。天边是滚滚的云，是啃过的棉花糖。

梦中犹闻珍铎迎风而韵响，但见金盘向日而光辉。

次日临近中午，秋实才在 401 醒过来。一睁眼，见徐明海拎着几个塑料袋刚进门，于是秋实拿鼻子仔细辨别空气中的饭菜香。

"买什么了？昨天晚上没吃饭，饿死了。"

徐明海立刻把吃的全都摆在宜家的木头桌子上。

秋实一看，好家伙，门钉肉饼、粳米粥、八宝酱菜、糖卷果、奶油炸糕、乾隆白菜……称得上是有软有硬，有凉有热，有咸有甜。

"徐老板又开始炫富。"他笑着点评完，起身跑去洗手间洗漱。

"好不容易把人找着，我还不表现好点儿？"徐明海屁颠屁颠地跟上，倚在门框边说，"我怕有人今天扑棱一下就飞走喽。"

秋实挤牙膏的不禁手一抖。

徐明海立刻警觉起来："你不是真要飞吧？"

秋实转身，无奈地说："我年假只请了五天，今天下午的航班回去。"

"……"

徐明海下意识就想说，果子，咱不走了行吗？他还想说，哥现在虽然不算有钱人，但养活你一辈子没问题，回来吧！可这话，他终究没说出口。

徐明海记得果子昨天提过，说他很喜欢现在的工作。而随意插手对方前途这种二百五的事儿，他说什么也不能再干了。反正人已经找到，剩下的可以慢慢筹划。

"几点的飞机？"徐明海咬牙问。

"下午 3 点到机场就来得及。"

"行，"徐明海点头说，"那送你去机场前先带你买点儿稻香村，好歹回了趟家乡，拿去让上司和同事们尝尝。"

秋实看着成熟起来的徐明海，心中一片暖意。他边刷牙边算日子，等把自己收拾利索了，开口说："下个月 14 号是中秋，我请几天假期再回来看叔叔阿姨。"

"真的？"徐明海顿时来了精神，然后把人请到餐桌前共进午餐。

"嗯，不骗人。"秋实笑着说。

"对了，果子。这里你到底是什么时候买的？"徐明海接茬儿打听。

"那年'非典'解禁后我回了一趟北京，可胡同已经没人住了。我去派出所，他们说你没事我才安心。"秋实咽下奶油炸糕，嘴里和心里一样甜，"他们还说，拆迁那会儿你带头当钉子户，怎么都不肯搬。哥，你是怕我回来找不到家，对吗？"

徐明海鼻子一酸，自己拒做"拆二代"的傻帽行径终于得以昭雪。

"买这里，多少算是阴错阳差。我让售楼处的人帮我联系 501 的业主，可没想到……"秋实笑出声，"徐老板真硬气啊，连电话都不肯纡尊降贵地接一下，我还以为房主是北上打拼的南方人。"

"我……我脑残外加缺心眼儿。当时在香港，吃饱了撑的让张 Sir 接的电话……"徐明海再次进行客观的自我批判。

"你总去香港吗？"

"我以为你人在那儿，所以这些年一有时间就跑过去。跟着私家侦探张 Sir，都快混成半个本地人了。"徐明海发出邀请，"下次一起去，带你去上环吃避风塘炒辣蟹！"

"为什么你会觉得我在香港？"秋实觉得徐明海这第六感虽然稍稍有些跑偏，但直线距离只差 60 公里，已经很牛了。

"2000 年 8 月 1 号张国荣的演唱会，你在现场，对不对？"

"吧嗒"，秋实筷子上的门钉肉饼跌进了醋碗里。

"我就知道……"徐明海终于有机会探明这桩多年疑案，他叹了口气，"怎么可能认错呢？我当时拼了命喊你追你，可人实在太多了，还是没能把你逮住……"

秋实想起那晚隐约的喊声，原来并不是自己幻听。如此看来，他们此刻能坐在一起好好吃上一顿饭，简直是命运手下留情，老天格外开恩。自己回到澳门后一定要找机会拜拜各路神仙，从耶稣基督、释迦牟尼到妈祖，不分东西地都谢上一遍。

徐明海这时又利索地报出一串号码，然后可怜兮兮地问："为什么不接我电话啊？"

"我就一部手机，偶尔收验证码的时候才会换上那张 SIM 卡。"秋实笑着问，"徐老板神通广大，居然连这个号都知道，你到底找谁帮的忙？"

徐明海便把这几天他和小七叔寻人的经过添油加醋地讲了一遍。

"下次回来，我得当面好好谢谢七叔。"秋实感叹道，"认识咱俩他算是倒了霉了。"

徐明海趁机把秋实的手机要过来，拨出自己的号码，各自存好，才算踏实。

下午的时候，徐明海把人一路送到安检口，满脸的依依不舍。不过这一次，他清楚对方的去向，也知道对方的归期。

"中秋就回来！"

秋实和徐明海说完这五个字，右手推着登机箱，左手拎着稻香村就跑了。再不跑，他真怕自己脑子一热给上司撂了挑子。

徐明海怔怔地目送对方的背影消失，然后直接开车回到父母家翻出自己的港澳通行证。

下个月？开哪门子玩笑？徐明海一天都不想浪费，他决定飞过去，给果子一个大大的惊喜。

办理澳门签注需要七天。徐明海卡着日子订机票，把生意上的事情安排妥当，也跟父母及小七叔那边有了交代。万事俱备，只欠南飞。

这样的等待因为有了明确的目标而变得幸福起来。徐明海每一个小时，每一分钟，每一秒都在无限地接近澳门。以至于飞机真正落地的那一刻，他狠狠打了个寒战，心脏莫名一紧，起了浑身的鸡皮疙瘩。

徐明海走出机场，看到很多人在派发纪念品和购物券。

"先生，要不要帮忙？这边赌场我都很熟，借钱给你玩儿啊。"有人走过来，热情地揽客。

徐明海忙摆摆手，然后掏出手机，给秋实打过去。可那边响了半天一直没人接，浪费了徐明海计划中的开场白"果子，你猜我在哪儿？"

没人接电话这事儿让徐明海有些蒙。他想，难道是在开会不方便？他在机场门口不停转悠，过了十分钟再打过去，依旧是无尽的嘟嘟声。

这时，一辆贴着"金沙娱乐场"五个字的发财车正好经过。这种穿梭巴士专门往返于各个酒店赌场，不需要任何凭证，免费乘坐。

徐明海一琢磨，决定擒贼先擒王。来都来了，不如去见见传说中的那位故人。根据秋实的说法，嘉辉哥就是当年他们在北戴河有过一面之缘的华嘉辉。后来阴错阳差，他把秋实带去了澳门。如今，两人的关系和亲人没两样。徐明海心动即行动，立马蹿上车。

发财车把准备大杀四方的客人们一路送到澳门港澳码头旁的金沙赌场。赌场内部金碧辉煌，正午的光线透过通体的玻璃墙倾泻进来，更显得大厅气派非凡。

徐明海觉得新鲜，颇为好奇地环顾一周，然后叫住一个送茶水的服务员说明来意。服务员服务意识很强，他请徐明海稍候，转身便前往贵宾厅传话。

不一会儿，走来个年轻人。他自称阿锋，很礼貌地询问徐明海是不是华嘉辉的客户，找他有什么事。

徐明海发挥特长，开始满嘴跑火车，说自己是嘉辉哥在北京的老朋友。这次来澳门出差，正好想起他就跑来叙旧，所以没有提前联系他。

阿锋听了挠挠头说："实在不巧啊，徐先生。嘉辉哥他去医院了。"

"去医院？他生病了？"徐明海纳闷儿地问。

"不是，"对方摇头道，"他去看秋哥。"

"秋哥？"徐明海心里咯噔一下，飞机落地时那股子没着没落的感觉又来了，"你说的是不是秋实？"

"你也认识秋哥？是他。秋哥今早在国际中心被一个疯子拿刀砍，听说伤得很重。嘉辉哥收到消息就——哎！徐先生，徐先生你还好吧？"阿锋话说一半，吓得赶紧将眼前像是被抽去骨头的人一把搀住。

被人砍……伤得很重……

徐明海觉得鼻腔和嗓子眼儿里瞬间噎满了东西，让他根本无法呼吸。可他分明记得果子说，澳门的赌场会刻意提高室内的氧气浓度让人保持亢奋。果子还说，中秋就回来，一家四口坐在一起吃团圆饭。

这时有保安迅速跑来，赌场内任何人的一举一动都逃不过他们的眼睛。

"出了什么事？"

"不知道，他突然晕倒。"

"带我去医院……"徐明海死死抓住阿锋，泛白的手指几乎要将对方的胳膊捏断，"现在就去。"

24 新大陆

　　建于 20 世纪 80 年代末的国际中心，听上去气势十足，可内部却住满了这个城市的边缘人，是大家口中的"九反之地"。

　　此刻，秋实正陪来访者站在国际中心的街边。他们面前各色招牌林立，小型超市、食肆、外汇兑换店、按摩馆、门帘半垂的性用品店等等，不一而足。

　　"费导，"秋实介绍说，"这里就是你要找的澳门版'重庆森林'。"

　　他身边的人是个名不见经传的导演，正打算筹拍一部以赌博为主题的片子，希望在电影中探究赌徒们那种复杂矛盾得近乎变态的心理。导演是北方人，不知从哪儿搭上了旅游局的线，上司便让秋实负责接待，带着人去国际中心采风。

　　"咱们能不能去里面看看？"导演提出要求。

　　"楼里都是住户，不太方便，地下两层倒是可以去。不过，"秋实顿了顿说，"下面不太安全。"

　　"咱们两个大老爷们儿加一起能出什么事儿？"导演爽朗地大笑着，"来都来了。"

　　这四个字可谓是万能法宝。秋实没辙，只好带着好奇心和创作欲爆棚的艺术工作者从正门进去，再顺着楼梯往下走。

东侧楼宇的地下一层光线晦暗，但隐约能看出大厦昔日的商业属性。现在各类商铺已废弃许久，垃圾遍地，疮痍满目，犄角旮旯全部被鬼气森森的各国面孔占据，或躺或坐，状如丧尸。

"完全是我想要搭建出的场景！"导演瞅着末日般的景象，激动地说，"纸醉金迷背后的人性废墟，这样子拍出来才足够震撼。"

过度沉迷于自我表达的导演，一般都拍不出高票房作品。秋实在心里默默为此人掬一把泪。

正说着，一个流浪汉样子的人从他们身边经过。两人同时接收到对方鲜红溃烂的眼角里流露出的恶意，感觉像是被甩了一脸血。

"秋实，"导演以一脸恨不得拉对方过来演电影的表情问，"这里住的都是什么人？"

那个流浪汉忽地停住脚步，一歪身子靠在黑黢黢的墙壁上，像是累了。

"什么人都有，"秋实回答说，"背包客、瘾君子、外劳、流莺，最多的是失意的赌徒。"

"没人管吗？"

"一直在治理。警察、便衣司警，包括旅游局都在查。但因为目前澳门还没有通过合法的家庭旅馆模式，本地酒店价格又极高，所以就催生了这样的灰色地带。"

博彩业的生态链环环相扣，有一掷千金的巨贾豪客，就有被欲望榨干了的潦倒赌鬼。只是后者被整个世界有意识地忽略了，大家不喜欢看到失败者的落魄，同时也极力隐藏自己的不堪。而那些十赌九输的资深赌徒，永远只会吹嘘自己赢钱时的光辉，怀念那一刻肾上腺素爆发时的快感。

两人往前走，只见过道口横着个人。他鼾声大作，十个手指头缺了一多半。这种事，听到是一回事，亲眼见到又是另外一回事，所以秋实刚到澳门就被华嘉辉带到国际中心接受教育。对方再三强调，越是在染缸里越不可以沾赌。

"一看就是戒了很多次都没成功啊。"导演感慨，"人怎么能放任自己沦落到这种地步呢？"

他们转了个弯子，来到一间早已破败的粥铺前。白地儿红字的招牌还在，里面窝着不少人。

"可能……"秋实接着对方刚才的话说，"人生路上有很多看不见的沼泽和深井，不小心跌下去后，有的人能上来，而有的人也许一辈子都只能活在绝望里了。"

导演听到这里，饶有兴趣地看了看眼前这个分外俊朗的男人，非常直接地问："你跌下去过吗？"

秋实愣了一下，然后点头回答："跌下去过，又上来了。"

"自己爬上来的还是被人拽上来的？"

"都有，"秋实坦诚作答，"我运气好。"

"听上去全是故事，如果这次时间来得及的话，愿意谈谈吗？"导演发出邀请。

秋实忙摆手说："只是些鸡毛蒜皮的往事。"

导演笑了笑，没有勉强："我听谭先生提过，你是北京人对不对？"

"是，"秋实听到"北京"两个字嘴角就忍不住上翘，目光里盛满温和的笑，"我下个月就要回家去过中秋……"

话音未落，他忽然感受到身后飘来一阵夹杂着浓重体味儿的风。秋实下意识地一转身，一双红通通的烂眼已近在咫尺，是刚才那个流浪汉！

对方手里不知什么时候多了把明晃晃的刀，他二话不说抬手便砍。秋实侧身一躲，利刃落空。秋实没留给对方出招的时间，抬腿直接攻他下三路。

流浪汉胯下吃痛，连连倒退。见一击不中，他毫不恋战，转身便逃，顷刻就消失在蜘蛛网似的黑暗通道里。而在一旁看蒙了的导演此刻终于反应过来，立刻蹿过去打算抓人。

这节骨眼儿可不是比拳脚的时候，天时、地利、人和，两人一样不占。秋实一把薅住对方的胳膊说："先出去再说！"

导演点点头，他终于无比直观地感受到了"重庆森林"的危险。

按照来时的路折返有些绕，秋实隐约记得这里有一处通往大厦后门的窄梯。于是他打起十二分的精神眼观六路，心里盼着刚才那个流浪汉只是动了邪念想抢钱而已。

两人紧走几步，眼瞅着前面就是楼梯口。日光影影绰绰洒在台阶上，透露出几分人间的阳气。

还未等秋实开口嘱咐导演走在自己前面，忽然，一团黑影不知打哪里飞身下来，秋实直接被扑倒在地，发出巨大的撞击声。

飞扬的尘土散去后，导演刚要上前帮忙就再次看到了那把冒着寒光的刀。而这一回，匕首直直地抵到了秋实的脖子上。

"你敢过来我就割破他的喉咙！"流浪汉恶狠狠地威胁道。

导演不敢动了。他悄无声息地把手摸进裤兜，根据记忆中的顺序拨出旅游局谭先生的电话。

借着微弱的亮光，秋实终于看清对方的长相。这是个40岁左右的华人，鼻翼两侧的法令纹狠狠地延伸到嘴角，把一张脸割成了三块。

"钱夹在我衣服口袋里，要的话我拿给你。"秋实言简意赅。

"不是要，是取。"流浪汉张开嘴，露出里面黑色的牙床，他再次强调那个动词，"我来'取'走我的钱。"

"我不懂你的意思。"

"你是不是叫秋实？北京人？跟华嘉辉混？"流浪汉问。

秋实浑身一震，异样的感觉涌上心头。

"哈！果然是你！你偷了我的钱，那五百万是我的！"流浪汉的声音一瞬间变得尖厉起来。

"你是……"秋实大脑飞速转动，然后脱口而出，"郑梓良？"

"当年在葡京，谁不认识我阿Leung哥？一个晚上赢几百万，我眼睛都不眨。就因为你和华嘉辉，我这些年只能像老鼠一样躲在这种地方。"

郑梓良手中的匕首慢慢施力，连串的血珠瞬间从秋实的脖颈儿处渗出，一路流淌，染红了淡蓝色的衬衫领口。

切肤的痛感凉飕飕地蔓延开来，秋实觉得自己的喉管下一秒就要绽开。

"乖乖把钱还给我，一张港纸都不可以少。少一张，我就割掉你一块肉。"郑梓良威胁道。

秋实忍着疼，开口试图分散对方的注意力："你叔公不想让你再沾赌，是为你好。"

郑梓良听到"叔公"两个字，像是被踩到了尾巴，立刻嘶吼起来："为我好？为我好就该把钱和不动产统统留给我！活该他死无葬身之地！"
骂完后，他又开始嘿嘿地笑："同你讲，其实我每晚都往海里屙尿，让他喝足我的尿！哈哈哈！现在抓到你，我马上又可以做回阿 Leung 哥！"

秋实紧盯对方急剧收缩的瞳仁，轻声说："那好，阿 Leung 哥。你离我近一些，我悄悄告诉你钱在哪里，不要被外人听到。"

"不要骗我，"郑梓良拿刀的手微微打着颤，"我真的会杀了你。"

"不骗你，"秋实说，"你拿到钱就可以回本，去新葡京、永利、美高梅……阿 Leung 哥财运亨通，今晚一定可以大杀四方。"

郑梓良被如此美妙的画面刺激得呼吸急促，于是慢慢地将耳朵贴过去。

秋实这时递给导演一个眼色，后者会意，轻手轻脚地靠近他们。

"那些钱，我替郑生和九爷捐去盖小学了。现在既然你来找我，那我就算你阿 Leung 哥一份功德。愿你下辈子别再投胎成烂赌鬼，害人害己。"秋实一个字一个字地说。

"盖学校？你发癫啊！那是我的钱！我要拿来翻本的！长闲押闲，长庄押庄……我 500 万可以变 1000 万，我再一拖三，不，我要拖五！我就有 6000 万！"郑梓良语无伦次，一张脸几乎变形。突然，他猛地抬起胳膊，刀尖冲着秋实的胸口落下去。

"我要杀了你！！！"

万幸这时导演已近了两人的身，他以迅雷不及掩耳之势狠狠抓住郑梓良枯柴似的手腕，然后一鼓作气，把匕首夺到自己手里。

秋实趁脖颈儿上没了桎梏，猛一发力，便将人从身上掀翻在地。而导演以彼之道还施彼身，立刻屈身压制住郑梓良，拿刀抵住对方的脖子。

"怎么样？"他大声询问秋实，"严不严重？"

秋实用衬衫袖子擦了擦脖子上的血说："皮外伤。"

一直保持通话状态的手机被导演掏出来扔给秋实。

"喂？阿秋！你们怎么样？我已经报警了，警察马上就到！"电话里传来谭先生的声音。

"我们这边还好，现在就押这个疯子去大厦后门等警察。"

秋实担心耽搁久了再生事端，于是就和导演一起拽起郑梓良，押着他的肩膀往楼梯上走。谁知走到一半，郑梓良忽然站住，然后开始上气不接下气地放声大笑。

"我要是你就乐不出来，"导演瞅着这疯子都新鲜，"快别给自己加戏了，老老实实等着吃牢饭吧！"

郑梓良看着上方漏下来的光，深深吸了一口气说："我不要吃牢饭。"

"那你要干吗？跟上帝忏悔还是寻求最后的救赎？"导演探索人性的毛病再度发作。

"我要……"话音未落，他出其不意地狠狠一跺脚，年久失修的木质阶梯瞬间破裂，露出来的黑洞像怪兽的血盆大口，把三人一并吞下。

跌落的过程在秋实脑海中如同电影慢镜头，他觉得自己不停地砸在各种各样的东西上，有些还帮他卸去了一部分下坠的重力。而就在落地的一瞬间，秋实的后脑撞上个坚硬无比的物体，剧痛袭来，胃里泛起的酸水直冲喉头，他觉得浑身就像是有无数只毛毛虫在爬来爬去。但随后，一切感觉就被黑暗吞噬了。

在彻底陷入昏迷前，秋实迷迷糊糊地想：哥，对不起，我不能回家过节了。

金沙赌场内。

阿锋给华嘉辉打去电话，忍着剧痛描述了一下身边这个马上就要将自己胳膊捏碎的男人。对面沉默了片刻，最终同意他把人带来。

"走，"阿锋收线，"和我出发去山顶医院。"

走！徐明海想，快走！可大脑的信号却怎么都传不到两条腿上。

"先生，你到底行不行啊？"

阿锋无奈，不得不又叫来两个兄弟。三人又拽又架，把一米八几的徐明海费力地往门口拖。周围的客人倒见怪不怪，以为他只是个连玩几夜输到扑街的赌鬼而已。

从金沙到仁伯爵综合医院不到 10 公里，途经西湾大桥、澳门塔、何鸿燊博士大马路。而徐明海却觉得像是坐飞机，巨大的轰鸣声始终响彻耳边。最后，在弥漫着浓浓消毒水味的重症病房门口，他见到了传说中的嘉辉哥。

"我说阿秋怎么好端端的会出事，原来是你这个衰仔突然跑来了。"华嘉辉一句好话没有，沉下脸讽刺道，"徐明海，讲真，你是不是命中带煞？"

而这样的冷嘲热讽根本没被徐明海接收到，他只愣愣地问："果子怎么样了？"

华嘉辉不说话。徐明海见对方没反应，便要往里冲。

"ICU不可以随便闯。"华嘉辉毫不客气，直接将人推了个趔趄。

阿锋他们完全搞不懂为什么老大同意带人来，现在又要上演全武行，只好帮忙抓住徐明海。但这完全是多此一举，因为现在对方整个人连魂儿都是软的，毫无招架之力。

徐明海被团团围住，只得退而求其次，白着一张脸央求华嘉辉："好，我不进去。可当年在河北，你嘉辉哥被十几个人砍，救你的人里有我一个。你现在告诉我果子到底怎么样了，当是还一命给我，行吗？"

阿锋他们一听，集体看向华嘉辉。老大居然这么落魄过？现在还对救命恩人动手，好像不大义气吧！

华嘉辉没想到，徐明海上来就把这陈年旧账翻得稳准狠，只好支走几个小的，然后强压着火气说："他皮外伤都处理好了，只是……"

真是怕什么来什么，徐明海此刻恨极了"只是"俩字。通常这种转折词后面跟着的东西才是重点，导致前面所有的铺垫立刻失去了全部意义。

"阿秋脑部受到撞击，一直在昏迷。刚刚做过头颅CT，医生说是外伤性颅内散状出血，要住院观察。"

徐明海觉得自己听得无比认真，可愣是没听出个子丑寅卯来。他不得不绕过那些令人心惊肉跳的医学名词，抖着嘴唇问："你就告诉我，果子最坏的情况会怎么样？"

"意识无法恢复，就算醒过来也可能留下后遗症。"

"比如？"徐明海追问。

"比如肢体偏瘫、失明失语、记忆力减退等等。"华嘉辉不得不把医生说的话重复一遍。

"死不了对吗？"徐明海心急如焚，迫切地要从别人口中求得一个结结实实的保证。

华嘉辉一愣说："暂时没有生命危险。"

"那就行。"徐明海用力揉了揉脸，惨白的双颊上稍微见着些血色。

"什么叫'那就行'？"

"'那就行'的意思就是，"徐明海逐渐冷静下来说，"别说他失明、失语、失智、失忆了，就算他成了植物人，我也照顾他一辈子！"

"你照顾他？"华嘉辉当场开骂，"你个衰仔当初要是不逼他，阿秋怎么会背井离乡？"

"我……"

"我知道，你海哥是孝子，不得已嘛，有苦衷嘛。"华嘉辉打断对方讽刺道，"那你又知不知道，他其实十一年前就死过一次了？"

徐明海瞪目："什么叫'死过一次'？你把话说清楚！"

"你果然什么都不知道，"华嘉辉冷笑一声，索性把话说开，"1997年他在天津港，送完九爷一时想不开跑去跳海，后来被人救起。而医院联系上我，是因为他包里留有我的一张名片。那个时候，阿秋很痛苦，说什么也不肯去广州读书，所以我才把人带来了澳门。"

关于秋实当初到底是怎么离开的，由于他本人的刻意隐瞒，徐明海只知道个大概。多亏了华嘉辉，他终于拼凑出那段不为人知的过往。

果子想不开去跳海？可他分明那么怕大海，小时候见了立刻就跑得远远的，说什么都不肯靠近，当时还被自己钩着下颌笑是戳窝子。

而人要在多么绝望的情况下，才会用自己最恐惧的东西来消解内心的痛苦？徐明海的身子不由自主地晃了晃，一颗心随着当年的果子沉入海底，越来越冷。

"这些年，阿秋在澳门过得好好的。可北京一有什么风吹草动，他就坐不住，我还以为你成了什么天兵天将似的人物。如今再见，不过是两只眼睛一个鼻子。徐明海，你凭什么……"

"凭我是他哥，他是我弟；凭我从小为他打架；凭他后爸是我干爹，亲娘是我干妈；凭我俩打断骨头连着筋，九万人的奥运开幕式上能重逢；买的房上下层刚好做邻居。"徐明海后背抵住墙面，渐渐恢复了斗志。

华嘉辉："……"

"够吗，嘉辉哥？"徐明海狠狠咬着牙说，"不够我还可以再跟你讲三天三夜！"

就在两人大眼瞪小眼之际，重症病房的门开了，身穿白褂的医生走了出来。他先是被眼前剑拔弩张的气氛吓了一跳，随后扶了扶眼镜说："病人未来的七十二小时是关键，需要观察临床状态。如果生命体征稳定，能够自主呼吸，且没有出现其他并发症的话，就不会有太大的问题。整个危险期大约是两周，你们要有耐心。"

"有有有，"徐明海差点儿给人家跪下，"医生，什么时候可以进去看他？"

"探视时间是每天下午5点到6点，你们到时候再过来就好。"

接下来，徐明海就像收到指令的士兵，开始在病房门口一边站岗，一边倒计时。其间，阿锋送来麦记。华嘉辉递给徐明海，徐明海权当看不见。

"口口声声要照看人一辈子，可不可以先把自己顾好？"华嘉辉没好气地威胁他，"你要是搞到自己低血糖昏倒，我就叫人直接把你抬走，保证你签证到期前，一眼都见不到阿秋。"

形势比人强，徐明海不得不接过吃的，食之无味地把东西嚼烂吞下去，机械性地不断重复这个动作。

时间一分一秒地过去，好不容易挨到护士通知可以探视，徐明海立刻冲了进去。

然后，他终于在白绿相间的病房里看到了秋实。他人就躺在那儿，脖子上贴着白色的纱布，鼻子插着管，手背的静脉连接着吊瓶。周围安静极了，只有一旁的心跳监护仪在持续不断地发出"嘀嘀"声。

在徐明海的印象里，果子向来皮实得很。他不是那种三天两头就要去医院的小孩，平时连发烧、感冒、咳嗽什么的都不常见。所以尽管有了思想准备，可忽然见人成了这样，徐明海在情感上还是接受不了。一股子腥气涌上喉头，他不得不掉头就跑，在楼道里找到垃圾桶，把刚才吃进去的东西吐得干干净净。

"没用！"华嘉辉嘴上痛骂着，鼻子却酸得要命。何苦呢？白白分开了这么多年，到头来还是谁都放不下谁。他看着床上躺着的人，长长叹了口气。

"细路仔，你那天从北京一回来就跟我讲不要再做阿秋，被我骂脱线。现在徐明海那个衰仔来找你了，如果你要做回果子，就快点儿醒过来，听到没有？"

就此，徐明海干脆驻扎在了医院里，不能探视的时候他就在楼道里发呆，能探视了就在病房里看着秋实发呆。直到第三天，他发现了一张在病房外鬼鬼祟祟、探头探脑的陌生面孔。

　　徐明海走过去一问才知道，眼前这人就是非要去国际中心采风的扑街导演。徐明海一肚子火正愁没地方撒，此刻仇人见面，分外眼红，他立马赶鸭子似的追着人满医院跑。

　　"你吃饱了撑的跑澳门来害人？内地900多万平方公里不够你折腾的是吗？不是，我就纳了闷儿了，都是一块儿掉下来的，那疯子当场毙命，果子昏迷不醒，你怎么倒好手好脚的屁事儿没有？还有没有天理了？"

　　"我得的是内伤！心、肝、脾、胃、肾没一处好地方！"导演叫天天不应，叫地地不灵，最后一把抱住徐明海，哭丧着脸求饶道，"你想不想知道出事前，秋实都跟我说什么了？"

　　要不说人家是文艺工作者呢，关键时刻特别会往别人脑袋上拴小胡萝卜。徐明海愣住了，赶紧追问："他说什么了？"

　　"你先答应别再跟我动手了行吗？我再年轻二十岁也不是你的个儿啊。"导演开始讲条件。

　　"少跟我扯这些没用的，快告诉我，果子都说什么了？"

　　"他大概的意思是，人生路上有很多看不见的坑。不小心跌下去后，有人能上来，有人一辈子就折进去了。他说自己运气好，是前者。"导演高度提炼了中心思想。

　　徐明海眼睛一涩，说话间又要掉眼泪。运气好什么好，傻果子。

　　"还有，他说他下个月要回家过中秋节。我能感觉出来，他特开心，特幸福！"导演强调。

　　"用得着你感觉吗？他回家能不开心吗？"徐明海再次暴走，"姓费的，我们家果子要是有一丁点儿后遗症，我让你吃不了兜着走！"

　　最为关键的七十二小时过去，医生会诊结束，告知家属病人生命体征平稳，出血点也没有继续扩散的迹象，唯一不清楚的就是人到底什么时候能恢复意识。

　　导演鼻青脸肿地在病房门口安慰徐明海："你相信我。我们搞创作的直觉都特灵，我预感秋实分分钟就能醒过来！"

"那你丫怎么没预感出来国际大厦里藏着个疯子啊？"徐明海的问题直指对方的灵魂深处。

导演正结巴着，华嘉辉来了。他递给徐明海一个包说："你那天落在金沙的，保洁人员捡到送去了失物招领处。"

"谢谢嘉辉哥！"徐明海这时才想起来自己还有这么个东西。

"我给你在医院旁边的酒店订了房间，去洗漱休息一下，这里有我。"华嘉辉皱眉道，"人都臭成咸鱼了，污染空气。"

"我不走，"徐明海直摇脑袋，"果子说话就能醒。"

"谁告诉你的？"

徐明海往旁边一抬下巴："费导。"

"他要是可以预知吉凶祸福，阿秋能出事？"华嘉辉狠狠送去一记眼刀。

导演赶紧站起来说："你们聊，我该回去吃药了。"

等到了探视时间，徐明海拎着包走进病房，轻轻坐到秋实身边。每天只有这会儿，徐明海能彻底静下心来，跟贪睡的人说上几句悄悄话。

"其实这次过来我给你带了礼物，结果一着急，忘了个干净。"徐明海把手伸进包里的同时还不忘卖关子，"你肯定猜不到是什么。这东西复古极了，现在市面上都没地方买去。"

徐明海说着掏出来一个小小的黑盒子，献宝似的冲着床上的人晃了晃。

"果子，你用过这玩意儿没有？原来衡烨有一个，是数字的，我给你买的是汉显的。当时可真贵啊，花了好几千。这些年，只要想你了，我就给传呼台打电话，让人帮我把想对你说的话发到这上面。"

徐明海说着，把 BP 机的套子打开："我定期换电池，这么多年了机器还能用，可传呼台在 2003 年下半年那会儿就没了。我投诉了一溜够，根本没人理我。"

他长按红色按钮，小黑盒传来熟悉的开机音乐，显示屏冒出"摩托罗拉公司"的字样。

"后来容量都不够了，我不得已删了好多絮絮叨叨的废话。现在读几条给你听好不好？"徐明海轻轻清了清嗓子。

"1997 年 9 月 12 日，果子，我找不着你了。你在哪里？

"1997年11月7日，果子，我今天让人在手上文了个牙印。特酷，你想看看吗?

"1998年1月30日，果子，生日快乐!我给你买了个大蛋糕，特别好吃，我一个人都给吃了，现在胃有点儿疼。

"1998年7月18日，果子，我在网上看到一部小说，哭了半宿。

"2000年1月1日，果子，世界没有毁灭，咱们都还活着。

"2000年8月1日，果子，我看见你了。

"2000年12月20日，果子，大杂院我守不住了，对不起!

"2001年7月13日，果子，咱们申奥成功了!七年后就能在北京看开幕式了!

"2001年11月23日，果子，我刚刚在铜锣湾戏院看了部电影，又哭了。

"2002年9月29日，果子，今天韩国釜山亚运会开幕式，你还记得盼盼吗?

"2002年10月2日，果子，我今天参加了冯晓晴妹妹的婚礼。新郎叫高洋，挺帅的。我替咱俩随了份子钱。

"2003年4月1日，果子，刚刚新闻里说张国荣去世了，我不信。

"2003年6月25日，果子，有人打电话要买501，我才不会卖，你放心!"

床上忽然传来细不可闻的声响。徐明海猛地一抬头，直接撞上秋实努力睁开的眼缝，他脸上的两道泪痕一直淌到脖子上的纱布上，不知哭了多久。

"我去!我去!果子!你醒了!我去!"徐明海过了电似的从椅子上蹿起来，可又不敢伸手去碰秋实，只能在原地不停地又跳又喊。

"哥……"秋实的声音听上去哑极了。

"我在，我在。"徐明海一面用力抹去奔涌而出的眼泪，一面按下呼叫器。

"你刚刚听见我说话了是不是?你靠自己非凡的意志力和必胜的决心跟死神进行了殊死搏斗是不是?你可真是我的好果子!我的大英雄!"

徐明海无比激动地开完表彰大会，见秋实两只眼睛虽然还淌着泪，嘴角却已经完全扬了起来。

"我是被你熏醒的……徐明海，你好臭啊。"

两周的危险期顺利度过，秋实颅内的水肿消退，出血逐渐被吸收，身体状况也一天好过一天。但医生的意思是还要继续留院观察，以防出现头痛呕吐或者癫痫等后遗症。

这么一来，他回北京过中秋节的希望正式破灭。中秋节那天，两人在病房里给徐明海爹妈打去电话。秋实刚喊了句叔叔阿姨，对面就传来李艳东大嗓门儿的哭声，以及徐勇一贯抹稀泥的劝慰："大过节的，哭什么啊？果子不是没事了吗？否极泰来，否极泰来！"

"果子，等你回来，阿姨给你包饺子。"李艳东抽泣着说，"就包你最喜欢吃的茴香馅儿的，还给你烙芝麻酱糖饼、韭菜盒子、做打卤面，蒸懒龙，炒合菜……"

到最后，这通电话愣是被李艳东打成了报菜名。

老一辈人不善于或者说是羞于表达心里厚重的情感，他们只会用最朴素的方式让孩子吃好点儿穿暖些，因为这是他们年轻时最匮乏的东西。秋实明白。

又过了两周，病号正式被转移到家属可以陪护的单人病房。徐明海事必躬亲，鞍前马后，夸张程度好比伺候产妇坐月子。不许吹空调不让喝凉水，令秋实哭笑不得。

这段时间，除了徐明海每七天就要跟阿锋去珠海办一次签注比较麻烦外，其他时间都和秋实窝在病房里。

而那位导演也终于养好了看不出伤在哪里的身子，前来辞行。临别前，他再三承诺等电影拍出来，要请秋实和徐明海去戛纳参加首映式。

"呵，费导，"徐明海说，"您可真是人有多大胆，地有多大产，还戛纳呢？您别再惦记着去祸害意大利人民了行吗？我们果子最爱吃比萨了。"

秋实扯了下徐明海的衣角，纠正他："戛纳在法国，意大利那个是威尼斯。"

"嘻，都是欧洲。"徐明海"不拘小节"。

而秋实则特别真诚地鼓励导演说："拍您想拍的故事，票房惨败也没关系，好多艺术家都是过世好久才出名的。"

导演流泪离去。

傍晚的时候，华嘉辉带人来送饭。徐明海把其中一个餐盒的盖子打开后，顿时香气四溢。秋实介绍说："诚昌饭店的水蟹粥最有名，很多港星特地过海来吃。哥，你尝尝。"

"我哪儿能跟病号抢饭呢？再说了，我也不爱喝咸粥。"打小只习惯往绿豆粥里拌白糖的徐明海直摇头。

"海哥，这个粥是真的难得，"阿锋解释，"老板和嘉辉哥关系熟，才不用排长龙。"

华嘉辉在一旁翻白眼："老土，不懂欣赏。"

徐明海被激得仰脖灌药似的喝了一勺，结果立刻就被这满口蟹香的人间美味俘虏。一句"不过如此"都已经到了嘴边，脱口而出的瞬间就变成了"这也忒好喝了！"

"蟹用的就是本地的梭子蟹，蟹膏、蟹肉的精华被粒粒开花的米吸收后再释放出来，滋味自然醇厚鲜美啦。"阿锋立刻变身美食节目主持人。

徐明海赶紧又舀起一勺，吹了吹送去秋实嘴边："果子，你这几年过的都是什么骄奢淫逸的好日子？太不艰苦朴素了。"

"听到没？跟这个衰仔回去就要'艰苦朴素'！"华嘉辉见缝插针，借题发挥。

"嘉辉哥，不是，有你这么挑拨离间的吗？"徐明海言多必失，赶紧找补，"谁说果子回去就得吃苦？"他看着床上的人强调："等回去了，你要是乐意接你们同事的活儿就去上班。不乐意的话，每个月去'动批'收一遍摊位费，当是营生。"

前几天，旅游局的谭先生来探望工作中负伤的下属，秋实便提出要辞职。

"好好的为什么不做？这次你出事我很内疚，还想要给你晋升。"上司极力挽留。

秋实解释离职并不是一时心血来潮。住院这段时间，自己考虑了很久，北京是家乡，或早或晚总要回去。

谭先生想了想，说："Frank 上个月同我讲他决定去澳大利亚，因为一时间找不到合适的人，我就让他再多做几个月到年底。阿秋，如果你真想回北京，有没有兴趣接手 Frank 的工作，做北京办事处的处长？"

秋实有些吃惊：一是他没想到 Frank 上次提过的事情这么快就敲定；二是如果真能去北京办事处，天时、地利、人和，自己的职业发展只会更上一层楼。

"你做事，我向来都是放心的。华北区有你帮我看着，我也可以早些放 Frank 去一家团聚。"谭先生微笑着说，"算是双赢。"

最后，徐明海替秋实送走客人，回到病房立刻打听上司是否同意他辞职。

"没有，"秋实躺在床上一脸无奈地摊手，"谭先生说特首走我都不可以走，要在澳门做到地老天荒。"

"什么？"徐明海顿时急了，"凭什么啊？你们那儿是发展局还是黑社会？许进不许出的？"

秋实笑而不语。

徐明海纳过闷儿来问："又拿我当傻子？"

"你是挺傻的。"秋实眼底涌出了浓稠的暖意。

总之，一切尘埃落定。秋实此刻喝着水蟹粥，看着眼前被华嘉辉不停挤对却顽强抵抗的徐明海，心窝里像是塞了朵柔软的棉花，彻底温暖了，踏实了。这种陌生又幸福的感觉，他觉得就是世人无限向往的岁月静好。

吃完晚饭，华嘉辉他们前脚刚离开，秋实后脚立马爬起来说："带你去个地方。"

徐明海一挑眉："哎哟喂，瞧把你给能耐的，快给我老老实实躺好喽！"

"我真没事了，被关在医院不停观察了一个多月，医生都说可以适当活动，你要再不让我出去逛逛，脑子里该闷出血了。"

"呸呸呸！"徐明海忙拉着秋实的手满世界找木头摸，"童言无忌啊，童言无忌。"

最后，徐明海还是拗不过对方，只好小心地把人带出仁伯爵综合医院的大门。

外面刚刚下过小雨。秋实深深吸了口雨后清新的泥土气息，整个人如获新生。一辆黄色的士碾着鲜湿的地皮驶来，他抬手拦住，和司机说去路氹城。

车子在黄昏中行驶了十几分钟，最终抵达海边。而一看见大海，徐明海立刻就想起秋实在天津差点儿溺死的往事。这事儿他没敢跟果子提，每次话都滚到舌尖了又咽回去。

在秋实的指挥下，两人脱了鞋，挽上裤腿，踩着湿软的细沙在岸边散步，谁都不忍心开口说话打碎此刻的宁静。

他们一路走，直到看见很多推土车，像是到了施工的工地。

"来，帮忙。"秋实招呼徐明海，同时弯腰拉起一袋沙石拖去岸边。

"我来我来！"徐明海虽然没搞懂对方这是要干吗，但就是不肯让他费力气。

两人忙活了一阵，成绩斐然，愣是平地建起一座小小岛屿。秋实拉着徐明海站上去。海风吹来，两人略长的头发打在彼此脸上，怪痒痒的。

"知道咱俩站在哪儿吗？"秋实笑着把徐明海额前的刘海儿拨开。

徐明海一脸蒙圈。

"是一块刚刚形成的新大陆。"秋实宣布答案。

"啊？"

"这边多数地方其实都是靠填海来的，"秋实解释，"咱俩一起为澳门半岛多创造了 0.5 平方米的土地。"

徐明海听了只觉得太牛了，恨不得命个名什么的。

"我其实想说的是……"秋实顿了顿，"既然你和我都站在新大陆上了，那过去的事儿，咱就只记着那些好的，把不好的都忘了吧。你看——"他手指远处的海平线，云朵正摸到那儿，浪花稠起来，一波接一波地温柔袭来。

"哥，我已经不怕海了。"

徐明海清清楚楚地听明白了对方话里的意思。秋实是在说：哥，天津港的事儿你知道了也别难受，我现在不是好好的吗？

徐明海眼底一烫，忍不住泪如雨下。他哭对方不着痕迹的体贴；哭这令人后怕的侥幸；哭两人差一点儿，差一点儿就谁都见不到谁了。

"徐明海，你现在越来越爱掉眼泪了。30 多岁的人，还不如十几岁的时候坚强。"

"你哥向来都是铁汉柔情。"徐明海吸了吸鼻子，"而且，别以为我看不出来你打的什么如意算盘。我尾骨不好使了，如今算半个残疾人，从今往后，你得努力工作，照顾我一辈子！"

两人正开着玩笑，几团沙子忽然砸到了身上。徐明海和秋实扭头看去，发现不远处有两个八九岁的小男孩儿，他们像是在玩打仗游戏，并把站在"新大陆"上的两人当成了攻克目标。

"真淘气嘿！"徐明海说，"家长也不管管。"

秋实笑着说："你小时候比他们淘。"

"咱们给这俩臭小子加加油。"徐明海开始犯坏。

"怎么加油？"秋实问。

他们对视片刻，彼此心里都有了计较。

"三、二、一！"

倒计时完毕，两人猛地转身，一齐冲着那两个小孩大喊："为了胜利，向我开炮！！！"

回首望去，海岸线如同漫漫人生路，留下了他们长长的两串脚印，从1987年到2008年，每一步都清晰无比。

此刻，斜晖使海面变得金光熠熠。而2000公里外的北京，香山流香，秋意正浓。

番外
北平旧事

"桥居厂中间，北与窑相对。桥以东街狭，多参以卖眼镜、烟筒、日用杂物者。桥以西街阔，书肆外，惟古董店及卖法帖、裱字画、雕印章、包写书禀、刻版、镌碑耳。"

——（清）李文藻《琉璃厂书肆记》

初秋，北平。

槐树在微风里哆嗦着淡琥珀色的叶子，空气中已开始混入糖炒栗子的香甜。趁天还有些干热，有小贩在马路上敲着冰盏儿卖水，那吆喝的调子抑扬顿挫，甚是悦耳。

"酸梅汤那个桂花味儿，喝进嘴里冒凉气！"

北平的百姓也是百姓，同样是两只眼睛，一个鼻子，可浑身却又流露出一股子只可意会的闲散悠然。

哦，您是拉车的。挺好，自食其力，白天吃得饱，晚上睡得着。那什么，您是皇上？嗤，又怎么样呢？不照样儿被人从紫禁城里赶出去了吗？

一代又一代人在天子脚下讨生活，看过起高楼，看过楼塌了，称得上是饱经世故。时至今日，任何巨变似乎都不足以使他们骤然失色。

郑鸿卓彼时走在西琉璃厂的土路上，如同所有外乡人那样，饶有兴致地听着四周充斥着儿化韵的官话。

几天前，他才随父亲郑枫荣、哥哥郑鸿赫来到此地。由于郑枫荣急于多结交一些本地的富贾名流、政界精英，为年后北上扩张洋行的计划做铺垫，便日日带郑鸿赫出入各种商会沙龙，忙得不亦乐乎。

与此同时，郑鸿卓则被郑枫荣交代在北平城里多转转，熟悉一下本地的风土人情——公事公办的口气像是在吩咐某个买办。

同样是儿子，可不管是待遇还是样貌上都天差地别。郑鸿卓从母亲身上取了棕绿色的眼睛和直而窄的鼻子，从父亲身上取了浓眉和略显薄情的嘴唇，组合在一起，把东西方两条毫无瓜葛的血脉融合得浑然天成。

可惜，郑鸿卓的生母不是什么名门闺秀，她是生在澳门的葡萄牙人，年轻时从事的职业被唤作"婊子"。所以每当在社交场合被人问起，郑枫荣便无法像介绍郑鸿赫那样谈笑风生地介绍小儿子。对此，郑鸿卓从小便已接受了自己的不合时宜。在这个混沌的时代，他既算不上是中国人，也算不上是葡萄牙人，他是混沌本身。

近几年，郑鸿卓把父亲在香港和广州两地的买卖打理得井井有条，以至于洋行的员工提起郑公子，第一个想到的是郑鸿卓而非郑鸿赫。一次，某个倒霉的职员因搞错了两位公子，触了郑鸿赫的霉头，大太太便以此为契机闹到了郑枫荣面前。为避免后院起火，郑枫荣不得不动了把小儿子"发配"的念头。毕竟，北平的买卖真开起来，总得有个郑家的人来吃这份开疆扩土的辛苦。

抵达北平后，郑鸿卓已经去过了不少饭肆戏院林立的商业聚集地，如东安市场、大栅栏、珠市口等。今日，他见天气极好，便想逛一逛琉璃厂。

相传这地方会馆交错，往来的全是文人雅士，其中既有花大价钱购入金石文玩的豪客，也有专门在冷摊儿上披沙拣金的行家。淘古玩靠的是独到的眼力、浩瀚的知识以及不落俗套的品味。名气之大，郑鸿卓在香港时就听过关于琉璃厂的不少传奇。

细碎的阳光洒在郑鸿卓的身上、头上。他站在街中央环顾四周，两厢清雅逸俊的店铺书肆鳞次栉比，然后他依次走进荣宝斋、一得阁等声名在外的老店。

开门做买卖自然是为了挣钱，但琉璃厂的掌柜、伙计见多识广，服务上既客气周到，又不显得过分热络，交朋友似的宽厚做派令郑鸿卓耳目一新。逛完几个大店，他转身又进了个叫如意斋的地方，发现这里卖的是些古董文玩。

掌柜招呼郑鸿卓，后者表示只是看看。对方便不失礼数地请郑鸿卓随意，假如有什么看上眼的随时吩咐。过了一会儿，门口又传来脚步声，掌柜抬头一看，立刻高声问好："九爷，您来了。"

郑鸿卓听他称对方为"爷"，以为登门的是个老者，侧头望去，不想出现在视线内的竟是个模样俊俏的年轻人。

"王老板，您今儿买卖不错？"他把盈盈的笑意一半搁在瞳仁里，一半挂在嘴角上。屋内采光极好，衬得此人肤若羊脂白玉，眼如浓墨，身上的云山灰的长衫无比服帖，连一丝皱褶都没有，整个人就像是被毛笔细细勾勒出来的。

掌柜："托您的福。"

年轻人款步走到柜台前。过程中，郑鸿卓的眼神和他清澈的目光撞在一起，对方点了下头，打了个若有若无的招呼。

"今儿您可来晚一步。"掌柜笑，"刚有位爷，连价都没砍就买走了那个红地儿富贵连环珐华梅瓶。"

年轻人明显愣住了，半晌才叹了口气："罢了，只要我的胭脂还在，别的都是过眼云烟。"

掌柜也不等人吩咐，主动从身后的架子上取下一只碗，双手捧着搁在柜台上："您请。"

郑鸿卓也跟着看过去。只见从淡灰色袖子里探出十个指头，它们各有深浅地把碗拿稳了，然后便开始一遍又一遍地轻轻抚摸。碗自然是拿来盛东西的，而此刻，它盛放的是年轻人眼里接连涌出的绵延情意，一点儿都没糟践。

"最近您又听了什么名角儿的戏了？"掌柜打听。

"昨儿个在三庆园听了尚老板的《玉堂春》。"年轻人的语气略带骄傲。

"哎哟，那可难得！"掌柜感叹。

"谁说不是呢？"他笑了笑，继续心满意足地摩挲手里的碗。

郑鸿卓打理洋行这么久，从没见过这样漫不经心的客人和卖主，不由得好奇心大盛。于是，一句略为失礼的话从心口蹿到喉头，脱口而出："先生，不介意的话，能让我也看一看这只碗吗？"

对方听见后就像是不得已似的，终于把眼神和心思从碗上借出来一些分了出去。

"您官话说得挺利索。"他笑了笑。

"见笑。"郑鸿卓觉得年轻人挺和气，又道了一句"多谢"，便抬手要把碗接过来。两人的指头于是不可避免地碰到一起，郑鸿卓感到丝丝凉意。

不想此刻对方的眉头却忽地一紧。

"你这人怎么这么不懂事啊？"他连"您"字都弃之不用了，连珠炮似的说，"两人同时喜欢上一件玩意儿，需得一个人搁下，一个人再拿起来。否则，交接的时候不小心滑了手，算谁的？"

这几句毫不留情的京片子令郑鸿卓有些尴尬，他盯着那双与自己截然不同的黑白分明的眼睛，一字一句回答："算我的。"

"哼，"对方垂下眼，撇了撇嘴，"纸币能印，银元能制，可好玩意儿毁一件就少一件了。"说着，他将那碗轻轻放到柜台上，退后半步，勉强做了个"请"的手势。

郑鸿卓看着对方心不甘情不愿的神色，仿佛听到了他那些暗自腹诽。郑鸿卓的心情莫名变得轻松雀跃，随后，他便把东西小心地拿在手里近距离观看。

这是只胭脂色的瓷碗，口径15厘米左右，釉色鲜亮夺目，器型富贵。要不是对方用无比专注的神情凝视，郑鸿卓根本无法从众多的瓶瓶罐罐中发现它。

"这碗什么来历？"

郑鸿卓不懂就问，可年轻人却背着手，装起了耳背。掌柜这时要接话，郑鸿卓却偏偏迎难而上，虚心地把问题重复了一遍，还加上了"先生"和"请问"。

"你自己看看款儿。"对方抬了抬下颌。

郑鸿卓闻之看向碗底，只见这上面有蓝色双外框"乾隆年制"四字双行的楷书款识。

"这叫黄地儿开光胭脂红彩山水纹碗。所谓'黄地儿'是指外壁的珐琅彩黄釉。"年轻人解释，"您瞧，这黄嫩嫩的颜色，像不像春日从燕子窝探出来的雏鸟嘴？"

郑鸿卓觉得对方形容得极妙。

"山水楼台都是胭脂红绘的，画工不光干练，意境更是超然。整只碗莹润光净，胎质细腻，是难得的好玩意儿。"他越说越神采飞扬。

郑鸿卓看着眼前水墨画似的人问："你经常来看这碗？"

对方点头。

"那怎么不买下来？"郑鸿卓追问。

"赏好物如追美人，匀到自己手里，无非也是欣赏。我常常来，不一样吗？"

郑鸿卓觉得对方这话说得有些不尽不实。他想了想，扭头问掌柜："这碗怎么卖？"

"500 元。"

郑鸿卓听了价格，心想 500 元虽称不上昂贵，但相对于北平城低廉的物价来说的确较高。比如，他近日来打听到本地一个四口之家十几二十元便可维持每月基本开支；而相传某位大作家前些年在阜成门内购置了一座占地 400 平方米、大小房屋共十间的四合院，总价也未超过 1000 元。

"'美人'往往可遇而不可求。"郑鸿卓把东西重新搁在柜台上。

"其实'美人'的身价何止这点儿？乾隆本年的东西，要是有识货的……"说到一半，对方收了声。

"要是有识货的怎么样？"郑鸿卓忍不住追问。

"没什么，说破大天去不过是只碗而已。"他不再言语，又开始细细爱抚那胭脂"美人"，直到屋里的座钟发出闷闷的撞击声。

"哎，走了。"年轻人终于收了手。

"您奔哪儿？"掌柜问。

"有朋友请客去东兴楼，吃糟熘三白。"

"得嘞，那您走好。"掌柜送客。

郑鸿卓见这人忽说要走，不知怎么竟有些失落，于是主动道了句"再见"。对方还了句"再见"，转身出了如意斋的门。

掌柜目送主顾离去，便把东西搁回到身后的架子上。

"他是什么人？"郑鸿卓跟掌柜打听。

"哟，您觉得他是什么人？"掌柜反问。

"像是……世家子弟。"郑鸿卓推测。

"真让您说着了，"掌柜笑，"那人是天生的凤子龙孙，正黄旗瓜尔佳氏。汉姓关，排行老九，曾祖父做过礼部尚书。"

郑鸿卓想，那相当于现在的教育部加外交部部长，算是望族了。

八成是买卖稀疏闹的，掌柜像是来了兴致，开始跟郑鸿卓闲扯起来："虽然关家祖上家大业大，但辛亥革命前就已式微了。有产业时，府上还请得起京剧坤伶，清客相公。可等把祖产切豆腐似的都糟蹋干净，也就心静自然凉了。"

郑鸿卓虽人在香港，也耳闻过某些八旗子弟的荒唐事。他们每日不事生产，只顾吃喝玩乐，架鹰走狗。

"到了现如今，小一辈的倒驴不倒架儿，宁可饿肚子也不肯在玩儿上亏了自己。关九作为关家老幺算收敛的了，除了养鸟、玩虫、听戏，就喜欢逛琉璃厂。他见过好东西，隔三岔五能捡着漏儿，而且交友甚广，遗老遗少、三教九流都认识。"

郑鸿卓还想问问那位关九的事，无奈有别的客人进了门。掌柜立马招呼上了，郑鸿卓便不好耽误人家开张。

第二日，郑鸿卓比着昨天的时间又来到琉璃厂，可那位关九却没露面。第三日依是如此。到了第四日的时候，郑鸿卓带了钱，从如意斋买走了那只美人碗，同时给掌柜留下张字条。他交代："如果那位关先生还想看看这碗，可以去东交民巷的六国饭店找我。我在那里还会待上三日。"

"得嘞。"掌柜看了眼落款，然后拍胸口说，"郑爷您放心，这话我一定给您带到喽。"

可惜，郑鸿卓到底没在六国饭店等到那个年轻人来找自己。日子到了，他不得不随父亲和哥哥动身回香港。

又是天气极舒爽的一日，关九终于再度登入如意斋的门。

"九爷，您来了！"

关九径直走到柜台前，拿眼一扫，立刻问："碗呢？"

"卖了。"掌柜回答。

"卖谁了？"

"就是前几天的那个二毛子。"掌柜说着从抽屉里取出一张纸，"您过目。"

关九接过来，读完上面的留言，问道："卖了多少？"

"500元，一大子儿不少。"掌柜咧开嘴，掏出一摞银元，"这是您的谢仪。"

关九把钱拿在手里点了点，脸上露出顽皮的笑："王老板，您生意兴隆。"

"不过是借点儿九爷的福荫。"掌柜眉飞色舞，"说起来，这帮二毛子可没少把咱们那些个好玩意儿偷运出去。捡漏儿？哼，漏儿是那么好捡的吗？如今逮着机会，咱也扬眉吐气一把。这次是那二毛子官话说得好，没让我捞着机会听您讲洋文。"

想起那双棕绿色的眼睛，关九忍不住在心中自嘲，要是祖宗在天有灵，得知不肖子孙沦落到做托儿诓人，准气得从棺材里跳出来。关九想把纸条攥了，可偏上面的字写得极入眼，丢了未免可惜。最后，他瞅了瞅"郑鸿卓"三个字，便把纸折好，连同银元一起，揣进了怀里。

三个月后，北平入了冬。街上多了驮着一袋袋煤末子的骆驼队和榆树干枝上扯着嗓子叫唤的乌鸦。

距离天桥中心处不远有个红巾市场，市场里有个凤鸣茶社。这天，茶社门口贴了老大的戏报，绛红色底上洒着点点碎金，写着曲艺人的名字。茶社里不算小，池子里摆着二十几张桌子，几乎已经客满。墙上则挂着"歌舞升平""清音绕梁"之类的横幅。

今天的主角是万筱春，唱生的。他很小的时候就在关府给大爷们唱过戏，那时同样年纪的关九很照顾他。改朝换代后，关家一蹶不振。万筱春便利用如今的名气帮衬昔日玩伴，嘴上只说有戏迷惦记关九。

关九心里自然明镜似的，这坐科堪比十年大狱，练的是童子功。他知道自己的斤两，也知道好友的苦心，所以既不想下海，更不求成名，跑来给万筱春搭戏纯属娱人娱己，当个拿黑杵的票友。

此时，关九穿了件香云纱的长袍站在万筱春身边。他俩唱完一段，便有人打赏。

"张经理点《游湖》，赏大洋 10 元!

"陈大爷点《武家坡》，赏大洋 15 元!"

所谓没有君子，不养艺人。台下有万筱春的戏迷，更有跟着起哄的纨绔子弟，不愁没进项。

两人依次唱完，茶房手捧方木盘上台高喊："郑大爷点《玉堂春》，赏大洋 40 元，金表一块!"

这绝对称得上大手笔，茶社里所有奔忙的伙计立刻齐声跟了一句："谢郑大爷!"

观众立刻纷纷扭头去找哪位是郑大爷。只见后排坐着个西洋模样的年轻男人，他身着蓝灰色的西装三件套，系领带，一旁的椅背上搁着深色的毛领大衣。最为诡异的是这人手里没拿洒香水的热毛巾，倒是托着个胭脂色的碗。

台上的两人自然要朝着茶房示意的方向鞠躬。当关九把眼神落在一张面部线条犀利无比的脸上时，整个人立马哆嗦了一下。

郑大爷看了眼台上的关九，又看了眼自己手里的碗，嘴角微微扬起，传递出的信息和情绪复杂极了。

"世君，世君?"万筱春轻轻拽了一下关九的袖子，"《玉堂春》。"

对，《玉堂春》。关九回过神来。时移世易，既然自己此刻站在台上，就少不了给这冤家唱这出要了命的《玉堂春》!

"忽听得唤苏三我的魂飞魄散，吓得我战战兢兢不敢向前……"

这出折子戏关九听了不下百回，而这一次他终于打心眼儿里体会到了苏三的悲楚凄凉。

见那人终于开了嗓，郑鸿卓便把碗放下，然后缓缓跷起了二郎腿。他跟着琴师的节奏，曲起手指，轻轻敲打摆着黑白瓜子的木头桌面。关九，关世君，关慎之，你好好唱，等你唱完，我带你去东兴楼吃糟熘三白，你再给我仔细讲一讲这碗的来历。

"……与我那三郎把信传。就说苏三把命断，来生变犬马我就当报还……"

北京秋日的午后，秋实忽然从梦里惊醒。他睁开眼愣在床上，听着隐隐的西皮流水，半天不知身在何处，直到徐明海从客厅走进来。

"小祖宗，你这一觉睡得真够香的。"徐明海笑着在秋实眼前挥手，"傻了？"

"我做了个梦……"秋实竭力回忆，"九爷像在一个地方唱戏，郑生坐在下面听戏，两人都特别年轻。"

"不是九爷唱戏，是我在外屋看连续剧呢，吵着你了。"徐明海见人还恍惚着，赶紧端上一大杯凉白开，"醒醒盹儿，咱不是说好了下午逛琉璃厂吗？"

琉璃厂，对，秋实似乎也梦到了这个地方，但到底怎么回事，却已忘了大半。他就着徐明海的手喝光杯子里的水，起身去了厕所。

下午的天气好极了，徐明海开车带着人直奔和平门外。他最近看民国电视剧看得入迷，觉得人家知识分子的家里都布置得特有味道，便也想买些文房四宝，搁在屋里附庸风雅一把。

如今的琉璃厂文化街方砖墁地，干净整洁，两侧的老字号依旧保持着雕梁画栋、古色古香的风貌。两人见什么都觉得新鲜，不知不觉买了不少小玩意儿。从荣宝斋出来后，他们走进个门脸儿不大的店。这里面摆着榆木擦漆的八仙桌，还有太师椅，是个卖金石陶瓷的地方。

秋实环顾四周，目光忽然与一只摆在博古架上的胭脂色瓷碗不期而遇。他心头不由猛跳了一下，下意识开口说："劳驾，我想看看那碗。"

店员顺着客人手指的方向看去，然后忙把东西从架子上取下来搁在柜台上。秋实把碗小心地拿在手里细细端详，越看，萦绕在心头的那份不知从何而来的熟悉和留恋就越是浓重。

"您看的这碗叫黄地儿开光胭脂红彩山水纹碗。"老板适时介绍。

徐明海这时瞥见碗底"乾隆年制"的款识，开口问："仿的吧？"

秋实抬头冲身边的人笑了笑："哥，你真没白看电视里那些个鉴宝节目。"

"嗐，这还用鉴？这碗要真是乾隆年间的，人家早拿双层防弹玻璃罩起来了，还能让咱拿在手里随便玩儿啊？"徐明海为自己的智商沾沾自喜。

老板也跟着笑，解释说："这碗虽不是乾隆年间的，但也是民国时的仿品。做工精致，品相一流。"

徐明海见秋实很喜欢这碗，便向老板询价。

"8500元。"对方回答，"我们都是明码标价。"

徐明海的商人思维瞬间被激活，他就地还价："500元。"

老板立马笑不出来了，他面皮一阵抽搐："不瞒您说，这碗是我才收上来的。就算不挣钱，您也别让我赔钱不是？"

接下来，秋实一面欣赏着徐明海与对方兵不血刃的"厮杀"，一面脑补出分离这些年徐老板与人做买卖时的风采。

最后，双方以5000元成交。老板把碗装进锦盒里，垂头丧气地冲徐明海竖大拇指："您是这个！"

徐明海拿上东西，心情非常愉悦："多谢多谢，回头一定在网上给您好评，祝您生意兴隆。"

"得嘞，"老板面色稍霁，"您二位慢走。"

回去的路上，徐明海忍不住打听："果子，你怎么一见这碗就走不动道儿了？"

"我也不知道，只是觉得特别有眼缘。哥，咱回去找个地方摆上，多好看啊！"秋实说。

"你做主，反正别让我拿这碗吃饭就行，我可吃不饱！"徐明海说完，笑着一踩油门，向家的方向继续驶去。

回去后，秋实满屋子找了一圈儿，最后还是把碗摆在了九爷和郑生合影的旁边。他想，也许九爷会喜欢这样式的东西。

夜深了，家家户户的窗户都亮了起来。珍铎公馆2号楼501的室内，柔和的灯光洒在一只新添的碗上，一段被湮没在岁月里的旧事连同照片上那两个微笑的人，一起被染上了淡淡的胭脂色。